网络史記

2009—2017

WANGLUO SHIJI

狸美美 ◎ 著

新华出版社

图书在版编目（CIP）数据

网络史记 / 狸美美著. —— 北京：新华出版社,2017.9
ISBN 978-7-5166-3502-5
Ⅰ. ①网… Ⅱ. ①狸… Ⅲ. ①新闻－作品集－中国－当代 Ⅳ. ①I253
中国版本图书馆CIP数据核字（2017）第234826号

网络史记

作　　者：狸美美	
选题策划：黄绪国	责任印制：廖成华
责任编辑：张　谦	封面设计：臻美书装

出版发行：新华出版社
地　　址：北京石景山区京原路8号　　邮　　编：100040
网　　址：http://www.xinhuapub.com
经　　销：新华书店、新华出版社天猫旗舰店、京东旗舰店及各大网店
购书热线：010－63077122　　中国新闻书店购书热线：010－63072012
照　　排：臻美书装
印　　刷：北京文林印务有限公司
成品尺寸：148mm×210mm　1/32
印　　张：15.5　　　　　　　字　　数：360千字
版　　次：2017年12月第一版　印　　次：2017年12月第一次印刷
书　　号：ISBN 978-7-5166-3502-5
定　　价：39.80元

版权专有，侵权必究。如有质量问题，请与出版社联系调换：010-63077101

为网络时代留下中国细节

马 勇

几年前,狸美美小姐的《网人网事并不如烟》出版时,我曾写了一篇短序,以示祝贺。现在,狸美美小姐没有辜负读者的期待,又奉献出如此厚重的一本《网络史记》,我再次为之作序,自是喜不容辞。

中国具有悠久的历史传统,自从汉字发明之后,两千多年走过的路,大致都有文字记录。这些记录是我们研究古史的主要依据,如果没有当时那些有心人有意无意的记录,就不可能有孔子、有司马迁、有司马光,历史学家无论如何聪明,没有史料就寸步难行。史料,就是人们有意无意的记录。所谓孔子整理《春秋》,述而不作,其实就是裁剪各种史料,按照一定的体例编排出来。编排,当然体现了历史修撰者的立场、观点;述而不作,其实是寓褒贬于叙事之中,体例、文字、用词,都可以体现作者的价值观,也才会有"孔子作春秋乱臣贼子惧"的效果。所以历史才会成为中国人的宗教,以至于佛教东来之前的古典中国并不存在后来意义上的宗教,因而历史具有了准宗教的功能。由此可见历史记录、历史书写的意义是非凡的。

狸美美小姐是资深媒体人，对变化中的世界有极为敏感的专业观察、专业立场，仅从目录中就可以窥豹一斑，例如《从"团购"到"团奴"》《2009 十大网络热点》《新网络 36 行》《官不聊生：网络恐惧症》《键盘上的中国》《足球与中国足球》《淘宝帝国》《春运抢票史》《一枚"茶叶蛋"的滋味》《中国式的网购》《欢迎故宫"赶时髦"》《单车江湖》等，这些内容涉及当代中国的政治、经济、文化等诸多方面，尤其是紧密相关老百姓的日常生活，充分体现了狸美美对自己身边很多新变化的全方位敏感与关怀。尽管具体到这些内容，我们当然不会说《网络史记》是第一记录者，也不会说在任何公私史料中都不可能出现，但是，狸美美用自己一个新闻记者的全方位敏感记录了这个全新的网络时代，为将来的历史书写提供了最鲜活的第一手资料，这显然是难能可贵的，我们甚至可以说这肯定是非凡之举。我相信，狸美美这些对"曾经发生过的一切"所进行的充分记载经过时间的必要淘洗后，一定会成为历史学家最珍爱的社会史、风俗史资料。

在此需要强调的一点是，我当然不是说狸美美这本书是专门写给历史的，是专门为了传诸后世藏诸名山，是写给未来的。我只是从历史学的立场评估这本书的久远价值，至于这本书的文学性、可读性，当然还是第一位的。狸美美是年轻一代美女作家，童年时代就开始发表作品，具有良好的文学训练和文字功底。她的作品文字讲究、结构严谨，总会让人爱不释手，一睹为快。这也是我愿意一再为之作序的一个重要理由。

对于狸美美这样一位优秀而且勤奋的年轻写作者，我衷心期待她在繁忙的日常事务之余，不要忘记写作。应该抽出一切可以利用的时间,将自己的观察、感受写出来,为网络时代的历史留下更加丰富的细节。老话说,新闻是历史的草稿,希望狸美美及所有新闻工作者用自己的观察、自己的笔,多看多写,不但成就自己,更成就我们这个伟大的新时代!

是为序。

(作者为中国社会科学院博士生导师、近代史研究所研究员,当代著名学者)

目 录
CONTENTS

序：为网络时代留下中国细节⋯⋯⋯⋯⋯⋯⋯⋯⋯⋯⋯⋯ 马 勇

2009

Do you know "Spring brother is true man"? ⋯⋯⋯ 3
"你妈妈喊你回家吃饭" ⋯⋯⋯⋯⋯⋯⋯⋯⋯⋯⋯⋯⋯ 6
史上最牛世界小姐 ⋯⋯⋯⋯⋯⋯⋯⋯⋯⋯⋯⋯⋯⋯⋯ 8
从"囧"到"烎" ⋯⋯⋯⋯⋯⋯⋯⋯⋯⋯⋯⋯⋯⋯⋯⋯ 10
你是什么"党"？ ⋯⋯⋯⋯⋯⋯⋯⋯⋯⋯⋯⋯⋯⋯⋯⋯ 12
2009十大网络热点（上）⋯⋯⋯⋯⋯⋯⋯⋯⋯⋯⋯⋯ 14
2009十大网络热点（下）⋯⋯⋯⋯⋯⋯⋯⋯⋯⋯⋯⋯ 16
静悄悄的"被时代"静悄悄地来 ⋯⋯⋯⋯⋯⋯⋯⋯⋯⋯ 19
新网络36行 ⋯⋯⋯⋯⋯⋯⋯⋯⋯⋯⋯⋯⋯⋯⋯⋯⋯ 21
那些被网络谋杀的生活 ⋯⋯⋯⋯⋯⋯⋯⋯⋯⋯⋯⋯⋯ 23
中国网民大片：吻过荷里活 ⋯⋯⋯⋯⋯⋯⋯⋯⋯⋯⋯ 25

"人肉时代"的"删帖公司" ……………………………… 27
这一桌子的"杯盘狼藉" ……………………………… 29

2010

新的一年，织条"围脖"吧 …………………………… 33
Google 断腕为哪般 …………………………………… 35
Google 的女朋友 ……………………………………… 37
岁末一囧："被请不到假" ……………………………… 39
一个网民的春节 ………………………………………… 41
一句"丢脸"引发的血案 ……………………………… 43
当 NBA 被叫做"美国职业篮球联赛" ………………… 45
就怕骗子有文化 ………………………………………… 47
网民的中国心 …………………………………………… 49
说说房子之一："屁民"的心理价位 …………………… 51
说说房子之二：到底谁在买房子？ …………………… 53
说说房子之三：整楼市先补漏洞 ……………………… 55
睇波保卫战 ……………………………………………… 57
"还我北京" ……………………………………………… 59
"两个胖胖欢迎您" ……………………………………… 61
团购！团购！ …………………………………………… 63
"本土天王"企鹅仔 ……………………………………… 65
"全网公敌"企鹅仔 ……………………………………… 67
淘宝"雷货" ……………………………………………… 69
银发网虫 ………………………………………………… 71

鲁迅"大撤退" ··· 73
天天过节 ··· 75
中秋晒福利 ·· 78
今天你被"蹭"了没有？ ······························ 80
服饰达人的是是非非 ·································· 82
又见"偷菜" ·· 84
血房地图 ··· 86
与物价赛跑 ·· 88
互联网界的"9·11"（3Q 大战之一） ············ 90
后 Q 时代（3Q 大战之二） ························ 92
3Q 背后的潜规则（3Q 大战之三） ··············· 94
从"团购"到"团奴" ································· 96
2010 网络热词盘点三之一：很给力的"给力" ······· 98
2010 网络热词盘点三之二：拼爹 ··············· 100
2010 网络热词盘点三之三：浮云朵朵 ········· 102

2011

2010 人物列传 ······································ 107
2010 大事盘点 ······································ 109
大家来算账 ·· 111
有多少次家可以不回？ ···························· 113
网络民俗正当时 ···································· 115
微博问政 ··· 117
注水肉与茅盾奖 ···································· 119

大爱无疆	121
盐	123
"火星入侵者"	125
网上清明	127
乞丐的境界	129
为了王子，翻墙去！	131
站错队了	133
E 时代的母亲节	135
五道杠少年	137
加油，麦兜们	139
当黑白变成灰	141
谁行贿了？	143
就怕局长没文化	145
一个皮蛋引发的血案	147
最萌通缉令	149
昔日红人今安在	151
"桥脆脆"与"桥坚强"	153
中国式"碑"剧	155
扶不起的老太太	157
从拼爹到坑爹	159
手表会泄密	161
傻二代	163
iSad	165
十月围"城"	167
逃课网	169

你家几潘？ … 171
你家沙发借我睡 … 173
光棍爱网购 … 175
不爱要怎么说出口 … 177
你的密码多崎岖？ … 179
微博外交 … 181
晒晒年终奖 … 183

2012

春运之一：给拼体力一次机会 … 187
春运之二：回家的路有多远？ … 189
这个春节不网购 … 191
都在动物园，相煎何太急 … 193
网民很忙 … 195
这位代表，给个微博先 … 197
因为爱情 … 199
10元购买力 … 201
回归原点何尝不好？ … 203
杜甫很忙 … 205
平等安心一切时 … 207
最牛"战母娘" … 209
不是危机是生机 … 211
掷出窗外 … 213
一寸江山一寸金 … 215
大家的外公 … 217

想跑就跑 ·· 219

这个最美的世界 ·· 221

梯子不用时请横放 ·· 223

65 岁背后的阶级 ·· 225

大卫的裤衩 ·· 227

假如他们有微博 ·· 229

双城记 ·· 231

让真相再快一点 ·· 233

高风险职业 ·· 235

官不聊生：网络恐惧症 ······································ 237

没有老乔的苹果 ·· 239

添堵 ·· 241

来盘莫言 ·· 243

中国式生存 ·· 245

淘时代 ·· 247

相见？还是怀念？ ·· 249

一起美国捡"白菜" ·· 251

"末日"中的收获 ·· 253

键盘上的中国——2012 网络热词盘点（之一）············· 255

键盘上的中国——2012 网络热词盘点（之二）············· 257

2013

自强不"吸" ·· 261

当花钱只需轻轻一按（上） ·································· 263

当花钱只需轻轻一按（下）	265
家和万事兴	267
奶粉的潜台词	269
风继续吹	271
流星一跳	273
跨界"抢劫"（上）	275
跨界"抢劫"（下）	277
还能吃什么？	279
当代脸谱：到此一游	281
科学是第一生命力（上）	283
科学是第一生命力（下）	285
足球与中国足球	287
雁过都是痕	289
微信还是危信？（上）	291
微信还是危信？（下）	293
丢人高峰期	295
被偷走的生活	297
坏消息综合症	299
一杯咖啡的境界	301
跟聪明人一起 high 起来	303
幼稚 V 与脑残粉（上）	305
幼稚 V 与脑残粉（下）	307
支付宝娱乐场	309
微信生活之一：逃离"朋友圈"	311

微信生活之二：弃私转公 ········· 313

消失的重生 ········· 315

渔翁偷着乐 ········· 317

两个故事 ········· 319

双 11，开抢! ········· 321

淘宝帝国（上） ········· 323

淘宝帝国（中） ········· 325

淘宝帝国（下） ········· 327

疯狂比特币 ········· 329

装熟 ········· 331

太容易的相见 ········· 333

快递污染 ········· 335

2014

马儿很忙 ········· 339

有脑 ········· 341

春运抢票史 ········· 343

晒出的新意 ········· 345

新的一年，请藏好自己 ········· 347

淘宝统战 ········· 349

聪明鸟 ········· 351

越来越少的纯 ········· 353

时代的暗语，你懂了吗？ ········· 355

你所看到的 ········· 357

未来穿上身 ·············· 359
一枚"茶叶蛋"的滋味 ·············· 361
中国式网购（上） ·············· 363
中国式网购（下） ·············· 365
和手机谈恋爱 ·············· 367
有什么理由是个胖纸？ ·············· 369
iPhone 使用说明 ·············· 371
时间都去哪了？ ·············· 373
伪球迷的盛筵 ·············· 375
舌尖上的世界杯 ·············· 377
天台很挤 ·············· 379
中国球迷（上） ·············· 381
中国球迷（下） ·············· 383
请披上你的"斗篷" ·············· 385
欢迎故宫"赶时髦" ·············· 387
你好，报刊亭 ·············· 389
心中无桶 ·············· 391

2016

智慧出游（一） ·············· 395
智慧出游（二） ·············· 397
智慧出游（三） ·············· 399
"人民战争" ·············· 401
抢月饼：兹事体大 ·············· 403

神逻辑 ··································· 405
朋友圈的国庆假期 ························· 407
广阔微博欢乐多 ··························· 409
学以致用好同志 ··························· 411
你被山寨你活该 ··························· 413
对决 ····································· 415
丢书还是丢人 ····························· 417
回归 ····································· 419
不明真相的吃瓜群众 ······················· 421
阿里社交梦 ······························· 423

2017

Master or Monster？ ······················ 427
向往的生活 ······························· 429
另一场春晚 ······························· 431
焦虑、疯狂与炮灰 ························· 435
单车江湖 ································· 437
要拼祖坟冒青烟儿 ························· 439
跑偏的育儿鄙视链 ························· 441
隐孕 ····································· 444
有关隐私 ································· 447
心疼吃瓜群众 ····························· 449
"勤劳的"中国人 ··························· 451
反思让旅游更美好 ························· 454
无力的透明人 ····························· 456

赢心神剧 ……………………………………………… 459

有关贫富的想象力 ……………………………………… 462

"举手之劳" ……………………………………………… 465

附录：

虚拟空间的真实记录（《网人网事并不如烟》序） …… 467

成长（《网人网事并不如烟》自序） ………………… 472

网络史记

2009

Do you know "Spring brother is true man"? ①

您,是英国留学回来的?您,在英文学校从小念到大?

那来,翻译翻译这句:"Spring brother is true man."

啥?翻不出?别哭,不是您英文退步了,主要是没跟上潮流,out(落伍)了。

话说这个"Spring brother is true man"可是近期网上超红的一句话,翻译成中文,地道而唯一的说法就是:"春哥纯爷们儿。"

"春哥"者,李宇春②是也。

"纯爷们儿"者,当红炸子鸡"小沈阳"一嗓子喊红的流行语。

至于为什么说李宇春是"哥"?又为什么是"纯爷们儿"?嗯……地球人都知道。

所以这短短六个字,其实字字珠玑,也因此才说译法唯一。您今后出门儿也就千万别说成"春天兄弟是真正男人"之类的,露怯。

经狸美美考证,"春哥纯爷们儿"比"Spring brother is true man"诞生得要早,基本上是"小沈阳"在春晚一喊出"人家是纯爷们儿"后就迅速嫁接到了"春哥"头上,并飞快地在网民中传播。

那么,好好的大中华语言,是什么时候又因为什么而有了英文版本呢?

那是今年四月的某一天，内地人气最旺的"天涯论坛"上，有人无意中发现了一个名叫"omegle"的网站，功能简单却新奇，即"一对一与陌生人匿名聊天"。用户在登录后，会被随机分配一名正同时登录此网站的其他用户，而他（她，它），可能来自世界任何一个角落。聊天时，没有名字和id，只显示"stranger"（陌生人）和"you"（你）两个称呼，大家在这种"黑灯瞎火"的模式中，由"零"开始交流。

该网站由美国一个名叫 Leif K-Brooks 的 18 岁后生仔开发，今年 3 月 25 日第一天开放时，只有 100 个人登录，仅仅两周后，便疯狂暴增为一日内 15 万人登录，同时在线人数达到 2,500 人。目前，该网站已推出了 iphone 终端程序，售价 0.99 美元。

书归正传。天涯网友在发现了这个趣怪网站后，本着分享精神第一时间发布到天涯的 BBS 上，众涯友遂呼朋引伴相约齐去"开眼"。随着一批批的"天涯观光团"及其连带发动的其他网站团体"到此一游"，omegle 上迅速充斥了大量的祖国同胞。

既然是"跟团"去的，就有人提出了问题：这匿名聊天，可怎么确认"自己人"啊？

于是乎，有革命群众机智建议："定暗号"。至于什么暗号？出于对"恶搞"的热爱，大家一致投票给当前的最潮流行语："春哥纯爷们"。

然而很快又有人尖锐提出：这毕竟是外国网站，来来往往的都是国际友人，一上来就招呼汉字，未免太小家子气，太不与世界接轨，太不符合大国风范。于是乎，"Spring brother is true man"应声落地……

如果今年四五月时，您恰好也玩过 omegle 这个网站，那么相信您很可能已经碰到过一位或多位一上来就扔出一句"Spring brother is true man"的"神秘人士"。据说,以天涯网友为代表的内地网民们靠这种方式完成了很多次"胜利会师"。

然而,这个网络事件还有一个更经典的结果:由于那段时间一见面就说"Spring brother is true man"的人太多了,以至于许多国外用户都认为碰到了新型病毒,并纷纷回馈给网站。最后,omegle 真的把"Spring brother is true man"列为类似MSN的病毒而加以封锁……

二〇〇九年八月

注:

① Do you know "Spring brother is true man"?意为"你知道'春哥纯爷们儿'吗?"
② 李宇春,2005年"超女"总冠军,因引发了大规模的"中性美"讨论而登上过美国《时代周刊》封面,其话题热度持续数年未消。

"你妈妈喊你回家吃饭"

不管您是网络达人还是网络盲人,估计近期都在什么地方看到过"XXX,你妈妈喊你回家吃饭"这个句式。其"XXX"可能是任何人,但后面的"你妈妈喊你回家吃饭"却是雷打不动的固定表述。

甭猜,一定是从网上来的。

继"俯卧撑"、"躲猫猫"、"草泥马"、"打酱油"等之后,今时今日,网络世界里的第一流行语正是这句"你妈妈喊你回家吃饭"。其出处,来自已被网民封禅为"网络第一神贴"的"贾君鹏事件"。

话说今年7月16日上午近11点时,在内地人气颇旺的百度贴吧之"魔兽世界"(当红网络游戏)版块中,一个只显示IP地址的网友发表了一篇题为"贾君鹏你妈妈喊你回家吃饭"的帖子,内容为"RT",即"如题"。

3分钟后,一个新注册的ID"贾君鹏"首次回帖说:"正在网吧吃,不回家了"。其后,"贾君鹏"的"亲友团"陆续粉墨登场,除双亲外,还包括"贾君鹏二姨"、"贾君鹏同学"、"贾君鹏初恋情人"甚至"贾君鹏小狗"等,纷纷就"贾君鹏回家吃饭"一事发表意见,一时间,各种角色层出不穷。另有网友忙着二次创作,把"贾君鹏你妈妈喊你回家吃饭"翻译成各国文字、再配上恶搞图片,甚至还有人为贾君鹏以文言文立传……短短五六个小时后,该贴已被浏览39万次,回复1

万7千条。截至第三日早上,该帖点击率超过780万次,回复超过30万条。

神秘的"贾君鹏"和"你妈妈喊你回家吃饭"就这样莫名其妙地一夜爆红了,至于为什么会出现如此奇观?专家们的普遍看法是,正如多位网友在跟帖中说的一样——"我们跟的不是帖子,是寂寞",贾君鹏事件反映的是"中国网民的深度寂寞"。

此外,在事件后纷纷站出来"认领"贾君鹏的"幕后推手派"也不排除是本次事件的成因。其中的代表人物,北京某传媒公司黄老板号称投入了800人力,注册了2万ID,一手导演了这出意在为"魔兽"造势的大戏,而事件收入目前已经超过6位数……

五分钟前,狸美美看到了"你妈妈喊你回家吃饭"的最新版本:"台湾,你妈妈六十大寿,喊你回家吃饭。"其流览和传阅人数又奔向天文数字。

二〇〇九年九月

史上最牛世界小姐

1990年出生，现年19岁；身高168cm，体重48kg，胸围36C，脸蛋"完美无缺"；最喜欢的运动是"打小白球"，且赢过"十几座奖杯"；最爱看的书是马基雅维利的《君王论》，以及"四书"和黑格尔的《小逻辑》，至于《红楼梦》、《镜花缘》之类的传统古典小说则是"用来打发时间看的"。

已经侧目了？稍等，还有一句没介绍完——

"17岁起玩期货，用100万起家，1年赚了1个亿。如今在上海佘山有套别墅，在苏州有两套高级公寓，在北京有套别墅……先说这么多吧，说多了我怕仇富。"

您的下巴请尽情地掉。

张谒之，从8月下旬起开始叱咤网坛的传奇"90后"，以"气不过满眼的庸脂俗粉"为由，带着"左手美丽，右手财富"的著名参赛宣言报名竞选"网络赛区世界小姐"，目的是要让大家看看"什么叫姿色，什么叫财富，什么叫智慧"。

同一时间，她宣布自己还报名参加了另一个期货实盘交易精英赛，"用这张脸和这副身材来选世姐，再用这颗大脑去比期货"，目标是"一手拿世界小姐冠军杯，一手拿期货大奖500万"。

咁串①？係啊，张小姐说了："因为我有嚣张的资本！"

美女、才女和财女，哪一条女单拎出来都能惹一身是非，何况是三位一体还在积极挑衅的。"张三女"这一帖子下去，网上立马炸了锅。其首发在天涯上的战斗檄文被各大论坛争相转载，短短数日内，仅本尊原帖的点击率就逼近 40 万。

在浩瀚的网友回帖中，立场明显分为对立两派，且规模相当。支持者们认为张谒之实力雄厚而且勇敢，青春飞扬就该如此嚣张。反对派则严重质疑张美女实力的真假，从《君王论》到高球奖杯到 100 万的核裂变，提出了种种疑点。其中，有人曝光了神秘的网络聊天记录，揭露张谒之其实又是某上海公司的炒作产品，其名字经历全部为假，真人实际上对期货一窍不通……

质疑面前，坚持美丽智慧两手都要硬的张小姐表现为气势有余而证据不足，回应到后期时，心态愈显浮躁，已离对骂不是很远了。

事情到了这一步，狸美美同学已不愿再关注下去，不是因为她有可能是假的，而是因为她即便是真的，也已经丑掉了。

没有谦虚和宽容做根基的美，总是靠不住的。

二〇〇九年九月

注：

① 咁串，粤语，意为"这么嚣张？"下句的"係啊"意为"是啊"。

从"囧"到"烎"

一年前,如果您能认识"囧",那您算是跻身了 10% 的博学人群;一年后的今天,如果您还没认识"囧",那不管原因为何,您也都算是在 10% 的落伍人群里挂了号……嗯,真囧。

那么,这位相貌神奇的"囧"同学,到底是谁?

囧,音"窘",中国最古老的汉字之一,在甲骨文中已有记载,后与"冏"字相通,出现在诸多古文典籍中,就连王羲之的《远宦帖》上,也清楚地印有一个"囧"字章。该字最早是形容窗户明亮透光,其后引申为光明、辉煌等意思,但到了网络时代,囧的本意已完全被忽略了,取而代之的,是它那张"八字眉 + o 嘴"的"脸"所直接传达出的无限"意向"——郁闷、尴尬、惊讶、无奈……加上与"窘"相通的读音,使得从古至今再没一个字能如此传神地表达出"窘迫"的意境。

相传"囧"字于去年先在台湾的 BBS 上流行,随后便以惊人的速度蹿红香港、大陆以及其他华人网络。其中在香港,因有网民把 TVB 女艺人胡 × 儿的哭相和演技与"囧"字做了联系,导致"胡囧囧"的名字一夜大热,还上了报纸。

网民爱囧,近乎疯狂,形形色色的"囧论坛"、"囧网站"如雨后春笋般涌现,其中有个"一日一囧"视频,用每天一个故事的形式传达出与"囧"有关的各种心态。仅在"优酷"网上,总点击率已以亿计。

　　除此之外，彪悍的"囧"更闯入了现实世界：除了囧商店、囧T恤、囧文具这些"小把戏"外，台湾导演杨雅喆拍摄了电影《囧男孩》，运动品牌李宁推出了"囧鞋"，就连英特尔公司也设立了"英特尔囧活动"网站。

　　囧文化当道，有人认为这是对汉字不尊重，但也有人认为像对"囧"这种生僻字的关注，恰恰有利于中国文化的传播。

　　——这倒是真的，在囧的带领下，广大网民先是又认识了囧的女朋友"莔"（音"蒙"），然后又认识了囧国国王"崮"（音"固"），以及包括"槑"（音"梅"，网意"很傻很天真"）、"兲"（音"田"）、"玊"（音"俗"）等在内的许多尘封了多年的古汉字。

　　狸美美同学接获的最新线报称，目前最新流行的"囧国文字"为"烎"（音"银"），本意为光明，网意为"霸气"、"彪悍"，形容一个人斗志昂扬。刚一出世，已传遍各大论坛，大有要"超槑赶囧"的架势。

　　如果您是刚刚才认识的"囧"，那赶紧在"烎潮流"中饮个头啖汤。

二〇〇九年九月

你是什么"党"?

遥想靖哥哥当年,东邪、西毒、南帝、北丐、中神通争霸武林,再看狸美美今朝,春哥教、寂寞党、劲舞团、开心帮、天涯愤青驰骋网海。不一样的时代背景,一样的精彩纷呈。

春哥教:教众庞大的党派,起源于网友对李宇春[①]的"恶搞"。但演变至今,"教义"已大幅拓宽,甚至有网友认为现在的"春哥"已和"李宇春"没太大关系了。成为"春哥教"的人,很可能并不是因为讨厌或者喜欢李宇春,而只是因为热爱大家无意中集体创造出的这个"春哥"概念。"春哥教"的名言为:"信春哥,得永生。"

寂寞党:网络党派中的后起之秀,其势头之猛如决堤洪水。起源于某日夜间一"非主流"在网上发了一张吃面的照片,上书"哥吃的不是面,是寂寞。"由于讽刺意义浓厚又具喜感,所以迅速被其他网民套用,遂诞生出"哥抽的不是烟,是寂寞"、"不要迷恋哥,哥只是个传说"等万千"寂寞"金句。"寂寞党"因此得名。但另一方面,由于该模仿太过海量又太过无聊,最终导致一些网民倒戈,掀起"反寂寞"浪潮。

劲舞团:为一款韩国开发的音乐网络游戏,依靠可爱的人物造型、服饰装扮、音乐律动等元素吸引了一大批以90后为代表的非主流玩家。由于这些玩家年纪太轻,社会意识普遍较低,故而引发出许多因游戏而起的不良甚至恶性事件,更一度被文化部点名批评"违背社会公德"。

开心帮:开心网用家。开心网相当于中文的 facebook[2],是目前内地最大、最受欢迎的 SNS 社交游戏网站,注册人数已达 5,400 万。其中因不少白领热衷网上"偷菜"而一度引发媒体关注。

天涯愤青:天涯社区用户。天涯创立于 1999 年,是内地最著名的老牌 BBS,自建立以来,以其开放、包容、充满人文关怀的特点而备受海内外华人推崇。时至今日,天涯用户已达 2,000 万,其中包含数百万"超级粉丝"及大量"藏龙卧虎"的高质量用户。因天涯而红的话题人物、话题事件不计其数,其中最为人们熟知的恐怕要属芙蓉姐姐、木子美等。

就在上月初,某实体公司在其现实中的招聘启事中明确列出:严禁"春哥教"、"寂寞党"、"劲舞团"等任何网络教派加入……启事一出,神州网友齐声呼"囧"。

看来,政党有风险,入市须谨慎。

二〇〇九年十月

注:

[1] 李宇春,2005 年"超女"总冠军,因引发了大规模的"中性美"讨论而登上过美国《时代周刊》封面,其话题热度持续数年未消。

2009 十大网络热点（上）

上周一，官媒人民网推出了一个今年前十个月的"网络热点排行榜"。据称，该榜以 50 多个网站、300 多家境内外报刊为取样基础，按"网民关注"等 30 多个角度综合排名。天花乱坠一大堆指标，总之貌似"很专业"就对了。

闲话少说，列个前几名给各位看看。

第一名：迈克尔·杰克逊引发怀旧潮

今年 6 月 25 日，在全球拥有最多歌迷、累计卖出唱片多达 7.5 亿张的流行音乐之王迈克尔·杰克逊猝死家中，终年 50 岁。对于这位永远的"King of Pop"（流行音乐之王），对于这位被歌迷称作"神"的"非人类"，对于这位"模糊了种族、肤色、性别、年龄、美丑界限"的使者，实在有太多的话可以讲，又实在什么也不需讲。他的陨落，引发的是媒体关注度提升 2880%，网民关注度提升 1244%，以及无差别的泪水和全球性的哀悼。聚焦到中国，各大网站论坛都掀起了一波又一波的"迈克尔怀旧潮"。人们在追忆他的歌声舞步、他的慷慨捐赠、他的率性坦然以及他的丑闻非议时，也一并邂逅了自己回放的青春。

第二名：喜羊羊与灰太狼

在日美动漫雄霸天下的时候，这部100%纯国产的卡通片如一匹黑马闯入人们的视线。尽管在技术层面只属初级的flash制作，但热播50个电视台，远销港、台、东南亚的"收视数字"却一点儿也不初级。如今，该片已播出500多集，是目前国内最长的动画片。观众除了小朋友更有不少成年人——这个一点儿也不奇怪，举凡优秀作品一定都是"老少咸宜"的，给小童看的尤其如此。这其实也是喜羊羊与灰太狼能成功的终极原因。

第三名：不差钱捧红小沈阳

赵本山日前"跑偏"吓了粉丝们一身汗，如今终于出院，花点时间休养生息是跑不了的。不知道他是不是也预感到要有这么一出，所以年前就给观众们"补"了个小沈阳。春晚上的一个《不差钱》，让小沈阳家喻户晓、炙手可热。专家说，他的成功在于"精英文化与大众文化之界限渐渐模糊"，说白了，就是代表"草根阶级"的小沈阳，"俗"得正合绝大多数小老百姓的胃口。

碍于篇幅，本期先说到这。最后附送一个笑话给各位：话说很多超级歌迷一直拒绝承认迈克尔去世，他们坚信那是因为"上帝想看演唱会，所以把迈克尔叫去了"。联系到近期还陆续有若干在业界数一数二的人物英年早逝，故这个信念遂扩展为"上帝想看AV，所以带走了饭岛爱"、"上帝想看CCTV，所以带走了罗京"、"上帝想看漫画，所以带走了'小新的爸爸'……"终于，有中国球迷忍不住询问上帝："您为什么不看中国足球呢？"上帝冷静地回答："你当我傻啊！"

2009 十大网络热点（下）

上次说到人民网推出了今年前十个月的"网络文化热点排行榜"，其中，"迈克尔·杰克逊引发怀旧潮"、"喜羊羊与灰太狼"、"不差钱捧红小沈阳"分别包揽了前三甲（后面七名请参看附表），这里指的是综合排名。这周，我们要换个角度，讲讲不同的族群分别最关心什么事儿。

首先来看看"网民"们最关心的热点。在这项指标中，得分最高者为"喜羊羊与灰太狼"，想来，这与上网者多为年轻人脱不了干系。而有趣的是，这两头被年轻人爱疯了的时髦宠物却惨遭"意见领袖"们的漠视，沦落为他们"最不关心的事"。一头一尾，若天堂若地狱，两个族群的"关注度"相差了近一倍。而再看另外两个指标"网站关注度"以及"传统媒体关注度"，结果都与网民较吻合。

下一组数字来自"网站关注度"，在这个指标里，排名第一的为"网瘾标准与治疗"。据称，卫生部有可能在年内出台"网瘾诊治标准"，初步认定每周上网 40 个小时以上即"有瘾"。瘾是一种病，有病就得治，治网瘾就得少上网。如此一来，该事件被"网站"们格外关注是情有可原的，毕竟干系着自己的方方面面。但同样有趣的是，那些真正与事件有着切身关系，本该比网站更关心此事的网民们却表现得格外"无视"。他们懒洋洋地打着哈欠，耐着性子列出一份每日上网 12 个小时的工作生活时间表,再甩出一句"有几人不是这样?",末了,附送一句"被网瘾"以作结案。

第三组指标来自相对严肃专业的领域。其中在"传统媒体关注度"一栏里,永远的迈克尔·杰克逊夺得了其绝对眼球,总分达到"100"。另一个同样拿到百分总分的事件为"季羡林、任继愈去世"在"境外媒体"中的关注度。由这两项可见,大师级毕竟是大师级,做到了真正的根基深厚、声名远播,这是那些一夜爆红的网络热点们所望尘莫及的。而说起对这两个事件相对"冷静"的族群,数据显示又为"意见领袖"们。其中,在"迈克尔·杰克逊"事件上,"意见领袖"们的关注度再次在所有族群中垫底。

那么,意见领袖们到底关心什么呢?调查显示,在综合排名前十名的热点事件中,夺得意见领袖们最高关注度的为"《中国不高兴》大热",分数达到98.66。这本以《中国可以说不》续篇面貌出现、以"持剑经商"为主要观点、充满了民族主义论调的话题之作,与其说是"触及了某些国人的G点",倒不如说是触及了绝大多数意见领袖们的G点。

哪还有空看喜羊羊与灰太狼?

但这让狸美美着实有些迷惘——如此极端的"脱离群众",那些所谓的"意见领袖"又在领谁的袖呢?

附表:十大网络文化热点

1. 迈克尔·杰克逊引发怀旧潮
2. 喜羊羊与灰太狼
3. 不差钱捧红小沈阳
4. 《中国不高兴》大热

5. 网瘾标准与治疗

6. 富二代

7. 季羡林、任继愈去世

8. 贾君鹏：你妈妈喊你回家吃饭！

9. 开心网"偷菜"

10. 余秋雨捐款风波

静悄悄的"被时代"静悄悄地来

"我的工资被增长了,我的生活被小康了,我的儿女被就业了,我的意志被自愿了。不过我还算好的,因为还有人被自杀了。"——您别笑,这不是附送给您的笑话,而是当今中国网民最流行的语法表达。那些原本的不及物动词,随着一桩桩事件的发生而一个个地被冠上了被动语态,终于有一天,大家意识到,人们已进入了一个"被时代"。

说起"被时代"的开创者,要追溯到去年的"阜阳白宫事件"。2008年3月,曾多次进京举报原阜阳市颍泉区区委书记张治安违法占用耕地、修建豪华办公楼"白宫"等问题的举报人李国福,突然在监狱医院内离奇死亡,当地警方遂裁定其为"自缢身亡",但李国福的家属却认为事有蹊跷,不服判定。该事件引起媒体与网民的极大关注,其中,"被自杀"一词被个别网友创出后,迅速得到其他网民的认同及追用。"被自杀"遂红爆整个网络。有网民戏言,该词是中国的第五大发明。而"被xx"的语法也正式开始流行。

第二个成名的"被"家族用语是"被自愿"。今年5月底时,有内地媒体披露重庆铜梁县教育局要求孩子读小学要缴纳9000元的"教师节慰问金",不交就"退人"。此后,铜梁县教育局局长在接受采访时表示,缴纳"慰问金"都是家长"自愿"的。无独有偶,事过两月,宁波教育学院又被爆出在每届毕业生离校前都会强行向学生收取"孝敬费"，本届为每人 30 元，而校方则一概坚持这些都是学生们"自愿"的。联系到每个人生活中的那些见怪不怪的潜规则，一时间，"被自愿"一词在网上大热。

　　同是 7 月份，教育局公布了今年高校就业情况，虽然有金融危机的影响，但数字显示今年应届毕业生就业率达到 68%，与去年持平。7 月 12 日，有应届毕业生在网上抛出一纸檄文，题为《谁替我签的就业协议书？注水的就业率！》。文中，作者揭露他和他的同学们在完全不知情的情况下，被学校安上了"虚拟"的就业单位。文章一出，应声四起，学生网民纷纷"爆料"，有的称自己和楼主一样"被就业了"，有的则称比楼主更甚，是"被要求就业了"——即校方把寻找假单位的工作推给学生，否则不发毕业证。为此，不少学生都去请学校周围小卖部、礼品店的老板吃饭，然后求他们帮忙盖个章。

　　除此之外，形成过话题的"被家族词语"还有"工资被增长"、"民意被代表"、"生活被小康"等等，而每一次戏谑搞笑的背后，其实都是弱势群体的一声叹息。

二〇〇九年十一月

新网络 36 行

您年纪一把的宝贝儿子又打了一夜"网游"？您失业在家的亲爱女友又逛了一天"淘宝"？先别忙着唉声叹气，他们，也许正在工作，而且，挣得比您还多。

近日，一个《新网络 36 行》的帖子正在各大论坛广泛流传，其中罗列了若干种经网友推荐、专家筛选的与网络有关的新兴职业。这些在老一辈眼中匪夷所思的"新工种"，正在成为越来越多年轻人创业的敲门砖。

——就比如前文提到的"淘宝"。

若说金融危机下为拉动中国就业做出了卓越贡献的，淘宝网一定得算一个。这个如今国内最大的 C2C（客户对客户）购物网站，在创业五年间，注册会员已超过 9,800 万。去年一年，淘宝网的成交总额高达 999.6 亿元人民币，有 40 万人单纯依靠淘宝网的收入而解决了就业问题，另有超过 100 万人在从事淘宝周边的外围行业，达到间接就业。

具体到我们所讲的"新网络 36 行"，其中至少有四分之一的工作与淘宝网有关，包括最直接的"网络掌柜"（网店老板）、"网络店小二"（通过电脑帮网店上货、与客户沟通的人）、"换客"（与别人交换闲置物品的人）等，以及间接催生的"网络麻豆"（帮网络店铺展示商品的模特）、"网络推手"（利用网络帮企业或个人推广品牌）、"网络代购"(帮人从异地买东西)、"网络砍价师"(通过网络平台帮买家与卖家讨价还价的人)、"网店装修师"(把网店制作得更吸引人的专家)、"网络团长"(聚集若干买家资本,与商家谈判寻求最优价格的人)之类。根据淘宝自己的预期,今年,通过淘宝直接就业的人数将增至60万,而间接就业者将增至200万人。

除了"淘宝产业链"之外,其他的网络新兴行业还包括"网络游戏代练员"(有偿帮网游玩家打机"升级"者)、"红客"(帮客户对付"黑客"的人)、"印客"(把网民的文字图片制作成印刷品,以便永久保存)、"播客"(制作原创视频,依靠点击率赚钱的人)、"调客"(专门做网络调查的人)等等,五花八门,"雷"人[①]不止。总之应了那句俗语:只有想不到,没有做不到。

最后,您想打探一下这些新行当的"钱景"?嗯,实在是不一而足。比如有网络美少女拍拍照就月薪过万,也有无名写手辛勤数月只得百元入荷,还有同开网店的甲乙丙丁,这边日进斗金,那边无人问津……说到底,"新网络36行"提供的是机会,不是奇迹,唯一可以保证的——它们都是"朝阳产业"。

二〇〇九年十一月

注:

① "雷",网络流行语,意为"因出人意料而令人惊诧",有时会略带嘲讽之意,但在本文中没有。

那些被网络谋杀的生活

十五年前①,路人甲还是个青葱少年,写得一手只有自己能欣赏的钢笔字,交了一大堆"散落在天涯"的"笔友"。每天放学后,路人甲都会流连在唱片店或小书店,打个"书钉",听听流行歌曲,偶尔用积攒的零用钱买下心仪已久的小说或磁带。那时候,有太多个慵懒的午后,路人甲就沉浸在这些文字和歌声里,一遍遍聆听揣摩,直到每一首歌的歌词都刻在心里,每一本书的佳句都随口能吟。然后,路人甲会把这些感受统统写在有花纹的信纸上,贴足邮票,寄到远方。

时至今日,路人甲那些"散落在天涯"的笔友早已换成了"泡在天涯论坛"的网友;碰撞思想的信件变成了个人博客和社交网站的留言;通讯录几乎被永久封杀了,取而代之的是 Facebook 和 MSN②;至于那手钢笔字,更已和它唯一的欣赏者阔别多年。

今时今日,路人甲的生活里仍是不能缺少书籍和音乐,但唱片店却已有日子没去了——满网的 MP3、电影视频,国内的、国外的、单曲的、专辑的、收费的、盗版的、下载的、在线的,一切悉听尊便;书店去的也明显少了,因为电子书实在太方便了,下载到手机里,等人等车等饭的时候随便点开就看了,省钱省力省地。虽然有时为了那怀念的油墨味而再临书店,但买书如山倒,看书如抽丝——没时间啊,那些网上的娱乐塞满了每一秒时闲。

而如果您的年龄超过十五岁，此时此刻，您是不是在想：这个路人甲，似曾相识呢……

往事追忆到这里，该引入我们今日的主题了。日前，英国的《每日电讯报》列举了50个"正在被网络'杀死'的事物"，包括"写信／书写／正确地拼写"、"相册和幻灯片"、"从头至尾听完一张唱片"、"电报"、"知识产权"、"唱片店与延时发售的电影DVD"、"主流媒体"、"色情杂志"、"被埋没的艺术家"、"委婉地提出异议的艺术"、"准时的美德"、"电话本"等等，其中有一些事物似乎值得特别提及一下：

"记忆"：Google们的存在，让许多过去在学校里被要求"记住"的知识失去了学习的价值，想查询什么，"搜索"一下就好。

"隐私"：从公共摄像头到Facebook，从注册信息到"人肉搜索"，这个时代，人人无所遁形。

"相见不如怀念"：这是个没有"怀念"的时代，人生里所有的朋友都在MSN上。虽然依旧是十年不曾谋面，但却看着他／她天天在线，"感怀"就这样消磨掉了，取而代之的是麻木。

从上周因网络而生的"新三十六行"，到这周因网络而死的"五十个事物"，一生一死间，是历史车轮的滚动。只是，有些生死是好事，有些生死是憾事，有些生死是危险事——当Google越来越有用的时候，是不是也表明人类将越来越没用？

二〇〇九年十一月

注：

① 1994年4月20日，中国通过一条64k的国际专线，全功能接入国际互联网，从此被国际正式承认为真正拥有全功能Internet的国家，中国互联网时代从此开启。

② Facebook，全球著名社交网络服务网站；MSN，全球著名的网络即时通讯工具。

中国网民大片：叻过荷里活①

如果狸美美不是个写专栏的，而是斯皮尔伯格或昆汀·塔伦蒂诺②，那小狸一定马上带着全部班底直奔中国，为中国网民拍一部大片。阵容无所谓，反正谁演都会红，名字嘛，就叫做《人肉搜索的名单》或《杀死贪官》（港版译做《网络标杀令》）好了③，不出意外的话，后年揽它几个小金人儿④该是探囊取物。

之所以有这个感慨，实在是中国网民掀起的一场场事件都太具传奇色彩，情节迂回抓人，细节富技术含量，题材属商业片最爱的惊悚犯罪，模式是大热的小人物挑战高层敌人，就连奥斯卡最看重的政治含义它都不缺……不信？给您举一个最近的例子。

就在上个月，江苏省南京市中级人民法院做出一审判决：原南京市江宁区房产管理局局长周久耕受贿罪名成立，判处有期徒刑11年，没收人民币财产120万元。乍一看，周久耕官小钱少，与动辄几个亿的大老虎相比，实在小巫见大巫。但消息一出，就连美国时代周刊都做了报道，为什么？

去年12月，时任江宁区房产局局长的周久耕在接受9家媒体的联合采访时说："对于开发商低于成本价销售楼盘，我们将和物价部门一起进行查处。"言论一出，饱受高房价迫害的广大网民马上炸了窝。次日，便有一篇《八问江宁房产局周局长》的帖子被发到网络上。随后不久，一篇更具杀伤力的《遍撒英雄帖，追查周久耕》的帖子开始流传，而网民对周久耕的"人肉搜索"也正式开始。

三天之后，有网友发出一篇名为《赞一下那个要处罚低价售房的局长，看人家抽的烟》的"技术帖"，帖中指出，通过在网上搜索到的周久耕开会的照片，可以看出他抽的烟是售价1500元一条的"南京九五之尊"。有人马上为周局长算了笔账，得出"他一个月的烟钱要'过万'，显然是4000元月薪消费不起"的结论。随后，又陆续有人发现周久耕戴的手表是售价10万元的"江诗丹顿"，开的车是凯迪拉克。

除了"可疑"的装备，网友们还查出这位周局长的弟弟是房地产开发商，而"打击低价售房"的背后含义也似乎终于浮出了水面。

事发二十天后，周久耕被免职。今年2月，周因涉嫌严重违纪被立案调查；9月开庭，10月宣判罪成。

说回前文的媒体关注，舆论们普遍认为，这个事件意义深广，有的引申到"第四权力"，有的引申到"现实架构局限性"……但潜规则之下，作为网络一介草民的狸匹堡⑤，想得最多的还是小金人儿。

二〇〇九年十一月

注：
① 叻，广东话，厉害的意思。荷里活，好莱坞的香港译法。
② 两人均为国际著名导演。
③ 分别取自斯皮尔伯格的名作《辛德勒的名单》和昆汀·塔伦蒂诺的名作《杀死比尔》（港译《标杀令》）。
④ 小金人儿，奥斯卡奖杯的戏称。
⑤ 由斯皮尔伯格的港译名"史匹堡"而来。

"人肉时代"的"删帖公司"

乍看今日之题，若您的联想"很黄很暴力"，那狸美美有必要先给您扫盲一下网络时代的"人肉"新意。

"人肉"者，"人肉搜索"的简称，这是内地的说法，换成香港市井的语言，即是"起底"。意为通过网络查询挖掘某些人、事、物的资料，通常是许多网民共同参与的群体行为。因"人肉"而引发的著名网络事件不计其数，随口一说便有"华南虎照事件"、"上海流氓外教事件"、"辽宁女事件"、"'兰董'事件"、"林嘉祥猥亵女童事件"、"贾君鹏事件"，以及前两周提到的"天价烟事件"等等等等。其中，如周久耕、林嘉祥等官员正是在"人肉搜索"下现出原形，不仅丢了乌纱帽更最终沦为阶下囚。在这种情况下，虽然"人肉搜索"难免成为一把双刃剑，但大家更关注的明显是其"斩黑"的一面，"人肉搜索引擎"也因此而不断蓬勃发展。

另一方面，那些不法奸商以及贪腐官员的心正越来越慌，或提心吊胆或已经深陷进一场场"公关危机"，而他们的担心终于成就出一种全新的畸形行业——删帖公司。

所谓"删帖公司"，就是专门帮人删除网上负面消息的公司，目前这种公司已遍布全国各地。客户只要出钱，就可以删除几乎所有大小网站上的不利消息。至于收费，有媒体曝光出的一份价目表显示，在"新浪网"或"搜狐网",要删除一条消息收费一万元;"人民网"、"新华网"、"央视"五千元;省级、专业网站三千元;地区级网站一千元;网页快照两千元。从业者表示,其公司每周可接两单业务,每单业务都在万元以上。至于其删帖的手法,那是八仙过海各显神通,有的标榜"依靠完全合法手段"、有的声称"不排除采取黑客技术"、还有的暗指"里面有人",总之,条条大路都通一个罗马——让您的负面消息消失得无影无踪。

面对这些"删帖公司",网民的态度除了失望就是心寒。许多官方媒体也纷纷发表评论,抨击这些删帖公司是在腐蚀民意、"助纣为虐"。而"删帖公司"自己的说法则是:"我们管它叫'品牌维护'。"

狸美美不知道他们口中的这些个"品牌"是否还值得"维护",狸美美只知道,如果三鹿事件发生时就有了删帖公司,那成千上万的孩子们怕是至今还在喝着三聚氰胺。

这一桌子的"杯盘狼藉"

"人生就像一个茶几,上面摆满了杯具。当我们认为自己跳出了一个杯具时,却已经掉进了另一个杯具。而你若发现自己没有跳进另一个杯具——那么恭喜你,你掉下茶几了。"

先声明的是,狸美美并没有开始改写"家私"专栏。而如果您说您没看懂上面的话,那请您把"杯具"用普通话大声念出来……听到了什么?是不是"悲剧"?……啊,原来如此!

而这,正是今天要讲的主题,堪比"囧"系列的网络最新流行语:"杯具系列"。

与绝大多数网民自创的"草根流行"相比,看似最无厘头的"杯具"实则有着十足的"名人背景",有人为其总结了一句话,即"易中天发端,张爱玲模板"。

具体说来,去年底至今年初时,著名的明星学者易中天在某期《百家讲坛》(央视王牌栏目)中突然慷慨激昂地冒出一句:"悲剧啊!",配合上他当时的表情动作,整个画面十分具有喜感。该场景的电视截图后被好事者发到网络上,流传甚广,而"悲剧"一词也因此开始迅速蹿红,并直接奠定了日后变种"杯具"的流行。

另一方面,在"杯具语录"中出现最早也是最红的一句话,就是本文开篇的那一句:"人生是一张茶几,上面摆满了杯具。"文学青年们读到此时应该已经看出来了，这个熟悉的句式正是引用了张爱玲的名言"人生是一袭华美的袍，上面爬满了虱子"。复刻经典，难怪会红。

如今，"杯具"已出现在网络的每个角落，紧随其后的，是其庞大的"器皿家族"，比如"洗具"（喜剧）、"餐具"（惨剧）、"茶具"（差距）等等。而有关"杯具"的名言更是如雨后春笋般层出不穷，创意非凡，寓意深刻，其中比较著名的有："女人是水做的，男人为了迎合她们，将注定成为一个个杯具。""我觉得自己能够当洗具，可人家总用我做杯具。""人生就像一碗内牛满面（泪流满面），少了，装它的是杯具，多了，装它的是餐具。"……

对于"杯具"的流行，有不少专家担心这个明显不代表"快乐"的词如此受欢迎反映出社会消极情绪的泛滥。但网民们却认为，这只是一种流行的自嘲，娱乐的成份更多，非要说的话，反而还有些自勉的作用。

在"杯具名言录"中，狸美美最中意两句，第一句是"就算人生是个杯具，我也要做个官窑上品青花瓷"，而第二句是"人生就像刷牙，左手虽然握着杯具，但右手也同样握着洗具。"

二〇〇九年十二月

网 络 史 记

2010

新的一年，织条"围脖"吧

在刚刚过去的 2009 年，您知道哪个词语被英国《卫报》评为了年度流行语"人气王"吗？奥巴马？甲流？嗯，全错，其实是"围脖"——哦，对不起，应该是"微博"。

微博者，微型博客也。顾名思义，就是把博客写得短小精悍，具体到硬指标上，每条不超过 140 个字，可加配图片和视频。微博一经发出便只能删除而不得修改，绝不给反复"整容"的机会。发布微博的途径多种多样，可以用电脑，也可以用手机。

这些特性，决定了"织"一条"围脖"的时间可以短得只有几秒钟；决定了人们可以在任何时间任何地点随时更新其内容；决定了每个博主都可以轻松成为"多产"的作家、现场直播的"记者"；决定了微博的文字不如博客深思熟虑却带有一种独特的生命热气；决定了每条微博都是一些词语的碎片却真实记录着生活⋯⋯

目前国际上最知名的微博网站是美国的 twitter，它也是微博最初的实践者，其日访问量达 2,000 万人次，市值接近百亿美元，包括奥巴马、白宫、FBI（美国联邦调查局）、Google、福布斯等在内的诸多国际知名人物和组织都是其用户，小小的 twitter 更是美国大选、500 强营销的重要舞台。至于目前国内的微博一哥则非新浪莫属，自 2009 年 8 月推出至今，短短数月已成功掀起内地"织围脖"的风潮，如今更几乎成为国内微博的代名词。

其实从学术角度看,微博的争议很大。比如不少专家就认为其"过于琐碎"、"口水资讯太多"、"难登大雅之堂"、"快节奏时代的速食品,缺乏思考";而商人们更得出"微博尚无成熟盈利模式"的结论——"缺乏内涵"使微博用户很容易在新鲜期过后而流失,从手机发博中得益的是运营商而非网站——从而普遍持观望态度。

那百姓们又是爱上"围脖"的什么呢?狸美美告诉您,是温暖。在微博上,每天都上演着一呼百应、一帖千传、一人有难八方支援的戏码。有赴港参加毕业典礼的北京姑娘在深圳过关时发现没带通行证,一条微博出去,200次转发不到,便找到了"海航雷锋快递员";白发阿婆寻找小孙女的消息,一日之内被转发了4,382次,谁也不认识谁,但谁都没吝惜伸出"帮忙的小手"……有人总结得好:"在围脖上,你能感受到社会并不如我们想象中冷血,人心未死,就算微博,也是媒体;就算微搏,也是心跳;就算微薄,也是力量。"

新的一年,如果觉得冷,不妨给自己织条温暖的围脖吧。

二〇一〇年一月

Google 断腕为哪般

上周三，美国互联网搜索服务商 Google 在其英文博客里声称，由于受到来自中国境内的高端黑客进攻 Gmail（Google 旗下的邮箱）维权人士帐户，以及不想再按有关当局规定而过滤搜索内容，所以宁愿撤出中国内地市场。

Google？就是那个全球市场占有率第一、许多人日日都要用个成百上千次的搜索引擎？就是那个开发了 Google map（谷歌地图）、Google earth（谷歌地球）以及 Google reader（谷歌阅读器）等许多好用工具的网站？就是那个 Gmail、Gtalk（Google 旗下的即时通讯软件）的拥有者？就是那个 YouTube[①]的东家？……恭喜您，您全都说对了，而如果此时您正身在中国大陆，那意味着您有很大机会要跟以上所有这一切说 Byebye 了。

一石激起千层浪，Google 退言一出，网上网下顿时乱成了一锅粥。先是华府出面力挺，中国外交部次日回应；再是微软、惠普、雅虎等业界大佬纷纷站队表态；紧接着是百度、阿里巴巴等内地对手及合作伙伴们或抨击或惋惜；最后就是不计其数的网民们发表高见。

在来来回回的意见中，人们总绕不开两个问题：Google 为什么要走？Google 会不会走？

血热的人说，Google 为了它的"理想主义和企业良心"而"宁为玉碎，不为瓦全"；血冷的人说，Google 不会放弃庞大的中国市场，此举一定是其打出的"心理牌"；心红的人说，Google 并不是为了现在而放弃未来，其恰恰是为了未来而放弃现在，虽然会痛，但它一定会走；心黑的人说，Google 在中国的收入不及其全球收入的百分之一，退不退出对它的影响并不大，Google 的做法只是噱头，"恶心"得很；还有没心的人说，Google 退出中国根本就是"普通"的商业行为，只是被"别有用心"的政客利用了，才被粉饰成一个貌似悲壮的事件……

虽然狸美美使用 Google 已有近十年时间，但仍是不能揣测这起事件背后的用意。唯一能肯定的是，就如同 72% 的投票者一样，狸美美不希望这么好用的工具就此绝迹中国。顺便提一句，狸美美用 Google 的日子，都是在"墙外"，但从没被"荼毒"了那颗爱国心。因为了解，所以更懂得把握。

最后附送一个段子，Google 宣布可能退出中国后，不少北京网友相约到 Google 中国办事处"吊唁"，并在石刻 logo 旁放上鲜花，以表"哀思"。对此，清华科技园（Google 中国办事处所在地）的保全人员宣称该行为"未经批准"，属于"非法献花"。一个新的网路名词"非法献花"因此而诞生。

二〇一〇年一月

注：

①全球最大的视频分享网站。2006 年 11 月，Google 公司以 16.5 亿美元对其进行收购。

Google 的女朋友

今天要讲的是一个很"可爱"的事件：谷歌（Google.cn）有了女朋友。而更可爱的是，当谷歌准备抛弃所有中国网民的时候，他的这位"女朋友"却宣誓要跟中国网民过一辈子。

事情仍是源于本月 13 日谷歌放出的那枚"撤华炸弹"。当时，谷歌话音未落，全球已乱成一锅粥，从美国白宫到中国小网民，照会的照会，八卦的八卦，还有不计其数的人参与到论战当中。然而，就在最风口浪尖的 13 日当夜，有一群本该活跃的 IT 达人却选择了缄口，他们默默地干了一整夜，14 日白天，一个长相酷似谷歌的网站"谷姐"（Goojje.com）诞生了。

凡是到谷姐参观过的网友，第一反应都非雷即囧。只见谷姐的主页上，无论 Logo、色彩还是布局，都几乎完全"饼印"①谷歌，个中还穿插着一些百度（内地最大的搜索引擎，谷歌的主要对手）元素。比如"Google"换成了"Goojje"，而当中的一个 j 套用了百度的"熊爪印"；汉字"谷歌"换成"谷姐"；"Google 搜索"和"手气不错"的按键换成了"谷姐一下""寂寞全消除"（百度为"百度一下，你就知道"）。

此外，谷姐也在主页上添加了一些独创元素，比如其 Logo 下的宣传语："哥的留下是为了姐，哥依然迷恋着姐"。还有主页下方的网站宣言:"谷姐为和平而生,这个网络世界将因为谷姐的出现而和谐,有谷姐哥们不再寂寞。"而该网站宣称其隐私权政策为"我的路,我坚持;不抛弃,不放弃。"不少网民认为,这个"不抛弃"是在暗指谷歌抛弃了中国网民。

据说有媒体采访到了谷姐的管理员,得知该网站的主策划者为广东一名年仅20岁的温姓在校女生。这位聪明的"温姐"在得知谷歌撤华后,第一时间联络了全国各地20余名网友组成开发团队,连夜打造出谷姐。目前,网站的开发管理都靠网友打义工,其中负责页面设计和管理的就是一名只有13岁的电脑神童。网站在其主页上挂出"招兵买马"的玄铁令,号召有创意的网民加入。

此外,谷姐有意思的地方还有一个,就是"尚不知道自己是干什么的"。他们在招募通告中写道:"也许谷姐是搜索引擎,也许谷姐是交友平台,也许谷姐是门户。到底谷姐是什么?一切由你定……"不过,年轻的团队虽然不清楚自己的定位,却十分清楚另一件事,那就是:"只要我们活着,谷姐就活着,就算将来没人上谷姐了,我们也一样坚持。"

朝气蓬勃,说做就做,有华丽的理想,敢勇敢地承诺。当谷"哥"还在为走不走而纠结的时候,谁能说谷姐不是可爱的?——哪怕她是山寨的。

二〇一〇年一月

注:

① 饼印,广东俗语,取"同一个饼印里印出来的饼都一样"之意,类似普通话中"一个模子刻出来",形容两人长得很像。

岁末一囧:"被请不到假"

从"俯卧撑"到"躲猫猫"再到"这事儿不能说得太细",带有时事讽刺意味的网络流行语一直层出不穷,这不,临近年关又挤进来一个"被请不到假"……

事件出自今年的春运。此前,铁道部扛不住民众的多年积怨,终于决定推出"购票实名制",目的是打击黄牛,并为此投入资金上亿元。

庞大的投入,美好的初衷,换来的却是一个荒诞的结果。

1月30日春运第一天,有媒体报称,当日从深圳开出的首列春运专线上,只有120名乘客,上座率不足8%。而早在1月24日,铁路方面就已对外公布称2月2日之前深圳所有始发车票均已售罄。车空着,票没了。

事件爆出后,广大网民纷纷开始推测这凭空消失的一千多张票去了哪里,最后得出一个普遍认同的结论:这些票很可能根本没有打出来,它们全都挂在黄牛名下,最后因某些原因没倒卖出去而自动退回了订票系统,从而形成"票死机中"。

有媒体进一步暗访后发现,在当前的订票机制下,黄牛们确实可以轻松利用作弊工具或收买"内鬼"来实现"无成本、无风险"地霸票。他们甚至不用拿出一分本钱,更不用担心亏损,完全的空手套白狼。

而无数购票者的相同经历似乎更支持了这个结论:正常人永远也

打不进官方的订票热线，即使打进了，也会被告之"票卖完了"。而相对的另一边，你买不到的，黄牛们都能买到，唯一不同的，只是实名制下，"手续费"更贵了。

然而，8%还不是最雷人的，整个事件的高潮出现在铁路方面的回应。事件爆出后，深圳火车站党办副主任最先出来解释称，空车可能是因为有些旅客"没赶上车、请不了假"。"九成旅客没请下假"，对于此说，网民们只给了六字评价："藐视公众智商"，而在套用流行"被动句"后的"被请不到假"，更在一夜之间成了最新的网络流行语。其后不久，铁路方面又接连抛出两个新解释，"有公司团体退票"，以及"退票不是真正原因，真正原因在于客流量不足"。

"没赶上车"、"没请到假"、"春运期间客流量不足"……铁路部门什么原因都找到了，唯独不肯承认的是有黄牛——不仅不承认，更一定要撇清，深圳火车站就特别强调说："黄牛不会倒卖没有需求的车票。"

狸美美想说，其实，实名制刚开始，有漏洞很正常，铁路方面若大方承认黄牛尚存本来是件很自然的事，如今的刻意回避反倒让人顿生疑心。

一个网民的春节

又是一年辞旧岁,虎年开篇之际,狸美美先向列位看官拜个晚年,祝大家鸿运通天福满门,人人都中六合彩!

话说今日这篇小文,应着春节的景儿,也不打算给大家讲什么严肃沉重的话题,就随便聊聊这个春节里的"网人网事",搞不好,哪里就写到了您。

先说说这拜年方式。自从电话普及了,登门拜年的人就少了;自从手机普及了,打电话拜年的人也少了;而如今网络普及了,发简讯拜年的方式也自然"out"(过时)了。今个春节,越来越多的人开始选择"网络拜年"。

说到这儿,您先别急着用惯性思维慨叹"人情渐冷",因为这网络拜年的方式还真跟以往串门变电话、电话变简讯的"冷趋势"不太一样。比如,有不少人通过网络视频向远方的亲朋好友拜年,不仅面对面传递了感情,更能想聊多久聊多久而不必担心长途话费。还有的人结合开心网、qq等人气网站提供的活动,在网上"派利是"、"种发财树"、甚至"开放自家菜地随便偷",新奇好玩之余,还环保低碳,被拜年者也觉得挺"实惠"。

内地人过春节,三十晚上的"春节晚会"可是重头戏。今年央视春晚,网络流行语撑起了整个语言类节目的舞台,从"不要迷恋哥,哥只是个传说"到"我妈喊我回家偷菜呢",从"绵羊音"到"这事不能说得太细",几乎每一个相声小品都在主打网络语言牌,其中光是一个"寂寞"就出现了N次,弄得不少网民觉得太缺乏新意,最后干脆大呼"哥看的不是春晚,是寂寞"。

另一方面,今年春晚上,一个个"扎眼"的"植入性广告"成为了最为网民所诟病的部分。从刘谦到赵本山,越是瞩目的演员节目,越有赤裸裸的广告在抢夺观众的视线。广告一出,不少网民连夜上书,从论坛到博客,痛批手段生硬、有损审美、若放任自流恐导致日后节目唯利是图等等。

不满节目创新加上痛恨植入性广告,两股怨气冲撞的结果,就是大年初四,有黑客把中央电视台的网站黑掉了,从下午六点到八点,网站一直瘫痪。虽然目前尚无确切证据证明黑客身份,但网民舆论都认为必与春晚有关。

此外,网民与春晚的关系还远不止于此。连续两年的春晚话题节目——台湾魔术师刘谦的近景魔术,今年在晚会上刚演完十分钟,观众惊讶的下巴还没有合拢,就有网友在网上放出了详细的解密视频,闹得第二天各大媒体争相转载;春晚播完第二天,晚会上众明星穿着的各件"行头"之山寨版(仿品)已开始在淘宝上叫卖……

碍于篇幅,关于春节中的"网人网事",狸美美在此只给您说了冰山之一角,随着上网变得像吃饭一样普通而必须,跟网络有关的事件也必将变得越来越多——不只是春节。

二〇一〇年二月

一句"丢脸"引发的血案

上周二,贵州电视台一个女记者在采访交通违规事件时,被女当事人当街暴打。事后,相关新闻红遍网络,其中转载率颇高的一个题目是《女子开无牌车遭电视台曝光,女记者被连扇多个耳光》。乍看之下,您一定义愤填膺了,打人?还当街?还打女记者?还好几个耳光?真是无法无天!但事实上,网上支持打人者的舆论却如排山倒海。匪夷所思,是吗?

打人的女当事者如今已按网络惯例有了专用绰号——中华女,因为事发时她开一辆红色中华轿车,无牌,逆行,被交警拦了。就在中华女忙着与警察交涉时,正"与警队联合执法"的女记者率领着摄像师冲上采访。想来违章不是什么光彩事,那边警察叔叔也还没搞定,正一脑门子官司的中华女自然没心情、更不愿意在镜头前曝光,一躲再躲。可女记者穷追不舍,愈战愈勇,最后只听她大声询问中华女:"您觉不觉得您给贵阳丢脸了?"话音未落,中华女终于爆发,转身揪住女记者挥手就打,边打边叫:"哪个丢脸了?你说哪个丢脸了?"女记者懵了几秒钟,遂奋起反抗,死死抠住中华女的脸,中华女揪住女记者的脖领,两个女人扭作一团。

以上为狸美美看着浙江卫视的现场视频给您报道的,如果事发后所有媒体都能做到让事件本身说话,那中华女的支持者马上就会少一半。可事实却是，事件发生后，贵州的电视媒体把视频剪了又剪，刻意强化了中华女的"无理"打人，完全删掉了女记者"并未处下风"的回击，同时把"丢脸"替换成"抹黑"，最后公然在视频中曝光了中华女的姓名、地址及身份证号码，让人质疑其严重侵犯了公民隐私权。与此同时，文字媒体渲染出文首所提到的"女记者被扇多个耳光"的报道，放眼望去，文中尽是"把娇弱的女记者打成这样，这女司机真该人肉一下！太嚣张了！"、"粗暴行径"、"无理殴打"等审判性字眼，完全忘了自己是个应该"保持中立"的公共媒体，说轻了，是不专业，说重了，实有公器私用之嫌。

另一方面，舆论也在抨击女记者强行采访的行为，以及那句直接引爆了中华女火药桶的"丢脸"。网友普遍认为，公民有拒绝采访的权利，更有保护隐私的权利。而"丢脸"属于羞辱型的"暴力词语"，是对人格的侮辱，不要说仅仅是一个交通违章，就是对一个死刑犯，外界也没有随便羞辱的权利。

正是这一切把网民惹急了，纷纷站到了"明显错了"的打人者一边。

最后，狸美美想用一个"酱油党"的语录结束这篇文章："媒体和小说家一样，都是编故事的好手。所以，我们要用看小说的态度去看新闻；用看新闻的态度去看小说。"

二〇一〇年三月

当 NBA 被叫做"美国职业篮球联赛"

"今天在家看'美国职业篮球联赛'转播,姚明真是中国人的骄傲,我很爱看美国职业篮球联赛,人家那水平,比'中国男子篮球赛'高太多了……然后我又看了2010年'世界一级方程式锦标赛',巴顿赢了,我也很爱看世界一级方程式锦标赛,还买过很多世界一级方程式锦标赛的纪念品……看完电视,我到网上下了几首'动态影像专家压缩标准音频层面3',然后出门租了阿凡达的'数码多功能光碟'……"

什么?您说您听不懂?那狸美美给您个提示,里面有些词以前被叫做 NBA、CBA、F1、MP3 和 DVD……什么?您问这么说话的人是不是"脑子进水了"?确实挺像。

日前,央视接到据说是广电总局的通知,要求在今后的电视转播中,无论是主持人的口播,还是记者的采访,或是打出的字幕,都不能再使用诸如 NBA、F1、CBA 等英文简称,必须全面转用中文全称。该要求不仅针对体育赛事,更涵盖所有频道和内容,这就意味着连 GDP、WTO、G20 等名词也都被封杀了。

据央视方面解释,提出这项要求是因为他们此前做过调查,显示有些观众"并不知道'NBA'是什么,或者'NBA'对于他们来说就仅限于篮球。"

这个看上去充满人文关怀的理由却并没有被网民们买账。自从消息爆出后，网上骂声四起，而所有网友对此事的第一反应都是："那'CCTV'是不是也该被取消？"

对于这个问题，有网友特意"观察"了，发现在央视主播们字正腔圆地吐着"美国职业篮球联赛"时，电视画面右上角"CCTV"四个字母却风采依然。

有网民直批："喜欢篮球的观众肯定都知道'NBA'，而对那些压根不关注篮球的人，就算将NBA改成美国职业篮球联赛，他们也还是不会关注。"还有人从学术的角度分析说，新闻传播首先要考虑受众的特点，从而选择所用词汇，以NBA为例，其受众人群主要为城市、年轻、男性、白领或学生，该族群文化程度较高，叫不叫NBA基本没有影响。

还有不少网民认为当局此举意在"保护中文"，却"矫枉过正"，难免"故步自封"，甚至是"改革开放之倒退"。有网友嘲其为"新八股主义"，建议干脆取消外文课、弃用阿拉伯数字、恢复旧式拼音，那些翻译不出来的常用英语也要想办法改成中文，比如"AC米兰"可叫"字母诶字母西米兰"，"www."改叫"大不妞大不妞大不妞点"，至于TCL，则只能叫"太差了"。

狸美美忽然想到，如果iphone不肯接受叫"爱疯"的话，怕是一辈子都上不了电视了。

二〇一〇年四月

就怕骗子有文化

有句俗话说得好:"流氓不可怕,就怕流氓有文化。"小狸认为,骗子也一样。

根据工信部的最新统计,截至今年一季度,中国网民已超过四亿。在这相当于全中国三分之一的人口中,不管是按概率还是实情,"网络骗子"都是一个不小的阵营——不仅不小,而且已经完成了从"高科技专业人士"向"一般群众"的普及。于是,在网络世界越来越精彩的另一面,便是陷阱也越来越多。

比如淘宝网,从来就是提升分辨能力、考验抗骗指数的试炼场。在密密麻麻的商家中,哪个是诚信做生意的?哪个是要找棒槌骗钱的?谁的人气是一点一滴积累的?谁的销售额又是"托儿"们打造的?至于那些买家,谁又能保证货发给你后你会给我钱?于是,揭发骗子骗术的"技术帖"在淘宝社区常见常新,勇敢的网络新一代就在不停地"被骗学习学习被骗"中不断坚强。最新消息称,一向擅卖"高仿名牌"的淘宝网终于被骗子"高仿"了。"高仿淘宝网"和真淘宝从长相到流程全都一模一样,但却是钓鱼网站。您还甭自夸您是"老淘客"不会上当,这"高仿淘宝"骗的就是您这种老鸟——正因为熟悉而且信任,所有才更容易麻痹。

不可否认的是,被骗者的"贪心"是很多骗局能够成功的关键,正所谓一个巴掌拍不响。当然，寻求物美价廉是人之常性，但"物美价廉"有智商底线，更不同于"意外之财"。比如中国驻英大使馆前两天就提醒中国公民，谨慎对待中奖信息，不要随意向网友提供或在网络上留存自己的银行账号、护照签证等个人信息，更不要轻易向国外汇款。这一说的由来就是最近不少国人收到在英国中大奖的电子邮件，或英国公司高薪聘请的电子合同书，或英国网恋情人的电邮，目的都是一个——要您汇款，汇款办领奖、跳槽手续，汇款结婚……在内心一个个小恶魔的唆使下，不少人自己没去成英国，钱倒是去成了。

在所有的骗子中，有一种骗子最不能原谅：发国难财的。玉树地震后，有一些可说是丧尽天良的骗子，架设假的红十字会网站、利用假电话假短信等骗取民众捐款。俗话说盗亦有道，对于这种连灾民也要骗的人，除了送他一句"生儿子没xx"之外，实在想不出还能说什么。

二〇一〇年四月

网民的中国心

最近一个月，中日两国在东海频现摩擦，上星期，有媒体报称，这些摩擦已延烧至网络——在 Google 地图上，中日两国网民正利用实景标注功能"抢滩"钓鱼岛，纷纷"插旗"宣誓主权。

所谓实景标注，是基于 Google 地图近几年新推出的大热功能"Google 街景"之上。利用该功能，人们可以足不出户就畅游多个城市的每一个角落。目前 Google 地图还支持网民自行上传图片，这就是前文提到的实景标注功能。

言归正传。小狸在看到虚拟保钓的报道后曾按图索骥，在 Google 地图上先搜索"台湾基隆市"的关键词，然后点选地图工具列中的"照片"栏，顺着基隆东北方寻觅，同时逐渐缩小比例尺，果然看见一块芝麻粒大小的"白点"上布满了各种图片，林林总总约有数十张之多。继续放大逐一细看，可见那些标注大多来自中日两国网民，期间也夹杂着一些台湾地区及韩国等地网民的标注。

所有标注中，各方网民都说钓鱼岛是自己的，包括"中国领土"、"日本固有领土"以及"台湾领土"。布点上，"旗帜"已从陆地延伸至海洋。而所选的描述语言更是五花八门——仿佛所有人都意识到，宣誓主权重要的是"让敌人明白"。于是，不少标注都同时列有中、日、英、韩等多种文字，更有不少除了宣誓是本国领土外，还洋洋洒洒写了长篇理论论证"为什么是我的"。此外，也有一些"暴脾气"的网友，干脆把威胁对方"不许造次"的狠话也写上，让人顿觉局势紧张。还有一位中国网民一句废话不说，只干脆地上传了一张五星红旗的照片，在所有的照片中格外醒目。

这让狸美美回想起许多往事：当年一些西方主流媒体恶意歪曲西藏事实，中国网民自建"反CNN"网站，列举其种种失实报道的证据，最终让外媒道歉；京奥圣火传递在法国遇阻，一夜之间，230万中国网民在MSN上挂出"我的中国心"，同时掀起声势浩大的抵制法货尤其是家乐福的行动；新中国六十华诞，仅天涯社区的庆典页面就有高达六十万条祝福留言，而去年那句最红的"贾君鹏"流行语，在被改编成"台湾，咱妈60岁生日，叫你回家吃团圆饭！"后流传得更加广泛……

有人说，抵制日货法货并不理智，但狸美美坚持同意另一个观点：爱国，是最珍贵的情感，尤其是当这种情绪并非出自仇恨，也并非源于某种命令之时。

二〇一〇年五月

说说房子之一:"屁民"的心理价位

4月17日,国务院为遏制房价飞涨再次发布"新国十条",专家分析这次调控"相当犀利",一定"会让楼市见血"。如今一个月过去了,数据显示,北京5月上旬房价涨势不改,其商品房成交均价为每平米24,500元,环比上涨6%;深圳在历经新政出台后的"低迷四周"后,5月10日起新房成交重现量价齐升,其中成交量环比增长两成,成交均价重回两万以上;至于上海,总算有了"好消息"——5月首周,上海商品住宅成交量缩水35%,成交均价下降2%,但每平米仍高达25,118元。

专家们解读说,新政之下房价仍涨是因为"惯性",而"随着成交量持续下跌及政策的深入和明朗化,大规模降价潮将会出现。"

但愿如此。

事实上,作为一个普通的小老百姓——现在网上流行叫"屁民",狸美美看了以上这些资讯后,感受只有两点:一,在以往"越调越高"的"常态"下,就算这次房价降不了,也一点儿不惊讶;二,即便楼价就此止住了,我等屁民们也还是买不起;就算是房价有所下降——比如上海降了"2%",我等屁民们也还是买不起。说白了,我等屁民们需要的不是"降价",而是"大甩卖"。

那我等屁民真正买得起的价位是多少呢?今年4月,北京统计局首次调查居民住房满意度，其中包括对房价的看法及期望。该调查复刻到开心网上，结果就是目前参与投票的已超过2万人，其中选择"5,000元以下"的超过80%。

有网民算过一笔账，以一线城市为例，按2万元一平米算（事实上，京沪已达2.5万元左右），一套60平米的房子需要120万元，首付三成需36万，如果没有长辈支援，一个"80后"要想负担这样一套房，首先意味着他从20岁到30岁这10年间，必须每个月稳定地攒下3,000元。而30岁之后，他如果仍每月积攒3,000元还贷，则需要偿还28年。——在这里，我们就不说生活在一个大城市里除去吃喝住行，月攒3,000意味着要拿到多少薪水；也不说这些城市的平均工资是多少，而每个20多岁的年轻人是否都可以拿到高薪；还不说60平米的房子有多大，而内地动不动就是百十平米的大宅子；我们更不能说还想买车怎么办？有了孩子怎么办？工作不稳定怎么办？……

无数网友慨叹，自己连当房奴的资格都没有。

说到这里，已有一个问题浮出水面：既然大家普遍买不起房子，那那些房子都卖给了谁呢？

二〇一〇年五月

说说房子之二：到底谁在买房子？

上期说到一个"社会新鲜人"要从他 20 岁起不眠不休地月攒 3 千元，一直攒到 58 岁才能完全拥有一套 60 平米的住房。而他一旦想要"觊觎"一下市面上那些动辄百多平米的"主流户型"，则意味着他此前的供楼数据需要翻番——要么月攒 6 千以上，要么供到百岁以后。

按照常理，这房子应该卖不出去才对。可事实上，近几年来，内地楼市的火爆有目共睹，那到底谁在买楼？

首先一定不是老百姓。按照最新统计，北京 2008 至 2009 年度的人均月收入为 1,471 元，上海为 1,553 元，东莞在全国城市里排名最高，也只有 1,906 元。照此看来，前文的"新鲜人"还算幸运，因为全国至少有一半的人即使供到 500 岁也未必买得起一套房。

那是炒家在炒房？这种现象一定存在，但问题在于，按照美国著名对冲基金经理查诺斯的话说："中国如今的房地产泡沫已经相当于一千个迪拜。"如此庞大的总量，真是一个温州炒房团加上个把炒家就罩得住的吗？

那还能有什么原因？

去年底，一篇名为《傻瓜才用钱买房子》的帖子悄然在网络上流传，里面，作者记录了一段他和一个炒房的"老同学"的真实对话。

据作者讲，他的这位老同学目前手上握有 22 套商品房以及 12 间铺面。最令人震惊的是，他炒房全程坚持不投一分钱，完全是"空手套白狼"。其大概手法为：全部用银行贷款买房子，然后如遇"不明真相"的投资者买房，就高价卖给他。如果一直没有投资者接盘，就不断把房子加价转贷给自己，不断用银行的钱来还银行的债。

如果只到此为止，那这篇文章只是个个人版的"发家秘诀"，但该位老同学进一步"点透"了目前很多开发商"也是按照这个原理操作的"。他揭秘说，在楼盘开盘前，许多开发商都会搞个"内部认购会"，这个认购会其实就是开发商利用自己人的名义在买房，即所谓的"开发商囤房"。购房款全部来自银行贷款，而开发商上报银行交易价时，会比实际的交易内容提高30%，因为要把首付的部分打出来。举个例子，开发商"自买"房价为100万元，他会跟银行报说成交价为130万。银行遂除去两成首付，贷出104万。在这104万中，开发商自己拿回100万，剩下的4万做"打点"银行相关人员之用。至此，楼盘只在"内部认购"的阶段，开发商就已经收回了所有投资和预计利润，而风险也已经完全转嫁给了银行。而再往后的操作原理就等同于"老同学"的个人炒房了。

原来如此，怪不得有句话说："房子不是用来住的，而是用来炒的；商品房不是用来卖给老百姓的，而是来卖给银行的。"

说说房子之三：整楼市先补漏洞

上期说到网络上流传的一篇奇文让人们得以一窥楼价高涨的真正秘密，不过，"发现问题"永远只是万里长征的第一步，对于内地楼市来说，"分析及解决问题"才是重中之重。

同样是那篇题为《傻瓜才用钱买房子》的帖子，里面在点明开发商和银行是如何具体勾结和操作之后，更借"典当行小老板"之口剑指内地银行业在房地产贷款制度上的两大漏洞。

一是抵押物价值的评定方法存在巨大问题。

在开发商与银行的整条资金链中，贷款是最关键的一环，而贷款中的重点，则是抵押物价值的评定。我是开发商，此前用5千万拿了块地，如今我要以这块地作保向银行借钱，那银行可以借给我多少钱？按照正常人的思维，银行不可以借给我超过5千万，因为只有这样，我才有"压力"还贷，银行也才有利润——这确实是一个相当简单的"当铺思维"。但事实上，内地长期以来，开发商明明用5千万拿地，却可以从银行抵押贷出1亿元，或者买地盖楼一共花了7千万，却可在"自购房"时从银行贷出2亿元。——至此，我已经完全不用管什么还贷不还贷、开盘不开盘了，因为我已有1亿3千万稳稳落袋。顺便说一句，此时"房子砸手里"的风险也随之降到了"零"，因为银行成了新房主嘛！

此时您很可能正在大呼："这怎么可能？！"事实上，这十分之可能。

据文章披露，长期以来，内地银行在房贷上首先缺乏认证核查，换句话说，他们并没有认真去调查我买这块地是不是真的花了 5 千万，起这座楼的成本是不是真有 7 千万。另外，也是最重要的，银行在发放贷款时是按照"购房合同交易价"来给钱的，换句话说，那些"自己买自己"的开发商和炒家可以随便在交易书上填数字，只要"买卖双方认可"，银行就可以按照现有制度批准，而在银行那里手续也就是齐全而完美的，那些与开发商勾结的银行官员也就完全没有了责任。

说到此，也引发了银行在房贷制度上的第二个重大漏洞：责任追究有缺陷。

2002 年，北京爆出森豪虚假按揭案。其时，北京华运达房地产开发公司以森豪公寓等楼盘为幌子，采取虚假按揭的方式从中国银行和北京银行的三家分行骗贷 16.2 亿元。而其后，相关银行的相关人员没有被追究任何责任。

最新的消息称，在楼市新政的压力下，内地已有 36 个城市的楼价开始走跌，其中北京等地对房屋抵押的要求也转趋严格，透过房屋抵押所获取的资金量正越来越小。

咱们拭目以待。

二〇一〇年六月

睇波保卫战①

世界杯赛事正酣,香港网民亦于场下进行着一场轰轰烈烈的"睇波保卫战",驳火中心集中在一个"钱"字和一个"权"字,即:点解②全世界几十亿人免费看得的世界杯,我睇就要俾钱③?这是不是侵犯了我的知情权?

在这里,狸美美先给非港澳台地区的读者,尤其是内地读者们稍微扫下盲:在香港,几乎所有的体育赛事,包括意甲英超、NBA、F1,甚至像世界杯、欧洲杯这种世界级的体育盛事的转播权,都是被收费电视买断的。您要想看,必须事先上人家的台,每月付个几百大元不说,还得签上一两年的卖身契,中途若叛变,必须支付毁约费。而且,收费电视不止一家,这就意味着可能会出现世界杯是"有线电视"在播、欧洲杯是"NOW"在播,NBA又是XX电视台在播。如果您好彩是个重磅体育迷,那您可"有福"了——要么把这几家电视台都买全,要么日日泡酒吧(设电视看比赛是香港酒吧及餐馆重要的吸客砝码)……生活在内地的您,此时是不是终于发现了CCTV的一个好处?

从2002年起,世界杯香港地区的转播权就一直是被财大气粗的有线收费电视独揽,每届均是象征性地遵守国际足联关于"分发重要场次转播权予免费电视"的要求,只准许无线、亚视等免费电视转播

4 场比赛（有材料指国际足联要求 22 场），而到今年，就连这 4 场免费球的转播权也一度不保，使得众香港球迷心中的新仇旧恨一并爆发，"反对有线霸权"的呼声分外高涨。

　　包括高登、香港讨论区、亲子王国等香港著名的 BBS 上，都充斥着许多类似"有线最无耻，霸住世界杯转播权"、"究竟收费电视系咪唔应该播世界杯？"[④]"有得免费睇世界杯，边个错？"[⑤]等帖子，矛头不仅直指有线，甚至还挖深到了无线、亚视、港府甚至 FIFA 的错。不过，不管错误在谁，大家普遍有个统一的认同：世界杯是全人类的节日，不是少数有钱人的游戏，收费电视独揽转播权，是剥夺穷人的权利，也是绑架民众的意愿。不少网民甚至表示要参加七一的大游行"以示抗议"。

　　说到抗议，在言语表达愤懑的同时，更多的香港网友开始以实际行动抵制有线、寻求自救，其中，各式各样"上网看世界杯"的方法如雨后春笋般涌现并飞速传播。在香港讨论区的足球版，一篇如何运用 x 软件"上网睇波"的教学帖已被惊人地跟帖到了 180 页。其间，还掺杂着"有关机构"封频道，网民前赴后继开 link 的激烈保卫战，帖子名称也最终变成号角式的"全港人无分贵贱，一起睇世界杯"。

二〇一〇年七月

注：

① 睇波，广东话，看球。
② 点解，广东话，为什么。
③ 俾钱，广东话，给钱。
④ 意为"究竟收费电视是不是不应该播世界杯？"
⑤ 意为"没有免费世界杯看，谁的错？"

"还我北京"

7月1日这一天早晨，太阳照样从东边升起，但崇文、宣武两个区却在众目睽睽之下无端端地人间蒸发了。

不是北京人的您可能会问：什么崇文？什么宣武？

崇文和宣武，就好似香港人心中的旺角和湾仔，亦或上海人心中的闸北和杨浦，有点脏，有点破，有点乱，还有点穷，但却是太多人心中的家。

崇文宣武蒸发的理由是被分别并入了东城区和西城区，至此，老北京人口中说了半个世纪的"北京四城儿"变成了不伦不类的"两城"，而被迫"变胖"了的东西城怎么看都不再像狸美美儿时的那个东西城，套句北京网友的话说："当你们的崇文没了的时候，我们的东城也没了。"

批文公布后，一向在网络上比较低调的北京人终于"火儿"（北京话，发怒）了，连带着近些年盲目"建设"北京的积怨一股脑儿爆发。短短十日内，长长短短的抗议帖、怀念帖在各大社区流传，北京的网民们似乎从来都没有说过这么多的话。

有个北京姑娘写道："铺了地砖儿的南锣鼓巷儿，喀儿新的前门楼子，星巴克打头阵的荷花市场，就连已经盖了楼的秀水还敢舔着脸管自己叫街。……西长安街有大坟包儿（国家大剧院），东三环有大裤衩儿（央视新址），北边儿一家雀儿窝（鸟巢），南边儿……南边儿发展得晚点儿,目前还没有什么太滑稽的亮点……谁允许你们动不动拿'中环'命名北京的高楼了?香港人看不上,北京人不待见。你们还我北京!"

这个北京姑娘哀伤地说:"以前,不管我走多远、多累,心里都有底儿,因为我知道我在东城有个家。小时候,我跟当街玩儿,多晚都不怕,因为转身儿就回家。长大点儿,当我五年都在飞来飞去,我都不慌,因为我要回北京我要回家。如今,一脚油儿窜出去了,忽然不确定停哪儿才算回家。"

还有一些网民的口气比较激烈,其中有人列举出目前北京市主要领导的"籍贯",指出当中"没有一个是北京人",从而痛斥"不是自己的家乡所以不懂得珍惜"。

还有网友画了张"北京市区语言分布图"讽刺北京房价太贵迫使北京人外迁,根据图中显示,北京二环路内说英语,二三环间说山西、温州方言,三四环间说普通话,四五环间说北京话,五环外说北京话和普通话。

在此,也许有些非北京人会不解和不屑,在文章的最后,北京人狸美美想引用某网友的一句话:北京确实是全国人民的首都,但对于我们,它先是家乡,其次才是首都。

二〇一〇年七月

"两个胖胖欢迎您"

作为一个非网络达人,如果您至今还不太明白"雷人"这个词是什么意思,那现在机会来了。

今年一月,安徽省合肥市推出一个掷地有声的城市旅游口号:"两个胖胖欢迎您!"不出两月,江西省宜春市旅游政务网又长江后浪推前浪,打出更加惊天地泣鬼神的城市旅游口号:"一座叫春的城市"……此时此刻,狸美美坚信您已经深刻理解了什么叫"雷人"。

话说觉得这两句口号太雷人的远不止狸美美和您,万千网民在看过这两部经典之作后反响强烈,有骂有笑,而更多的是积极发挥恶搞精神,全民动员搜集其他城市的雷人宣传口号。也于是,一个"中国十大雷人城市口号榜"就轰轰烈烈地出台了,且榜单不断更新,按网民们的话说:没有最雷,只有更雷。

在这些登榜的口号中,基本分为几大类:

第一类:崇洋媚外型。比如河南咸阳的城市口号为"中国金字塔之都",对此,网民一听就火儿了:"好好的兵马俑,怎么就变了金字塔?"此外,包括石家庄、秦皇岛、肇庆、大理、无锡等城市都在宣传时自比"东方日内瓦",有文化学者就抨其为"自动降格为西方地名做'二房'"。

第二类:不知所云型。这类城市口号和灯谜没有两样。比如"拥抱碧海蓝天,体验渔家风情",您猜是三亚?错啦,正解是威海。至于说到"文化圣地,天鹅之城",您猜破头估计也想不出那是在说三门峡。在这一类中,有个冠军得主,其口号被评为"打死也猜不着"的谜语——"现代化魅力型区域中心城市、沿海强省省会",您知道这说的是哪儿吗?答案是石家庄。

第三类:缺乏创意型,或者干脆就是互相山寨型。按网民的话,这类城市口号好像语文试卷中的填空题,有一部分是固定的,比如"xx之都"。另外,上海的城市口号是"上海,精彩每一天",怎么看怎么像洗发水广告。至于承德的口号"游承德,皇帝的选择",网友一致认为:非楼盘广告莫属。

针对这种情况,专家分析说,定位混乱、缺乏国际视野及设计粗糙,是城市口号遭诟病的原因。政府不了解城市今后的发展动向,才会令口号毫无个性。媒体说,没有个性的城市,就没有个性的口号。而网民则说,比"雷人"更可怕的,是"没文化"。

至于狸美美,仍旧意淫在"叫春之城",据说宜春除了"叫春"的定位外,还积极地反复给自己定位为"月亮之城"和"锂之城",推出的口号有:"有'锂'走遍天下——亚洲锂都宜春",以及"宜春归来不看月——月亮之都宜春。"

见过雷暴吗?这就是了。

团购！团购！

话说今天这期文章的"含金量"真的很高。就算您一贯不爱看小狸我胡说八道，今天这篇也请您拨冗瞧瞧——包您稳赚不赔。

废话不多表，今日要讲的是"团购"。

作为一个网络达人，如果您现在说您的"电子商务"活动仅是局限在当当买买，淘宝淘淘，那我只能说您的"达人"身份不合格，因为如今，最 in（时髦）的网络买家一定会"团购"。

团购？就是成团地购？您说对了。所谓团购，就是纠结多人一起买，买家够多时，卖家便肯薄利多销，两两赚个双赢。这个概念并不新鲜，七八年前就在美容论坛出现过，但时至今日，团购已不再是某些论坛、某些网友间的私自行为，而堂而皇之成立了专门的网站。

一切先从大洋彼岸的那个 Groupon 网站说起吧。2008 年 11 月，一个名叫安德鲁·梅森的美国人，在芝加哥用 100 万美金创办了一个网络团购网站 Groupon。Groupon 的谐音就是 Coupon，优惠券的意思。网站的模式很简单，即 One day One deal（一日一成交），每天推出一款产品，包括餐饮商品或服务等，价格非常优惠，但前提是要有足够多的买家。而网站的盈利则来自佣金。

就是这么个简单的网站，在仅仅一年多以后，其身价已飙升到 13.5 亿美元，成为继 youtube、facebook、twitter 之后的又一个创业神话。

当神话漂洋过海地传到中国,当然第一时间被山寨,这也无可厚非,而对于消费者来说更不是坏事。

于是,从今年三月开始,内地每天都会有好几家新团购网站上线,时至今日,有媒体统计说内地大大小小的团购网站已有上千家,年度交易规模接近10个亿。其中,不乏一些实力雄厚的大公司也纷纷涉足该领域,比如腾讯、校内。

对于团购网站的井喷,不少专家业者第一时间站出来批判,火力大多集中在"单纯克隆,不加消化,难以长久"上。专家们担心,目前的团购网站们只是照搬人家的运营模式,用优惠券堆积起人气,钱烧完了之后,对用户的"黏性"不容乐观……

不过,对于以狸美美为代表的消费者来说,却顾不了那么多,狸美美只在乎网站们每天推出的东西好不好,悭不悭。喏,美团网今天的优惠是:"仅售15元!原价124元的三里屯桥头坞超值火锅套餐(特色鸳鸯锅底+手工鲜虾滑+圆生菜+酸梅汤一大扎)!"

15元啖火锅,管它什么长久不长久,先冲了再说!

"本土天王"企鹅仔

今次要讲的是一头企鹅仔的故事。

一说企鹅仔，您八成已经知道我说的是谁了。没错，一定是腾讯，那个QQ的"形象大使"。中国互联网发展十年来，腾讯成为了最能赚钱的网络公司，而这只企鹅仔也基本变成了披着燕尾服的招财猫。

腾讯发迹于QQ，这是它最早的业务，也是它时至今日仍为最稳固最根基的业务。所谓QQ，是一种即时通讯软件（im软件），用户可以通过它实现网上即时聊天。在im软件领域，从来不缺对手，从十年前的ICQ，到现如今的MSN、Gtalk等都属此类。但QQ却永远与这些走国际化路线的im软件不太一样，它追求的是乡土风，是熟悉感，而这种定位确实使这只企鹅仔十年来在如林强手中不仅屹立不倒，而且飞速壮大。到得今日，不仅成为中国im软件领域当之无愧的领头羊，更有资格说是中国网络界的"本土天王"。

有关QQ的"八卦"非常之多，比如它最早是"偷"来的，比如它本不叫QQ，比如它曾经上演过轰轰烈烈的"欺师灭祖"，比如它被全业界恨得咬牙切齿，取名"全网公敌"……

所有故事都要从1996年说起，但这个年份并不是QQ的生日，而是一款国外软件ICQ的生日。

1996年，几个以色列IT精英开发出了世界第一款即时通讯软件

ICQ，名字很好记，就是"I seek You（我找你）"。回想1996年的时候，网络刚起步，手机没普及，人们还处在离群索居的状态中，ICQ的出现，无疑是对生活方式的重大改变，其惊艳程度可想而知。ICQ理所当然地飞快拥有了大量粉丝及模仿者，当中便有腾讯的创始人马化腾。

两年后，马化腾成立腾讯公司，推出ICQ的中国山寨版OICQ，意为Open-ICQ（打开ICQ），虽然当时全世界山寨ICQ的远不止腾讯一家，但这只企鹅仍然显得很突出——因为很少有山寨者能山得这么"堂而皇之"、"理直气壮"，直接"加个圈"就当了自己的名字，生怕别人不知道是仿的ICQ。太嚣张的结果就是企鹅仔被控侵权，而最终把OICQ改成了QQ。

再往后的故事就很简单了，QQ依靠牢牢把握本土市场的政策取得了巨大成功，至2009年9月时，其注册用户达到不可思议的10.57亿人，活跃帐户达到4.9亿个，同时在线人数于今年3月时超过1亿人。至于其师ICQ，早已觅不得踪影——不仅如此，今年4月时，腾讯还一度企图收购ICQ但未果。

尽管狸美美从很多年前就开始嫌弃企鹅仔这个形象"太不成熟"、"太不专业"、"太不适合职场"，从而坚定放弃QQ而改用了MSN和Gtalk，但直至今日，狸美美都不得不承认，就中国来看，用QQ的人永远比用MSN的多。

二〇一〇年八月

"全网公敌"企鹅仔

上期说到腾讯这只企鹅仔十年间成长为中国互联网名副其实的本土天王,但这只"帝企鹅"却同时拥有另一个极端身份——全网公敌。就在上月底,一直很靠谱儿的专业杂志《计算机世界》带着一种"忍无可忍无须再忍"的崩溃气场,突然在新一期封面上刊出巨型标题"'狗日的'腾讯",同时配有企鹅仔万箭穿心的血腥暴力图片,着实惊悚。

在这篇强火力檄文中,作者接连搬出百度老总李彦宏、联众创始人鲍岳桥、校内及美团网创办人王兴、"站长之王"蔡文胜、新浪创始人王志东、新浪总编陈彤等重磅IT精英,集体讨伐腾讯的"拿来主义",抨击其"抄袭且贪得无厌"、"与全网为敌"。

精英们的意见是,腾讯"一直在模仿,从来不做第一个吃螃蟹的人",它每每都是等别人尝试某项新产品或新业务成功后,再拿来照搬。然后凭借其强大的10亿注册用户基础,轻而易举地占领市场,同时把真正吃螃蟹的"前浪"拍死在沙滩上。

有人在网上罗列出腾讯抄袭的"N宗罪",其中包括QQ模仿ICQ、TM模仿MSN、游戏大厅模仿联众、穿越火线模仿CS、拍拍模仿淘宝、财付通模仿支付宝、QQLive模仿PPLive、超级旋风模仿迅雷、输入法模仿搜狗、搜搜问问模仿百度知道、QQ音乐模仿酷狗、腾讯滔滔模仿twitter、QQ医生模仿360卫士、微博和门户模仿新浪等等，等等，而最新推出的 QQ 团购又被指是模仿美团网。

事实上，就连腾讯自己也从未避讳过自己的这种"复制路线"，按网友的话说：这只企鹅仔"一直在山寨的道路上走得很淡定"，其老总马化腾曾不止一次的回应外界质疑说："模仿是最稳妥的创新"。

有意思的是，尽管腾讯招来了业界的"团骂"，但却得到了不少网民的支持。事件发生后，很多网友撰文力挺腾讯。大家的意见集中在一个：整个中国互联网都在山寨，咒骂企鹅仔不是因为它抄袭，而是因为它抄得比别人好。

想想确实是这样的，不要说那些哭着喊着抱怨企鹅仔抢饭碗的企业，就是放眼全中国所有的网络产品，又有哪个不是抄袭国外网站？比如所有的团购网都是抄 Groupon，所有的微博都是抄 twitter。有网友说的好：山寨是中国互联网的原罪，如果腾讯抄袭就要被骂"狗日的"，那 eBay 就该骂"狗日的淘宝"，Facebook 就该骂"狗日的开心网"，Youtube 就该骂"狗日的土豆"，而最后一定会汇集成一句"狗日的中国互联网"。

二〇一〇年八月

淘宝"雷货"

今天讲讲淘宝上的"雷货"。

"雷货"者,雷人货品也。俗话说"林子大了什么鸟都有",所以当中国最大的C2C(客户对客户)购物网站——淘宝网上的卖家超过80万时,看见越来越多的"雷货"也就一点儿也不稀奇了。

最新的雷货是上周刚刚爆出的"升官铅笔"。本月16日,有网友在新浪微博上发文说:"淘宝已经成了新的受贿工具了。某市长在淘宝上放了一只中华铅笔,开价30万,十分钟内就被人买走了。"此博一出,立即被疯狂转载,包括不少记者在内的网民们更飞速组成观光团扑向淘宝观摩。有传媒记者称,在淘宝"现场"目击到疑似当事铅笔,其商品名称为"中华铅笔(买了能升官)",售价30万,相关描述为"一九九八年珍藏的中华铅笔,距今已有十二年的历史。买了能升官"。有记者说看到销售记录显示"最近已售出两件",还有记者打通淘宝"内鬼"证实确实有买家拍下了铅笔。

对此,不少纯良网民认为这应该只是商家在吸引眼球炒作人气,但一些"高瞻远瞩"的网友却担忧此举会给贪官以"启迪",而将普通物品放上网高价卖给特定的人,以达到"隐性行贿受贿"的目的。

而事实上,在"升官铅笔"爆出后的一夜之间,淘宝上果然就多出了七八家"山寨品",其商品样貌、名称、简介几乎一模一样,售价从 30 元到 30 万元不等。其中 30 元的很好理解，无外乎是本质纯朴的油滑小贩想赚个跟风钱，而 30 万元的铅笔们就不好说了。有记者声称联系到两名开价 30 万的铅笔卖家，其中一人强调"先付款再说，否则免谈"，而另一名则表示"这个是针对某人建立的链接，建议不知道的不要拍"。哦？这事儿不能说得太细。

跳出铅笔门，淘宝上近期还有一款挺雷人的货品，而且销售得相当火爆，就是"挨骂"——卖家明码标价提供"心灵垃圾桶"服务，买家出钱享受骂人权力以解压。据说目前淘宝上的"挨骂店"至少有 160 家，其业务划分相当细致，收费级别也从 0.1 元到 50 元不等。比如有的店第一级为"文骂"，买家花 1 块钱可以用短信的方式骂店主十分钟，店主负责倾听但不还口；如想要店主配合对骂，则收费 2 元；出现侮辱性语言的收 5 元。第二级是"武骂"即电话骂，20 元一次，话费由买家承担。据说生意好的店，一个月卖出了近百件货品，即平均一天被骂三回。

狸美美忽然在想，如果挨骂店的店主们能学学"升官铅笔"的市长卖家那样自爆一下"领导身份"，那生意一定会更好吧？嘿嘿。

二〇一〇年八月

银发网虫

在过去的一年里,狸美美的老爸即狸老豆,在互联网的世界里飞速地"茁壮成长"。不仅掌握了娴熟的浏览技术,还在新浪开了博客。前日,更自食其力给狸美美发来了他 email 史上的第一封"处女邮",告知其已注册了开心网和豆瓣。真是可喜可贺。

话说狸老豆的这个"触网成长史"无意中与美国银发一族网民们的成长保持了一致——据美国民意调查机构的一项最新数据显示,和去年四月份相比,截至今年五月,美国 65 岁以上使用社交网站的网民人数暴增了 100%,而 55 至 64 岁之间的族群也增加了 88%。

无独有偶,英国国家统计局最近也做了类似调查,证实在所有年龄段中,65 岁以上老年人中的上网人数比例是最低的,只有 30%,但其增长率却是最高的,达到了 15%。而同一时期,16 到 24 岁年龄段的上网人数增长率只有 3%。

至于国内的情况也都差不多,根据央视在今年三月进行的调查,目前中国的中老年网民已达到 6,500 万,平均每 6 个网民中就有一个是中老年人。而与国际趋势相符合的,中国中老年网民的增长率也同样高于青少年。在这些"银发网虫"中,经常上网的占到 57%,其中平均每天都上网超过一个小时的达到 70%。

而最新的趋势显示,与过去上网只是看看新闻、浏览浏览网页不同,全世界的大龄网民们如今正在进军年轻网虫们的根据地——社交网站。如美国的报告就显示，截至今年五月，美国50岁以上的网民中，超过四成已为各大社区网站的用户。中国的中老年网民中，指明是以交友为目的的也已经超过两成。据说，在百度贴吧，像"夕阳红"、"五十年代"、"老年"等贴吧的人气十分火爆，帖子数均达到数十万级别。就连十分冷门的"悠悠花枝俏"贴吧里，其贴数也已超过了10万。狸美美一度按图索骥找到了这个神秘的"悠悠花枝俏"，果然见到一派热闹场面，不少老人家在里面晒诗、论棋、交流养生经验……

不过，面对银发网虫"入侵"社交网站，一些年轻网民貌似不太满意。国外有调查就指，年轻人对Facebook的热潮已经退去，其中有相当一部分原因是"爹妈也在上面玩"。

其实，要狸美美说，国外小孩子真是太不懂事了，中国俗语"家有一老，如有一宝"，老爸老妈进驻社交网站实在也没什么不好，比如小狸我就正琢磨着让狸老豆从此以后担起"偷菜"的重任……

二〇一〇年九月

鲁迅"大撤退"

九月开学季。上周,一篇题为"开学了,各地教材大换血"的微博文再次引发了网络大讨论。文中,博主主要列举了二十多篇被各地高中语文课本最新"踢出去"的课文,包括《孔雀东南飞》、《药》、《阿Q正传》、《记念刘和珍君》、《雷雨》、《背影》等经典名篇,而由于其中涉及大量鲁迅的文章,所以被博主称为"鲁迅大撤退"。

其实,鲁迅他老人家并不是从今年才开始"被撤退"的。2007年,北京教改,率先将《阿Q正传》等三篇鲁迅经典从高中课本中删除,其后每一年,各地均会上演大大小小的"去鲁迅化",其中2009年人民教育出版社的新版语文教材中,删掉了《为了忘却的纪念》和《药》,而由于该版教材的权威性,第一次引发大规模的网络口水战。

支持者们认为,过去,鲁迅作品大规模入选语文教材有特定的历史背景,主要是在强调他的政治性,而在某种程度上鲁迅甚至是被神化的。在新形势下,适当地去除一些战斗性相当激烈的作品,而改为挖掘鲁迅作品中的思想性和文学性,不能不说是一个进步。而另一方面,是改革就要不断探索,语文课本也需要新思想新血液。新版教材中新加入了反映神舟六号升空的《飞翔太空的航程》、反映香港回归的《别了,不列颠尼亚》等新作品,带来的是时代的新风。

反对者们的言辞相对激烈,阵营也相对庞大。有网民直斥,中学教材刻意地"去鲁迅化",是因为"有些人"看不惯鲁迅文章中无与伦比的战斗性,从而以"过时"为借口将其轰走。但事实上,"鲁迅笔下诸如阿Q、孔乙己、华老栓式的'典型人物'并非绝迹;他所'哀其不幸、怒其不争'的过敏劣根性至今未除;还有更多丑恶的社会现象需要淋漓尽致地去批判。"

而从去年开始,一篇名为《鲁迅滚蛋了,他笔下的人物欢呼雀跃了》的网文一直在网友间广泛流传,作者以一种戏谑的口吻猛烈抨击"去鲁迅化"背后的社会现实。文中说,鲁迅之所以"滚蛋",是因为那些曾经被他攻击、痛斥、讽刺、怜悯的人物在今时今日又一次复活了,而当代社会却不再需要"投枪和匕首"。

从小到大,狸美美都认为,只靠语文课本是培养不出文学家的,只靠单纯洗脑也终是掩盖不了真相的。不管删了什么,补了什么,帮孩子从小养出一个"喜爱读书"的习惯,帮孩子从小建立一种明辨是非的能力才是正途。当一个人最终得到的是"渔"而不是"鱼"时,就算鲁迅成了禁书,也一样挡不住他看;而就算鲁迅走下了课本的神坛,也一样会长久地矗立在人们心中的神坛上。

二〇一〇年九月

天天过节

被赵传同学嘶吼了二十年的"爱要怎么说出口?"如今终于有了回答——上周日就可以说出口。点解?①因为那天是"示爱节"。

其实周六周日不重要,重要的是那天是"9月12号","912……九吆二……就要爱……"原来如此。

据说,这个突然冒出的"示爱节"在网络上大红特红,相关帖子达到33万余篇,成为又一个人气高涨的网络节日。众多网男网女们于这一天在各大论坛、微博上勇敢地说出了平时不敢讲的爱情心声,尤其是暗恋心声。比如在猫扑,署名"说出你的爱"的网友发了一篇宣言帖说:912就要爱……与其躲在角落里默默关注那个人,不如大胆表明心意,就算没有结果,也要让你知道"即使不能拥有你,我也可以爱你"。而在这篇宣言帖后,已有上百名网友跟帖喊出了他们的爱。

其实,像"示爱节"这样的网络节日在今年来正在飞速流行,其中除"示爱节"之外,还有五个节日的人气最旺,按时间顺序来排,依次为:

◆ 3月7日女生节

之所以有这个节日,据说是因为许多女生们不愿意称自己为"妇女",却又想享受女性节日的特权,而一句"女生和妇女只差一天"

的流行语就造就了 3 月 7 日这个"女生节"。

◆ 5 月 20 日网络情人节

这个节日的人气最为高涨，其形成原因和"示爱节"一样属于谐音，"520"者，"我爱你"也。据说该节日是数以万计的网民自发组织的，也是虚拟网络世界中第一个固定节日，可谓网络节日的"鼻祖"。

◆ 8 月 3 日男人节

如果联想到 3 月 8 日是"妇女节"，那这个 8 月 3 日是"男人节"就一点儿也不难理解了。时代不同了，男女都一样，如今不是大女人在争取女权，而是男人们哭着喊着不要"性别歧视"。

◆ 8 月 18 日八卦节

对于那些对互联网不熟的人来说，这个节日应该是最难理解的。"818"谐音"摆一摆"，也取"八卦"之"八"字音。意为说些闲话、打探些小道消息之类，在每个论坛的娱乐版最为流行，而不知多少名人名流的八卦消息就是这样被"8"出来的。至于如今"八卦"形成了节日且人气旺盛，足见"八卦精神"已深入民心。

◆ 11 月 11 日单身节

也称"光棍节"。这个节日的形成原因在所有网络节日中可谓最有趣，因为是罕有的取数字的"形意"及"意义"。"1"，一个，单身的最好阐释。而四根柱子立在那，又是活脱脱的"光棍"意向。在这一天时，剩男剩女们会在网上发起许多吃喝玩乐及相亲的活动，虽然"剩"着，但依然快乐。

梁静茹说，爱对了人，每天都过情人节；狸美美也说，热爱生活，每天都有节可过。

二〇一〇年九月

注：

①点解：粤语，"为什么"之意。

中秋晒福利

从上周三开始,所有的内地人民开始了幸福的双节(中秋、国庆)大假生活,虽然 12 天被分成了四段放——乱是乱点,但不用上班总是实实在在的舒坦。而比不上班更舒坦的,是可以拿到单位发放的过节福利。

看到这,身为港人的您,眼前可能正幻视出 xx 双黄白莲蓉月饼票一张……但狸美美现在讲的是内地的过节福利,如果非要用一个词来形容,那就是"叹为观止"。至于您的月饼券,还是先别拿出来了。

话说中秋之前,内地网民掀起了"晒福利"的运动,大家纷纷把各自单位过节发放的财物列单上网,其中有些相当震撼。

比如有网友轻描淡写地说:"单位往账户里打了 16,000 元,别的没了。"好一个"别的没了",真不知这 16,000 已是多少人半年的薪水。

还有网民说:"正式工中秋福利:1.8 万,非正式工福利:3,000元。"您惊了?别忙,还有更猛的——"我们单位今年的双节福利,中秋节 1W2(即 12000 元)现金 +8,000 元杭大购物卡 +3,000 元月饼券 + 一箱红酒 + 两箱水果,国庆节:8,000 元的旅行奖金 + 一台苹果 MacBookAir(高端笔记本电脑)——我们是一家世界五百强的石油公司,具体公司名字就不说了……"顾不上愤世嫉俗,大家看到这,普遍都只剩流着口水重复"我嫉妒……"。

总的来看,国企的福利实力远比其他性质的单位雄厚。比如至今看到的最优厚的外企福利为"中秋节发了5,000元奖金,2,000元购物卡,500元的加油卡和月饼若干。"按理,这个福利力度已经相当不错,但因为有了前文"石油公司"这碗酒垫底,这点"小意思"怕是已经入不了您的法眼了。

同样胃口开了的还有不少民众,比如有网友抱怨说:"1,200元+两盒全聚德月饼+两箱鸡蛋。仅此而已,年年如此,一点创意都没有。"还有会计师事务所员工慨叹:"虽然今年福利稍多,但也只有1,000元现金。"

当然,也并不是每个内地人民都能丰收,也有不少网友说,过节公司只是发个一两百元现金甚至是50元的购物券,其中状况最惨烈的网民说他们公司对于过节的"表示"就是给每人发了封祝贺邮件。

但尽管如此,狸美美还是要说,就算没福利,至少还能享受个大假期,而相比之下,没奖金没红酒没大假的香港人民,实在可以洗洗睡了。这就是:人比人得死,货比货得扔,节比节不能过。

最后说个最搞笑的案例还大家个好心情,话说有个公司过节给员工发放的唯一福利是一本书,而书名叫做《今天你心情不好吗?》

实在是太有才了。

今天你被"蹭"了没有?

某日,狸老豆神秘兮兮地打来电话,略带紧张地告知狸美美:经他研判,狸公馆的无线网络疑似被"蹭"。对于陷网日深的狸老豆经常冒出时髦的网络词语,狸美美早已见怪不怪,但这回他说的"蹭网",狸美美却有些含糊——狸公馆的路由器是有密码的啊,谁能蹭?怎么蹭?

在这里,先给香港人民解释一下这个"蹭"字,因为估计超过半数的港人连读都读不出来。蹭,动词,本意为"擦"和"踱",在这里取的是另一个口语意,即"不花钱,白占便宜"的意思,比如蹭吃、蹭喝、蹭车,以及今天要说的"蹭网"。

话说狸美美接获举报后立即赶回狸公馆,经排查,果然发现有一台神秘的计算机接驳在狸公馆的私人网络上,怪不得狸老豆说最近电脑天天提示说"网络速度非常缓慢",原来是有亲爱的邻居在分一杯羹啊。

贼虽然找到了,但作案手法仍是个谜——就像此前说的,他是怎么破译狸公馆网络的密码的呢?

暂且拔掉路由器后,狸美美第一件事就是键入 Google,因为俗话说得好,"大事问维基,小事问谷歌"。果然,不搜不知道,一搜吓一跳,原来如今的"蹭网技术"已然成熟到一个境界,满眼的"蹭网卡"

广告让人目不暇接。

经过一番学习，狸美美总算大致弄明白了这种"高科技犯罪"的脉络。简单说来，就是现在市面上有出售一种叫做"蹭网卡"的工具，其内容主要由两部分组成，一为大功率网卡，其搜索无线网络信号的能力比普通网卡要强大得多，搜索范围更广至三四公里；另一部分为随卡附带的破解软件，专门用来破解无线网络密码，据说破解率是百分之百，区别只在于时间长短，而一般情况下半个小时都可以搞定。有记者亲自试过，果然不仅全楼好几十个无线网络尽收眼底，而且"想上哪个上哪个"，破解密码的时间更是 10 分钟不到。至于蹭网卡的售价，一般在一百元到二百元之间，而商家打出的广告口号就是"一次投资买卡，终身免费上网"。

而在蹭网族淋漓尽致的"拿来主义"下，被蹭族需要面对的则是高额网费或者龟行网速。

这不是偷吗？您说对了，但是事实就是如此明目张胆。

最新的好消息是，包括北京、上海在内的多个城市的无线电管理部门近日都将蹭网定性为了违法行为，并大力度清查蹭网卡销售。

而最新的坏消息是，蹭网卡被禁售后，有商家为其换了个"马甲"接着卖，而它现在的新名字叫做"防蹭网卡"……雷。

服饰达人的是是非非

大凡上过淘宝的人,应该都不会对以下的措辞感到陌生:"小辣椒同款"、"大C同款"、"大儿童vc同款"……这里说的小辣椒、大C、大儿童们都是谁呢?跟您说,她们是如今内地网络上最红的"服饰达人"。

说起服饰达人,其实并不是中国的专利。在欧美国家,历来便有主导时尚潮流的"It Girl"。而随着网络时代来临,这些It Girl 也逐渐从传统的豪门多金女转为草根时尚教主,财力的意味越来越淡,对时尚的把握渐成重点。比如现今最红的 It Girl——来自英国的 Alexa Chung,就完全没有显赫的背景,其装扮自己的衣物大多来自H&M 和 Topshop 这种平价商店,但她就是凭借独特而出色的穿搭技巧,再仰仗互联网的持续关注而红遍了全球,红得让 Mulberry[①]专门为其出了一款皮包并以她的名字命名,而她随手一拎,这款包便成了今年全球公认排名第一的"It Bag"(必买之包),而 Mulberry 也因此由半红不紫的状态升为大热名牌。这就是 It Girl 的力量。

说回中国的服饰达人,她们也同样有着非同小可的网络号召力。这些女孩无一例外都因网络而红,她们要么泡论坛,要么写博客,每天勤劳地贴出自己的穿衣搭配照片,日久天长积累下一批忠实粉丝。前文所说的"呛口小辣椒"、"大C"等,便是个中代表,而"XX同款"，正是在满足粉丝们对偶像服饰的追随需要，对于商家来说，无疑是一块金字招牌。

在这里，细心的读者可能会留意到，狸美美在讲到内地的"服饰达人"时并没冠以其 It Girl 的称号，原因？总觉得她们少了些什么，或者是多了些什么。

举个例子。呛口小辣椒，一对美丽的重庆双胞胎姐妹，曾被媒体称为"中国第一代 It Girl"。但是，有好事网友根据其所秀的照片为她们算了一笔账，发现其每月的置装费高达数万元之巨，而姐妹俩又口口声声表白"是普通上班族"、"并无家庭背景"。网民们遂启动人肉搜索，发现其父为重庆某级法院院长，一时间，涉嫌贪腐的传言甚嚣尘上……

再比如大 C，这个姑娘一度被粉丝们膜拜为"穿衣教母"，但又是好事网友发现，其在博客中秀出了同一款鞋子的多种颜色，而售卖该鞋的网店正是其一直力推的网店。随后，有自称该鞋店员工的人爆料，说该店每月会分 15% 的盈利给大 C，约 4.5 万到 6 万元……

此外，中国的"服饰达人"几乎个个都是天使面孔魔鬼身材，可同时"PS"和"整容"的质疑却几乎出现在她们每一个人身上……

正是基于以上这些，狸美美总是不甘心就这样叫她们 It Girl，因为狸美美心中的 It Girl 并不一定要有完美的外形，却一定要有清澈、真实的气场。

二○一○年十月

注：

① Mulberry，英国老牌皮具品牌。2010 年因全球最红 It Girl Alexa Chuny 热捧而爆红。

又见"偷菜"

如果以互联网诞生新热点的速度来算,那"偷菜"这个概念着实已经属于史前文物了,所以当狸美美在新闻中再次乍见"偷菜"二字时,就仿如看到旧时红星复出开演唱会,不胜唏嘘之外,就差哼出《似是故人来》了。而正是偷菜这个老明星,最近又闹出了点"绯闻",使其重回舆论一线——虽然这个"绯闻"的代价可能有点大——据说,文化部有可能取缔或者改良偷菜游戏。

尽管"偷菜"的名声响当当,但小狸还是要快速地给需要的同志扫扫盲。偷菜,源自开心网等社交网站的一种游戏,玩家除在自己的虚拟农场中种地外,最重要的工作就是去朋友的地里"偷菜"以及防止自己的菜被偷。该游戏在去年曾风靡一时,当红程度无人能及,许多上班族甚至上闹钟半夜起来偷,沉迷程度令人咋舌。

其实关于偷菜的各种讨论早已说滥,而文化部之所以最近又对其表示关注,源自最新的一个雷人事件。

据报道,甘肃天水一位年逾40的李姓师奶,在网上偷菜偷得不满足,发展到频频打出租车去近郊的村里偷真菜,偷的时候秉行"偷偷潜入"、"涉猎菜色繁多"等特点,身心得到极大满足,唯一不尽如人意的是最后被菜农抓了,扭送派出所……

李师奶的事迹一曝光,立即引起了有关部门的注意,据报称,文化部文化市场司的人表示，偷菜游戏或将取缔或被改良。尽管之后又有消息指文化部出来辟谣了，但这块石头已经丢进水里了，泛起波澜是难免的。

根据此事，网上迅速出现了"挺菜派"和"打菜派"。挺菜派们可怜兮兮地说，电视无聊不想看，旅游好玩但没钱，"不偷菜，我又能干啥？"又说，偷菜只是一种游戏，和其他的娱乐形式没区别，其本身是"无罪"的，更搬出弗洛伊德他老人家的"游戏是被压抑欲望的一种替代行为"来助阵。

而至于打菜派的论点则无疑更加充分：不务正业、浪费生命、诱导青少年、引发强迫症……而最新的，由于中老年上网者越来越多，一旦偷菜成瘾，势必黏住电脑，若碰上极端的，再来个半夜上闹钟的，极易引发身体问题，尤其是心脑血管、腰背手指、眼部等出问题。

不过，就算是"复出"，毕竟也是"过气儿"的明星。所以，今次的偷菜风波中，除了挺压两派外，还悄悄地诞生了一个新派别：无视派。说白了，早就不偷了，取缔不取缔的，跟我无关。

不瞒各位，狸美美就属于这第三派，看着久已荒芜的菜园，小狸一直在想，万物，顺其自然就好。

血房地图

最近,一幅特别的中国地图正在网上悄然却广泛地流传——血房地图。

血房者,顾名思义,带血的房子,这让人一下子联想起"血钻",而"血房"指的正是暴力拆迁。至于血房地图,则是把曾经出现过暴力拆迁事件的地点标注到电子地图上,同时开放给网民自行更新,使之成为一副暴力拆迁的"大全景"。

这幅地图自 10 月 9 日起出现在某博客上后,短短两周内,点击率已达 32 万人次。详观地图,上面密密麻麻地标有"火焰"、"床"、"火山"等不同图标,而这些图例分别代表了"自焚"、"有人失去生命"、"群体性事件"等意思,使用者只需点击图标,就可以看到该档暴力拆迁事件的详细资料。看着那一大堆密密麻麻的"火焰"、"火山"和"床",再联想起它们所代表的真实含义,不禁让人触目惊心。而该幅地图的题记,点明这幅地图是献给那些在"超速城镇化进程中经受苦难的生命"。

血房地图的发起人及制作者、35 岁网名同为"血房地图"的网友日前接受媒体采访时说,他希望通过这个地图号召消费者抵制购买带血的房子。他说,我们只能从草根的角度去做我们能做的事。

针对这份地图,据说官媒新华社日前也作出了回应,表示频密的暴力拆迁事件是"中国城镇化发展之痛"。中青报则认为血房地图是一份民意提案。而人民网说，中国网民正在以一种平和的方式表达对稳妥推进城镇化进程的强烈期盼……

平和，是的，狸美美在此要特别说说这个"平和"。如果说今次的事件与以往的"网络民意"事件有什么区别的话，那就是"极端理性"。细读血房地图的创建人"血房地图"接受媒体采访的报道，可以强烈感受到其平和、理性、充满智慧且力量强大的气场。他说，他期望这个行动可以"启发一些有社会责任或有自我炒作需求的房地产商"从而做出一些抵制性的东西，因为"在这个利益链上，我们离拆迁太远，开发商更直接"；他说，开放平台是"为了信息量，也为了公平，我不希望让精英过滤信息"，而"一个开放的平台，可以有正方观点，也可以有反方观点"；他说，"下榜"要通过投票，大家都觉得问题解决了才可以下榜，而"如果有人失去了生命，那是无法解决的，永远不会下榜"；他说，他在尝试用不同的角度看待社会问题，寻找解决问题的可能性，而号召拒绝买血房是一种非暴力不合作的方式，他说，"希望大家换个维权方式，暴力不能真正改变什么"……

抛却事件本身的意义不说，光是这种理性的成长，已是中国网民真正可喜的长足进步。

与物价赛跑

"孤独走在这市场,看到物价涨起来,我的心中有无限感慨……'涨'声响起来,我心更明白,明天只能吃稀饭和咸菜……"听闻网友篡改的这首《涨声响起》,您一定知道今天狸美美要讲什么了——是了,物价。

据内地公布的最新数字,全国 32 个大中城市中,八成食品都涨价了。俗话说"民以食为天",食品价格普涨,真真是件好大的事,牵动的更是老百姓最敏感的一根神经。有网站做了调查,其中高达八成半的网友表示"活不起了"。

当然,"活不起了"只是种态度,也没见谁真的就此"自绝于人民"。面对涨声一片的高物价,勤劳勇敢聪明智慧的广大网友在抱怨过后,选择的是纷出奇招积极应对,发誓要跑赢 CPI(消费者价格指数)。

首先涌现出的是"海豚(囤)族"。该族族员们会在某些可以久放的日用品涨价前或特价时海量囤货,包括糖、盐、奶粉、卫生纸、洗洁精什么的,而您问"海量"的概念是什么?就是至少能用个一两年吧。

据说,"海囤族"中最牛的一位是个重庆大哥,他在七年前一次过花四万元囤了两万升汽油,用到现在,油价已经从他囤货时的每升两块三毛八暴涨到每升六块六毛七,前前后后省了八万多块钱。

其次的悭钱一族是"团购族",关于团购的概念,之前小狸已经普及过了,就是大家一起伙着买,向商家争取最优惠的价格。现在的团购族多数会在 QQ 上建群,组织团购。而与"团购族"并行的,通常还有"特搜族",该族族员会满世界地"地毯式搜索"特价货品,然后互通情报,时不常地再"团"一个。

另外,由于网店的物价通常要比实体店便宜,所以"网购族"在高物价下更是日益壮大。如今,提起买东西,不少人尤其是年轻人脑中闪过的第一个词肯定是"淘宝"。

而近日,一份"菜奴省钱攻略"正走红网络。针对越来越贵的蔬菜,许多"八零后"都说自己先是成了房奴、卡奴、车奴,如今又成了菜奴……一个海南网友遂把自己在三亚买菜省钱的心得写成帖子与网友分享,帖子一出即红,其中的攻略包括对批发商软磨硬泡,最后以批发价"磨"出几斤菜来;去小码头买鱼;暴雨天逛超市;起大早去只开半天的批发市场等。

要说这份菜奴攻略还真是用心,但要顶着风球[①]去超市,真是怎么想怎么心酸。

二〇一〇年十一月

注:

[①]风球,香港的台风警告术语。

互联网界的"9·11"（3Q 大战之一）

打起来了！

互联网的世界掀起了世界大战，受波及的网民高达数亿人。

火拼的一方是我们熟悉的企鹅仔——IT 界的绝对龙头"腾讯 QQ"，另一方，则是忍无可忍无需再忍的杀毒界小帮派"奇虎360"。而网民们再一次于第一时间迸发出强大的智慧，将这场战争命名为"3Q 大战"。

简单叙述一下案情：

今年 9 月 27 日，360 发布"隐私保护器"，直指 QQ 在偷着扫描用户硬盘。28 号，企鹅仔马上回嘴说 360 借色情推广，同一天，360 说已经报案。双方火药味浓烈。至 10 月中旬，腾讯正式起诉 360。

上月 27 日，腾讯联手金山、百度等盟友联合对抗 360，称 360 搞不正当竞争。同日，腾讯和 360 开始上演异彩纷呈的"弹窗大战"。双方分别通过客户端软件发布快显窗口，其中企鹅仔弹出的是它和盟友的联合声明，称坚决反对 360 不正当竞争；360 遂也以强制弹窗的形式回击，称 QQ 报复自己，并暗示用户 QQ 偷偷扫描使用者硬盘，从而获得"巨额利润"。

两天之后，360 推出"扣扣保镖"，声称可以全面阻挡 QQ 偷窥隐私，这个软件在两天内的下载量突破了一千万。另一方面，腾讯发表声明称"扣扣保镖"为外挂,并称要采取"一切必要措施"来阻止网民使用它。

本月 2 日,360 宣布将隐私保护器和"扣扣保镖"的原始程式码交给国家信息安全测评中心托管,以便用户随时监督。这个举动成为把企鹅仔推上绝路的导火索,从而引发了次日的"巅峰对决"。

11 月 3 日,腾讯发布"致广大 QQ 用户的一封信",称将在装有 360 杀毒软件的电脑上停止运行 QQ 软件,换句话说,你要用 QQ,就要卸载 360;要用 360,就不能再用 QQ……至此,3Q 大战全面升级,进入"你死我活"的搏命阶段,而企鹅仔要逼着自己的 6 亿用户做一个生死抉择。

据统计,腾讯拥有 6 亿用户,360 拥有 3 亿用户,其中 70% 是重合的,而这两亿人到底会怎样选择?

要老虎?还是要企鹅?

按媒体的话说,直到这个时候,原本围观的网民们才骤然发现自己已经从看客转化成了对战双方的筹码,或者炮灰。

据说,11 月 4 日早上的新闻发布会上,腾讯的副总、公关经理哭得一塌糊涂,连完整句子都说不出来。她呜呜咽咽地哼唧说"这不是战争",她说这是腾讯"最艰难的决定"。对此,360 方面认为企鹅仔在博同情,并直斥腾讯的行为是"互联网界的 911"。

风萧萧兮啊。

二〇一〇年十一月

后 Q 时代（3Q 大战之二）

上期说到企鹅仔腾讯与奇虎 360 掀起互联网界的"9·11"。大战之后必有大变，这次战役的结果就是对战双方加上无辜网民一起变"三叔（输）"，而业界同人们却欢天喜地地迎来"意外的春天"，纷纷抢滩登陆，在"后 Q 时代"争夺"即时通讯"的巨大蛋糕。

说话小企鹅与 360 的这一战打得实在是太惨烈了。战事爆发后，腾讯股价暴跌至二月以来最低点，市值一天就蒸发了 100 多个亿。而据报道，QQ 用户在安装了 360 扣扣保镖后，保镖会马上启动专门针对 QQ 的体检。而首次体检分数通常都较低，这时许多用户会下意识地点击"一键修复"按钮，而这一按，包括连天窗口广告、QQ 迷你首页广告等 11 项 QQ 功能便会被神不知鬼不觉地删除，而这 11 项功能正是腾讯重要的盈利工具。

除了这些实际的真金白银，比有形资产损失更惨重的，是人心的丧失。针对 QQ 最后使出的"非此即彼"的低劣杀手锏，网民们大为反感，纷纷表示"装什么软件是我的自由，你有什么权力来替我做决定？"而对于强行禁用 QQ 后可能给用户造成的各种损失，腾讯似乎完全没有顾及，这让广大的企鹅用户心寒不已。按网民的话说："你们再怎么掐架，也不能拿消费者开刀。"而不少人更已表示，如果非卸一个，那会卸掉 QQ。各方舆论普遍评论腾讯此次的做法为"巨大的昏招"，除了自毁多年辛苦经营的企业形象外，再无其他作用。

而那边厢的奇虎360也没好到哪去，本来就爱四处树敌——这从大战伊始，五家著名公司联名反对360就可见一斑——如今又得罪了大佬企鹅，这只老虎未来的发展，实在让人堪忧。

鹬蚌相争，渔翁得利。企鹅仔和360惹得一身蚁[1]，别的品牌却趁机进场，企图重新瓜分即时通讯的大饼。其中，飞信的注册用户激增，中移动也马上乘胜追击，推出飞信新版本。新浪大肆推荐已沉寂多年的"UC"，被指是"明目张胆地在挖QQ墙角"。而局面最好的当属MSN，这个QQ以往的宿敌这一次似乎成了最大的赢家，仅11月4、5日两天，其新增用户比平时多了20至30倍，用"井喷"来形容一点也不过分。MSN更适时而乖巧地推出一个邀请页面，使用户可以邀请自己其他IM软件中的好友来使用MSN，这当中当然包括QQ。

更有甚者，新浪与微软MSN强强联手，宣布合作发展包括微博、blog、即时通讯以及门户网站等业务，抢占企鹅地盘的意图昭然若揭。

这就是折腾的后果。胡哥早说了："不折腾。"一点也没错。

注：

[1] "一身蚁"：粤语，形容招惹了一身麻烦。

3Q 背后的潜规则（3Q 大战之三）

腾讯企鹅仔与奇虎 360 的世纪大战，写到这一期时，该是个总结挖深了。而事实上，围绕着中国互联网界的这只"帝企鹅"，也确实集中暴露着许多业界痼疾。

早在若干期前，小狸就曾写过一篇《全网公敌企鹅仔》，讲的正是腾讯的垄断，而这一次的 3Q 大战，若论其真正的肇因，很可能要归结到今年 6 月腾讯模仿 360 的技术内核而推出"QQ 电脑管家"。当时，360 正和金山鏖战，腾讯的这一举动不仅是在 360 背后插刀，更触碰到了奇虎的核心利益——要知道，仰仗着庞大的客户群，腾讯但凡染指之地，都会如蝗虫过境，别家恐落个寸草不生。

就如 360 董事长周鸿祎在事件中对外发出的一封题为"不得不说的话"的公开信中写道："QQ 是一个封闭的帝国"，"它的商业模式就是依靠用户在 QQ 上积累的社会关系，强制用户接受它的产品"，"让整个互联网行业创新寥落，寸草不生"。周鸿祎说，腾讯抄袭 360 并强行推广的行为，是欲置 360 于死地，360 必须选择反抗。

垄断，正是中国互联网界的第一个潜规则。而缺乏创新、模仿抄袭，则是这个潜规则背后的潜规则，也是造成本次 3Q 大战的最深层原因。

在此前的文章中，狸美美已经介绍过，腾讯虽是一只"帝企鹅"，但也同时是"全网公敌"。敌到什么份儿上？敌到可以让一贯严肃的专业杂志突然崩溃般在封面大骂"狗日的腾讯"的份儿上。而这只企鹅仔之所以能把业界"逼疯",正是源自其"从不创新,只求抄袭"的作风。谁家东西好就抄谁的,抄完了就靠10亿用户"把前浪拍死在沙滩上"。回到本次的3Q大战,前文提到的"QQ电脑管家"也正是被指严重抄袭360的核心技术。

吊诡的是,如果扒手只有企鹅一个,那作为受害者的360完全可以靠"起诉"、"维护知识产权"等"文明手段"来解决问题,那这场世纪大战也就会转变为一场相对优雅的"君子之战",而不是如今龌龊戕害消费者的"不义之战"。可现实是,360没有靠法律维权,为什么不这么做?因为知识产权同样不是360的。

原来你抄我也抄。

二〇一〇年十一月

从"团购"到"团奴"

半年前,狸美美曾给各位介绍过当时网络上最时髦的活动之一——团购(多人一起买同一种商品,以求得最大折扣,类似于"批发"),如今几个月过去——按照网络纪年,这已经是个足以使事物产生巨大发展变化的时长——团购又有了什么新动向呢?告诉您,团奴出现了。

鉴于之前的卡奴、车奴、房奴等"奴字辈"已层出不穷,所以这个团奴就格外好理解了。团奴者,团购成瘾的人,因抵抗不住"低价"的诱惑,而不停地上演"我的团长我的团",重症者甚至"每日必团"。

根据报道,不少团奴如今都患有"神经官能症",一到半夜12点,就会自动惊醒——因为这是各团购网站开团的时间。为了不错失那些优质的悭钱良机,团奴们个个勇战睡魔,奋斗在午夜,其情其景让人俨然回忆起当年的偷菜胜景。

疯狂的团购,换来的是一张张优惠券,花花绿绿似美钞,吃喝玩乐全囊括。但正当团奴们沉浸在这种物质极大丰富的满足感中时,他们突然发现了一个尴尬的问题——券无境而身有涯,这么多优惠,没时间花。

网上曾报道过一位唐小姐,44天里团购了22次,平均两天一次,算个中度团奴。22次网购共花了唐小姐2,804元,买到了原价14,167元的东西,看上去无比超值,但谁囧谁知道。因为一个月过去,唐小姐只消费了六次——"只有四个周末，根本来不及消费。"而团购的优惠券大多有有效期限制，看着剩下的优惠券离 deadline（截止日期）越来越近，原本的开心也慢慢变成了糟心。

还有网友说，团购都是冲着便宜去，团回来后，发现商家离得太远，懒惰作祟心生抵触，一拖再拖的结果就是优惠券过期。

另一方面，折扣虽大，但也仍是要花钱，而团奴们往往都会为了贪那个"巨大的便宜"而买下本不需要的东西，如此一来，团购到底是省钱还是费钱，还真难说了。有网友在发现自己稀里糊涂一个月团出 3,000 多块钱而换回一堆并不需要也很可能没时间用的优惠券后，就曾深刻检讨："奔着便宜去，最终刹不住车，团购，并不省钱。"

除此之外，团购半年后，一些商家也暴露出了问题，有缺斤短两的，有携款潜逃的，有服务缩水的……看来，无论是买方还是卖方，中国的团购事业尚还稚嫩，还有很长的路要走。

二〇一〇年十二月

2010 网络热词盘点三之一：很给力的"给力"

近日耳边总是缭绕着圣诞歌曲，才惊觉又到一年年底。"你妈叫你回家吃饭"仿佛就在昨天，但仔细一想，这已经是去年的流行语。而今时今日，2010 年的"网络热词榜"又已新鲜出炉，高居榜首的，正是那一句荣登《人民日报》头版头条的"给力"。

对于南方人尤其是香港人民来说，"给力"这个词似乎并不算熟悉，因它算是一个北方土语。给力者，撑得住、顶得顺的意思，可以理解为有帮助、有作用、有面子等，褒义。反之，"不给力"就是没劲、顶不顺、和预想相差太远的意思。"给力"这个词最先起源于一段日本搞笑动漫《西游记——旅程的终点》，其中文配音由四个学配音的大学生票友操刀，而当中悟空开门见山的一句"这就是天竺吗？不给力啊"让"给力"一词从此热爆大江南北。热到什么程度？前文说了，《人民日报》把它登在了头版。

您别以为狸美美在开玩笑，若您手边有今年 11 月 10 日的《人民日报》，就可一眼看到其头版大题为《江苏给力"文化强省"》。对于"给力"竟然给力到了党报上，美国《纽约时报》第一时间做了报道，认为这是中国官方对网络词语认可的标志。更有网友激动评论说，这是"网络热词的一小步，中国语文的一大步。"

意义深远至此，不觉肃然起敬。荣登热榜第一，"给力"当之无愧。

除此之外，还有一个值得一提的是，排名2010网络热词榜第四位的是"ungelivable"。对于这个词，英文功底越好的越不见得明白，正所谓"老外看不懂，中国人都知道"。

Ungelivable者，"不给力"的中式英文写法，结合了英语词根及汉语拼音的造词方式，其反义词为"gelivable"。对于这个"安给力围脖"，聪明的中国网民第一时间就搞懂了它的发音，并纷纷评价说"这个单词实在太gelivable！"据说，Ungelivable造出的第一天，微博的转发量就过了万。不少网友戏称，Ungelivable是目前为止传播最快、背得最快的英语单词，大有希望收进正式词典。另外，传说"不给力"及"给力"的法语版也已出炉了……实在是相当给力。

对于白驹过隙般的网络热词，狸美美一向秉持着"浮云，都是浮云"的立场，但对于今次的这个"给力"，狸美美却格外侧目，因为党报能力挺"给力"，这不是一个小意义，其折射出的，是官方逐渐亲近网民、倾听民意的最给力反映。

2010 网络热词盘点三之二：拼爹

上周，狸美美给各位介绍了 2010 年网络热词榜的状元"给力"，而今天要讲的，则是另一个人气词语"我爸是李刚"。该词不仅出现在各个机构评选出的 2010 网络流行语名单上，更一举荣登天涯评选的年度热词榜榜首。

"我爸是李刚"，不用问，一定有典故。今年 10 月 16 日晚，河北大学生李启铭在校内开车撞倒两名女生，造成一死一伤。案发后，李启铭非但没有停车救治，反而继续去送女朋友。当被学生和保安拦下后，他嚣张地高喊了一句："有本事你们去告我，我爸是李刚！"经事后证实，李启铭的父亲是保定市某公安局副局长，而该事件一经曝光，马上成为网民关注的焦点，仅猫扑网，一个星期内，拿"我爸是李刚"来造句的就有 36 万句。

上月中旬，在江湖上占有霸主地位的天涯社区组织了年度网络流行语投票活动，三天内投了九万多张票，其中"我爸是李刚"荣登热词榜榜首。而据媒体报道，"我爸是李刚"之所以可以坐得头把交椅，主要原因是"一个通俗的名字附属了权力通行的密码，成为大多数人的梦想。'我爸是李刚'昭示一个权力通吃的社会所带来的显示快感，网民在犬儒化的娱乐中伸张了自己的立场，这成为社会张力最真实的写照。"另有《南方周末》的评论员评论说，"我爸是李刚"以

11,000多张选票高居排行榜榜首，折射出百姓对官权的痛恨"已然入骨"，同时也可以看到中国各阶层分化的现状。

事实上，在接下来的两个月里，网上网下确实轰轰烈烈地掀起了一场"拼爹"游戏。据媒体报道称，"在幼儿园里抢凳子，有人说'我爸是科长'；在小学欺负同学，有人说'我爸是主任'；在中学抢女朋友，有人说'我爸是处长'……"各路专家学者及舆论代表也因此把分析更纵深到了中国目前的"二代"问题上。

据媒体报道，中国现阶段，富含"富二代"、"穷二代"、"官二代"、"农二代"、"农民工二代"等不同的"圈子"，而《人民日报》9月16《社会底层人群向上流动面临困难》一文，将二代圈子定义为"阶层固化"，指出贫富差距加大的趋势日趋严重，由此引发的巨大社会问题不能忽视——最直接的一个，"穷二代"怎么才能在事业上拼过"官二代"，在感情上拼过"富二代"？

二〇一〇年十二月

2010 网络热词盘点三之三：浮云朵朵

上周以及上上周，狸美美向您重点介绍了 2010 年网络热词排行榜中最红的佼佼者"给力"及"我爸是李刚"，而在今天这最后一期盘点中，狸美美将简单介绍剩下的登榜词汇。

首先推出的是"蔬菜系列"。去年，以农产品为代表的内地物价飞涨，由此催生出"蒜你狠"、"豆你玩"、"姜你军"、"苹什么"等网络流行语，而在这看似搞笑的热词背后，隐藏的，却是普通百姓对生活的一声叹息。

其次要讲的是"神马都是浮云"，对于这个词，狸美美此前其实已经介绍过一次了。该词出自叹为观止的"小月月"事件，至于该事件到底是个怎样的事件，小狸我实在没勇气再写一遍，所以仍请不了解的同志自行 Google。总之，"浮云"一词因小月月而红，之后又被搭配上了"神马"，神马者，什么之意，据说来源于拼音输入法——当网友们飞快地网聊时，经常在打"什么"的时候打出一个"神马"，于是终于有那么一天，神马篡位代替了什么，之后又和代表"过眼云烟"之意的"浮云"喜结连理，最后孕育出去年最经典也是最万能的句式：神马都是浮云。

第三个猛词：羡慕嫉妒恨。这个词的诞生，是来源于制片人张伟平的一句话。他说，电影圈很多人对他和张艺谋就是五个字：羡慕嫉妒恨。要说名人就是名人,说话就是给力。这"羡慕嫉妒恨"一出来,马上红了,不仅红遍内地,据说还红到了港台。要注意的是,"羡慕嫉妒恨"五个字一定要一起说,拆开说、加顿号逗号的都是"奥特曼"(outman,落伍的人)。

另一个热词是"一个艰难的决定",这个词,狸美美之前在"3Q大战"系列中也介绍过了。当时,QQ 和 360 闹得不亦乐乎,什么招都用了,唯独没把用户当回事,其中,在祭出"不兼容 360"杀手锏的时候,腾讯还给广大用户发了一封公开信,哀称"我们做了一个艰难的决定"。这个措辞,无异于搓火,"一个艰难的决定"遂马上流行于网络,和"我爸是李刚"一样,衍生出的造句颇多,但都是嘲讽式的。

最后再说一个人气热词"闹太套",这个词源自帅哥黄晓明。话说黄同学在演唱《One World One Dream》时,那一句"not at all"怎么听都是"闹太套",所以被网友们逮住了、调侃了、登榜了。在此,狸美美只能敬请黄同学节哀顺变,虽然被取笑了,但至少说明群众还在关注你。而最重要的,神马都是浮云,无论是闹太套还是羡慕嫉妒恨,到了 2011 再盘点时,就都会烟消云散啦。

网络史记

2011

2010 人物列传

2010 刚刚过去,网上网下都忙着总结。上几期中,狸美美曾盘点了过去这一年中的网络热词,而今次将挑战更"宏大"的网络大事。也所以,今次的文章中,将不断地出现"名词典故",而碍于篇幅限制,不少事件却仅能"露脸"而不能详解。但您,也可以就此换个角度把它当成一张"考卷",看看您在过去的这一年中,于网络的世界里,是 in(追上流行)了?还是 out(落伍)了?

本着"以人为本"的精神,先从人物开始。

有媒体在评选"2010 十大网络人物"时,把头把交椅赠予了小月月。对于这个"糟蹋了无数东西、奔出了无数雷语、引来天涯万人驻足围观"的经典极品女拔取头筹,狸美美也认为算是实至名归,毕竟,能开创"拜月神教"的只有她一个,那可是上升到了"信仰"的层面。而小月月绝对叹为观止的事迹,也让她无法与其他任何人归为一类,只能作为一个单独的个体独步天下,独孤求败。

在 2010 年,有许多网络红人其实用两个字就可以概括:"哥"和"姐",其中的代表人物非"犀利哥"和"凤姐"莫属。当中,在犀利哥的大旗下,相继出现了"高数哥"、"奔跑哥"、"下岗哥"、"体操哥"、"妖娆哥"、"锦旗哥",甚至还有个非人类的"章鱼哥";而在"凤姐"的引领下,"微笑姐"、"学历姐"、"情趣姐"以及年仅四岁的"失控姐"也都纷纷闪亮登场。据说，2010年最后一位网络红人名叫"浮云哥"，而媒体评论说,这正暗合了网络红人们其实"神马都是浮云"的最终命运。

另一组人物来自官员，其中最红的两个人是李刚和韩峰。前者因为儿子的一句"我爸是李刚"而"被蹿红"，后者因为一部局长日记而淫史留名。

此外，2010年因网络而红的还有个"名人组"，其中，郭德纲称徒弟"民族英雄"而被反三俗，周立波在尽走下三路之后终于获封"周自宫"，相声界一度炙手可热的"北郭南周"都不淡定了。此外，号称"网络第一打假卫士"，亦是不少名人噩梦的方舟子，是被不同机构同时评为年度人物的红人之一，他先后将唐骏、禹晋永、周立波等名人拉下马，所到之处，都是风波。而也因此，这组名人红人中，还要再加上个悲情的唐骏。

2010大事盘点

上星期狸美美给各位总结了过去一年的风云人物，到得这一期，小狸我再给各位絮叨絮叨那些曾经炙手可热的网络大事。

根据人民网舆情检测室汇总内地五个最火爆论坛的权威调查结果显示，按相关发帖量计算，去年荣称头号网络热点的事件为"3Q大战"，五个网站的发帖总数达到3,375,460贴，而由该事件引发出的"一个艰难的决定"也同时入选多家机构评比的网络热词榜。最新消息说，马化腾刚刚在深圳两会上提交了关于网络监管的议案，并爆料说在3Q大战爆发后长达一个月的时间里，没有任何部门对事件表示关心和过问。据说，马化腾的提案成为深圳两会的一号议案。看来，3Q大战，还有余波。

排名第二的热点是"上海世博会"，五大网站发帖量为1,248,793贴，证明这个"不去一辈子后悔，去了后悔一辈子"的盛会不管怎样，还是吸引了足够的眼球。

虽然在名人榜及热词榜上输给了小月月，但凤姐凭着"出道早"及"长效雷人"而成功积累了足够多的帖数，最终击败所有网络红人，在大事热点榜上最先出现并跻身全榜三甲。

除此之外，"李刚之子校园撞人致死"、"富士康员工连环跳"、"袁腾飞言论惹争议"、"北京查封'天上人间'"、"郭德纲弟子打记者事件"、"唐骏'学历门'"、"宜黄强拆自焚事件"、"方舟子遇袭"、"张悟本涉嫌虚假宣传"、"各地校园袭童案"、"安阳曹操墓真伪之辩"、"山西问题疫苗"、"商丘赵作海冤案"、"王家岭矿难救援"、"谷歌退出中国"、"唐福珍自焚"、"部分地区罢工"分列第四至第二十名。而在以上这二十大热点事件中，发帖量超过五万贴的有十三项，超过十万条的有七项，超过一百万条的有两项。

除了这些榜上有名的，还有一些虽没登榜却也在或长或短的时间里引起过不小波澜的事件，比如涉及房子问题的"蚁族"、"鼠族"、"胶囊公寓"、"征婚帐篷"、"地下标间"、"蛋屋"、"箱屋"、"《蜗居》"、"别墅式'经适房'"、"逃离北上广"……

但凡网络事件，总离不开一个"神马都是浮云"的命运，但形形色色的具体事件背后，却有着亘古不变的规律，那就是什么事一触及"公民权利保护、公共权力监督、公共秩序维护、公共道德伸张"就一定会成为热点。

这就是民意。

二〇一一年一月

大家来算账

先不说今天要讲什么,您先拿出张纸来帮忙算笔账:1个农民,2辆车,8个月,拉沙盈利20万元,通行高速公路2,361次,过路费368万元。问题一:这名农民8个月来的具体收支如何?问题二:该农民每天需缴过路费多少?问题三:该农民每小时车速须达到多少?

第一个问题,20-368=-348,结论:该农民辛苦8个月,结果是亏本348万元;第二个问题,8个月相当于240天,3,680,000/240=15,333元,15,333/2=7,666,即该农民每天需要缴纳过路费15,333元,每辆车每天要缴纳7,666元;第三个问题,河南省高速公路车辆通行费收费标准为每公里0.45元,3,680,000/0.45=8,177,777,即368万过路费应该跑了8,177,777公里,再平摊到240天,相当于每天要跑34,074公里,就算24小时连轴转,那每小时的时速也达到了1,419公里。鉴于"和谐号"的时速也只有350公里,最后的终极结论为:哥驾的不是车,是筋斗云。

说到这,不少人应该已经知道狸美美在讲什么事件了,没错,正是最近被炒得纷纷扬扬的"368万元天价过路费"案。去年10月,检察院指控农民时建峰,称其在2008年5月4日至2009年1月1日间,为牟取暴利而非法购买使用假军用车牌及驾驶证等物品,雇人通行郑石高速公路运送沙石,免费使用高速公路2,361次,累计骗免高速公路费 368 万多元。去年 12 月 21 日，当地法院以诈骗罪判处时建峰无期徒刑，剥夺政治权利终身，并处罚金 200 万元。

事件一出，网民哗然，因为这里面的数学题虽然繁多但却实在是不难，就像本文开头验算的那样，只要有小学文化程度估计都能掰清楚。而算出来的种种荒唐数据，更引发了网民针对多方面的拷问。

比如，平均每日每车近 8 千元的过路费以及接近 1,500 公里的"筋斗云"问题，如果不是检察机关算错了，那就只能是过路费收缴层面存在黑幕。有网民就说"天价过路费抢劫无罪，逃避抢劫反而有罪"。而也正因为此，时建峰明明是违法乱纪了，却受到了网民及舆论一边倒的同情力挺，而"无期徒刑"的一审结果也让许多网民直指法院判刑过重。

舆论压力下，法院本月 14 日决定，对时建锋的案子启动再审程序。

确实，放着大把贪官不判无期，非要跟一个"被抢劫"的小农民过不去，这案子，是该再好好再审审。

二〇一一年一月

有多少次家可以不回？

今儿个是"破五"，北方人讲究一家人在家包饺子，但在这个春节，到底有多少人其实有家没回？兔年第一文，狸美美想说的就是这个"春节回家"。

过年回家，这可能是华人世界里最大的传统，但不知从何时起，每年春节时，却都有一群悲怆的"恐归族"。这个族群的族员们，因为这个那个的原因而惧怕回家，有些更真的选择了春节时留守异乡。

根据中青报及搜狐网的一项网络调查显示，今年春节前，在上千位参与调查的网友中，有77.2%的人表示身边存在"恐归族"，其中超过两成人发现身边这样的人"很多"，在所有被调查者中，有41.1%的人认为自己就是"恐归族"。

至于"恐归"的理由，"开销太大难以承受"首当其冲，有超过七成网友选择了此项。而过去一年中物价飞涨，也是导致兔年恐归阵营格外庞大的一个最主要原因。

事实上，早在节前，恐归族们算账抱怨的帖子就已经是满网飞了。不少网友都表示，"拿到年终奖其实就在手里过一遍，过完年就花完了。"还有网友晒出账单：孝敬父母5,000元，给弟弟1,000元，各种亲戚朋友大人小孩的红包6,000元，自己零花500元，汽油费500元，总计13,000元……此外，不少身在异乡的恐归族都表示，春节火车票难买、机票不打折，更使回家成本百上加斤，返乡一次动辄都要一万块。

在这样的情形下，回不回家、怎样回家、回谁的家就成了纠结的问题。物价高企下，不少在异地打工挣钱不多的网民真的放弃了回家的念头，选择春节留守工作岗位，既省了钱又挣了节日加班费；而那些选择回家的，则是八仙过海各显神通，能开车走的自己开车走，不能开车的选择贵价机票，要是没车又没钱，就只能漏夜排队抢火车票。待得终于可以回家，仍有问题要纠结，有网民就说："我家不敢回，回去就是烧钱，我下面侄儿侄女一大群，都是伸手要红包的。回老公家去，他家就一个小侄女，200块就打发了，要是回我家，不花1万回不来。唉，其实我是多想回娘家啊……"

节过到这个份儿上，还真是心酸。其实，狸美美想说的是，有多少钱就过多少钱的年，面子很重要，但绝不是最重要，更没有家重要。对于儿女，父母乐看富贵，但在意的却永远是平安。

一年才一次，一个人，到底有多少次家可以不回？

二〇一一年一月

网络民俗正当时

当今年的央视春晚上，主持人率领着全体现场观众以及数以亿计的电视观众们一起双手十指交扣，再树起两根大拇指一动一动作"兔耳"状彼此拜年时，就标志着"网络民俗"这个词算是正式登堂入室了——因为这个"兔儿爷拜年法"正是今年最流行的网络拜年手势。

事实上，各种各样的网络民俗在小兔子这一年到来的时候确实展现出了前所未有的蓬勃发展态势，首当其冲的便是"围脖拜年"。围脖者，微博也，事到如今您若还不知道它是什么，那您就真搬去火星别回来了。今年春节，微博拜年成为一批"黑马"，一举取代统领江湖多年的短信拜年，成为"最潮、最火、最低碳"的拜年方式。噼里啪啦的爆竹声中，大家随手织出一条条"围脖"，不仅一分钱不花，还图文并茂，快速、省钱、好看、环保。而明星及政府机构的加入力挺，更让微博拜年火上加火。

另一个异军突起的民俗是网络春晚。今年春节，从大年初一到初六，央视一共推出六场网络春晚，总共十个小时，其中每场亮点不一样，而宗旨却如一，即"网人网事网热点"。与此同时，多家门户网站及地方卫视也都纷纷推出自己的网络春晚。于是乎，在这一个春节，与众多演艺大腕同样、甚至更忙碌的，是各种各样大大小小的网络明星。那些因网络而红的草根们，这次终于登上了真正的舞台，在春节这个最重要的节日里与传统晚会分庭抗礼。事实证明，网络春晚人气高涨，与"20分"的正宗央视春晚相比，观众们似乎更乐于看到自己亲手捧红的"兄弟明星"。而媒体更不失时机地评价网络春晚为"今后春晚发展的一大趋势"，"折射出轻松幽默、充满幸福感的'全民娱乐'潮流。"

最后再说一个挺有意思的涉及民俗的网络事件：洋春联。大年初三，有网友在微博上发出一张相当给力的照片，拍的是一副对仗相当工整的英文对联，别看洋码子，绝对严格地按照竖排书写，上联为"Eat Well Sleep Well Have Fun Day by Day"（意即"吃好喝好天天开心"），下联为"Study Hard Work Hard Make Money More and More"（意即"学好干好越挣越多"），横批"Gelivable"（这是去年十大网络热词之一、"给力"的中式英文版），而传统贴"福字"的地方取而代之的是一个红底黄瓤儿的大写"LUCK"（意即"好运"）。鉴于该洋春联对得实在工整，所以围观网民们纷纷转发，嗟叹"有才"。

二〇一一年二月

微博问政

三月桃花开，而除了桃花，开的还有两会。在历史的记忆中，一年一度的全国两会，是国家领导人，是人民大会堂，是各路诸侯，是代表委员，是和我等小民不沾边的国家大事。然而，忽然有那么一天，一个叫互联网的东西开始闪耀在人间，从此，大事小事、千事万事被改变，这当中，也包括两会。

二月二十七日，距离两会召开还有四天，国务院总理温家宝遵守了去年与网民的"勾指相约"，现身互联网，回答网民的各种问题。那一日，温总与网民共聊了两个多小时，各路网民抛出八千多个问题，涉及诸多热点。而这，已经是温家宝连续第三年在两会前夕"问政于网"，"会前网聊"似乎正在形成一种"制度"。

除了温总会网友，今年两会的最新"涉网动向"还体现在"织围脖"。随着2010年被定为"微博元年"，各人大代表、政协委员甚至政府机构纷纷在2011年的全国两会前夕开通微博，精明的各大网站也及时开辟了两会代表委员专区。据统计，截至3月2日两会召开前一日，仅新浪微博就有全国两会代表、委员共317人开通，其中人大代表133人，政协委员184人。这当中，包括港区人大代表及政协委员罗范椒芬、蔡素玉、曹宏威、曾钰成、田北俊等人也都成了微博博主。

开通了微博的代表委员们,纷纷在微博上提前晒出议案、提案,表明想"听取广大网友的意见,以使提案更完善"。而仰仗微博异常发达的快速互动性,每次代表委员一出声,就会马上被围观,代表委员一句话引发数千条回应更是家常便饭。而人大代表、TCL集团股份有限公司董事长李东生因为率先摆出了open的态度,而拥有了超过六十万的粉丝。

不仅如此,新浪方面透露,目前各级官员和不包括公安机关在内的各部委机关在新浪开通微博的达到千家以上,各级公安机关在新浪开通微博的则有七百四十多家。

"知屋漏者在宇下,知政失者在草野。"严重围观下,房价、物价、医疗、教育等民生问题成为焦点,而因为微博的存在,老百姓的每一句话都有变得不再"微薄"的可能。

注水肉与茅盾奖

上周有个消息,说今次的茅盾文学奖开始接受网络文学参选了。这就意味着,或许有那么一天,《鬼吹灯》、《庆余年》、《明朝那些事》甚至是《我的老千生涯》,都有可能捧回中国至高荣誉的业内文学大奖。

消息一出,毁者誉者皆有。那些支持者们一方面为网络文学摇旗呐喊,一方面又抨击茅盾奖的细则"明迎实拒"——根据评选要求,所有参选的网络文学必须已经落地成书,但事实上,"只流传于网络"正是网络文学的最大特点。类似的情况还发生在去年的鲁迅文学奖上,当时,该奖也表示"向网络文学敞开怀抱",但前提就要求参选作品须在十三万字以下。而纵观各路网文,洋洋洒洒动辄百万字者比比皆是,单这一条已把绝大多数网文拒之门外。由此,网文支持者们激烈抨击传统文学奖在作秀。

另一方面,网络文学的反对者们也展开针锋相对的回击,表示网络文学已走过十年,"注水"一直是其痼疾,而最近,"文学注水肉"更成为网络文学的代名词。所谓"文学注水肉",越来越长、食之无味的鸡肋文章是也。有网络编辑就表示,在"点击率才是硬道理"的商业模式大背景下,网络文学正越写越长。原本半年内可正常连载完的作品,现在都要抻到一年多,而十几万字的网络小说已几乎绝迹,取而代之的是动辄上百万字的"大部头"。而为了能把"三十集"抻到"六十集",网上甚至有人写了"网络文学写手的职业之路"的攻略贴。在该贴中,"注水"被当做一门写作技巧来传授,作者罗列了各种"抻字数"的"妙招",包括延长主线、增加人物、加入可有可无的对话等,更有甚者,有作者献招说还可以拉长人物名字、说同一口头禅、使用超长省略号,甚至设定人物是结巴,因为这样"每句话就可以写两遍"……在此,狸美美也很想使用一个超长省略号来表示很囧的心情。

有意思的是,那些网络文学的真正爱好者们往往根本不知茅盾文学奖为何物;而那些届届关注"冲茅"、"冲鲁"战况的传统文学爱好者们也往往不会把时间精力花费在看网文上,所以,狸美美的倾向是,每个事物都有每个事物所属的圈子,志同道合才能乐尽其所,贾平凹和当年明月都是牛人,但这不意味着他们非要攻占彼此的领域。

而至于那些注水肉的制造者,抱歉,你们只是写手,这里谈的是作家的事。

大爱无疆

上一周，无论网上网下，无论网虫网盲，每一个人最关心的事都只有一件：日本大地震。

九级、海啸、核泄漏，如果套用如今网络上最流行的"咆哮体"（文字后面跟一连串叹号以表达强烈情感），那这三个词后面不知要追加多少惊叹号才能表达出世人对这场灾难的震惊。

高度关注自不必提，地震发生当日，香港雅虎的相关新闻页面在一小时内被点击了二十八万次，刷新该网历史记录，而新浪微博，震后三天内的相关博文已超过一千万条。

大灾面前从来都是显大爱，从东南亚海啸到汶川地震，从"9·11"恐怖袭击到菲律宾人质事件，在人类的灾难史上，每一个节点都会闪耀着人性的光辉，在这当中，中国民众次次都是热情的一分子。然而……这一次，是日本，是对中国民众有着诸多"新仇旧恨"的日本，对于日本受灾，中国人民会有着怎样的反应？

如果此时是一部电影，那画面先会出现一个匿名网民的留言："上天为我们雪恨了。"而正当观众的心为之坠落之时，又会闪现出另一条实名留言："日本加油！这与政治无关！别用伪爱国侮辱爱！"紧跟着是另一条实名留言："爱超越国界，生命超越种族，灾难面前，人类一次次命运相连、同舟共济、携手而行。此刻，无论是对于在日的中国同胞,还是日本民众,我们为所有受灾的人们祈福,愿救援更加得力,愿更多生命被救助,愿哀伤得以抚慰,愿生活能够继续,愿阳光和希望重回人间。"

再然后,留言闪现的速度会越来越快,频率也会越来越密集,最终如排山倒海:"日本人在汶川大地震中给过我们帮助,我们至今在感谢,也祈祷日本人能够在地震中幸免。"、"默默祈求上苍,保佑你们平平安安。"、"祝愿中日人民世代友好下去!"……电影演到这,鼻子有些酸,这时,银幕上又闪现出一句话:"如果中日开战,我会第一个拿起枪;如果去日本救灾,我会第一个抬起担架。"

电影最后,是某网友于地震当日在新浪微博上发起的一项调查:"如果日本的国土因自然灾害不存在了,作为中国的百姓,你是否愿意接纳日本灾民融入中国这片土地?"两天内接受调查者一千五百余人,其中超过一千人选择"接纳,且可以保留日本国籍"。

大灾面前显大爱,这是人类亘古不变的规律。全剧终。

二〇一一年三月

盐

有道是网民的最大特点是什么？狸美美答曰："有热闹要凑，没热闹制造热闹也要凑。"就算是平日的太平盛世，网民们还能每天花样翻新地制造出无数话题，更遑论赶上个热点事件，一定要把这个大热闹凑好凑足。而于上个星期发生的全国24小时闪电抢盐潮，便是网民们最最热爱的一种大热闹——够囧，够KUSO（恶搞之意），简直就是专门为网民们尽情发挥而准备的。

所以，完全可以想见抢盐潮爆发后，网络上有多热闹，仅开心网上沾"盐"的帖子就达到四万五千个。由于上网者的年龄结构及知识水平决定了他们相对来说是不太容易被"盐防辐射"所迷惑的族群，因而网上涉盐的舆论大都属于"辟谣"、"嘲讽"及"深度解读"一类。而狸美美再一次感叹来自民间的智慧是如此强大，从讽刺笑话到科普教学无不让人觉得痛快淋漓。

先说笑话，因为看到竟然真的有无知群众一下子买了成百上千甚至是1万3千斤碘盐时，相信每一个庸俗的清醒者第一反应都是嘲笑。因此，网上涉及盐的笑话也是最多的，比如：某会场忽然发生骚乱，与会者莫名冲上主席台而造成了踩踏事故。警方随后到医院找到奄奄一息的大会司仪，询问当时到底发生了什么？司仪迷惘地说："我也不知道，我只说了句'下面请领导发言（盐）'……"

而由于"盐"这个字非常容易套用,所以本次网络事件中涌现出一批特殊的暗含巧思的"智慧笑话"贴,也成为一大亮点。比如,有网友抛出一副对联,上联为"日本人在辐射中等待碘盐",下联为"中国人在碘盐中等待辐射",横批"无盐以对"。对此,马上有网友接招,扔出另一副对联,上联曰"日本是大核民族",下联曰"中国乃盐荒子孙",横批"有碘意思"。此外,还有"盐如玉"、"无盐的结局"、"盐多必失"等聪明提法,都能让人莞尔一笑。

而取笑过后,也有不少网友尤其是专业人士第一时间写了科普贴,为人民答疑解惑,从原子弹讲到核电站,从辐射的真相讲到食盐中碘的含量,不管其表达方式是耐心地娓娓道来还是恨铁不成钢的"咆哮体",目的都是一个:告诉群众科学的真相。也因此,本次的一场震,一把盐,意外地捧红了民间科普团体"科学松鼠会",上个星期,不少网民涌入该组织网站搜寻相关知识。

而泄愤辟谣之后,还有一部分思想深邃的网民想到了更多,提出抢盐潮的背后暗藏着巨大警号——政府正面临着公信危机。是啊,当国家、专家、媒体越辟谣百姓却恐慌的时候,这个社会确实有些问题。

二〇一一年三月

"火星入侵者"

最近接连看到几个消息：

第一个，有媒体盘点上一周的"网络热词"，其中因四大日化产品巨头联合涨价而催生出的"日不落"荣登热词榜榜首。而"姜你军"、"蒜你狠"、"糖高宗"等等涨价热词的家族中，至此算是又多了一个新成员。

第二个，网上流行的缩写语"OMG"（Oh my god，意"我的上帝"）被最新收录在拥有127年编纂史的牛津词典中。而其实早在去年底，就有媒体报道说牛津词典中的1,000多个汉语外来语中，已包括"宅女"、"人肉搜索"等网络流行语。

第三个，近日有"有才"的网友编写了一份《网络文体扫盲手册》，其中详细记录了目前最流行的十大网络文体，包括"咆哮体"、"淘宝体"、"银镯体"、"梨花体"、"蜜糖体"等等，该文已被大片转载，并得到了网友们的普遍认同——即确有其事，没有胡说八道。

第四个，上一周，武汉作协在汉网现场办公，接纳网络51位网络写手集体加入武汉作协。

第五个，有媒体报道说，随着网络越来越普及，网络热词在生活中运用得越来越广泛，不少小学生纷纷将这些新的网络词汇用在了作文造句中。比如有道题目是让用"给"字组词，结果孩子们纷纷写"给力"。

以上五件事，单看都是乐儿，但放在一起再一看，却让狸美美突然有些惊心——那些网络文字，到底是从什么时候起变得如此强大？今后又将怎样发展？

遥想当年——其实也没有很当年，不过就是两三年前，人们还在稀松平常地把在网上初次见到的、零零星星出现的、与传统文字不一样的"3Q"、"Orz"、"囧"等符号戏称为"火星文"。而转眼之间，这个"火星文"便以几何级速度在裂变，网络新词每周都会有，每天都会有，甚至每分钟都可能有；那些原本单薄的网络文字摇身一变拥有了不下 10 种的文体；网络写手这个称呼从无到有，从有到强。谁看不上灌水来着？如今人家进了作协，还要参评茅盾文学奖……当初的火星文，变成了星星之火，变成了火星入侵者，攻占地球，彻底燎原。

狸美美并不保守，但真的有些担心：当有那么一天，我们的孩子只能组出"雷人"，而讲不出《雷雨》，更不知道"九州生气恃风雷"的时候，那就真的雷人了。

二〇一一年三月

网上清明

有时候,狸美美会想,网民的最大特点是什么?然后,最先在头脑中闪现出的词,便是"无孔不入"。以往那些按部就班的大事小事,在今时今日,因为有了互联网,有了网民,而屡屡变得不一样起来,比如清明。

对于中国人来说,清明扫墓祭祖是件大事,而今年清明,因为有了"代人磕头"、"天价墓"等网络热点而显得格外热闹,有媒体盘点上周的网络热词,更是相当地给力,曰为"死不起"。

早在上月下旬,各媒体便纷纷爆料说,内地多地出现"职业扫墓人",他们声称可以帮人扫墓,并且收取费用,价位通常在贰佰到伍佰元不等,贵的可以上千元。而这件事跟网络的关系就在于,这些"职业扫墓人"大多以网络为依托而发展业务,比如他们当中的不少人都开有网店,商品就是明码标价的"全套流程450元"、"三跪九叩加收100元"、"披麻戴孝200元"、"号啕痛苦300元"……他们依靠网店接单,支付费用则通过支付宝,而"验收"这个环节,则也是仰仗网络——卖方说了,可以网络视频直播祭奠过程。据说,这个业务的买方市场主要是那些身在国外不能返乡的游子们,且销情一年比一年畅旺。

另一担事,清明前夕,有网民在网上发帖公布内地"十大天价墓",其中厦门安乐永久墓园以800万元天价的超豪墓穴勇夺冠军,据说该墓的围墙上刻有麒麟、古鹤和二龙戏珠等石雕，一侧还有 3 米多高的凉亭。此外，还有 300 万元的太湖西洞庭山岛豪华墓、78 平方米售价 220 万元的深圳"地下 CBD"……中国房价高是个地球人都知道的事，而现在许多地方的墓价已经高过了房价，有网友慨叹"生前高房价，身后高墓价，活着是房奴，死了是坟奴，生死两茫茫，可悲啊可悲"。

与此同时，一篇揭露商家"盼死"而"超前服务"的亲身经历帖，日前在各大社区网站流传，文中爆出许多地方丧葬业垄断牟取暴利的现状，引发网民热烈反弹。

"打点外围"的高昂花费加上天价墓地价，让越来越多的网民只能用三个字来做结语："死不起。"

——事实上，这也正是上周排名第一的网络热词。

乞丐的境界

不用衣衫褴褛，不用风吹日晒，不用见人叩首，甚至不用羞失颜面，需要的，只是会上网，剩下的，就是躺在被窝儿里数钱。您问狸美美这说的是哪份"甜蜜的事业"？答曰：乞丐，再确切点儿，是走进e时代的网络神丐。

上个星期，有一则消息热爆两岸三地，讲的是内地著名的购物网站淘宝网上涌现出一大批"乞讨店铺"，这些店主在自己的网店内直截了当地向顾客讨钱，最少的说"一分钱就好"，最多的则狮子大开口一要就十几万。至于理由，更是五花八门，有"为了爱情"，有"为了治病"，有"为了买房"，有"资金周转不灵"，有"没钱缴纳房租"，还有"饿得实在受不了"……被打动的顾客们可以用银行转账、信用卡以及支付宝施舍。而有媒体记者乔装客人去和乞丐店主们攀谈，发现"网丐"们的真实身份相当给力，不仅有"图好玩图新鲜"的学生仔，更不乏白领、医生甚至公务员，总之，各行各业都有，唯独没有"真实乞丐"。

听着不太靠谱是吧，下面说说业绩。当然了，在动辄数百个乞丐店中，如果人人都赚钱那就更不靠谱了，所以事实上，挣到钱的网丐确实不太多，但绝不是没有，其中最神奇的一位，卖家在商品介绍中说"没钱买房老婆都跑了"，希望好心顾客资助1元钱，根据日前在各大网站上流传的一张截图显示，该件"商品"在一个月内售出 74 万 5250 件，这就意味着卖家赚了将近 75 万元。不过，有不少网民质疑该张截图的真实性，认为是经过修改的假图，而淘宝方面也否认有过类似金额的交易，所以这 75 万到底是真是假，仍是一个谜。不过，另一个相对真实的个案显示，一个名叫"乞讨无罪，要饭有理"的乞讨店，过去 30 天中获得上万名网友的资助，成功讨得 1.5 万元。而两年前，更有号称"史上最牛网络乞丐"的网名"郁闷昊"的网友，为买车而乞讨，最后讨得 18198.2 元。如此可见，躺在家里月入过万少有，但不是梦。

据考察，网络丐帮的开山鼻祖是一个大鼻子老外，名为理查德·斯切里德的美国人是也。他最早创办了一个名为"给我一美元"的网站，目前已经累计讨得 3 万美元。

最新消息说，淘宝已经开始全面清理乞讨店，所有乞讨商品都要下架。而狸美美觉得，在网络善意被透支殆尽前，确实清理得越快越好。

二〇一一年四月

为了王子,翻墙去!

上一周,有个世界性的娱乐大八卦吸引着全球网民的眼球——威廉凯特世纪大婚。

一边是出现在各种肤色女人梦中的拥有王室继承权的英女皇长孙,一边是被称为美过戴安娜的又一位平民王妃,再加上皇室、贵族、华服、重磅嘉宾、俊男美女、梦幻奢华等一系列刺激着人类肾上腺激素的关键词,让这场世纪婚礼不断升温,这其中,当然少不了网民的事儿。

雅虎公布的近期名人搜索数据显示,与这场皇室婚礼相关的一切已经成为全球网民搜索的热点。其中,王妃凯特·米德尔顿成为热点中的热点,其搜索点击率是威廉王子的2.4倍。而在各个国家中,最关心她的还是英国本土网民,尤其是英国女性。而她的美法粉丝则多数为男性。此外,一个名为BeautifulPeople.com的网站日前发起调查,共有12.7万名男女网民参与投票,选出全球皇室的俊男美女,结果显示,凯特以超高人气跻身三甲,仅逊于排名第一的摩纳哥已故皇妃嘉莉斯姬莉及亚军约旦皇后拉妮娅,而一向人缘颇佳的戴妃也排在其后名列第四。不过,另有网络调查显示,虽然备受关注,但高达86%的英国女性表示"并不羡慕她",其中超过四成人认为凯特在婚后将受到传媒关注,不能再过正常人的生活。

另外有意思的是,在美国,网民搜索最多的,却不是凯特,更不是威廉，而是威廉的弟弟哈里王子。狸美美歪想，这估计是姑娘们都在惦记着这剩下的唯一希望吧。

威廉和凯特的大婚被定于 4 月 29 日，届时皇室将破天荒在网上全程直播婚礼大典，让全球网民共襄盛事，这也使这场婚礼成为传播最广的一场皇室庆典，预计届时将有超过 20 亿人网上观礼。据悉，网上直播的主意是王子王妃一起出的，而在此之前的订婚消息也是他们通过微博率先对外发出的，可见这对新人是彻头彻尾的网络达人。

英皇室表示已在 YouTube 上开辟了皇室频道，大婚当日，网民们只要安坐家中，即可见证新人往来婚礼举行地威斯敏斯特大教堂、典礼过程、他们在白金汉宫露台向公众招手，以及皇家空军飞行表演等所有重要时刻。同时，官方还会在 twitter 及 Facebook 上同步更新盛典进展，充分利用网络做好快速互动。

由于截稿关系，小狸写这篇稿时，婚礼尚未举行，但欢欣鼓舞的这时，忽有囧意袭来，发现全球人民都在撒花（网络流行语，意"喝彩、叫好"），唯独中国人民有些尴尬，那些 Y 啊 T 啊 F 啊的网站貌似都连不太上，肿么办（网络流行语，意"怎么办"）？没别的，为了王子，把墙翻起来！

站错队了

上一周的大事,莫过于拉登死了。在与美国周旋了十余年之后,这个全球闻名的恐怖一哥终于被美军在四十分钟内一枪爆头,并于二十四小时内投海喂鱼。拉登之死在网络上的反应也一样是"头等大事",从各路网媒的疯狂报道,到各大网站的民意调查,再到网民的大博小博,抒发着各种情绪,探讨着各路问题,分析着各样未来。而在这所有的拉登效应之中,不少中国网民出了点问题——站错了队。

据媒体报道,在拉登伏诛后,凤凰网发起民意调查,题为"你如何看待美军击毙拉登?"其中,在谈及对拉登之死的个人感觉时,有近六成的网友选择"伤心,因为一名反美斗士倒下了"。截至2日晚间,该调查共有超过25万人投票,这就意味着有逾15万人为了"反美斗士"倒下而伤心。同样的,在如何评论拉登的问题中,只有六成网友选择"虽然他是反美斗士,但伤及无辜的恐怖活动让人无法接受。"

不仅如此,在论坛上、微博上,都有不少中国网民留言对拉登之死表示同情、悲伤甚至惋惜。网民"后知后觉 de Franco"在新浪微博上写道:"沉痛悼念拉登同志!……他不去享受荣华富贵,美酒佳肴,却为自己的信仰对抗美国,奋斗一生!"还有网民说:"拉登,安息吧!虽然你已经倒下,但是千千万万的你将站起来!我向你致敬!"有人在凤凰网上留言说,拉登的"所谓恐怖行为是长期受美欺凌的结果",并说"这是一些弱势国度的群体在别无他法的情况下唯一的选择"。而这些言论,甚至得到了一些专家学者的"理解",其中某学者就在博客上表示"我们不必惊诧于中国网民对拉登之死的同情,因为这不过是中国复杂战略环境的一种自然反应。"他说,"如果美国处在中国这样的一个环境,美国人也可能会做出类似的反应"。媒体解读说,这是中国近年民间反美情绪上升的结果。在网上对拉登事件的评论中,频频出现的一个词就是"美帝国主义"。

关于美国的霸权,狸美美也不甚满意,但却总觉得在拉登这件事上,不少人似乎站错了队。拉登确是"反美斗士",但却不能因为他的反美而忘记"9·11"事件中无辜死去的3,000个生命。而就像《华尔街日报》中文版主编袁莉在其微博里提到的:有些人如果只有在切身之痛时才能体会人性最基本的情感,我们真应该反思这个社会究竟出了什么问题。

二〇一一年五月

E 时代的母亲节

上周日是母亲节,随着人口流动越来越厉害,在这一天里不能陪在老妈身边的儿儿女女们也越来越多。好在,我们还有互联网,于是,"E 时代的母亲节"成了一道新潮的风景。

最明显的是网店订花,无数身在异乡的游子选择让快递员传递自己的一份孝心与思念。早在一个多月前,淘宝上一些知名的花店就已经有人开始下单了,其阵势不亚于春节抢火车票,到得母亲节头一两日,不少店家的订单已达数千份,纷纷表示订单已满,无力再接新单了。

而关于母亲节送什么?在母亲节前夕,网络上一直流传着一份"母亲节送礼攻略",其中详细建议了 60-70 后、80 后、90 后、00-10 后四个年龄层较为适宜的母亲节礼物,其中,60-70 后的母亲们年龄相对最大,所以比较适合送保健用品,擅长做饭的更可为妈妈做一桌健康菜肴。而 80 后的一代,最适合送给妈妈的礼物是自己的"男女朋友",因为老妈这时候最担心的,是儿子女儿"剩下"了。90 后的母亲们还很年轻,在这个时代里,相信更有不少保养适宜的"爱美妈妈",所以对于她们,最好的礼物莫过于让她们更漂亮更年轻,所以在母亲节这一天,帖主建议 90 后们陪妈妈穿最时髦的"母女装"、"母子装",营造"姐儿俩"、"姐弟俩"的感觉,让老妈们心中大大地暗爽一把。最后,对于我们的 2000 后,攻略中给出了最可爱的送礼提示:"自己动手做礼物,如果不会就不要再尿床了。"

此外,今年的母亲节,网络上流传开一股"忏悔风",有网友发出一则《母亲节忏悔帖,说说我这么多年对不起妈妈的那些事》,文中,该网友历数自己 27 年来对妈妈"只有索取,从未贡献"的种种事情,引发众多网友共鸣,纷纷跟帖表达对母亲的歉意。

这个母亲节,狸美美托人为千里之外的狸妈咪送了束橘粉色的康乃馨——北京全城粉红色康乃馨售罄,几朵小花,让狸妈咪开心得不得了,戴着老花镜戳了一下午给小狸发了一大段没有标点符号的短信——因为据说不知道标点怎样调出来。母爱,还有父爱(在此特意补充,以免狸老豆们吃醋),确实是最无私最伟大的情感。其实,花是粉的还是黄的,妈妈们完全不会在乎,你送的是金条还是便条,妈妈们也不会在乎——她们在乎的,只是你的健康平顺,如果可以选,其实每一个妈妈都最想要的母亲节礼物是你能"常回家看看"。

五道杠少年

网络代有才人出,一没留神,最近又有一位同志红了。虽然一直秉持着网络红人都是浮云的出世态度,但这回这位,跟以往的凤姐、月月们不太一样,还是值得一写的,这位同志,具体地说,这位小同志,就是人称"五道杠少年"的13岁男孩黄艺博。

黄艺博的成名源于他的一张"工作照",照片中的他,小小年纪却显得异常老成,梳着典型的干部式发型,身穿深蓝色西装式外套,脖子上戴着红领巾,手臂上别着"五道杠",神情泰然自若,正认真阅读一份文件。该照片在网络上引起众网民围观,不少人更进一步挖出黄艺博以前的"事迹":两三岁开始看《新闻联播》,7岁开始每天读《人民日报》和《参考消息》,在全国重要报刊上发表过100多篇文章,出版20万字的个人成长实录,每月两次照顾福利院老人,上网只关注国内外新闻大事从不玩游戏,开通博客"是想表达自己为了'中华民族之复兴,续写汉唐之盛世'的修身齐家、济世安邦之信念、气度、襟怀、理想和抱负"。现在华师一寄宿学校读初一,正任中国少先队武汉副总队长。

人肉一出,网民们更激动了,黄艺博的博客在一天之内点击率达到90万,评论数千条。虽然也有网友赞扬黄艺博志向远大,但多数人还是表示难以接受这种"官样小大人"。有人讽刺说"看来家里关系挺硬",也有网友认为文章内容空泛,疑为家长老师代写。而联系到之前的人肉结果,不少网友甚至怀疑这一切又是有幕后专人在炒作。

在所有的非议中,最强的一个声音是出自对孩子的惋惜,有网友就表示"明明是青春纯真的童年时代,却被培养成这样,模仿大人语气写文章,不知道是该责怪社会还是责怪家长老师。"

在百度百科上,已经出现了长长的"黄艺博"词条,内容详尽得连"五道杠"的组织架构都解释了。淘宝上一夜之间多了许多贩卖"五道杠"的店家,厂家来不及制作就先预售,广告相当给力:"霸气外露秒杀大队长三道杠"……

虽然狸美美也十分不喜欢小官僚,但却始终觉得,在这件事上,网民们苛刻了,毕竟,那还是一个孩子。对也好错也好,真也好假也好,他的爸妈固然不应按照他们的想法捏出一个黄艺博,那我们是不是更没有权力按照我们的想法去对他指指点点甚至挖苦嘲讽呢?黄艺博才13岁,他还有很长的路要走,而那,是他自己的人生。

二〇一一年五月

加油，麦兜们

今天这一期，狸美美要讲的是一位网络红人外加一头"网络红兽"，旁边有人说了，你不是"网络红人都是浮云"而早已懒得写了么？话说得没错，但今天的这位，完全和凤姐、月月们不一样，他，让小狸我尊敬。

这位红人，便是福建农林大学学生陈文原，人称"犀利收碗哥"。他的走红源自一段学生自录的视频，视频中，这位年轻、文弱、身材并不高大的男孩子在学校餐厅的收碗窗口，以不可思议的速度把同学们用餐后送过来的碗碟羹筷飞速地分类、收起：餐盘一叠、碗一篮、碟一篮、筷子和汤匙再一篮，其双手如火中取栗般毫不停歇地上下翻飞，直看得人眼花缭乱。有学生说，给陈文原拍照的时候，"每一张的手都是重影"。据说，收碗哥一分钟之内可以把128个餐盘上的碗筷收好。在此，狸美美建议大家都去亲自观看一下这则视频，以切身体会什么叫"不可思议的速度"。

八卦讲完讲正经的，收碗哥让小狸尊敬当然不仅是因为手快，而是这收碗背后的故事。据说，陈文原家境贫寒，父亲靠开摩的养家，每天能挣个三五十块。陈文原现在在学校打两份工来勤工助学，一份保洁，一份收碗。其中，收碗的工作是每天中午两小时，在这两小时中，他要收大约四千个餐盘，两万件餐具，而学校给出的薪水是一小时六元钱，连同奖金，每个月能赚四百多元。

据说，陈文原因为这四百多元而把学校给他的补助让给了别人，因为他觉得"自己的钱已经够用了"。而在他爆红之后，有公司想给他一份待遇更优厚的兼差，他却拒绝了，因为"在学校的这份工作完成前，不能就这样走掉"。而说到他的成名绝技，难免让一般人偷想"是时薪又不是件薪，何苦要把自己累成这样？"可是他就是这样做了，按网民的话说，贫寒却自强自立，平凡却认真激情。他做的事是最简单的，但能把简单事做到极致，不容易。

这就引起前文所说的另一头"网络红兽"——麦兜族。麦兜者，港人最熟悉，这头港生港产的小猪，平凡卑微却保持乐观，做事脚踏实地，永远有梦想，永远在努力。而"麦兜族"是最新流传于网络的名词，指的正是收碗哥这样一群出身草根、没有家底没有人脉却依旧在这个社会中顽强寻梦的年轻人。

据说，与麦兜族们相对的正是"悲催哥"，即怨天尤人的一群。在此，狸美美以专栏作者的独有方式来力挺麦兜们——洗碗哥值得"专访"，悲催哥么，懒得给镜头啦。

二〇一一年六月

当黑白变成灰

上周三，药家鑫被执行死刑。是该说说他了，这个让全中国震惊、让网民们热议了大半年的 21 岁青年，在他的生前身后实在惹出了太多事情。

药家鑫案很简单——去年 10 月，西安音乐学院学生药家鑫开车撞伤农妇张妙，见张妙要记车牌，药家鑫便下车疯狂连捅张妙 6 刀（也有说 8 刀）直至其死亡。事后他说他的杀人动机是："害怕撞到农村的，特别难缠。"

杀人偿命欠债还钱本是古训，且药家鑫属于灭口，手段更残忍至极。是非曲直本来清晰无比，可偏偏黑白分明就变成了灰。

先是药家鑫的同学们纷纷站出来为他求情，说药家鑫是好同学高材生；其师妹更在网上发布言论，声称"我要是他，我也捅……怎么没想着受害人当时不要脸来着？记车牌。"

然后是药家鑫的辩护律师发明了个新词，叫"激情杀人"，而与之相配套的，是某心理学家称药家鑫连砍 8 刀是"因为他弹钢琴，手习惯了向下连续动作"。

然后，一些专家学者站出来主张废除死刑，称要借此案推进司法改革，同时给药家鑫重新做人的机会。而 5 个自称教授的人更联名写信，呼吁免除药家鑫死刑，痛骂那些"要致药家鑫于死地"的人"不文明"，呼吁大家要"以善对恶"。

此外，一部分网民对药家鑫表示理解，从而再次掀起"撞伤不如撞死"、阶级仇视等话题的大论战。

来来回回中，以网民为代表的"杀药派"与以学者专家为代表的"挺药派"在网上针锋相对，"杀药派"们认为要是连药家鑫这样的行为都能免死，那世间还有什么公平可言，而法律无异于给那些贪官污吏又打开一扇方便之门。而"挺药派"们则站出来大喊：药家鑫不是被法律杀死的，而是被你们这些人杀死的。

关于药家鑫该不该杀？狸美美赞成那个观点：能问出这个问题就是最大的无知。药家鑫不是杀，而是伏法。"讲良知必先明天理，天理人伦不明何谈良知？"在那些"砖家"站着说话不腰疼地大谈"平和"、"宽容"、"公平"的时候，张妙的公平又在哪里？民众的保障又在哪里？而除了受害者的家人，谁又有什么权利能对药家鑫说一句："我原谅你了"呢？

而药家鑫其实也有让人同情的地方，除了死不见尸之外，他最令人同情的，就是给了那些想出风头的跳梁小丑们机会，让他不停地在"生生死死"的希望与失望中煎熬，最后却仍是陨灭。而这，也许正是老天对他真正的惩罚。

二〇一一年六月

谁行贿了？

今天要讲的是个挺新鲜的事——晒贿网站。上一周，一种让网民们自发写出行贿受贿经历的网站突然间在神州蹿红，短短几日内，就有包括"我受贿了"、"我受贿啦"、"我贿赂了"、"他受贿了"等长相酷似的至少八家网站诞生。

据考证，国内的这些晒贿网站虽然新但却都是山寨的，其鼻祖远在印度。去年8月，两名印度"海龟"因为在回国后不习惯"办什么事都得花钱"的风气而开设了"我行贿了"网站，鼓励网民们在网上晒出他们的行贿受贿经历，小到给水管工好处，大到政府官员贪腐，全都可以说。据说，这个网站已经引起印度部门的注意，而印度卡纳塔克邦交通部长更根据"我行贿了"网站的举报，惩处了20名手下的官员。

他山之石看上去相当不错，于是同胞们飞快地山寨，然后山寨的再被山寨，就出现了上个星期晒贿网站大爆发的局面。

面对这个新兴事物，各方意见不一，有叫好的，认为其是网络反腐的新形式，很可能成为全民反腐的强心针。

但亦有不少专家提出异议，意见主要有二：

第一，在不是实名制发帖的情况下，出现诽谤几乎是百分之百不可避免的。而由于发帖人很难找到，所以被诽谤者在承受伤害之后还很难追责。而这种诽谤一旦再被"网络水军"利用，后果会十分严重。上升到学术高度，就是一个"公民的权利和义务"剥离的问题——你发布了信息，你同样还要负责，不能光"痛快痛快嘴儿"，然后"找不着人儿"，可这种网站现时正是违背了权利和义务的基本原则，可以说是增加了反腐成本。

第二，目前这类网站中的绝大多数都要求网民在发帖的时候不要将涉案官员的身份曝光，这就导致对反腐没有实际帮助，按网民的话说"模糊了时间地点人物的举报，跟反腐小说有什么差别？"按专家的话说，能写出来的，除了诽谤就都是些送条烟买瓶酒的小案子，民众更多的是发泄，由于行贿跟受贿一样都有罪，所以真正行大贿的人是不会轻易公开的。除此之外，网民们也在担忧，晒贿网站的下一步经营模式是什么？而如果真的说出了什么有价值的信息，发帖人的资料安全又真的能保障么？

在此，狸美美也觉得这网站挺好玩，但也仅是好玩而已，说到底恐还是浮云一朵。不过,有个问题倒是实实在在的——如果是香港人民，估计对此类网站没什么兴趣，因为廉政公署很给力。那内地百姓们为什么如此兴致高昂呢？

二〇一一年六月

就怕局长没文化

上周有一件十分欢乐的事,欢乐到不少网民都要求把该事件原汁原味推上春晚。什么事?江苏常州溧阳市卫生局长谢志强误把微博当QQ,在微博上"直播"与情人偷情的"楚门秀"①。

本月 20 日,有网民最先在天涯爆料,说看到两个微博,其博主互相且唯一关注对方。微博中,两个人除了不停地打情骂俏,讲尽肉麻之话外,更透露出许多十分吸引眼球的信息,包括:"房卡怎么给我?我不到前台拿。""我拿好后送你。""我要知道小杨在家,我是不会打电话的。今后如这么巧的话,你就说和客户约好谈事的。""宝贝,我上午一直在唐市长那里汇报工作。""在上海买东西没有啊?我给你报销。""我外甥在做行长,去年买了一箱茅台给他。""那好,请帮我开一张:溧阳交通银行/酒 6,720 元。"……完全不用福尔摩斯,就是华生同学也已经根据这一大堆线索闭着眼睛猜出了这个故事的全貌:某地的一位已婚官员,找了一位同样已婚的情人,两人关系已到开房地步。与其同时,该官员涉嫌公款私用。

对于领导如此勇于"政务公开",我们这些围观的本已经很满足了,但这位官员博主以及他的"赛子怡"(因官员在博文中说"你像章子怡,但比她漂亮",而被网民赠名)情人明显要对自己更加高标准严要求,因为他们不仅在博文中毫不避讳地说出了大量人名、地名以及事件,更清清楚楚的在微博地点标注上填了"江苏常州",头像位置更放上了自己的大头照……真是体恤百姓,给人肉搜索的网友们省了多少事啊!

要不是有记者后来报出他们的采访结果,狸美美真的要怀疑这位局长要么是被人用马甲黑了,要么就是有暴露癖。当网民们轻而易举地查出这位博主就是江苏常州溧阳市卫生局长谢志强后,有媒体向其致电闻询,电话中,谢局长的反应茫然到可爱:"你看到我们发微博的啊?呵呵,你怎么看到的啊?这个都能看到啊?这不可能吧?我们两个发微博你都能看得到啊?不可能吧?"谢局又说,"我本来不懂这个,人家说现在不是发邮件要发微博了,我说什么是微博啊?""你看得到我的文字吗?呵呵"

而这个经典微博被删除全部对话前的最后一篇博文则是:"这粉丝怎么删?怎么这么多人呢"……

懂微博的人一定都笑喷了。在此,狸美美郑重地告诉那些不太懂微博的读者们:微博不是QQ,除了"私信",说的所有话,大家都能看见能看见能看见……微博有风险,调情须谨慎。而党校再培训干部时,是不是应该考虑加上"微博应用"这一课?

注:

①楚门秀:即trueman Show,真人秀的意思。也是一部电影名,中译《楚门的世界》,剧中主人公在全天候直播自己的生活。

一个皮蛋引发的血案

上一周,有个食物"亮"了(网络潮语,意醒目、抢眼)——松花蛋。这位长得黑不溜秋、为中华民族低眉顺眼地做了千百年下酒菜的皮蛋小姐,突然在一夜之间引发了中美大战,并点燃了全球华人的爱国情绪,什么大陆台湾,什么同胞侨胞,在那一刻干的全是一件事:保卫皮蛋。

事情是这个样子的:有位CNN(美国有线电视新闻网)的记者郝瓦达在网上发布了一段他品尝皮蛋的视频,视频中,他才刚把切开的皮蛋放到嘴里就忍不住吐了出来。他同时形容说,皮蛋古怪的味道好似魔鬼煮出来的。结果,让郝瓦达自己都没想到的是,他的这段私人影片竟被CNNGO[①]旅游专区选入了"全球最恶心食物"专题,更勇夺第一。

然后就是美国人民的受惊情绪得到宣泄之后,中国人民的受惊情绪没处发了——啊?神马!我们那么热爱的皮蛋瘦肉粥、皮蛋豆腐,现在都成了"最恶心的"?美国人,你行不行啊?你,你,你,你这明显是种族歧视啊!

CNN的一炮,换来的是全球范围内的一场快速而广泛的皮蛋保卫战,包括海峡两岸在内的众多网友第一时间跳出来为松花蛋打抱不平,其中仅上周末,微博上有关皮蛋的发帖就超过70万条。而各个华文网络媒体亦纷纷推出"最恶心食物"评选,不仅按CNN给出的选项重列"最恶心的全球食物"排序，更针锋相对地发起"最恶心的西方食物"线上投票。结果，在前者的票选中，皮蛋在所有选项中得票最少，即最被网民喜爱。而在后者的投票中，夺取第二、三名的分别是贵价西餐带血生牛肉及法式蜗牛，而老外最最热爱的芝士则勇夺最恶心榜第一，同时被赠评语"有股臭脚丫子味"。嗯，够狠。

散户战役打响后，更有大户出来坐庄。5日，中国最大的蛋品加工企业——湖北神丹健康食品有限公司，以董事长刘华桥及3,000名员工的名义正式向CNN发出抗议函，要求其道歉。

面对这一大票被惹毛了的炎黄子孙，CNN官方尚未表态，但肇事者郝瓦达同志已经扛不住了，他向某台湾媒体发出一封公开道歉信，信中除了对皮蛋小姐表示歉意外，更大表红心称他其实十分热爱中式料理。

目前，网民的气儿还没怎么消，也不奇怪，一跟美国杠上，网民们的激情总是超乎寻常的。但在一片骂声中，狸美美觉得，这形势对皮蛋其实不是什么坏事——本来在中国一直是小媳妇的陪衬角色，如今却在国际上扬名立万儿了，宣传得多好啊！而CNN仅凭一人之言便忽悠出个"票选结果"的不靠谱行为，恰恰扇了自己耳光，捎带着让此前涉及中国的"圣火传递事件"、"西藏事件"等亦不辨自明。

皮蛋让CNN自曝扯淡，功不可没啊。

二〇一一年七月

注：

① CNNGO：CNN旗下关于旅游、生活、休闲咨询的网站。

最萌通缉令

"亲~XXX，现在拨打24小时客服热线XXX，就可预定'包运输、包食宿、包就医'优惠套餐，可获赠夏季冰饮、编号制服……赶紧预定喔！"

如果狸美美不告诉您上面的那段话中，前一个XXX实际是"被通缉的逃犯们"，后一个XXX实际是"110"，您是不是百分之百把它看成了淘宝某店的广告？而即使您现在知道了XXX的真实含义，估摸着一时半会也接受不了这个事实——它是个如假包换的通缉令。

上周，微博上流传着一则很火的帖子，内容即为上海徐汇区公安局为配合全国的清网行动而在官方微博上发出的通缉令。通缉令中，撰写人采用了时下网络最流行的"淘宝体"（一种网络语言文体，特点是以"亲"为关键词），除了以上那段话，还有"亲，告别日日逃，分分慌，秒秒惊的痛苦吧，赶紧预定喔！"等煽情句子，以及"流氓兔在牢中"卡通配图一张，被网民们呼为"最萌（网络潮语，'可爱'之意）通缉令"。

萌令一出，众人围观，仅一个下午，该通缉令便被转发5,500余次，评论1,400多条。除了评其"给力"、"萌"、"酷"外，更有不少网民戏称"没被通缉的亏大了……"，"太可爱啦，我都想预定了，可惜不符合要求"等，而淘宝体通缉令也一度勾起了网民"贫嘴"的瘾，纷纷效仿造句，如"亲～老实蹲着，不许乱动啊亲……""亲～你有权保持沉默哦亲……"好不热闹。

其实就算说到这，狸美美仍有点不信这通缉令是真的，可偏偏徐汇公安局官方都站出来大方承认了。据媒体报道，徐汇警方表示，之所以出这样的通缉令，初衷是因为"网民日趋年轻化，传统文本格式的通缉令在网络上的宣传效果有限，希望通过此举能促使更多犯罪嫌疑人主动自首。"

关于这个通缉令，网上有赞的也有弹的。赞的人说当"一项制度从'高处不胜寒'到'飞入平常百姓家'，需要的就是一双人本主义的翅膀。"骂的人则认为如果连通缉令都开始娱乐化，难免有哗众取宠之嫌。更有人担心，这么萌的"邀请函"，很可能会诱发那些法律意识淡薄、好奇心重的青少年犯罪。

在这里，狸美美的观点倾向于后者，轻松是要分场合的，对于执法机构来讲，威严要重过温情，更重过娱乐。有网民说得好：守一方平安，不能哗众取宠。'人性化也罢'，'娱乐化'也罢，都须正本清源，否则今天有了'娱乐化'的通缉令，明天就会有'娱乐化'的起诉书，最后就是'娱乐化'的判决书。

二〇一一年七月

昔日红人今安在

上周网上的一则消息让小狸我忽然怀旧起来：百变小胖婚了。看着那个曾经掀起了"全民 PS 狂潮"的小胖纸（"纸"同"子"，网络流行语）变成了一本正经的新郎官儿，让人不禁感怀曾经那些在互联网流行初期，一度大红大紫的网络红人们，如今都怎么样了？

那就首先来说说这个小胖。2003 年，当时还是初二学生的钱志君，在参加上海市某个交通安全活动时无意中被拍下照片，照片中的他，斜着眼半回头，肥嘟嘟的脸极具喜感。随着照片在网上曝光，小胖先后被网民们 PS 成哆啦 A 梦、阿里巴巴、怪物史莱克、蒙娜丽莎、加勒比海盗……，其销魂的"回眸一瞥"更出现在所有当红电影的海报中，真正地掀起了全民 PS 的网络狂潮。当时的互联网，远没有今天之发达，红人也远不及今日之浮云，所以小胖的成名，含金量颇高。

虽然是因被恶搞而成名，但当时年仅 16 岁的小胖心理承受力却相当强大，不仅没有负面情绪，反而拿出了更多照片来娱乐大家。

如今，8 年过去，小胖凭着一张在微博上登出的结婚照再次回归网民视线。经过报道，原来小胖这些年一直没有离开娱乐圈，主持过节目，拍过电影。而此次结婚的新娘，正是他的经纪人。看着婚照上的小胖，无数网友唏嘘感怀，大叹："岁月是把杀猪刀，我以为我还没长大呢，可是连小胖都结婚了！"

幸福的小胖过后，如果再提早期的网络红人，就不能不提芙蓉姐姐。这位大名鼎鼎的网络一姐，即便是到了今天，也没被浮云们撼动其王者之位。当年，芙蓉以臃肿身材大秀 S 造型而惊吓了无数网友，其出位言行让每一个看过的人都刻骨铭心。但不知从何时起，芙蓉在悄悄改变，随着瘦身成功，干的事也越来越靠谱。如今的芙蓉姐姐，只有 98 斤，早已甩掉赘肉，拥有了真正的 S 身型。而她的衣着造型也不再夸张，近期推出的荷塘写真、红歌写真都颇为不错，不少网友甚至评其"清纯"。最给力的是，本月 30 日，芙蓉要在北京开个唱，票价高达 1,280 元，跟王菲的部分票价相同。从之前的人人喊打，到今天的赞誉日多，芙蓉凭借着她自强不息的精神，被网民们评为"第一励志姐"。

　　最后的最后，顺便通报一下凤姐的近况，这位资历不算太老，但出位赶超芙蓉的姐姐最近终于移民到美国。具体手法不详，但其在微博上已反复叫嚣"死也要黑在美国"。对此，网民们结合她早前的言论，纷纷表示"她离奥巴马又近了一步"。天佑中国啊！

二〇一一年七月

"桥脆脆"与"桥坚强"

如果不是温州的动车事故，那过去半个月里网上的最大焦点一定是"桥脆脆"与"桥坚强"。这两个分别起源于汶川地震时那头被埋36天而奇迹生还的小猪"猪坚强"，以及2009年时无任何预兆而轰然倒塌的上海莲花河畔景苑"楼脆脆"的网络新热词，呈现的是一部有关中国桥梁的人间闹剧。

进入七月中旬，内地的桥梁很忙，忙着垮塌。7月11日，桥龄仅14年的江苏盐城境内328省道通榆河桥坍塌；12日，武汉黄陂一座高架桥出现引桥严重开裂，裂缝号称可以放进一只脚，而此时这座桥还没正式通车；14日，桥龄不到12年、造价超千万的武夷山公馆大桥倒塌，而其正是当地的标志性工程；15日，通车14年的杭州钱江三桥引桥桥面塌落；19日，北京宝山寺白河桥因过了一辆超载货车而塌毁……

面对一连串的塌桥，网民们第一个跳起不干，除了贡献流行语"桥脆脆"以讥讽外，更第一时间找到了它的反榜样——"桥坚强"。而实在讽刺的是，第一个"桥坚强"样板正是垮塌的钱江三桥的"邻居"——同处钱塘江上的钱塘江大桥。这座由茅以升在1937年主持修建的大桥，在原本设计寿命50年的情况下，74年来任凭风吹浪打而岿然不动，甚至连大修都未曾有过一次。而旁边脆脆的钱江三桥，以14岁的小小年纪，不仅塌了，10年间更维修了24次。至于超载，白河桥也没什么可无辜的，茅爷爷当年造桥时，是按20公里时速设计的，而如今钱塘江大桥上的动车可以跑到120公里。这就是差距。而差距差在哪里？网民们说了：不差技术，差在良心。

也于是，关于"桥脆脆"与"桥坚强"以及"良心"、"腐败"、"反思"、"揭弊"的文章在过去半个月里于互联网上层出不穷。除了本次集体垮塌的若干大桥之外，网民们还盘点出过去一堆不靠谱的塌桥事件，更曝光出有"塌桥可能"的隐患大桥，其中安徽铜陵长江公路大桥最新被网曝黄油填缝，当局赶紧拿出600多万元修桥平事。而除了茅以升的钱塘江大桥外，1,400岁的赵州桥、110岁的松花江大桥、81岁的灵桥等一批"桥坚强"也迅速走红，成了网民热捧的对象。其中，位于宁波市奉化江上的灵桥，为1930年德国西门子公司修建，在经历了二战之后，该公司竟还完整保存着灵桥的档案，并于不久前寄来文件提醒业主及时维修。

再次感叹，这就是差距。然而，考虑到目前的形势，小狸气短地借用某网民发明的一个词来结个尾：其实，大家没敢奢望"桥坚强"，只求能有个"桥正常"。

二〇一一年八月

中国式"碑"剧

1931年,旧中国疲弱多弊,民不聊生,日本开始侵华,东三省被迫沦陷;2011年,新中国发展迅猛,日益强大,谁也没敢侵华——连想都没敢想,却有部分中国人主动当起了汉奸,奴颜媚骨,国耻全忘,导致东三省再次沦陷。

上周,一则关于"黑龙江方正县为侵华日军逝者立碑"的微博在网上掀起热潮。该微博称,为了GDP和政绩,黑龙江省方正县花费70万元为当年有份参与侵华的日本"满洲开拓团"竖立纪念碑,上刻死者名录,企图以此举吸引日商投资。

消息曝光后,网民大怒,留下海量留言以痛斥,有网民称其为"中国式碑剧",各大媒体也纷纷出声抨击,甚至连央视都怒批"经济发展岂可见利忘义"。除此之外,更有五名网友不满足于口头讨伐而采取了实际行动——前往方正县砸碑。这五名壮士在现场一面砸碑,一面向石碑上泼洒代表中国人鲜血的红色油漆。虽然行动只进行了一分钟,五勇士便被赶来的公安带走,但更多的网民在得知消息后,前赴后继接茬赶往方正县,誓把汉奸碑砸碎。

在此形势下,方正县的昏官们总算知道事态严重了,慌慌张张于砸碑后继者们到来前,自己连夜把碑运走,同时发了一条语焉不详的微博,表示要对名录墙进行处理。

对于这一结果，网民们欢欣鼓舞，砸碑后继者们在现场燃放了万响鞭炮，而不在现场的网民们则留言说"这是人民的胜利"。许多学者名人表态支持，其中地产大鳄任志强说："民意再一次战胜了官意。请官员们不要轻易为民做主，代表民意吧。"不过，短暂的欢呼过后，网民们并未就此收兵，纷纷要求方正县当局作出公开道歉。

而就在汉奸碑还未尘埃落定之时，方正县又被网民踢爆，称该县要求商店招牌必须标注日文，否则不获发工商执照，更要罚款五千元。报道称该县工商局人员已承认确有此事。对此，网民直斥其自贬为日本殖民地。

这让狸美美又联想起近期的另一担新闻：安徽黄山北麓谭家桥景区，被揭让游客穿上日本军装，端着刺刀上演"鬼子进村"的游戏，并再现日军抢"花姑娘"的情景。

如果说一次犯错是偶然，那两次犯错就是成心，方正当局的汉奸行为由此可证不是偶发性的；而一个地方出事是个案，其他地方也出同样的事就不得不叫人警惕。经济大潮下疯狂迷失的"中国式碑剧"们带有的普遍性，是这组事件最叫人胆寒的地方。

扶不起的老太太

曾几何时,"助人为乐"这个人类通用的普世价值也一度是中华民族的传统美德,但今时今日,当看到有陌生老人摔倒在街上时,竟然有高达9成网民选择"不救"或者"不好说,看情况"。恐怖么?但这确实就是凤凰网最新公布的血淋淋的现实。

一切,源于"扶不起的老太太"。

5年前,南京一位徐老太太将青年彭宇告上法庭,称对方撞倒自己。彭宇则委屈地表示自己其实是救人,却反被诬告。在有现场目击者证明彭宇清白、徐老太儿子是警察而警局笔录神秘失踪、网民通过技术情势分析后一边倒力挺彭宇的情况下,法院最终还是判彭宇败诉,须赔偿老太太4万多元,其宣判理由模糊不详,但宣判逻辑却清晰无比,即:你如果没撞她,你为什么会帮她?该案引发了巨大的社会连锁反应,在怒抨恶人诬告、法院不公的同时,人们的爱心之手也伸得犹豫起来。有网民评论:自彭宇案后,社会道德滑坡30年。

2009年,天津青年徐云鹤再次上演彭宇案,他在好心扶起一位因横跨隔离栏而摔倒的王老太太后,再次被王老太一家告上法庭,称"人就是他撞的"。与彭宇案如出一辙:双方各执一词,诬告证据明显,民众力挺雷锋,审判稀里糊涂。今年6月,法院判处徐云鹤败诉,赔偿10万多元。据说,王老太一家在宣判后一出法院门就遭到了民众围攻，好容易打到一辆车，出租司机一听其名号即大呼"怕'碰瓷'，不拉！你告我拒载也不拉！"有网民评论说，徐云鹤案是给一缩再缩的道德底线的又一次鞭挞。

而把"见死不救"精神推向高峰的最新事件是8月底的南通殷红彬案，这位大巴司机同样是在好心扶起一位跌倒老太后被反诬撞人。不过幸得殷大哥祖坟冒青烟，其大巴车里的监控摄像恰好录下了事件始末，殷大哥这才得以清白。老太一家见状也及时改口，更送上锦旗以平网民之怒。这件事的后果有两个：第一个，大家再次坚定了见死不救的决心，最快的反应就是9月初，武汉一位大爷跌倒后因没人敢扶而活活因鼻血堵塞呼吸道死亡；第二个后果就是，大家都不再指望法律还予公道而纷纷奋起自救，导致可摄录上百小时行车记录的"行车仪"大卖……

最新消息，卫生部9月6日特意发布了《老年人跌倒干预技术指南》，从确保老人安全的技术层面详细教给大家怎样扶起跌倒老人。在小狸看来，这份文件发早了，倒是最高法应该先出台一部《自己安全扶起跌倒老人技术指南》——您不得先确保了雷锋的安全，让大家敢去扶了，才再去教会大家怎么扶得更好么？

二〇一一年九月

从拼爹到坑爹

这些日子,最"悲催"(网络潮语,意悲惨)的人莫过于72岁的李双江大叔。这位家喻户晓的著名军旅歌唱家大概怎么也没有想到自己老了老了还能再蹿红一把,只不过,这次红得不是那么荣耀。

事情源于他十五岁的宝贝儿子李天一,这位公子虽尚未成年但火气颇大,近日某晚在北京某小区内,仅因前车司机急刹车就把对方两口子打得头破血流,同时威胁围观群众"谁敢打110!"其时,李天一无证驾驶着一辆无牌的改装宝马,其挡风玻璃上贴着"人民大会堂临时停车证",后备箱内有一把仿真冲锋枪。这辆车事后被爆七个月内违章32次,且全部都"未处理"。而与李天一一起打人的小伙伴苏楠,则开着一辆奥迪,该小朋友事后查证为高三学生,被抓时曾自曝"亲戚为山西省公安厅副厅长苏浩",外界更风传其实为这位厅长的私生子。

如果不是宝马奥迪,不是人民大会堂停车证,不是无照无牌,不是30多次违章不处理,最重要的,如果不是李双江或某厅长,这件事应该也就是件普通的民事纠纷。但恰恰以上因素它都具备了,于是,"我爸李双江"一夜之间盖过了"我爸是李刚",天一同学火了,双江大叔悲催了。

可想而知网络上是如何热炒这件事的。当年"我爸是李刚"一度引发网路造句潮,而这一次网民们更是文思泉涌,已非句子不能满足了,纷纷做出对子诗来，信手拈几个："床前明月光，我爸李双江，谁打110，看我冲锋枪"；"恨爹不成钢，怨爸不双江，横批：投胎姓李"；"长江后浪推前浪，一爹更比一爹狂，横批：非李莫属"，而双江大叔当年的成名曲也难逃调侃，"红星照儿去战斗"就成了流行语。有网民在微博发言道："这是一个拼爹的时代，国产四大名爹：李刚（醉驾致一死一伤后说'有本事你们告去，我爸是李刚'的李启铭之父）、王军（郭美美干爹）、卢俊卿（被质疑郭美美翻版的卢星宇之父）、李双江，总有一款你伤不起、拼不起。"

　　看着网络上无所不能的网民们以豹的速度迅速挖出李双江与其妻梦鸽当年的师生恋、"李双江的四大女弟子"、梦鸽的"伪造头衔门"、苏浩的"情人门"、苏浩的私生子传闻，眼看着原本德高望重的老将军和春风得意的官员突然狼狈不堪，重重叹了口气的小狸我很想对各种二代们说：孩子们都收敛一下吧，拼爹根本是在坑爹啊（坑爹，网络潮语，意为"坑人"）。

手表会泄密

各位亲爱的看官，此时此刻请您低头看看自己的手腕，如果戴表的请告诉小狸，您戴的是什么表？卡西欧？pass（过关）；西铁城？pass；劳力士？等等，您是公务员吗？是领导吗？哪来的？给"鉴表哥"鉴过了吗？……

最近一段时间，网上有位红人深受民众追捧。这位网名叫做"花果山总书记"的网友，因为靠辨认领导的名表而把数位高官推向风口浪尖，反腐之声四起。

话说这位花总的行动起兴于"7.23温州动车事故"，当时他在电视中偶然看到一位省部级高官的手腕上带着一块劳力士蚝式恒动日志型手表，该表市场定价73500元人民币。惊愕之余，花总继续Google了一下这位高官，更发现他在不同场合佩戴过多款名牌手表，其中能确认品牌型号的有四款，而仅是这四款的总值就在40万元人民币以上。

惊愕变震惊，花总于是再接再厉于Google图片搜索中键入"书记"、"局长"、"省长"等关键字，于是，一张张泄了密的手表照就这样浮出水面了。

凭借着自幼爱表而多年累积的专业知识，花总不辞劳苦地一张一张辨认照片中的"达·芬奇密码"。在花总的勤力侦破下，数位高官登榜，其中包括给贫困户送食用油的华东某市组织部部长，手上戴的是一块近 8 万元的积家 MASTER 小三针，花总评其"足够买一车厢的食用油"；山西某部组织部长尽管把表盘贴着手腕内侧反转了戴，但也没能逃过花总的火眼金睛，凭着表扣材质、上面的商标以及一块深色鳄鱼皮表带，花总判断出这块表是欧米伽海马，最便宜也要 7 万；此外，华东地区一名财政厅长所佩戴的手表成为本轮鉴表的单价表王，该表为经过镶钻改装的欧米伽星座，价值至少 20 万元人民币。而据实际身为某中外合资公司执行总裁的花总爆料，他在北京的某次饭局上，曾见到某位司长戴的是价值 70 万元的百达翡丽。

有"热心"网友进一步提供资料，称中国国家公务员级别分为 5 档 19 级，基础工资每月几百至上万元不等。而去年底，官至副部级的全国人大财经委副主任贺铿曾公开透露其年薪才 10 万元。

最新消息说，花总揭出的若干高官中，只有一人明确回应了此事，其余人都保持缄默。而花总爆料的微博也终于没逃脱被封的命运。小狸在想，我们当然不能因为谁戴了名表就一口咬定谁是贪官，因为官员也有为了爱好而砸锅卖铁的权利和可能。但是，在质疑面前再次集体失声和野蛮封口，就逼得人不得不开始想象了。

二〇一一年九月

傻二代

小狸我最近一直在琢磨一个问题：孩子确实是来向爹妈讨债的。在这里，小狸说的不是那些通常意义上的供吃供喝供享乐，而是越来越多的孩儿们开始热衷于给爹妈"下拌儿"，正所谓釜底抽薪就是了。而这种"家庭叛徒"通常多出现在"富二代"、"官二代"以及"星二代"这类耀眼的二代身上——爹妈为了守住"自己的小秘密"而谨慎低调了一辈子，却被宝贝儿子掌上明珠一股脑出卖了个干净——比如李刚、双江的公子们，比如郭美美卢美美，以及本次要讲的尤美美们。

尤美美同学是最新加入"美美族"的"坑爹分子"。这位贵州黔东南州锦屏县县委常委、副县长的千金，因为一张发在微博上的"双包少女"照片而被网民定名为尤美美——照片中，尤美美右手挽着一个爱马仕铂金包，左手提着一个大号LV旅行袋。当然，有名牌包不是个问题，但有名牌包又有县长爹，而且还是个穷县的县长爹，就是个问题了。

看出问题，网民们当仁不让地围攻，尤美美郁闷得茶饭不思，尤美美他爹则无奈挺身前台帮女儿应付。应付的结果是：尤老爹一口咬定那俩包都是山寨的，是淘宝上总共花不到200块钱买的，其中一个还有零有整的号称标价为"91.20元"。尤老爹说，能提供购买单据；尤老爹还说，自己闺女都上大学了，每次零花钱"也就100元、200

元地给"……

然而,久经沙场的网民们根本不吃这一套。这边尤老爹自顾自地表白,那边网友们已不间断地输送出更多的猛料:比如尤美美在微博中写"送给叔叔的礼物,一万七千多,我负责六千。""我的衣服太多了,整理起来才发现还有一大堆新的,都忘了穿了。"比如有网民搜索出尤老爹还在兼任该县的经济产业建设投资公司董事长,该公司正承包当地一段市政主干道的建设工程,而尤美美的疑似男友的疑似职业正是"承包工程",惹人遐想连篇。再比如,有人陆续又在"双包"之后发现了尤美美第三、第四个名牌包,而好事者帮尤美美算了一下,她的一身行头要10万元,好事者又跟着算了一下,锦屏县当地农民的人均年收入约为2,000元,尤美美的一身行头相当于当地农民50年的收入……

是老尤贪官还是民众仇官?目前没有人能确定。但有一点却是明摆着的,老尤又"被坑爹"了。眼看着越来越多的"傻二代"涌现,抛开正义而言,单从可怜天下父母心出发,小狸觉得那些动不动就嚣张无理由、炫富不含糊的二代们是不是该长点脑子?

二〇一一年十月

iSad

"在人类的历史上,有三个苹果改变了世界:夏娃吃的苹果、掉到牛顿头上的苹果,以及乔布斯建立的苹果。"乔布斯走了,就在新一代iphone终于亮相的第二天,他让全世界的满和不满,在短短二十几个小时后化作统一的崇敬和怀念。这位神一样的人物,连离世都是传奇的。

不是果粉的人会被这场席卷全球的悼念所吓坏,然而,如今又有几个人不是苹果的粉丝呢?

几乎全世界的门户网站一夜之间的头条新闻都变成悼念乔布斯,苹果公司的官网首页也换成乔布斯的大幅照片,谷歌为乔布斯设立了特别的LOGO,而微博这个网民最重要的阵地上,纪念偶像的活动更是声势浩大。

乔布斯去世的消息传出后,新浪微博宣布在长达八小时的时间里,所有苹果手持设备发出的微博,都将显示来自"乔布斯的iphone"、"乔布斯的iPad",截至6日晚上7时,即乔布斯去世不足24小时,新浪微博上已有6,300多万条相关留言,满眼都是点亮的蜡烛图标,满眼都是"来自乔布斯的xx"。而同一时间,开心网上亦有超过80万名用户点亮蜡烛。从新浪微博到twitter,从开心网到facebook,不同肤色的人们点亮着同一枚蜡烛,传递着同一个新创出的词汇——

iSad（苹果产品的命名特色，意为"我悲伤"）。英国泰晤士报说，虽然乔布斯病重已经很长时间，但是他的死讯依然对从旧金山到上海的各地苹果迷造成震撼，社交网站的相关消息数量预料将打破纪录。

在香港理工大学，一名年轻的 19 岁学生利用苹果公司"被咬了一口的苹果"的 logo，把原本缺失的一块替换成乔布斯的侧脸剪影。该图标一发布到网络上便被疯狂转发，果粉吁其为"苹果失去乔布斯这一块"，以表达悼念之情。这枚 Logo 现已被快手的商家印在了帽子、T 恤、电话套等纪念商品上，而 LOGO 的年轻制作者亦因此接到了数间国内外设计公司的聘请意向。

而内地地产大亨潘石屹，因不识时务地说了句自作聪明的话而被网民痛扁。他在果粉们最庄重最悲伤的时候发微博说："对乔布斯最好的纪念就是苹果公司马上推出 1 千元人民币以下的'爱疯'给大家使用，让每个人都用上'爱疯'，就是对乔布斯最好的纪念。"结果，马上有伶牙俐齿的网友回帖："潘总要是哪天去世了，也请贵公司推出 1 千元 1 平米的房子吧，十几亿人民都会纪念你。"结果是潘总飞快地把原帖删了。传说中的现眼。

在写这篇文章的时候，平日不怎么吃苹果的狸美美特意啃了个苹果——就让我们发自内心地纪念这位神一样的人物，以各自的方式。

十月围"城"

十月,海那边的美利坚,一群年轻人发起了声势浩大的"占领华尔街"运动,没两日,海这边的中国内地,一群小商户拷贝出一个网络版的雷同戏码——实实在在的"十月围'城'",占领淘宝商城。

一切源于淘宝的一项新规。本月10日,新分家出去的淘宝商城颁布一条新规定,将明年的"保护费"及"诚信金"大幅提升,并且明确表示意在对假冒伪劣商品"零容忍"——你卖我就扣钱,进而打造诚信商城。然而,这一举动却被认为严重触及了中小商户的利益,从6千到6万,荷包不能承受之重啊,不能承受怎么办?起义,占领淘宝。于是,从11日开始,部分淘宝商城的中小卖家组织了架构严密的"反淘宝联盟"指挥部,通过网络组织多达5万人通过恶意下单、恶意差评等手段大规模攻击淘宝商城的大卖家,令相关商户损失严重,同时抹黑商城的信誉。与此同时,指挥部还组织了数百人亲临淘宝总部,拉出抗议横幅。起义的结果是,商务部发了话,指点淘宝要照顾中小商户的利益,淘宝老大马云连发三条微博说"心累了",连在手心写了五个"忍"字告诫自己别发火,然后拿出18亿重建商城,同意新规暂缓一年执行,但仍是要执行。谁都没赢。

然而这个稀泥结局的背后却并不稀泥,这件事,没这么简单。首先是"谁有理"的问题,中小商户抨击淘宝"卸磨杀驴",其支持者大骂淘宝忘恩负义；而淘宝也一肚子委屈：转型改革是必然的，壮士断腕是必须的。其次是"谁赢了"的问题，中小商户没赢，因为他们一年之后还是要按新规办事；淘宝也没赢，因为好好的战略发展路线确实在此刻被阻断。用一句网评的话说：这是一场零和博弈的战争。

对于淘宝的这场内乱，狸美美不知道谁对，但知道谁肯定错。因为就算有一万个理由，攻击那些无辜的大商户也是错的，更是非法的，而这正是网络暴力。此外，平心而论，淘宝并不冷血，在今年6月的分家过程中，淘宝一分为三，且定位清晰：淘宝商城是C2B（商家对个人），淘宝网是B2B（个人对个人），一淘是搜索引擎。所以，淘宝商城其实本身定位的就不是实力不强的卖家。中小商户自己选错了战场，又暴力骚扰无辜者，实在让人难生同情。除此之外，没办对事的还有商务部，因为中小商户一闹腾，它就抛了话和了稀泥，按网民的话说，这就好比"会哭的孩子有糖吃"，无论商务部是出自什么考虑，但让"打架行为尝到甜头"，纵容网络暴力而牺牲市场规则，这就是不对的。

逃课网

如果让您回忆一下您的大学时光，您首先想到的三个关键词是什么？恐怕有相当一部分人会痴想着傻笑说：死党、爱情和逃课。逃课，被一代代学生们吁为"必修课"，而到了E时代，逃课也进化成了网络版。今天要说的，就是"逃课网"。

几个月前，安徽师范大学大二学生周中鹏，在某日清晨起床时"脑中突然蹦出了一个点子"——架设一个以逃课为主题的网站。他随后把想法告诉了两位室友，三人一拍即合，立即着手操办。在投入了三千多元的暑期打工外快后，逃课网就这样应运而生了。

从6月上线至今，逃课网已吸纳注册用户数千人，并顺利收获第一笔投资资金。在逃课网中，"出租或求售"、"我逃课了"、"每日一课"等都是其中的版块，而"换课"是当中人气最旺的。换课者，交换彼此的课程是也，拿一节自己不想上的课，去交换回别人手中自己想上的课。"周四晚上的课，有谁是周四的课，拿环境保护理论来换。"在这里，学生们纷纷发布"换课"信息，寻找愿意交换的人，各取所需，达到利益最大化。而网站创办人也表示，"逃课"是噱头，"换课"才是重点，"希望大家能换一种方式开心地学习。与其上一节你不感兴趣的课，无聊地在课上睡觉、玩手机、看小说，还不如跟别人换一节自己感兴趣的课。"

这一换课理念，得到不少学生的热烈支持，认为合理利用了资源，解决了点名的烦恼，学到了真正想学的东西。然而，反对者也同样强烈。他们认为，逃课是对教师的不尊重，换课是对自己的不负责任。每门课程都有存在的道理和必要，擅自抛弃"不喜欢"的课程，会破坏所学专业的知识体系。而大学课程实际上并不算多，学生有足够的课余时间学习自己感兴趣的其他知识。更有言辞激烈者，引申到逃课网的创业，直指这个"荒唐点子得到外界默许、宽容，乃至欣赏、赞扬，不能不让人惊讶。"

　　这让狸美美想起了著名的 facebook，那个同样由大学生创建，同样发迹于校园网站的庞然大物。从这一点说，逃课网的创业是该受到肯定的，只是档次低了点，方向偏了点，不过却不能因此就一巴掌把它拍成什么"互联网之窗开放过程中飞进的苍蝇"，因为它当中的创意、热情乃至执行力都是弥足珍贵的，尤其是对于成年人来说。而另一方面，调查说 93% 的学生都逃过课，如果不是那 7%，也就没有必要落力地口诛笔伐——尽管出了校门后的我们都会回头对那些逃课的孩子说"好傻"，但谁又不是从那个时候傻过来的呢？与其争论该不该逃课、换课，不如检讨一下课程为什么留不下人。

你家几潘？

上上个星期，狸美美写乔布斯去世时，在结尾奉送的那个段子，在这半个月里有了非常欢乐的发展——内地房地产大亨潘石屹同学，因为那句"没抖好机灵儿"的话，而掀起了一场"货币革命"。如今，您再跟人聊房价的时候，如果还问"这房多少钱？"那您就包子了，正确的说法应该是："您这房几潘？"

先再回顾一下潘总闹事的那句话：乔布斯去世后，潘石屹发了一条微博，"建议"苹果董事会生产1,000元人民币一部的IPHONE手机，以便"让更多的人用上苹果，这是对乔布斯最好的纪念"。此话一出口，马上被拍砖，有网民立刻评论道："潘总哪天要是也去世了，也请贵公司推出1,000元一平米的房子吧，十几亿人民都会纪念您。"该条微博在极短的时间被转发评论数万次，事后被网民称为"搬起'苹果'砸自己的脚"的潘石屹遂删除了该条微博。然而，微博虽删，效应长存。没过多久，一个崭新的、由网民们发明创造的、新的房价计量单位横空出世："潘"。

按照网络定义，"潘"专用于房地产价格计量，1潘=1,000元/平方米。如今，"潘"已被百度百科等各大网络词典收录。新浪房产迅速把各地房价换算成了"潘价"，并排列出"2011全国最新房价排行榜"，其中深圳以25潘的价格居首，上海24潘次之，北京23潘揽探花。有网友强烈要求物价局对比潘价进行备案。

有意思的是,潘火了之后,不少名人也来围观,其中房地产界另一大鳄任志强也忍不住评论"小潘好风光,有了铸币权"。而任总出声,网民当然不会辜负,再加上以中国目前的楼价看,潘实在小了一点,故"任"遂成为另一个房价新单位,1任=10潘。所以类似深圳房价的最正确表述应该是2任5潘。

更有意思的是,上月26日,潘石屹真的在微博发布了由"soho中国银行"发行的"潘币"征求版。该潘币酷似100元人民币,正面为潘石屹头像,有"soho中国银行"字样和水印,背面则为望京soho项目图像,同时还有潘总推崇的阿博都·巴哈名言。潘石屹在微博中解释说,之前与客户吃饭时提到"潘",举桌大笑,所以潘总豪言曰:"我做一次笑料又何妨。所以我决定:正式发行潘币。"

对此,不少网民和专家认为,一向善于表现的潘总,此举无非又是一次营销,而潘币却涉嫌多重违法违规,既是对人民币的不尊重,也不符合行业竞争规范。说白了,又是一场以夺人眼球为目的的自我炒作闹剧。这让狸美美再次想起本次事件的起源乔布斯,同时想起一名网友很经典的评论:乔布斯很大胆,潘石屹很胆大。

二〇一一年十一月

你家沙发借我睡

中国有句老话，在家靠父母，出门靠朋友。如今，随着 E 时代微博小纪元的到来，这句老话要改一个字：出门靠博友。

上个星期，一位名为"一路东去"的同志在众多博友的帮助下，胜利完成了他的长征——历时 108 天，走遍全国 31 个省市自治区，抵达 82 个城市，游览景点 196 个，总里程 35,159 公里，而当中最夺目的一个数据是，他全程只花费了 14,940 元。为嘛？因为吃博友的，喝博友的，住博友的……

据说，这位"一路东去"曾是一个和绝大多数人都一样的上班族，但是半年内两位朋友接连的过劳死让他重新思考了人生。于是乎，和许许多多的流浪故事一样，他放下了别人放不下的东西，走上了别人一直想走而没走成的道路，所不同的，是他没有按部就班订机票订酒店，而是在微博上问：谁家沙发借我睡？

其实，像"一路东去"这样的旅行者在国外早已不乏其人，并且他们有着一个专门的称谓："沙发客"。只不过，像"一路东去"这种纯微博求助式的沙发客以往却是比较少见的，因为危险系数相对较高。但好在东去同志是个男仔，且看上去身强力壮，所以少了很多安全上的顾忌。

那么如果是女仔也想"沙"一下怎么办呢？其实，国外那些沙发老客们以往都是通过成熟的沙发客专业网站寻找"宿主"的，当中有会员注册、自我介绍、旅行相片、过往评价等环节，同时沙发客的宗旨要求"给予"与"索取"是相互的，即你睡了人家的沙发，也要把自己的沙发拿给人家睡，这样做的目的有两个：既宣扬了沙发客"爱心传递"的理念，同时也最大限度地保护了沙发客及宿主双方的安全。目前全球最著名的沙发客网站是 www.couchsurfing.com，当中有几十万次的成功借宿经验，而负面评价只有 0.1%。在专业的保障下，不少年轻貌美的女孩子也成为了沙发客的一员，在全世界的沙发间潇洒走数回，虽然也有灰色的个案，但阳光灿烂却是绝对的基本面。

"一路东去"在他的微博上说，愿意用一路故事换一夜沙发，然后就有许多不认识的人留下了电话号码及家庭地址，跟他说"一定来我这里坐坐"；在美洲自助旅行 108 天的美女猫猫说，几乎所有的宿主都是直接把钥匙交给她，而没有查她的身份证或者护照，甚至连她的真实姓名都没问；而所有的沙发客都遇到过这样的宿主：热情周到得要命，问他为什么，他说因为他也曾经受到过这样的帮助，想回报他，他说去帮助下一个需要帮助的人吧。

沙发有风险，但投入或许不用那么谨慎。

二〇一一年十一月

光棍爱网购

上周有个大节日——光棍节,而且是世纪的。2011年11月11日,六条棍子排在一起,一百年才出一次。没找到对象的,觉得这是自己当然的节日,已有恋人的,认为应该在这一天庆祝自己光荣"脱光",总而言之就是无论"光棍派"还是"脱光派",都觉得这节日跟自己有关系而找个借口high(兴奋)了起来。而比棍棍们更high的,是商人,6条1的日子,一定要大赚一笔。

从三年前淘宝第一次推出11月11日大促销小试牛刀;到去年提前三个月砸下2个亿做营销,广告覆盖网路、电视、手机、户外等各个媒介,最终取得日销售9.36亿的佳绩;再到今年没怎么刻意大宣传,却缔造了一夜吸金52亿的网络销售神话,事实上,如今的光棍节,已经变成了名副其实的网购节。

"光棍节时最不想一个人逛街,那就上网购物吧";"11月正好是商家年底清空库存的时机";"不少单位是10号发工资……";"调查发现年轻网民们的购物高潮时段出现在凌晨1点到2点,析其原因是他们下班后通常会和朋友吃吃饭逛逛街,然后再回家上上网购购物";"一般商场有黄金周,网络购物也该有固定的打折时段,光棍节具有草根娱乐精神和互联网特性,更适合网民";"今年第二季度中国B2C市场交易规模达到了542.6亿,同比增长172.6%"……

不得不说，52亿的神话背后，是充分的市场营销，在天时地利人和的综合作用下，淘宝从11月11日凌晨12点整启动了"光棍节大促销"的活动，2000多家网店积极响应，推出5折的让利促销，而成果也确实没有让商家们失望。

据报道，在大促销12点整开始的8分钟里，仅淘宝商城支付宝的交易额的就突破了1亿元，20分钟后，交易额翻至2亿元，而1小时后，交易额已刷新到4.39亿元。全日结束时，淘宝商城订单数突破2000万单，支付宝交易额突破33.6亿，而再加上淘宝网的业绩，淘宝商城及淘宝网全日的支付宝总额则突破了52亿。52亿是个什么概念？据说是有购物天堂之称的香港6天的零售额总和。

不止如此，除了淘宝，网上多家购物网站也加入了光棍节的促销盛宴，其中腾讯旗下的拍拍网从10月24日开始率先减价，5天的成绩也有7个多亿。

据说，在今年的"双11"之前，中国邮政专门跟淘宝开了次会，主题是"物流行业备战双11"，这让淘宝方表示"受宠若惊"，感叹"全行业对这事都重视起来了"。

看来，"光棍节促销日"真的有望成为一个"传统佳节"。

二〇一一年十一月

不爱要怎么说出口

赵传曾问过：爱要怎么说出口？如今还有一些人问：不爱要怎么说出口？当爱走了，心远了，曾经的山盟海誓，要怎么才能一笔勾销？最新的方法是：上淘宝，找代理。

代理分手，据说是最近正在流行的淘宝新业务，已经悄无声息地冒出了四五十家网店。店主们的业务很简单，帮所有不敢不想不愿不好意思向对方提分手的人捅开这层窗户纸，不仅捅开，而且要撕得干干净净，不拆散怨偶誓不罢休。

业务简单，要做的工作却不简单，因为千人千面，情各不同，无法标准化操作，于是要量体裁衣，按剧情定方案。也于是，每一单业务都是一个故事，有的要冒充委托人好友劝分手；有的要假扮委托人父母逼分手；有的要设"小三"局；有的要演一出儿"黑社会"……还有一些情况特别纠结的，那就挚友爹妈小三黑帮一起来，上演连环戏码，层层布阵，步步紧逼，必要时做好打持久战的准备，反正宗旨只有一条：没有打不散的鸳鸯。

据查，代理分手的费用千差万别，从1块钱到1万块都有，通常的价码是50元至500元左右，依据任务难度递增。一般来说，代理们会选择通过电话或者网络帮人分手，这类的收费相对便宜。如果情况复杂需要"面分"（当面分手），那费用就会大幅上升，因为当中还包括了喝咖啡、吃饭、打的等消费报销，以及最重要的人身安全补偿——当对方，尤其是女孩子乍闻分手二字时，泼茶水、扇耳光、飞刀叉那是常有的事。

俗话说"宁拆十座庙不破一门亲"，代理分手的出现，无疑是颠覆了以往中华民族"劝和不劝分"的传统美德，对此，已经有不少学者站出来炮轰了，说这是商品时代的道德消费，是世风日下。还有法律专家也说，这种业务通过下局设套等方法取证，很有可能触犯法律底线，容易引发民事诉讼。不过，从业者们也搬出了一套冠冕堂皇的理由：如果真的没条件在一起了，分手也是解脱。而他们的宗旨，正是帮助年轻人尽可能地和平分手，减少心灵上的创伤。也所以，有些店主开出了一系列代理准则，比如只代理未婚情侣分手，不涉及家庭离婚；不代理跟小三分手等。据说，不少店主都自称学过或正在自学心理学，用科学知识为服务护航。

有意思的是，调查说代理分手业务的委托人多为男性，15个里有14人是男生，其中绝大多数都是因为另有新欢。对此，小狸觉得，分分合合本是天下大势，只要顺其自然便都没所谓。但是作为一个成熟的人，无论分合都要自己 hold 得住（控制得住），如果连分手二字都没勇气亲自说出口，还能指望他有什么担当呢？尤其是男人。

你的密码多崎岖?

上个星期,有数个话题都不约而同地指向了"密码"。密码?仔细想一想,这个东西确实在不知不觉间占据了网络生活的每一个环节。上msn、QQ,得要密码;登陆淘宝、支付宝,得要密码;论坛灌水、下载得要密码;就连开个电脑,您都得输入密码。而您的密码是什么?让小狸猜猜,是password?还是123456?哦,或者是5201314(我爱你一生一世)?别强作镇定,小狸知道猜对了。

日前,美国密码管理应用程序提供商SplashData公布了2011年度最糟密码榜单,其中位列前五名的分别为password("密码")、123456、12345678、qwerty(键盘顺位)以及abc123。所谓最糟,就是用的人最多,最容易破解,有专家说,黑客完全不需要程序,只要重复试验这些密码,就能入侵相当一部分人的账号。

随后,内地的一些网络安全厂商也做了类似的调查。其中360发布了一项《密码安全指南》,当中罗列了排名前25的国人常用"弱密码";瑞星发布了十大易猜解密码,有趣的是,360的25弱中,有9个与SplashData的榜单有重合,即这9个密码为"全球通用",而在三个调查中均榜上有名的密码则包括abc123和123456,成为无可争议的"国际弱密双雄"。

除了全球通用,调查显示中国网民的密码设置也有着强烈的地方色彩，比如吉利的"666666"和"888888"，比如人名拼音的"xiongming"和"xiaohong"，而甜蜜的"5201314"则被媒体评为登顶最具中国特色的弱密码。而以上这些，无一例外都是黑客词典里的"必备项"。

与此同时，msn 日前爆出大量帐号被黑，不法分子窃取密码后对事主亲友进行钓鱼诈骗。msn 及一些网络安全商紧急呼吁用户更换复杂密码以保安全。

另一方面，与弱密码相对的，是一些"密码控"们设置的超强悍密码。上周，继美国的弱密码排行公布后，网上就掀起了一股晒强密码的潮流，一些密码控纷纷晒出自己的超强悍密码，其中高深程度令普通人咋舌。比如某位狂热网友晒出了长达 24 位的密码，其中混合光速和零纬度的重力加速度以及本身的英文名和昵称缩写。而另一位博友的密码绝对称得上是"达·芬奇密码"，因为其是"生日所有数相加，得到四位数 A，四个单数相加，获得双位数 B。B 两个数字相加以此类推直到获得一个个位数 α。再从斐波那契数列中选择生日数，第 N 个，从 N 往后数 α。这些数字就是我的密码"。此外，还有人的密码为"PPNN13ModdkstFeb1st"，出处来自"娉娉袅袅十三余，豆蔻梢头二月初"的诗句……

这一切实在让数学盲又有健忘症的狸美美很是"晕菜"，哎，等等，要不小狸干脆就用"yuncai"（晕菜的拼音）当密码吧！

二〇一一年十二月

微博外交

这个月初,外交部的官方微博"外交小灵通"的粉丝量成功突破一百万,这使它在成为中国第一个部委微博后,再次率先成为第一个粉丝过百万的部委微博。而与之相对的,是越来越多的驻华使馆也在抢滩中国微博阵地,轰轰烈烈地上演着新时代的"微博外交"。

要说各使馆中最"先知先觉"的当属英国大使馆,早在2009年11月,它就率先在中国开通了微博帐户。而一年后,当首次访华的英国首相卡梅伦在北京钟鼓楼参加活动、细品中国茶时,最先抢报出消息的不是通讯社、报纸甚至电视,而是英国驻华大使馆的微博。这让英国使馆微博一炮而红,同时也捧红了"微博外交"这个理念,甚至因此而催生出一个全新的英文单词——Twitplomacy(由twitter和diplomacy两词合成而来,意"微博外交")。

截至目前,英国驻华大使馆微博已拥有粉丝20万人。而在它之后,英国使馆文教处、美国大使馆、美国驻华使馆签证处、法国文化中心、埃及驻华使馆旅游处、印度大使馆、日本大使馆、澳洲大使馆、西班牙旅游局等诸多驻华机构也纷纷开设微博,不少机构更再接再厉入驻开心网和豆瓣。有统计称,截至11月初,仅新浪微博上就已有经认证的外国政府机构、大使馆、领事馆百余个,境外旅游局75个,海外中文用户近千万,而且这个规模还在继续增长。

在这些外交微博中,美国驻华使馆人气最旺,现拥有粉丝39万,共发微博近3,000条,内容涉及大量美国本土情况以及西方的思想理念,经常评论中国社会的热点问题,发表美式见解,被博友们总结为"晒家底型"。敏感的日本大使馆微博粉丝12万,发帖600多条,内容极少触及中国社会问题,其官方人员表示很忧心两国国民感情太差,想让微博成为"中国各位理解日本的一个窗口",这被博友们总结为"改善民意型"。而印度使馆的微博也在积极宣传印度的现状,他们表示希望通过微博将此前一直被忽视的印度现代形象展示给外界,因为"中国人对于印度的印象仍来自于二十世纪五六十年代的印度电影",这被博友们总结为"洗刷形象型"。

但不管是什么型,有一条可以确定,各国外交正瞄准中国的草根阶层,而且是年轻一代,就如同美国使馆说的"有超过2.5亿年龄在25岁以下的中国人今天正在互联网上"。微博外交其实更多的是争取未来的战争,那在这场战争中,中国是不是该抓点紧了?

晒晒年终奖

新年一过,就有一样东西比春节更让人期盼——年终奖。按照惯例,每年这个时候,都会有大批网友在网上开晒年终奖,多的,少的,给钱的,给物的,直让人眼花缭乱,一会儿偷着乐,一会儿不淡定。

纵观今年被曝光的年终奖里,最给力的当属张艺谋所在的新画面公司,其奖励为发给每个正式员工一套北京万国城的房子。据说,该楼盘均价4万元人民币每平米,而又据说就连前台小姐都分到了80平米的小户型……至少300万啊,敢问贵公司还缺人否?

另一个在网民中引起巨大反响的年终奖是一汽大众的"27个月工资"。日前,有网友在网上贴出一汽大众内部的PPT,当中显示所有该企业的正式员工,只要全勤上满一年,就可以获得相当于27个月薪水的年终分红。不仅如此,该份PPT还透露,自2007年以来,一汽大众双薪的月份越来越多,分别为2个月、5个月、6个月、7个月和8个月。不过也难怪,一汽大众去年表现强劲,全年销量劲增22%。

第三个让人羡慕嫉妒恨的东家是微博名人禹晋永,日前他织了一条微博让所有的白领都不淡定了。微博中,禹晋永说:"今天提前给员工发放年终奖,我讲到要让大家充分把公司的利润分享,元旦节后我们就放年假,和往年一样正月十六再上班,大家欢呼雀跃奔走相告;一个小姑娘哭了,我问她你是嫌年终奖少?她说都拿到6位数了,没有想到这么多,所以激动得哭了,人事总监悄悄告诉我,她是拿得最少的。"微博一出,不仅小姑娘哭了,所有网民也都哭了,男的纷纷求招聘,女的纷纷求与禹总公司的男生交往……

除了这些给力年终奖,今年还出现了不少雷人年终奖。其中有台湾公司的年会上,把一等奖设为棺材,传说有一人多长,内衬黄色纱布,获奖者可选择接受棺材然后等人送货到家,或当场捐赠,据说是为了取"升官发财"的意头。而无独有偶,海峡这边日前亦有网民发博文说,该公司的年货中除了苹果两箱、超市卡一张外,还华丽丽地出现了两个墓地。回想去年墓地使用权风波一度闹得沸沸扬扬,百姓直呼"死不起",如今老板能送墓地,也真算贴心到家。除此之外,给员工发毛绒大便取意"发奋"者有之;按员工微博人气发年终奖者有之;年终奖是为员工洗脚者亦有之……总之,点子层出不穷,总有一款雷死您。

写这篇文章时,小狸我的年终奖还不知道在什么地方,具体数字更不敢奢望,如果一汽大众有 27 个月,亲爱的老板,可否考虑发咱 2.7 个月?

二〇一二年一月

网 络 史 记

2012

春运之一：给拼体力一次机会

本月8号，内地开始了有史以来最早的一场春运。围绕着这个"年度盛事"，近期网上网下最热的词就是"买票"，具体地说，是"买不到票"。买不到票不是新闻，因为每年票都买不到，不过今年买不到票有了新原因——"黄牛"out（过时）了，"网购"才是真凶。

要说今年的买票难实在是场黑色幽默，我们相信有关部门绝对是出于十足的善意，本着便民的宗旨，所以积极、大力、全面地推行了网络购票，原本是琢磨着您不用风吹雨淋地出门排通宵了，只要舒舒服服地按按鼠标就可以回家了。但是，有关部门在行善之前大概忘了做前期调研和先行测试，以至于网购车票一实行，各种问题层出不穷，雷人不止。

首先是超过2.2亿的农民工兄弟们"傻眼"了。根据之前公布的数据，中国4.57亿的网民职业构成中，"农村外出务工人员"仅占3.5%。有网友按此推算，这意味着中国超过2.4亿总量的农民工中，只有不到7%属于网民。而众所周知春运大军中的绝对主力正是农民工，那么，平日根本不熟悉网络的他们，要怎么才能"轻点鼠标，潇洒购票"？

事实证明，网络购票推出后，票一放出来就在网络上被瞬间抢光，完全没有剩下给窗口，这让那些不会上网只能原始排队的农民工买票更成奢望。日前，一位在温州打工的重庆籍农民工黄庆红在4次赴火车站排队买票未果的情况下,忍不住给铁道部写了一封信,信中说"我没钱买电脑、安宽带,也没时间学电脑,上网买票对我们来说不现实。……原来通宵排队还有一点希望,现在什么希望都没了。"有网友甚至因此大声疾呼:"给农民工一次拼体力买票的机会吧!"

黄庆红的信被曝光后,引起外界强烈反响,绝大多数人对这个弱势群体充满同情,纷纷抨击铁道部不靠谱。但亦有一些疑似铁道部五毛党或很傻很天真的舆论见诸网端,认为农民工的诉苦没有道理,"学会上网得靠农民工自己,别人能帮你一次,不可能帮你一辈子",农民工"也要学着融入网络","网络是最公平的"。

这让小狸想起过去那个老笑话,胖财主看到饿得奄奄一息的穷人百思不得其解,穷人说"没饭吃啊",财主不屑道"那吃肉啊!"各位不差钱的富人们,请不要站着说话不腰疼,需要用平均 1690 元的月薪养活农村一大家子的农民工,他们每一分钱的含义,都是领 27 个月工资年终奖的您所不能明白的,而就像网友说的那样:网络是公平的,但上网的机会是不公平的。

二〇一二年一月

春运之二：回家的路有多远？

上期说到推出全新网络购票手段的今年春运却依然一票难求，占春运大军绝对主力的农民工因为不熟悉网络，而连拼体力买票的机会都没了。那么，另一方面，如果不是不善上网的农民工而是精通各种电脑技术的网络达人就可以轻松购到票了吗？

答案是错！事实证明，就算您是比尔盖茨，能不能上网买到票也要看"人品是不是爆发"，为什么？因为唯一的购票网站"12306"自从上线之日起便一直瘫痪塞车，刷了7天7夜没买到票的大有人在。按网民的总结："您刷新 N 次好容易看见网站主页，未必能登陆成功；登陆成功了，未必能买到车票；买到车票了，未必能付款成功；付款成功了，未必真的是买到了票哦，亲！"有媒体算过，平均连续狂刷 500 次才有可能买到一张车票，而显示付款成功后领票时却被告知并没有买上的情况，从网站一开通到现在就一直没解决。塞车、瘫痪、吞钱不吐票，被折磨得几近癫狂的网民们终于愤怒呐喊：工号 12306，你妈喊你回家升级！

一个国字头的唯一官网怎么会搞得如此狼狈？铁老大不差钱那是地球人都知道的秘密，按说，有钱有权有政策，别说建个卖票网站，就是收购了谷哥也一点不奇怪，那为什么就弄成了这个样子？被 12306 折磨了一个星期之后，媒体和民众都忍不了了，纷纷深挖

12306 的内幕，于是，大家才发现，在 12306 的招标中，中标的是铁道部的下属企业，其网站设计漏洞百出，早有专家警告"在极端情况下很容易崩溃"。而网站上线后亦没经过任何压力测试，更无危机预案。而同期尚有另一个 IBM 的方案可选，但因"报价太高"，而被铁道部舍弃。据悉，12306 的最后耗资高达数千万，如此说来，真不知道是 IBM 狮子大开口开出了更惊人的价码？还是有着数千万预算的铁老大，在 IBM 面前却装得格外节俭？

就在 12306 春运开通首周时，铁道部曾通报说，该网站的日均点击率超过 10 亿次，到得 9 日时，其单日点击率已达到 14 亿次。14 亿次，相当于每个中国人都点一下还不够，这直接造成了 12306 的世界网站排名，从三个月前的 1000 多名劲升至 100 名左右。这貌似是件牛 X 的事情，铁道部在通报时，话里话外也总让人觉得有股子得意，但小狸我左思右想，总觉得这 10 亿或 14 亿并不是个值得骄傲的数字，除了说明不断刷新和垄断之外，还能说明什么？而真正的利民，是提高运力或者让农民工也坐得起高铁，至于网不网购，实在不是什么当务之急。

这个春节不网购

今天的人们跟网购的关系有多密切？根据年前中国互联网信息中心公布的最新数据，截至 2011 年 12 月底，中国网民规模突破 5 亿，其中，网购用户达到 1.94 亿。而在这近两亿的网购族群中，城市人及 70 后和 80 后成为中流砥柱。

拥有 6.5 亿注册用户的国内最大独立第三方支付平台"支付宝"不久前就晒出全民去岁网购大账单，显示 80 后使用支付宝的人数最多，其人均年消费达到万元；而 70 后的人均年支出达到 1.5 万元，成为出手最阔绰的年龄层。

支付宝的大账单晒出后，不少网友也好奇地去翻查自己的小账单，结果不查不知道，一查吓一跳，原是本着省钱才去网上淘货，结果不知不觉却淘成了一个个豪客。年消费数万到十余万的比比皆是，个别网友更是一年淘出上百万。而在一笔笔开销细目下，十有八九的网友都发出了同一声感叹："终于知道钱怎么攒不下来了。"更有人戏言："网购穷三代，淘宝毁一生"。

不过，说句实在话，网购的魅力确实难挡，足不出户，要啥有啥，价格便宜，还有专人送货上门。从最早的卓越买书，到后来的淘宝淘货，再到现在连年夜饭都要从网上订，网络购物于今天的现代人，实在已经如空气般必须。有论坛做了调查，一半受访者表示日常生活用品基本靠网购。

也于是，当春节到来，人人返乡，快递停业、淘宝歇菜时，人们慌了。

尽管国家邮政局多次发文要求快递企业春节不得擅自停业，但是临近春节时，不少快递公司还是纷纷"掉了链子"——不是宣布停止收件，就是虽收件但要涨价。而且不保证配送时间，快递分分钟变慢递，9天才送到不是新鲜事。在此影响下，必须依靠快递才能做生意的网店跟着悲催了，淘宝的小商家们纷纷挂出通告：从10日起不发二三线线城市的货，17日起彻底停业。就算有客户不差钱要求发价贵但不停业的顺丰或EMS，但快递也"春运"，不见得能挤得上那班车。

不过，这种情况却成为大型网购商家抢市场的契机，如国美、当当等大规模电子商务网站因为拥有自己的配送团队或者和EMS顺丰等快递公司签有长期合约，所以在送货环节影响稍小。

其实，狸美美倒觉得，快递停了就停了，淘宝歇了就歇了，三年前的我们，没有网购不是一样活得很好？十年前的我们，没有网络不是也一样活得很好？在这短短的假期里，不网购不上网，专心和家人过个年，让一切"原始"起来，"落后"起来，可能反倒可以找回真正的生活。

都在动物园,相煎何太急

最近香港与内地的互联网上,可说是热闹非凡。由一袋干脆面引发的血案,酿成"狗"与"蝗虫"两大阵营的对决,加上一线大牌的火上浇油、水果媒体的摇旗呐喊,以及当局处理的不甚得当,使得两地网民剑拔弩张。

春节前几日,一个关于内地儿童在港铁上违规吃东西的视频在网上疯传。视频中,一对港人男女因制止小童吃面而与孩子他娘及其亲友团发生大规模骂战。看着一向温良的香港市民突然爆发出不亚于内地泼妇的强大小宇宙,让人暗暗心惊。视频流传的后果是拱旺了两边网民的火儿:港人近期本就不怎么顺心——先有D&G的"重陆轻港"事件,再有"双非儿童"(父母均非香港居民)日多占用港人资源事件,再加上港大调查的争论,搅得民众情绪本就波动;而内地大爷们更觉得不可容忍——啊?我们每天给你们贡献GDP,拉动你们就业,你们吃内地的喝内地的,到头来"靠爹"又"滋毛儿",反了你了?于是,到得最后,这件芝麻事中的谁对谁错已然不重要了,重要的只是情绪对立。

没过几天,一位顶着孔子后裔及北大教授帽子的孔庆东同志在评论吃面事件时一张嘴就甩出一句"香港人很多是狗",且连说三遍,结果不用想,本就一腔怨气的港人炸了窝。又没过几天,香港某报头版以广告形式登出全版"反蝗虫"宣言,当中大发对内地"双非"孕妇闯急诊室在港产子的不满,把内地客称为"蝗虫",扑扑啦啦涌入香港买港人的楼、扫港人的货、占港人的床位、霸港人的学校、连港人的奶粉也没放过,结尾一句:"香港人,忍够了!"据说,这个"广告"是由若干香港网民集的资。

一边是狗,一边是蝗虫,两边顿时都失了人的理智。大年初五,内地的网站上有网民组织"香港吃面团",声称要集体去港铁吃面。而过年的几天中,由香港网民组织的"反蝗团"亦走上街头,冲到内地客云集的尖沙咀名牌店前,逢内地人就高唱改编的歌曲《蝗虫天下》……

值得庆幸的是,随着战火延烧,网上理智的声音越来越多,毕竟,内地与香港,有着千丝万缕的联系,矛盾扩大的结果一定是把双刃剑,两边谁也别想不见血。而无论是香港网民还是内地网民,其情绪都完全可以理解,非要说谁错的话,一个错的是孔"叫兽",挑拨矛盾,让名校蒙羞;再一个错的是当局,该管的不管,不该管的倒挺积极。至于狗和蝗虫,大家都在动物园,别让外人看笑话,相煎何太急?

网民很忙

对于中国网民来说,这两个星期是"真心的"(网络潮语,意"真的、确实")忙,忙着接收各种突发事件,忙着分辨各种谣言。

先是"人造韩寒"事件继续有着新进展:被指早期文章为捉刀代笔的韩寒正式起诉了打假名家方舟子,且一诉不行,还换地再诉。这场从节前即开打的跨年大架让网民们结结实实从兔年兴奋到了龙年。春节那几天,除了春晚,就看它了。而在这骂来骂去的口水战中,网民们津津乐道着——谁真?谁假?

然后就是重庆市副市长王立军的"休假式治疗"。2月8日,新华网发布消息,称"王立军副市长因长期超负荷工作,精神高度紧张,身体严重不适,经同意,现正在接受休假式的治疗"。次日,新华社再度发布消息,确认"王立军曾于2月6日进入美国驻成都总领事馆,滞留1天后离开。有关部门正对此进行调查"。消息一出,网民的肾上腺激素大爆发,"王立军"立时成为新浪微博搜索的第一名,"休假式治疗"亦成为最新流行语。由于牵扯敏感的政治问题,官方再无更多消息,于是各大境外媒体及时政网站成为网民扑向的第一目标。当设法翻过防火墙之后,各种版本的"内幕消息"悄悄而广泛地在内地微博及电子邮件间流传。

而让网民们没有料到的是,就在王立军这个爆炸性事件还没消化的时候,网上突然间又传出了更加骇人听闻的惊天消息:2月10日深夜,新浪微博上忽然疯传朝鲜兵变,新任领袖金正恩被枪杀。对于这则消息,网民们再也HOLD不住了,不知有多少人频频刷微博至天明,其中能力强的还翻墙去刷BBC及CNN。直至次日,中国网民的这场内心澎湃终于惊动了境外媒体及大洋那边的中情局,而事后被证明这是一场"首先诞生于新浪微博"的网络谣言。

说到这里,小狸忽然发现,这三件让网民极度兴奋的事件中,或多或少或这样或那样的都与"谣言"二字沾了边:韩方之争中,定有一方造了谣;王立军事件中,定有一些传闻实属猜测;至于金正恩同学,有个网民说得好:由于朝鲜不通互联网,所以现在金正恩还不知道自己死了。

如此也牵扯出一个如何应对如今越来越泛滥的网络谣言问题,因为互联网下的谣言,分分钟就变成网络暴力。而小狸觉得,"谣言止于'智'者"、"谣言止于'治'者",前者需要一群更加心态成熟公民责任明确的网民,后者则需要一个更加公正透明及时回应的政府。

二〇一二年二月

这位代表,给个微博先

相信最近每日端坐在人民大会堂内的那些委员代表们,有不少人的包里都藏着一个 IPAD,更相信有不少人在茶歇甚至会议中时,会忍不住用手机狂刷微博。微博,这个兴起于 2010 年,于去年两会时还属新鲜玩意的东西,在仅仅过了一年之后,已经荣升为民众与代表委员们沟通的最主要渠道。

来自新浪的统计显示,截至 3 月 4 日,入驻新浪微博的全国人大代表有 141 名、全国政协委员 183 人,总计 324 人。虽然与 5000 多人的代表委员总量相比,这个数字尚不足十分之一,但仰仗微博区别于传统媒体线性传播方式的全新网状传播法,这几百人的言论影响力却不容忽视——有人算过,假如 1 个代表拥有 1 万个粉丝,每个粉丝再有 100 个关注者,那仅仅需要两次传播,就可以达到百万量级的影响力。而事实上,这些开博委员代表的粉丝动辄都几十万上百万,有的甚至高达七百多万,这些数字乘以刚才的基数,再乘以开博代表委员的数量,早已是一个天文数字。而除了这 324 个通过实名认证的代表委员外,尚有不可计数的隐身"潜水员"及在腾讯和其他微博安家的委员代表。

越来越多的代表委员开始利用微博向民众征求提案。政协委员、著名主持人崔永元说他在发出一条征集议案的微博后,半天就收到了

300 封电子邮件。而另一位委员更在开征议案后一夜间收到上千封邮件。而广受网民欢迎的"微博控"浙江组织部长、人大代表蔡奇的征集议案微博，更得到 15,000 条评论，被媒体誉为标志性事件。蔡奇说，他一共带了 50 条议案上两会，其中 95% 都是网民提出的。

尽管有些代表委员仍然不适应通过微博征求议案，认为"不严肃"、"阶层单一"、"容易断章取义"、"内容真假难辨"等，但不可否认的是，微博确实在传统的两会中，甚至是中国的政治生活中占据着越来越重要的地位。就像有的网友说："我预测，今年两会代表委员见面以后，不是互留电话，而是互相问，你的微博昵称是啥，然后互粉一下。"更有人抛出金句，说"以前代表委员是分为'敢说话的'和'不敢说话的人'，以后应该分成'微博控的'和'微博空着的'。"

一切归于 5 亿网民实在是个难以忽视的数字，所以即便微博不是万能的，但没有微博肯定是万万不能的，所以各位代表委员，准备好你们的微博先。

因为爱情

七年里,他们一直是公认的宿敌,一个业界第一,一个业界第二;三个月前,他们一度对簿公堂,一个叫一个赔偿1.5亿的侵权费,一个又叫另一个拿出4000万的名誉损失钱;甚至就在头一天,他们还仍是以死对头的面貌出现,一副有我没他、有他没我的架势。然而,就在一天过后,他们竟然闪婚了,令众网友在大跌眼镜之余,纷纷高喊:我又相信爱情了!

说的是视频网站界的两位大佬优酷和土豆的闪电合并。

本月12日,优酷官方微博突然发布消息,称优酷、土豆将以100%换股的方式合并,新公司名为"优酷土豆有限公司",土豆将退市。消息一出,业界震动,长期以来在市场占有庞大份额、业界地位分列第一和第二的优酷、土豆一旦合并,无疑将打造出一个空前的巨无霸,从而进一步引发视频网站界的重新洗牌。

而另一边厢,激动的还有网民,尽管他们当中有相当多的人并不在乎谁当老大、洗不洗牌之类的事,但凭借着昨天还是冤家今天就变亲家的爆点,网民们亦如以往般雀跃得相当尽责,且再一次发挥了恶搞调侃的超人智慧。

有统计说,合并的消息宣布后,新浪科技的快讯微博以每分钟1,000次的频率被疯传,短短10分钟内,该新闻跃居新浪热点话题第一名。由于距离优酷和土豆因《康熙来了》的版权而大打出手才不过三个月时间,使得他们的"闪婚"更多了一份峰回路转的戏剧效应。分分合合、大起大落,确实很像痴男怨女,于是不少网友的评论都扯上了爱情,最常见的就是:"是因为爱情么?""我又相信爱情了~"更有才的,甚至快速改编了《因为爱情》的歌词,推出优酷土豆版本。有意思的是,大概是说的人太多了,就连土豆网的官方微博也在合并消息宣布一个小时后,献出了一曲《因为爱情》。

得到众网友及"官方"的认可后,网民们的"爱心"更加泛滥,从祝福优酷土豆更发展到要为其他仇敌保媒拉线。于是,有人发出微博:优酷土豆合并了,苹果看了一眼安卓,蒙牛看了一眼伊利,甲壳虫看了一眼 MINI,麦当劳看了一眼肯德基,可口可乐看了一眼百事,詹姆斯看了一眼科比……

不过,小狸倒觉得,恶搞归恶搞,如果这些冤家们都成了亲倒未必是件好事,到那时,每个行业都有航空母舰,垄断怕是要成为必然,那对绝大多数人都没什么好处。

二〇一二年三月

10 元购买力

在刚刚过去的两会期间,有位来自广东的人大代表林道藩,利用会余时间溜达到大会堂旁边的西绒线菜市场做了个调研:用 10 块钱可以买到什么?在扔出去 4 张印有伟人头像的蓝色钞票后,他分别换回来 21 个鸡蛋、5 根黄瓜、3 个苹果和 5 张地铁票。林代表的意思是,通过测试 10 元钱的购买力,不仅可以观测当前的物价,更可通过横向比较,发现政府在其他民生领域的投入,考察宏观经济政策是否有效、社会总供求是否基本平衡。此事一经报道,立即引来网络热潮,"晒晒你家乡的 10 元购买力"飞速成为微博热点话题。而林道藩的行为,也被媒体赞为两会上最靠谱的无字提案。

事实证明,当手中握有权力的人能真正为人民办点事的时候,人民也将会是真心地拥护。林代表走出大会堂,进到菜市场,下基层,接地气,取得了第一手材料,换来的不仅有外界的赞赏,更有全国各省市网民自发组成的"10 元购买力"调研大串联行动,"从'后方'配合代表"。

于是,微博上处处可见网民们认真递交的"作业":"10 元在东莞只能买到 3 个苹果,3 根黄瓜,10 个鸡蛋,3 斤普通大米,5 趟镇内公车";"在上海,8 个鸡蛋,一碗牛肉粉丝汤,两次地铁";"福州,一份鸭腿套餐或者 3 片吐司"……而不管在哪儿,区别基本只在一两个苹果间。全国各地的网民可能用 10 元钱买了成百上千样的东西，但总体感觉却只有一个而且非常一致：钱越来越不值钱。

也于是，在播报当日物价的同时，不少网友忍不住顺带回顾了"10 元购买力"的纵向发展史：上世纪 80 年代，10 块钱可以供 3 个人到饭店撮一顿，而且"有酒有菜"；90 年代，拿着 10 块钱可以踏踏实实去菜市场采购一家老小的晚餐材料，有荤有素；新世纪伊始，10 块钱可以在单位食堂吃满早中晚三餐，菜色不见得华丽，但能吃撑；如今，10 块钱变成了仨苹果，买肉的话勉强买 6 两，吃饭的话，只能吃个肉夹馍，盒饭人家都不见得给你……回首往事，网民唏嘘不已。而一个段子更因此流传：10 元人民币钞票的版本变迁史其实就是购买力的变迁史——一张 10 块钱人民币够几个人花，上面就印几个人。于是，最初的 1965 年版第三套 10 元人民币上的图案为工农兵一大群人，俗称"大团结"；1980 年版的第四套 10 元人民币则为两位少数民族；到了 1999 年第五套时，上面就只有毛主席他老人家一个人了。

在写这篇文章时，全国刚刚再次提高了油价，破 8 了。而继"姜你军"、"蒜你狠"之后，"向前葱"亦再次成为网络潮语——换句话说，林代表如果今天再去菜市场，就只能提回两根葱了。

二〇一二年三月

回归原点何尝不好？

"一个20万粉丝的人和一个400万粉丝的人吵架，逼得一个1000万粉丝的人删了微博。"某网民的这句话高度概括的是近期网络上的一个热点事件：著名影星舒淇退出微博。而截至小狸爬这篇格子时止，这件事仍在不断发酵。

一切的起因来自于两位武打明星日前的纠纷：赵文卓因为被传说要求高规格待遇，而被由甄子丹监制的电影《特殊身份》剧组踢走。赵不满被说"耍大牌"，反指甄才是戏霸。两个靠打架起家的大男人就这样在现实生活中亦扭打了起来，不过不是靠拳脚，而是靠口水，还是隔空的。

斗得正酣时，一个女人插了句嘴，她就是舒淇。舒淇在微博上挺了下甄子丹，然后就被不知派系的网络水军挖出了早些年间落魄时拍的裸照一通张贴。舒淇妹妹因此受了刺激，大半夜的开始一条一条删除以往发过的微博，溜溜删了4个多小时，把上千条微博删得只剩下一条"就回归到原点吧"便再无了踪影，从此退出微博江湖。

舒淇删博后的反响是巨大的，包括冯小刚、高晓松、王晶、谭盾、陈坤、姚晨、伊能静等数十位明星陆续发出微博力挺舒淇，其中冯小刚爆粗口称侮辱舒淇的人"骂你们是畜生都侮辱畜生了"一度招来非议，而高晓松的挺淇微博因其独特的行文风格更演化出一个"高晓松体"，红遍网络。还有王晶,一边为舒淇说话,一边也连带着删掉了自己的大部分微博。而除了明星,路人网民们更高度关注着舒淇事件的点点滴滴,那个已经被舒淇删空的微博,在事发后,粉丝人数不减反增,其中不少网民对舒淇表示了同情,谴责抹黑者没有道德底线,大喊"偌大中国容得下苍井空容不下舒淇",一些舒淇的影迷还发起了"舒淇回来"的网上活动。

除了单纯的情绪表达,更多的网民把焦点集中到这起事件的背后黑手上,而各种阴谋论也随之纷纷出炉:包括"赵文卓水军报复论"、"甄子丹借机反炒论"、"舒淇苦肉计论"以及"舒淇代言品牌即将到期,引发对手抹黑论"……一时间,只见阴谋满天飞,看得人心惊胆战。分分钟怀疑自己刚才的情感是不是被骗了。

有点累。

有网友参破浮华表象,总结说"甄赵之间是闹剧,舒淇因闹剧被出场是悲剧,悲剧之后引发众人斟酌再三后纷纷表态,普通人唯恐断了信息与时代脱节,名人唯恐被指责没观点没感情……个中滋味,犹如一幅现代社会的浮世绘。"

小狸对这个浮世绘深有同感,而浮世于此,唯有独静我心。如果真能回归原点,又何尝不是一件好事?

杜甫很忙

唐朝诗圣杜甫最近穿越成了网络红人。由于某位在课堂上穷极无聊的学生信手把语文课本上的杜甫插图继续涂鸦了一番又传上微博,从而引发出一场以"杜甫很忙"为主题的恶搞潮。各路民间高手纷纷献艺,帮杜甫"补充"了"下半身",于是,大家看到了"拿机枪的杜甫"、"骑白马的杜甫"、"开飞机的杜甫",以及"卖西瓜的杜甫"……总之,杜甫他老人家奋战在各行各业,比牛仔还忙。

除了不断变化造型出现在语文课本上外,杜甫甚至带动了相关产品的研发。如今淘宝网上已经第一时间出现了以"杜甫很忙"为主题的 T 恤,老板更表示可以"量身定做"选择恶搞图,其网店的产品介绍栏赫然写着"各式杜甫",说明并题为"那些年我们一起追过的杜甫"。除此之外,刊登有杜甫原图的高中语文课本必修三如今成了紧俏商品,有网友一次性购买了 24 本,连老板都有些"看不过去了"。

在这一轮杜甫很忙的狂欢中,一众网友欢乐得不得了,而一群保守派却气歪了鼻子。其中,河南省诗歌协会会长马新朝高声发表声明,认为恶搞杜甫"不能没有民族底线"。成都杜甫草堂博物馆的微博上借唐代大家韩愈的"李杜文章在,光焰万丈长。不知群儿愚,那用故谤伤"一诗讽刺恶搞者没文化。还有持类似观点的网友认为,恶搞诗圣是对文化的亵渎,争买课本只是为了涂鸦"无论如何都令人遗憾"。

不过，更多的人都是站在开明派一边，认为这一场年轻人的玩笑之举被上纲上线实在没有必要。著名诗人赵丽宏就认为，学生涂鸦是出于游戏心态，"没有很多恶意，应该不是为了侮辱杜甫，因此公众也不必反应过激"。而不少网友更认为，国人一向缺乏想象力，那些涂鸦中的创意才是最值得珍惜的财富。有商业网站发起投票，显示 71% 的网友认为涂鸦杜甫"不影响人们对杜甫的崇敬"，只有 20.9% 的网友认为"不应该，是对传统文化的淡漠与不尊重"。

在这件事上，小狸坚决地投开明派一票。其实，与让杜甫端起机枪的离经叛道相比，成年人禁锢、陈旧的思想更让人担忧。而最关键的，尊重是放在心里的，不是挂在嘴上、更不是画在书上的。这就好比美国国旗可以被随便地印在底裤和拖鞋上，但美国人的爱国心却并没有因此而被踩躏一样。

二〇一二年四月

平等安心一切时

在读这篇文章之前,先给您做个测试:您平时玩什么微博?上什么论坛?看什么球赛?穿什么衣服?如果您的回答依次是:twitter、豆瓣(以文艺青年聚集而著称的内地社区网站)、意甲和Topshop(英国著名快速时尚品牌),那么恭喜您,您已站在"鄙视链"中被羡慕嫉妒恨的金字塔顶尖;而如果您的回答是:非饭否非新浪非腾讯的其他杂牌微博、百度贴吧、中甲和堡狮龙的话,那么,呃,不好意思,您已坠在了鄙视链的底层,将被上面的每一层所连环"鄙视"。

上个星期,有一个新名词在微薄中蹿红:鄙视链。这个词源于《南方都市报》近期发表的一篇文章《鄙视链——生活中那些微妙的优越感之社会心理分析》。在这篇文章中,作者列举出数个生活中的"鄙视食物链",诸如看原版《纽约客》的鄙视看《三联生活周刊》、《新周刊》的,看《三联》和《新周》的又鄙视看《读者》的,看《读者》的则鄙视看《知音》的等等。文章一出,立马抛砖引玉,激发了网民一贯的创作热情,各种版本的鄙视链亦随之出炉。为此,新浪微博还特意开设了"你在鄙视链哪一层"的微话题,一时间参与的博友高达100多万。

在诸多总结中,比较为网民津津乐道的几条链包括:论坛选择上,豆瓣 > 天涯 > 猫扑 > 贴吧;邮件方面,Gmail>163>QQ;搜索引擎,

谷歌 > 百度 >BING/ 搜搜 / 搜狗；聊天工具，Gtalk>MSN>QQ> 飞信；社交网站，Facebook> 开心网 > 人人网 > 朋友网；足球联赛，意甲 > 英超 > 西甲 > 德甲 > 法甲 > 中超 > 中甲；电影选择上，冷门国家文艺片 > 欧洲文艺片 > 日韩小清新片 > 我国老港片 > 好莱坞大片 > 内地片；电视剧，英剧 > 美剧 > 日剧 > 韩剧 > 港剧 > 台剧 > 内地剧 > 泰剧；电视台，BBC> 凤凰卫视 >CCTV> 湖南卫视……

短短一条鄙视食物链，引发的思考却是绵长的。许多网友炮轰推崇鄙视链的"装 X 侠"们，认为萝卜白菜各有所爱，鄙视不是优劣的标准，"穿高跟鞋的永远不了解穿平底鞋的自在；穿平底鞋的也永远不知道穿高跟鞋的优雅"；另一部分人持赞同观点，有网友 MM 就说，虽然听不懂 BBC，但就是开着，也会显得自己很与众不同；另有一部分网友持娱乐观点，认为编个鄙视链乐呵一下未尝不可，声讨的人们"言重了"。而心理学专家们则从此举背后总结出"东方式嫉妒"的国民劣根性。

在所有的评论中，小狸最喜欢一名网友提及的一句佛语："平等安心一切时"。其实，无论是选择身处链内还是链外，也无论是处在链内的哪一级，都只是一种喜好而已。踏踏实实做自己的事，认认真真尊重别人的选择，不妄判，不菲薄，不自大，长保平等之心，参透喜乐真谛。一切，都是浮云啊。

二〇一二年四月

最牛"战母娘"

如今追求个姑娘有多难？告诉您，除了"高富帅"，还得八字合、人格优、工作好、不烟酒、吃饭不用团购券、家里冰箱没异味……如有一条做不到，抱歉，姑娘您连见都别想见。您问小狸我说的这是什么？——中国丈母娘选婿新标准。

近日，一位被网民纷纷朝拜的"最牛丈母娘"红爆网络，这位被网民考证出是来自上海的母亲建立了一个"相亲数据库"，该库以excel表格的形式，列出了其女儿相亲对象的基本情况，包括姓名、年龄、身高、生肖、户口、情史、体型、脸型、毕业院校、专业、英语程度、就职单位、职业、收入、加班情况、18型人格、固定资产、个人爱好、烟酒、生活技能等林林总总共27项标准。其每项标准都按1—10分计，最后结算总分，达到一定分数者，才被允许与其女儿见面，不及格者则直接淘汰。其形式有如技术移民，只不过，您能合格移民澳洲，却不见得能成功见到姑娘。

那么当您分数胜出，能见到姑娘就算赢了吗？非也，更艰巨的考验还在后面，正所谓初试之后有复试，笔试之后有面试。这个面试，就是当真正相亲时，这位准丈母娘会在一旁观察并写下详细的"相亲日记"，记录见面的全过程及评语。比如，在与一位34岁的银行中层的相亲中，男方是开越野车来接的人，丈母娘便在日记中评道"适合将来有孩子全家出游"。不过，有越野车并不能一白遮百丑，因为犀利的丈母娘继续又写道："房子是XX小区的两房，冰箱有异味。"以及"属马，和女儿相冲"。而在另一次与某个公务员的相亲之后，丈母娘写下的评语则是："吃饭的地方居然是买了团购券来的，感觉有点小气，这点需要观察一下。"

"做得了数据、看得了星座、测得了人格、算得了命盘……"面对这位史上最牛丈母娘，网民们纷纷顶礼膜拜，称其兼具HR（人力资源）和间谍的双重专业素质，是"知识型、技术型、创新型"的复合型人才，堪称"战母娘"，开创了中国丈母娘的新高度。

令狸美美意外的是，这件传统观念上的奇闻怪事，却得到了不少人的力挺，相关支持文章在网上层出不穷。其中，不少人坦承最牛丈母娘列出的27道杠杠也是他们身为父母所最关心的；亦有人抨击说，在皮鞋都敢拿来吃的社会里，是越来越强的不安全感促成了丈母娘的标准越来越严苛。

对于丈母娘们的良苦用心，狸美美理解但不敢苟同。毕竟，婚姻不是求职，即便生活再苦逼，两个人的未来里也不应该没有爱情。而最大的安全阀，永远来自己内心的强大。

不是危机是生机

最近有个挺有意思的事情，拥有1995万粉丝、被称为"微博女王"的演员姚晨好端端坐在家里，却被党内地位至高无上的《人民日报》点名念叨，更被封为"对手"，一时间引来网民热议无数。

上个月27日，《人民日报》社社长张研农在与复旦大学学生交流时透露，《人民日报》在新媒体格局中有着强烈的"危机意识"。他进一步引用社内一次编辑记者培训时的事例称，在那次培训的一场讨论会上，一位年轻编辑说，《人民日报》现在的发行量是280多万份，这个数字看起来很多，但是相对而言仍较少。张社长继而说："他举出了我们的'对手'：'微博女王'姚晨，粉丝1995万，这意味着，她每一次发言的受众，即便不算微博'转发'后的间接传播，就比《人民日报》发行量多出近7倍。"

一个是官至省部级的第一大报，一个是甚至算不上一流的娱乐明星；一个是只言片语都会被国际社会反复解读的中共最大喉舌，一个是满眼家长里短的个人生活记录；一个的受众是"高富帅"（网络潮语，泛指精英），一个的受众是"屌丝"（相对"高富帅"的网络潮语，泛指草根基层）……各种八竿子打不着，造成了冲突的喜感与争议，媒体热报，网民热议，专家热评。

有意思的是，在各种舆论中，可以很明显地看出"专家"们都相对要更紧张一些,纷纷长篇大论《人民日报》与姚晨微博的"无可比性",什么微博"真实性不足"、"僵尸粉太多"、"草根受众难控大局"之类的,甚至颇有点痛心疾首地质问"她微博上的三言两语,没法和报纸上的长篇大论等量齐观,《人民日报》是不是太瞧得起姚晨了?"

相较之下,虽然绝大多数网友也都认为二者没有什么可比性,但态度却要平和许多,而且思维更发散,包容性更强,也更理智。比如有网民就说"新老媒体谁也替代不了谁,各有受众。""光有危机感还不够,还要知道对手的竞争力在哪里。人家说的话不一定都有新闻价值,但至少是普通人的话。不像某些媒体,有时不是假话太假,就是真话太废。"

在这场"危机"中,小狸我关心的同样不是谁比谁更强,而是事件中的《人民日报》能够放下身段,主动去和小百姓PK,不怕挑战,不怕自嘲——要知道,事件发生后,主动"爆料"的可是人民网自己,而且把相关微博置顶,大有呼吁大伙都来讨论的意思。而这,对于一向板着面孔、让人敬而远之的党报来说,是一个多么令人欣喜的进步。谁把这种生机叫做危机?

二〇一二年五月

掷出窗外

如果说有一个职业能屡屡将人类的创造力推上新高度,您可知它是什么?科学家?错。艺术家?错。答案是中国的食品生产者。

还记得当年媒体爆出婴儿奶粉里掺了三聚氰胺时,您的震惊么?然而时至今日,当苏丹红、孔雀石绿、瘦肉精、地沟油、牛肉膏、甲醛白菜、人造猪耳乃至旧皮鞋都堂而皇之登上了餐桌时,您除了应接不暇到麻木之外,可还想过别的?比如——把这些毒食品连同它们的制造者"掷出窗外"。

近日,一个名为"掷出窗外"的有毒食品网站在经上海某官方微博转发后爆红,该网站的创建者、26岁的复旦大学硕士生吴恒联合34名网络志愿者,在遍阅一千多万字的资料后,整理出一个收录近3000条有明确地点及受害人的内地食品安全事件资料库,时间跨度为2004年至今,同时提供搜索功能、地图功能及吴恒亲自撰写的长篇食品安全调查报告。所有内容一丝不苟,俨然一部中国内地食品安全的编年史。

从吴恒团队制作的地图中,人们可以清晰地看见,8年之中,内地食品安全的危重地区,从4个暴增至11个,其中整个长江以南几乎全部沦陷。

在网站首页的"心路历程"——《掷出窗外:面对食品安全危机,你应有的态度》中,吴恒受《左传》中"易子相食"的启发,改用"易粪相食"来形容现在内地食品安全的严峻形势,说明白点,做变色馒头的虽然不会吃自家的馒头,但会吃到地沟油;提炼地沟油的不吃小食店的炒菜,但难免会吃到毒胶囊;做毒胶囊的发誓每日锻炼身体保证不生病,但他的孩子未必逃得过毒奶粉……按吴恒的话说,没有人是一座孤岛,你以为天底下只有你一个奸商?

"听着恶心,但现实更恶心"是一位网友对"易粪相食"一词的评价。必须承认,在这个有心人出现之前,人们只知道"有毒"的东西越来越多,但却没有看到如此集中的、血淋淋的现实。而吴恒建站的目的亦在于此:让更多的人警惕起来,行动起来,把问题食品及奸商"掷出窗外"(取自美国总统罗斯福把早餐香肠掷出窗外的典故,该次事件换回了美国的《纯净食品与药品法》)。顺便一提,吴恒甚至成立了一个"中国食品达尔文奖",用以评选那些"旨在消灭中国人的中国食品",奖金定为 1.4 元,取谐音"一块死"。

最后必须要说的是"心路历程"中提到的一个细节,说有位母亲在传授购买安全牛肉的经验时说她会选择清真肉铺,一般不会出问题:"因为他们有信仰"。

最关键的要害,也许正在这里。

一寸江山一寸金

古人云"一寸光阴一寸金",而到了现在,这句话恐要改成"一寸江山一寸金",为何?且看这进入五月后,全国上下各大景区门票的一片"涨声响起",且涨幅超过50%者大有人在,逼得网民在出游前纷纷上网搜索"逃票攻略"。

华清池从70元涨到110,兵马俑从110元涨到150,骊山从45元涨到70,石林从140涨到175,云台山从120涨到150,瘦西湖从60涨到120……近期,所有媒体都把焦点集中在各大旅游景点的门票涨价上,据不完全统计,从"五一"前后开始到未来的几个月内,已涨价和将要涨价的全国知名景区多达20余个。而目前全国的130家5A级景区中,门票低于60元的只有五分之一,占22.3%,60元至100元的占31.5%,100元以上的达到46.2%。按网友的话说,中国景区集体进入"百元时代"。

百元时代的门票对老百姓是个什么概念呢?有网民算了一笔账:以故宫等5个世界自然或文化遗产的旺季门票为例,它们相当于2011年中国农村居民人均月纯收入的11.6%至44.8%,相当于城镇居民人均月可支配收入的3.3%至13.5%。用个更通俗的例子来说,一个上班族一天的伙食费平均在32元左右,而一张张家界门票,需要吃掉7天半的口粮。

在"看不起的风景"逼迫下,"五一"以来,各种景区的"逃票攻略"频现网络。据新华社报道,从三山五岳到小桥流水再到近年大热的云贵川,各个景区的详细逃票路线、方法,在网上都能找到,但这些路线中,大多都很危险,其中有的明确要求逃票者"翻过去"或"蹭过去",除了惊心动魄,更让人觉得情何以堪啊。

慨叹人民的江山人民却看不得的同时,不少网友还感念起了外国的月亮。其中,被网民们流传得最广的,是一张张家界门票可以逛 3 次卢浮宫,此外,一张九寨沟的门票,可以参观美国黄石公园、印度泰姬陵和日本富士山,且"都玩一遍还剩 100 多元"。

其实,门票贵廉只是表面现象,更深层的差异在于不同的理念。小狸游学欧洲的时候,无数次拿着艺术专业的学生证甚至普通学生证就免费晃进了卢浮宫,不是"逃票",而是人家的"国策"。什么国策?培养青年、扶植艺术、推广国家形象。而在我们脚下,再好的山河,也只沦为了一把搂钱的耙子。

大家的外公

就在写这篇文章的前一天，小狸的好友因一场生活的意外而骤见世事险恶、人情凉薄，虽然伴着烈酒，但那个真实的荒唐故事让在座的每颗心都变得冰凉。席毕，上网，看到"大家的外公"，感觉心中的冰块一点点融化，最终变成止也止不住的热泪。

"大家的外公"讲的是最近的一位网络红人，这位名叫凌瑞冀的86岁老爷子，只用了4天的时间就"去过了"全球几十个国家、几百座城市，且处处都有照片为证：英国泰晤士河畔、德国柏林墙边、西班牙圣家堂前、中国四姑娘山巅……觉得哪里不对劲儿么？事实上，出现在世界各个角落里的是凌老爷子的照片，而真实的凌外公因为癌症晚期已几乎不能下床行走。

"我想让病重的外公看看这个世界。"所有的起点要回到凌瑞冀的外孙女凌一凡，这个在内地小有名气的北京80后漫画家为了一偿外公多年想旅游而不得的夙愿，灵机一动在微博上发了一条求助帖——请网友们带着她所绘的外公肖像在自己所在的地方拍一张照片，"就如同他去过了一样。"

凌一凡说，她原本预计只会有几十个好友响应，但让她没想到的是，求助微博发出仅一天时，她就已收到4000张回传的照片，四天时，她收到了超过1万张照片。在这些照片中，外公笑眯眯的容貌出现在来自世界各地、彼此并不相识的网友们的 iPad、iPhone、手提电脑屏幕或打印纸上,在外公笑容的背后,是纽约、是墨尔本、是多伦多、是莫斯科……是全世界数不尽的风景。

"外公,您看……"不知有多少网友是以这个句式开的头,凌瑞蓦一下子成了"大家的外公"。而不止于风景,更多的网友带着外公进入了完全不一样的生活,比如,有球迷带着外公到美国看了一场 NBA 球赛,有歌迷带着外公去香港看了五月天演唱会,有 CCTV 驻巴西记者带着外公去了巴西狂欢节,有节目主持人带着外公"出镜"并品尝了成都的钵钵鸡,甚至有飞行员邀请外公进入了波音 737 的驾驶舱,还有旅游杂志总监带着外公登上了南极半岛……有国外的留学生游说了班里不同肤色的同学,每人举着"外公加油"的牌子给外公打气;有几岁的孩子带着外公分享了自己"最爱的阳台";有汶川的网友带着外公参观了如今已又见青山绿水的映秀,然后告诉外公"一切痛苦都会过去,明天会更美好!"……

发了链接给好友,不几日,他打来电话说事情总算摆平,幸得数位萍水相逢的贵人相助。末了,他说,人情有冷暖,但这世道,确实还是好人多。

二〇一二年五月

想跑就跑

犹记小狸年轻时，内地曾有一首红极一时的歌曲《我想去桂林》，歌中反复吟唱着两句话："我想去桂林呀我想去桂林，可是有时间的时候我却没有钱；我想去桂林呀我想去桂林，可是有了钱的时候我却没时间……"歌曲现在早已不流行，但歌中的话这十几年来却时时都在听——不仅是在旅行上，更是在诸多的梦想上，"我好想XX，但是……"然而，上一周，一位新网络红"人"的涌现，让所有的"但是"都无地自容。

说它是网络红人其实并不准确，严格地讲应该是"网络红狗"，再确切点说，网友们叫它"励志狗"。励志狗本是一条无名无姓的流浪犬，今年5月4日，它在四川省雅安县附近的隧道口休息时，遇到跟队从成都骑车奔赴拉萨的武汉大学生"骑吉"，在一顿"食缘"之后，小狗子"突然来了精神"，跟着骑吉的车队狂奔不止，一跑就是20天，一跑就是2,000公里，途中征服了十几座海拔4,000米以上的高山，最终于5月24日胜利到达拉萨。

在奔跑的过程中，小狗子不仅有了自己的名字"小萨"（取拉萨之意），更有了自己的微博"GOGO小萨"，在新主人骑吉尽责的勤力更新中，小萨的粉丝已超过了8万人。

"没有单反，没有背包，仅有一颗想走就走的心。"被网民视为

"狗界阿甘"的小萨,凭借其单纯而执着的精神,感动了无数网友。小萨好像一面镜子,忽然让好多人看到自己"还不如一条狗"的一面,纷纷发帖反省:"我们无法理解它的思维,然而它的行为,已经超越了很多人的思想。""我们喜欢它,羡慕它说走就走和奔跑不休,也许是因为我们太需要理想和坚韧。""做为人,我们是不是该反思一下自己,连条狗的理想都没有,我们活着到底为了什么?"一名律师网友分析得更透彻:"相比之下,很多人更像宠物狗,遇事只会唧唧歪歪地吼,从来不敢往前冲……对他们来说,梦想只是用来想的,而火腿肠却是可以真实地咬在嘴里爽的。很不幸,我也是他们中的一员,在小萨面前,我变得渺小。"

而除了简单、梦想之外,小萨的"忠诚"、"执着"、"知恩图报"等精神也是它能感动中国的组成部分。人们忽然发现,一条狗身上的品质竟是人类如此缺乏的。有媒体分析得好——网友之所以容易被这些事情感动,很大程度上是因为事件主人公身上有他们缺少的东西:冷漠太久,所以一丝阳光就能让他们的心灵温暖起来;懒惰太久,想的永远比做的多,所以一只奔跑的小狗就能让他们的热血沸腾起来。

想跑就跑,人当如狗。

这个最美的世界

上周二,杭州,一座城送别一个人,数千名自发走上街头的市民都说:"这样的英雄,怎么也该送一送。"市民口中的英雄就是吴斌,这位普通的长途汽车司机,在被突然从天而降的铁块瞬间击碎肝脏的危急时刻,以超人的意志力和责任感,强忍剧痛将正在高速公路上以110公里时速行进的大巴依次减速、停车、拉上手刹、开启双闪灯,完成了一系列完整的安全停车措施,然后叮嘱车上旅客注意安全,再打开车门,科学疏散了车上的24位乘客之后,才说了一句给自己叫救护车,但时间已经太晚了,三天后,吴斌抢救无效过世,享年48岁。大巴车里的监控摄像录下了吴斌出事后不平凡的70秒,遂被网友们在网上疯传,不知有多少人为之感动落泪,然后送了吴斌一个称号:"最美司机"。

事实上,最近一段时间以来,网民们越来越频繁地钟情于"最美系人物",从2011年面对坠楼两岁童妞妞而惊天一抱的"最美妈妈"吴菊萍,再到之后不断涌现的"最美婆婆"陈贤妹、"最美乡村女医生"钟晶、"最美女孩"刁娜、"最美志愿者"王晰昧、"最美女教师"张莉丽……他们都是以草根之身,做出了英雄之事,用平凡的生命搭建出最美的世界。然后,涤荡了越来越多的心灵。

最美系人物的走红引发了外界的关注,其中不少人联想起另一派网络红人——以芙蓉姐姐、凤姐、小月月等为代表的"丑怪"派,然后发现,丑的就是丑的,再红也是丑的,那些靠"审丑"、"审怪"上位的红人,消失的速度也格外快,而且不堪回味。相反,最美系人物却像是流传千年的艺术品,朴素却隽永,不断释放着人性的光芒,推动着人类不断追求真、善、美。

说到这里,小狸想插播一段,据说芙蓉姐姐"回首往事"后,"也感到自己'曾经的不堪',至今家人对她在网上的举动仍无法理解。"以至于去年以来,芙蓉也开始"转型"了,并对媒体表示"还是要通过网络扳正自己的形象。"有专家说,"芙蓉姐姐这个符号的走红,是一个时代的产物,一段时间以来,网际网络对于'审丑'、'审怪'与'审美'几乎难以分辨。"而如今,当"最美"们越来越风光,"凤姐"们越来越不吃香,"芙蓉"们纷纷想洗白时,也许标志着在历经了二十年的变迁之后,中国的互联网主流文化终于开始清晰起来。

人心归善,世界很美。

梯子不用时请横放

6月,是儿童节的月份,也是高考的月份,一个天堂一个地狱,似乎就是要告诉那些"小大人"们,成年后的生活,再没那么舒服了。比如,"梯子不用时请横放",什么,靓仔,你说你没看懂?看看,已经给你个下马威了吧。

自从教育改革后,内地各省自主出高考题,而其中单项占分最多的作文题一向是外界每年最关注的焦点。"音乐家要隐没于音乐之后"、"坐在路边鼓掌的人"、"心灵闪过的微光"、"火车巡逻员老许的故事"、"船主和油漆工"……以上这些都是今年各地高考的作文题目,甫一出炉,便引来网友热议。

有网民的地方定是娱乐至死,面对铺天盖地的大量作文题,网友们自然而然地开始评头品足,其中,根据新浪微博的调查,荣获"最好写"单项奖的为全国大纲卷关于"放下顾虑、负担"的材料分析题,有网友说一见此题顿时"火冒三丈",因为"太简单了!";荣获"最有深度"单项奖的为广东卷的"最好的时代",按作家蒋方舟的话说就是"有视野,有纵深,有思辨";"最与时俱进"单项奖,网友们颁发给了浙江,其作文题"坐在路边鼓掌的人"原是微博上的一条热帖,被转发转过17万次,不少考生说"考前两个星期就见过了"。而所有奖项中,最吸引眼球的莫过于"最坑爹"奖,该奖得主正是上文提到的安徽卷的"梯子不用时请横放"。在17个竞选题目中,有超过20%的网民认为这把梯子实在是太匪夷所思了,无从下手,"太坑爹",甚至是"史上最坑爹",而鉴于这把梯子的高公认度、高争议度,它更一举夺下网民票选的2012高考作文题的年度大奖。

除此之外,还有一些作文题虽未获奖,但也成为热议话题,比如新课标卷的"船主与油漆工",本是一个诠释责任、感恩的题材,却被网友另类解读出了天大的"阴谋",更被喻为"最坑子"。湖北卷的题目为以杜甫的《春望》为材料谈时代进步,这让网友们一下子忆起前一阵被疯狂恶搞的杜甫,纷纷评论:"杜甫依然很忙"。

在网上所有抨击梯子的理由中,有一条为"许多学生,尤其是城里的学生,根本就没见过梯子,不知梯子为何物,更不知道什么叫'横着放',用这样的题来难为考生,真坑爹啊!"

一千个考生就有一千把梯子,好不好写、坑不坑爹,小狸不想妄加评论,但是,有一点小狸觉得是肯定是没错的——如果你18岁了还不知道梯子是什么,赶紧去看看吧,否则考上大学也没什么用。

二〇一二年六月

65 岁背后的阶级

本月伊始，一场涉及人口老龄化的研讨会在北京召开，期间人力资源和社会保障部社保研究所所长所提出的"延迟退休蓝图"再一次让养老问题成为网民热议的焦点，而在此之前的半个月，人社部的一句"推迟退休年龄是必然趋势"已经让老百姓炸了一回窝。

按照所长提出的蓝图，中国要从2016年起实行延长退休年龄政策，并每两年延长一岁退休年龄，到2045年时，不论男女，退休年龄均为65岁。而按照中国现行管理体制规定，男职工年满60周岁、女干部年满55周岁，女工人年满50周岁即可办理退休手续。看到这里，每个人的反应已经可以透露出他的阶级，比如：

大力反对的，必然是草根阶级，就好像网上那超过90%的网民一样——某网站日前推出"你是否支持弹性延迟领取养老金年龄"的在线调查，共有45万网友投票，其中93%的网民表示反对延迟退休。

不仅反对，网民们对政府的这一建议几乎是愤怒了，理由有三：第一，推迟到65岁退休，意味着至少要多交5年社保，晚领5年退休金，生活不容易，好容易快熬出头了，结果凭空要再来场"加时赛"。有人更以自身算了一笔账，现年48岁，若65岁退休，社保还要交17年共12万元，含已缴的28万元共计40万元，"活到80岁才能领回本钱"。而更令人糟心的是，根据世卫最新统计资料，中国人均预期寿命为 73 岁，其中男性更少一点为 71.3 岁，女性为 74.8 岁。总之都没够 80，总之按整体看都是亏本。反对的第二个理由来自年轻人，他们认为推迟退休年龄势必要影响自己的就业——在很多论资排辈的机构中，一个萝卜一个坑，前萝卜不拔走，后萝卜种不下。最后一个反对的理由在于养老金缺口，有数据称到 2013 年时，中国的养老金缺口将达到 18.3 万亿元，而退休年龄每延迟一年，养老统筹基金便可增长 40 亿元，减支 160 亿元，合计减少缺口 200 亿。虽然各路专家都信誓旦旦地说，延迟退休补的不是资金缺口而是劳动力不足，但"砖家、叫兽"的名声在中国一直有目共睹，所以他们不说还好，一说反倒更让人起疑。而群众的眼睛是雪亮的：劳动力不足和发放养老金根本没有必然联系，扯在一起是偷换概念，谁也没说退休了就不能再劳动，你怎么就不能一边发养老金一边让大爷大妈们工作呢？

当然，对 65 岁举双手赞成的人也有，那就是以公务员为代表的权力阶级。在有权即是有钱的此阶级中，人人都恨不得搞个"终身制"，领导，别担心我，我还能干！而值得一提的是，这个阶级的人们，普遍不用缴社保。

亲爱的看官，您是哪部分的？

大卫的裤衩

18年前,香港东方报业集团麾下的《东快讯》,因刊登了意大利文艺复兴巨匠米开朗基罗的神作"大卫"雕像,而被淫亵及不雅物品审裁处以"裸露"为名判为"二级不雅"。该事件引起舆论大哗,高院大法官后在复审时称"任何有理智的人均不会以'不雅'形容大卫像",指出"有关裁决'难以理喻'",并还《东快讯》及大卫以清白。18年后,事件重演,这回的主角换成大卫的弟弟——同样出自米开朗基罗之手的另一名作"大卫阿波罗"雕像——在央视新闻中现身时,敏感部位被打上了马赛克。

虽然只有短短一瞬,但群众的眼睛永远是雪亮的。马赛克大卫面世后,立即引来了外界剧烈的反弹——这也难怪,18年前尚且如此,又何况世风日开、更有"理智"的今天?

可想而知,反对的声音占了绝大多数,质疑及嘲讽的情绪在网络上随处可见。温和的反对派们纷纷表示:"央视庸人自扰"、"央视自己邪恶了"、"央视低估了人民的文艺素质";激烈的反对派们则直指央视玷污了艺术;而一向习惯恶搞的网民们更表示"大卫要穿短裤维纳斯要穿内衣",甚至轰轰烈烈地发起了"给名画穿衣服"的活动。

尽管骂声一片,但央视在这个问题上还真的不是孤独的——亦有一些网民站出来表示央视做得没错,认为央视作为一个公共媒体,要照顾到全体国民的认知水平及接受程度,这其中就包括未成年人。而虽然是艺术是名作,但国别不同,文化不同,在一向讲究含蓄美的中国,在覆盖率最大的公共频道,给裸体雕像穿个马赛克短裤实在是太合适了。

穿,还是不穿,这是个问题。虽然乍闻此事时,小狸的本能反应也是觉得无理,但"我不同意你的观点,却誓死捍卫你说话的权利",而既然真有一票人站在异见的一边,那代表那确实也是另一种诉求。

也于是,关于大卫的裤衩——以前是无花果叶,现在是马赛克的问题,其实远不是穿或不穿那么简单。要解决这个问题,在硬件上,我们是不是应该尽快推进广电及出版方面的分级制度?让人们有根据各自需要而自行选择的权利。在软件上,我们的国民素质教育是不是应该进一步加强?如果如鲁迅先生所形容的那种"一见短袖子就已经联想到私生子"的"想象力"依旧发达的话,那大卫就算是穿了阿拉伯长袍也逃不过意淫的魔爪,且这里面绝不仅仅是孩子。所以,选择的权利加上鉴别的能力,才是最好的裤衩。

最后补充交代一句,央视在重播这条马赛克大卫新闻时,选择了去除马赛克——让这场闹剧达到了最后的高潮。

假如他们有微博

如果曹操有微博,他会写些什么?如果宋江有微博,他又会写些什么?那么贾宝玉和林黛玉呢?又或者干脆是孙悟空和猪八戒呢?别以为小狸在痴人说梦,最近几天,四大名著主人公们的微博都已经现身网络,用时下的行话说就是:人类已经无法阻止微博了。

帮助四大名著人物穿越到今日微博上的牛人叫"琢磨先生",这位至今都琢磨不清自己为什么会在一夜之间蹿红的先生,凭借其创作出的《三国微博》、《水许微博》、《西游微博》和《红楼微博》四个"假想微博体"作品,在短短数日内赢得了20万粉丝。

所谓的"假想微博体"也叫"如果体",是网络上最新流行的一种文体。其形式是由数条微博组成,作者需要创作包括原始博文、部分评论及转发情况等环节。"假想微博"与真实的微博样式没有半点区别,但"博主"通常都是虚拟人物,即假想这个虚拟人物在微博上会说什么话,再设想其他人又会有什么反应。

比如,在《三国微博》系列中,刘备就曾为纪念桃园三结义而发了一条微博:"今天我跟关羽、张飞结为兄弟,谋求复兴汉室之大业,不求同年同月同日生,但求同年同月同日死。"在它之后,是典型的微博式转发及评论:"连个V都不是,冒充汉室宗亲?"(V为新浪微博的身份认证标志)、"1元加5000粉"、"淘宝草鞋特卖,买一送一哦，亲。地址——"

假想微博体最大的卖点就在于名著情节与现实微博穿插在了一起。当"吴国官方微博"为了赤壁大战是否该用火攻而进行"微博民调"、当唐僧因"心情不好"无聊发博而泄露发博地点，引得"小妖"评论"生火做饭"时，网民们纷说："差点笑出了腹肌"。

不过，假想微博最为人称道的还不是这种单纯的搞笑，而是其中的许多段子都或轻或重地影射着一些今日的社会问题。比如悟空就发了条微博说："又空中管制，老子起飞不了了！！"这让无数经常出差又经常饱受飞机晚点的网友心有戚戚焉。又比如，沙僧发博说喝了水后肚子疼，下面的一众评论都默默地把这条微博@了蒙牛乳业……

琢磨先生说，他的下一步要推出"诸子百家"的微博，让孔子和孟子互相@来@去。

确实又是恶搞，确实又有娱乐至死之嫌，但小狸觉得，在这个恶搞的时代，如果不得不要恶搞，那宁肯这样的恶搞多一些，至少，要看懂这些恶搞，需要有了解名著、知晓时事的根底。

双城记

港漂北京人狸美美上周比较忙,先是头一日不停焦急致电亲友:"北京暴雨你们可安好?"然后是次一日不停应答亲友焦急致电:"香港台风你可安好?"

两个同样被称作"国际大都市"的城市,前后脚地应对了两场同样是 N 年不遇的自然灾害,但结果却不太同样:香港,700 万人在等级最高的台风中心安然无恙;北京,却有 37 个鲜活的生命活活死在了一场雨里。

虽然距离北京有 2,000 多公里,但互联网让小狸第一时间看到了北京那个雨夜的全貌:二环路上的瀑布、变成潜水艇的大巴、家家户户"升级"成"海景房",还有老外在十字街头游泳……早在去年武汉被淹时就已闹得沸沸扬扬的城市下水道建设短板,被证明在一年后的北京依然没有改善;在那个雨夜,成千上万的人被困在路上,事前没有人向他们预警,媒体没有、单位没有、每天发送垃圾短信的电信公司也没有——他们事后曾解释说是"技术问题";在那个雨夜,有正值盛年的城市精英淹死在闹市中心的大马路上,等不来救援的人也缺乏自救知识;在那个雨夜,巴士按时下班,的士坐地起价,要害路段的旅店趁火打劫开价 2160 元一晚……好在,还有微博,好在,还有那些事后被称为"城市良心"的普通小百姓——微博上,许多平日谨慎甚至多疑的人毫不犹豫地贴出了自己的家庭地址和电话号码，欢迎被困在附近的陌生人去投宿；有人高效组织起了一支民间救援车队，冒着随时水浸熄火的危险，交足过路费——面对一辆辆相约以"双闪灯"为标识的民间救援车，首都机场高速公路收费站相当"恪尽职守"——冲向机场，给绝望的人们带来生机。

一日之后的香港，10号风球高悬。在此之前的数日内，报纸、电视、所有楼宇的门口、手机短信，触目所及已都是关于台风的预警。3号球起时，大厦保安已用胶带贴满了玻璃，这是香港人最基本的应灾训练；8号球起时，所有公司迅速收工，公共设施关门，这是法律早就规定的。而公共交通，会在接送完民众的2小时后有步骤地停运，的士可以不停，但运输署就强调不准加价否则属违法。正是这一切，让香港在大风过后未接一例死亡报告，只倒了580棵树。顺带一提，一河之隔的深圳在同一场风灾中有11.5万棵树受损。

最新的消息说香港人很愤怒，因为台风夜时有些人被困在港铁上了，虽然港铁已百般努力，还让员工攥着一把钞票在风中帮乘客付的士钱，但媒体和民众仍然很愤怒，甚至新上任的特首也勒令港铁"给个说法"。对此，一个北京人实在无法置评，只想告诉我亲爱的香港同胞：这是一个多么幸福的愤怒。

让真相再快一点

8月13日凌晨,身背10条人命、在逃8年的惯性抢劫杀人犯周克华终于被重庆警方击毙;8月19日,也就是将近整整一个星期之后,重庆警方通过微博辟谣,"悍匪周克华已被击毙毫无疑问"。

一个星期的时间里发生了什么?

答案是,有网友不信周克华被打死了,提出质疑,质疑没人解答,就显得越发可疑,可疑的情绪一产生,怀疑的人就越来越多,人越多发现的疑点就更多,疑点更多相信的人就更更多……总之鸡生蛋蛋生鸡,再加上官方好似配合般的"鬼祟"行为,让一时间"周克华没死",甚至"死的其实是便衣警察"的说法甚嚣尘上。

也怪不得别人,如果整整一个星期,触目所及的皆是某一方"貌似很有道理"的"外耳轮廓对比"、"枪口角度、距离分析"、"体貌特征疑点"、"物品细节揭秘"等"技术帖",而另一方不仅完全失声,还不时上演"不公布监控视频"、"不发正面照片"、"神秘封山"、"封杀质疑微博"等戏码,您说,若不想被"洗脑",容易么?

据说,理论上的危机公布黄金时间为1小时,即在危机发生后1小时内的应对措施,是控制舆论走向的关键。在这一点上,重庆警方慢了八百多拍。这个节奏让许多肩负道义的网友急得抓耳挠腮,眼看着流言快要变成真相,不少人大呼警方不要这么"淡定"了。其中,教育部前新闻发言人、语文出版社社长王旭明就转发了质疑被击毙者为便衣警察的微博，并评论为"公安部该说话了"。他事后对记者说，他转发的意思是请公安部门赶紧站出来说话，因为"止住流言的最好办法就是拿出事实、表明态度，一定要让真相跑在流言的前面，而不要让流言传遍天下、上了跑道。"

官方的慢动作，影响的绝不仅仅是周克华一个人的死活，从另一个层面说，中国官方这种习惯性的隐藏反而推动了"公民"的养成——在不断的造谣辟谣中，老百姓被迫练就"怀疑"的思维习惯以及"不信任"的生存方式，而这正是监督政府的必备素质。

不过，"公民"并不等于"公民社会"，因为后者还必须有政府制度的配合。而也正因为"社会"没跟上"公民"的脚步，才使得这成为当今最大的隐患。

高风险职业

最近的网络上流行着一个热词："一不留神"，其出处，源自近日爆红的"微笑局长"杨达才。这位陕西省安监局的局长，在导致36人死亡的延安特大车祸现场，因"一不留神"露出傻傻的微笑，而被网友"一不留神"恰巧抓拍到，从而引发网民愤怒声讨。声讨过程中，网友们又"一不留神"人肉出杨局的手腕上大有乾坤——至少11只名贵手表轮番亮相。尽管杨局急切切地各种解释，但除了捧红"一不留神"这个词外，就是再次普及了一下红色经典——因为现在网民们都在重唱那句："我家的表数数不清……"

事件发生之后，官媒新华网发出一篇评论，提及越来越多的官员在慨叹"官员也是高风险行业"。细想，确实如此，而且如今做官的危险系数似乎比以往的那些高危行业更大，因为"一不留神"，就栽了，而别的行业栽了叫"殉职"，官员栽了，除了小命还要搭上名声。

具体到技术层面，官员这个行业要留神的可比其他行业多多了，比如：

首先要留神傍身之物。前有周久耕，后有杨达才，一个被烟卖了，一个被表卖了。历史是惊人的相似，情节是如此的雷同，区别只在于周久耕从曝光到调查耗时两个月，而到了杨局这儿只用了五天。

其次要留神言谈貌表。当年周久耕被人肉就是因为说了句"将查处低于成本价卖房的开发商",而今天的杨达才同志甚至连话都没说,只是"一不留神,表情有些放松"就被圈定了,而被网民锁定,通常就是"杯具"的开始。

第三个要留神的是亲儿子和干女儿。无论是"我爸是李刚"还是郭美美,都是坑爹的主儿。

最后要留神的是自己的科学技术掌握情况。从当年雷死全国人民的"微博开房"事件到近期的疑似官员群 P 事件,基本上全源于对现代技术尤其是互联网知识缺乏所造成的。

而百川细流归大海,所有的留神背后,其实都会汇总到网民身上——不管你是因为什么被网民锁定了,那基本就可以"洗洗睡了"。

说到这里,出现了一个最有意思的问题,为什么凭着一个微笑就能扯出一个"表哥"?讲得再明白点,为什么锁定谁人肉谁谁就一定不负众望有料被人肉?这让小狸想起某部官场小说里的一句话:清白是因为没查到。

二〇一二年九月

官不聊生：网络恐惧症

从2008年"天价烟局长"周久耕发自肺腑的一句"网络太厉害了"开始，中国的官员们就不幸罹患上了"网络恐惧症"，到上期说的因"一不留神"曝光而引来网民人肉的"微笑局长"逼得不少领导现在上镜前先要"摘手表"、"挡皮带"，中国官员的网络恐惧症可算病入膏肓。

让贪官们害怕害怕，嗯，确实挺过瘾的。但是，如果不是贪官呢？……

还是上一期那个在节目录制前突然叫停，然后默默摘下手表、穿上外套、系上扣子、挡住皮带、照照镜子，确认无误后再开始的领导，我们当然可以怀疑他是"贪官"，手表、皮带都"来路不明"，所以才要藏起来，否则一被人肉事就大了，搞不好要丢乌纱……然而，是不是还可能有另一种情况，他老老实实做官，不曾贪占，但就是喜欢精致的手表皮带，"家庭又没什么负担"（此处借用"微笑局长"语录），所以自己花钱买了块好手表买了条名皮带，虽然光明正大，但网民一不知道二不相信，一样会人肉，一样会满城风雨，而对官场来说，负面舆论有时候比贪腐更可怕，"影响这么不好，提拔的事还是缓缓吧"，又没钱又没官，冤枉死加郁闷死。在这种情况下，手表皮带虽然干净，但聪明的做法还是藏起来吧。

这种情况虽然不多，但并不能说就一定没有。

所以如果是这样，那网民的监督尤其是人肉搜索，对清官们来说，无疑是一种网络暴力。

事实上，人民论坛曾在两年前做过一个关于官员网络恐惧症的调查，在受访的6,000余人中，88%的受调查者表示"官员的'网络恐惧'是'好事'"，另有78%的受调查者认为"网上披露的事件大部分是真实的"。如此大比例的民意，尤其是带有盲从色彩的民意，其实是很令人担忧的，因为它很容易被牵引、利用，从而形成网络暴民或者网络愚民。

说到底，官治、民治，甚至此前曾流行过的"媒治"，其实都是"人治"，而只要人治就容易有暴力产生，不同的，只是受害者。所以，最根本的，还是要建立法治。无论是官员财产申报制度、还是互联网的法律法规，都该建立的建立，该完善的完善，该执法的执法，要让人民可以更直接、更方便地监督官员及其家庭的资产状况，而不是紧盯手表皮带跟福尔摩斯比赛；要让贪官受惩、为清官正名，官民同罪，谁冤枉谁都能找地儿申诉。说白了，用法律来保证每一个人的权利，无论你是谁。

没有老乔的苹果

如果掰着指头细算，今时今日能称得上规律性全球人类盛事的，其实就那么几件：奥运会、世界杯、苹果新品发布。在此之前还有个《哈利·波特》，可惜早已大结局了。说得有点远，绕回今天的主题——iphone5发布。

不到一年前，苹果推出iphone4s，次日，举世公认的"神一样的人物"、苹果公司创始人、前CEO乔布斯骤然病逝，让所有对4s的毁誉化为统一的"iSad"（苹果产品命名特点，意为"我悲伤"）。iSad之后，关于乔帮主的"遗作"到底是哪一部一度产生争论——人们本以为是4s，但媒体却披露说iphone5才是乔布斯参与开发的最后一部产品。于是，在半信半疑间，人们对iphone5的期待几乎超过了此前任何一代产品。

9月12日，苹果召开发布会，现任CEO库克如当年的乔布斯般穿上一袭黑衣，推出了举世瞩目的iphone5，只可惜，穿得再像也终究不是，而穿得越像越容易引发比较，于是iphone5几乎是一露面就引来果粉（苹果粉丝）不满：外观没有大变化、拉长的屏幕不大不小鸡肋又难看、底部的对称美被破坏了、ios6（苹果的新一代操作系统）没有大惊喜……

随后数日，网络上出现了不计其数的唱衰苹果的文章和恶搞帖子，其中有网友奚落 iphone 越变越长，自行 PS 出了如电光神剑般长的 iphone20 甚至是台北 101 大厦状高的 iphone101。而 iphone5 确实也不怎么争气，第一印象已然不招人待见，又接连出现了诸多品质问题，包括"掉漆门"、"wifi 门"、"气泡门"、"漏光门"等等，其中，因为其机体采用了不甚坚固的铝合金材质，导致不少用户反应"一蹭就掉漆"、甚至是"连开 4 部新机，部部都有伤痕"。不仅如此，还有人发现 iphone5 的屏幕按压下会出现气泡、黑暗环境下 HOME 键旁漏光、机顶有大缝、ios6 的 wifi 连接普遍出问题，改用的苹果地图真心弱……

其实，如果您之前不是果粉，乍一看 iphone5 并不会有任何不妥的感觉，甚至还会被它的美貌所折服，一旦上手，您更会惊叹于它的操控性、它的好用度，然后，您会觉得那些所谓的果粉是吹毛求疵，完全不理解他们的愤怒和怨气从何而来。确实，iphone5 其实很好，如果作为一部普通手机来说，它真的很好，但如果作为苹果，它就不够好。因为苹果只代表着两个词："完美无瑕"和"改变世界"，这就是苹果精神。

记得有个网友在网上晒他的 iphone5，他特意拍了原机上贴的保护塑料纸，比机体小了一圈，然后这位网友无比沮丧地说："4S 的时候是严丝合缝的，这还是乔布斯的苹果吗？"震惊吗？可老乔当年就是这么训练果粉的，所以才练就了今天的超高口味。

没有了乔布斯的苹果，确实只是商品而不是艺术品了。

添 堵

刚刚过去的两节长假,小狸溜回了阔别已久的老家——"首堵"北京,原本做好了"坐车打不到的、开车找不到位、不管开车坐车都会堵路上"的心理准备,但让小狸颇意外的是,从出机场到进机场,北京天天车调路顺,配合着秋高气爽的好天气,怎一个爽字了得。不过,能量总是守恒的,小狸很明白,自己的快乐是建筑在别人的痛苦之上——以北京为代表的诸多一线城市在黄金周期间路况好转,根源在于大量市民出游及回乡,而现实更是:以往堵在城里,如今堵在城外。

如果要给刚刚过去的这个黄金周找一个关键字,那一定是"堵"。

据统计,今年十一长假的 8 天里,全国共接待游客 4.25 亿人次,比去年同期增长 40.9%。4.25 亿是个什么概念?即 3 个人里就有一个奔了景点。而当 4 个多亿的人民"不是在景点就是在去景点的路上"时,用脚趾头也可以想出后果:不是堵在路上就是堵在景点。

于是,"高速公路停车场"成了这个假期里最先红起来的一个潮语,网民纷纷在堵车的间歇"织围脖"(写微博)吐槽,媒体也不遗余力地刊登各种"高速公路上踢毽子"、"高速公路上打羽毛球"、甚至是"高速公路上遛狗"的照片,再显苦中作乐本领。

而"上山看屁股,下山看脑袋"、"到哪都是集体照"等等亦随即成为堵在景点阶段的流行语,其中,有有才网友诗兴大发,上传了一首《沁园春·旅游》，提到"国庆长假，出游如潮。望长城内外，人头攒动，万里人潮，欲游故宫憋住尿。江山如此多娇，引无数驴友的爱好，须晴日，看旅行社满，人多就好。惜鼓浪屿，已踩沉了，华山退票，挨了数刀，敦煌骆驼，在劫难逃。泪看照片都是后脑勺。具往矣，以后长假还是家好！"其中，诗里提到的厦门鼓浪屿，总面积仅 1.87 平方公里，但每天却都有超过 10 万人登岛，游客接待量已为最佳接待量的 9 倍，上日光岩的道路挪动 1 米需要至少 3 分钟，确有一股"踩沉小岛"的架势。

"史上最堵长假"引来的是无法回避的反思，"在路上"的人们首先质疑了"假日高速免费"的新政策，认为假期车流本来就多，免费无异于雪上加霜，正确的做法应该是加价而不是减价；而当五一长假取消、带薪年假未普及，国庆黄金周就成为 13 亿人民出游的唯一机会时，弹性放假问题再次成为人们呼吁的焦点；此外，普遍落后的公共服务也为人所诟病，比如各景点如能效仿国外般进行"预约制"，那就能很好地控制旅游品质。

说来说去，"世纪大堵"其实又是"人祸"，好多"堵"都是自己添的，这真的让人们心中很添堵。

来盘莫言

本月 11 日晚,中国作家莫言赢得诺贝尔文学奖,成为继 2000 年高行健之后,第二位摘取诺奖桂冠的华文作家,更是第一位获得该项殊荣的中国籍作家。也正是从这一晚开始,作家莫言不再是作家,而变成了一盘菜,一盘谁都想夹一筷子的菜。

餐桌的左边围的是叫做"盗利"的食客,他们当中有各级政府官员、旅游局长、邮电局长、学校校长;有出版商、书商、书店老板;有制衣厂厂长、淘宝卖家、小食店店主甚至网络黑客……他们一边大嚼莫言,一边把"重建莫言纪念馆"、"修葺莫言故居"、"打造红高粱文化品牌"、"推出莫言纪念邮戳"、"建设高密(莫言家乡)文学地标"、"加印再版莫言书籍"、"改编莫言小说成电影"、"推出莫言 T 恤"、"热销高密火烧、莫言烤鸡"、"莫言电子书病毒"等配菜揣进口袋,准备另起炉灶大捞一笔。

餐桌的右边围的是叫做"欺名"的食客,他们看上去比盗利要斯文一些,吃相优美,但仍没能掩饰住口水。他们当中,有各种知名的不知名的有钱人和文化人,他们通常以网络为媒介跟莫言"主动产生关联",其中,老板们集中在给莫言送这送那,包括豪宅、名车甚至实木家具;而文化人们则集中在评价莫言其人其文、追忆和莫言的往事;还有一些机构抛出诸如"百万稿酬"之类的来吸引眼球,总之,只要能跟莫言产生联系,哪怕只是单方面的一厢情愿,也能给自己起到宣传作用——反正只要喊一喊,除了费点吐沫再没别的成本,而万一"点儿正"(北京话,运气好之意)能引来莫言的一两句回复,那更是无本万利的大便宜。

一左一右两拨人已基本把餐桌围了个水泄不通,而在餐桌主位还盘踞着一些领导、专家和媒体,他们勉强没左没右,却一张嘴就要给莫言扣个"中国国力强盛、中国文学复兴"的保温罩,惹得坐在餐桌下首的网民们一阵抗议:不要无限拔高莫言的个人获奖行为。至于以网民为主的这组食客,其实他们会出现在每一盘流行菜的餐桌上,并不止莫言这一盘。而他们也是最单纯的一组,在每道菜面前都是评论一番、娱乐一把,而已。

相信所有的文学奖都是在奖励作家既有成绩的同时也鼓励其再接再厉,而在东西南北四面的围攻下,作为流行菜肴的莫言除了菜谱,不知道还能写出什么。或者,可以写一本《文学不能承受之重》。

最后,小狸需要自我检讨一下——由于这篇稿的内容,其实小狸也应该算是坐上了这个餐桌,而由于稿酬,小狸只好坐在左边吧。

中国式生存

最近的互联网上红了一个词:"中国式",严格地说来,它其实是一个句式,"中国式XXX",意思嘛,暂且理解为普世行动具有了中国特色。

比如说"过马路",这也是造就"中国式"一词蹿红的根源。话说某日,有个名为"这个绝对有意思"的网民在一条微博中说:"中国式过马路,就是凑够一拨人就可以走了,和红绿灯无关。"句子虽短,引起的共鸣却是巨大的,一天之内该微博被10万网民转发,并由此引发了"中国式"陋习发掘潮以及公民素质乃至国家建设的大讨论。

在"中国式排队"、"中国式挤地铁"、"中国式作业"等姐妹篇中,最引人关注的是"中国式接孩子",其风头不亚于"中国式过马路",意思是讲中国家长普遍"热爱"接送孩子上下学,有的一接十几年,17岁的大儿子1米83了还在被接送,而每逢学校上学放学,校门口乌泱泱挤的都是长辈以及长辈的车,吵嚷声混着鸣笛声,学校立马变了菜市场。放眼环球,这阵势似乎确为中国独有,所以冠以"中国式接孩子"。

无论是"中国式过马路"还是"中国式接孩子",不少煞有介事的专家、媒体都因此而对公民素质大开炮,一会儿抨击说是侥幸心理作祟,一会儿说是从众心理作怪,又说国人规则感集体淡漠,又说国人公民意识集体缺失。话说得没错且漂亮，但说这话的肯定不是老百姓。就问您一句，您真过过中国的马路吗？

当一条几十米长的马路，绿灯只有十几秒，中间还有两条右拐车道跟您抢路；当您紧赶慢赶还是在红灯亮时被困在马路中间，而近旁的机动车没有一辆会让行人先行时，敢问作为一个弱势群体的行人甲，您除了团结路人乙丙丁、随着大流儿过"霸王路"外，还能有什么其他更好的办法到达街对面吗？而作为一名中国家长，有位网友说得好，除了那些表面上的安全问题、独生子女问题外，在所有家庭成员世世代代都不得喘息的制度里——孩子不停学习，大人不停工作，没钱没假没观念——只有接送孩子的这一路，才是真正的"亲子时刻"，换句话说，热爱接送是因为贪恋这一刻。

所以，中国式XXX的背后，其实是中国式生存的一种无奈，而各位专家在品评中国式问题的时候，能不能先考虑一下中国的社会现实？

淘时代

前几天看到一条有趣的新闻，说某男相亲时觉得对面的姑娘哪里都好，正暗自窃喜之时，却得知姑娘的淘宝 ID 已是"皇冠"级（淘宝网用户的级别根据购买经验多寡，由低往高依次显示为"桃心"、"钻石"、"皇冠"等），马上打消所有念头，理由是"对方看来经常购物，自己肯定配不上她"。某男的这段经历，经微博传播后确实得到了不少屌丝（网络潮语，意为草根）男士的认同，但更多的吐槽之声则指某男不仅武断而且落伍，完全没有跟上如今的"淘时代"。

在某男的段子之外，这几天还有另一则新闻，说广东清远的一位幸运儿在"双 11 网购节"中成为当日支付宝（内地著名的第三方网络支付平台）的第 1 亿名用户，从而赢得支付宝给出的 20 万元奖金。而这个奖项，据说是支付宝在当日交易量达 8000 万笔时的"临时起兴"，而在该项有奖活动公布后，马上又有阿里巴巴旗下的网店及支付宝移动平台分别"加码"20 万。换句话说，这位第 1 亿名幸运儿有可能一举拿到 60 万元奖金。"说给就给的 60 万奖金"加上"单日交易量超过 1 亿笔"，仅这两组数字，应该就已经让没跟上以淘宝为代表的网购时代的某男们所不理解了。

事实上，在刚刚过去的"双 11 网购节"，电子商务所创下的一系列数字让自称网购达人的人们都吃了一惊：以战绩最惊人的阿里巴巴（包括天猫商城和淘宝网）为例，11日零时后第1分钟，已有超过1000万独立用户涌入天猫；两个小时后，交易额达2.5亿，相当于美国总统100年的薪水；中午11点，天猫成交额突破79亿元，超越去年美国的"网络星期一"（感恩节后的第一个星期一，是美国在线销售市场中全年销售额最高的一天）；13点，交易额破百亿。而天猫加上淘宝，全日一共吸引了2.13亿独立用户访问，通过支付宝完成的交易额达到191亿元。

191亿，这是个什么概念？有媒体算了，如果将百元大钞摞起来，能摞1.9万米，相当于世界最高建筑迪拜塔的23倍，如果用常见点钞机清点，要耗时133天。如果您嫌这个解释无厘头，那给个正常版的：今年十一黄金周期间，上海近400家大中型商业企业、5000多个网点，总营收不足65亿。

而值得注意的是，191亿也是去年"双11"时淘宝自身销售额的6倍，这表示现代电子商务在超越实体传统商业模式的同时，也在完成着大跨度的自我超越。

尽管"双11"之后，舆论的反省之声不断，但真实的数字更不容回避，至少，淘时代不仅是来了，而且正有昌盛之势，某男们最起码也应该了解下网购，别再冤枉好姑娘才好。

相见？还是怀念？

上网，看到一个现代童话故事：一个年轻的广州男孩，趁十一长假自助游去了西班牙。在异国的日子里，他连续三天在三个不同的城市邂逅了同一个女孩。心动，从未停止；勇气，却总是欠奉。带着遗憾，男孩回了国，但对女孩却是念念不忘……写到这里，小狸忽然想暂停一下提个问题，这故事如果发生在不同的时代，会有什么不同的结局？

穿越一：故事发生在几百年前，男孩女孩一别再没能相见，男孩带着一辈子的思念与自己心中的记忆直到老去；

穿越二：故事发生在几十年前，男孩回国后几经纠结，然后辗转找到报馆的朋友登了寻人启事，女孩看到这份启事的概率为"准确的时间——登启事那天她恰好看报纸"+"准确的地点——报纸是全国发行或者正好是姑娘所在的省报、而且是姑娘看的那一份"+"冰雪聪明——从短短数十字判定寻的是自己"，三项相加的结果小狸算不出，只知道基本上跟大海捞针差不多；

非穿越三：故事发生在今天，男孩回国后对女孩甚是思念，于是给西班牙国家旅游局官方微博发了个私信，把姑娘的各种信息一提供，在2万多名网友的转发下，不到48小时，就把姑娘找到了。最新消息说，这位北京姑娘已经和这位广州小伙子取得了联系，面对媒体，女孩说"今后的事一切随缘"。

古代人纠结了一辈子的事，现代人两天就搞定了，不仅搞定了，而且飞快地进入了下一个环节。这是网络时代的奇迹，亦是网络时代的效率，但这种奇迹和效率，对现代人来说到底是幸还是不幸呢？

还是刚才的三个场景，小狸再问一个问题，到底哪个时代的男孩更幸福呢？也许很多人都会脱口而出"当然是2天找到姑娘的男孩最幸福"，但事实真的如此吗？

生活在非互联网时代的男孩们，因为见不到心上人而愈加思念，又因为思念而使得心中的她愈发完美，随着时间流逝，那种渴望与失望并存的幸福和煎熬，慢慢变成伴随一生的隽永记忆与怀念。这期间的心理活动、情感层次变化细腻而丰富，当有一天回头看，终于明白每一次体味其实都是一种幸福。而有微博的男孩们，飞快地钟情，飞快地得到，还没来得及感受，就已经进入了下一个环节，不是说结局一定不好，但很有可能就此"没意思"了。

距离产生美，不满才是满，在很多东西变得唾手可得的今天，让梦想别那么轻易地照进现实，也许是一种智慧。

二〇一二年十一月

一起美国捡"白菜"

11月可能是绝大多数姑娘们一年中最喜欢的月份，真的，2月的情人节也不见得能抵得上11月的魅力，因为，全世界从这个月起基本上都开始进入打折季了。一听打折，不知有多少人的肾上腺激素都开始分泌，但是您别急，花钱也是一门学问，在这个领域里，您看看您"捡白菜"（网络专业购物术语，意为"买到像白菜一样便宜的好货"）的段位到底几何？

首先是"商场派"，如果您"血拼打折季"的战绩还只停留在年底去各大商场淘点"满五百返一百"之类的便宜货——尤其是您的坐标如果还被锁定在中国大陆地区的话，那小狸只能遗憾地告诉您，您的捡白菜段位顶多是入门级；而如果您说您这个"双11"耗了个通宵未睡，就等着第一时间把"购物车"里囤积的宝贝们送去"付款"，在各种网络堵塞中，您拼命点击点击再点击，最终付款成功，秒杀到大量打折的国产日用品……那么恭喜您，您这个"淘宝派"的白菜段位可算个中间级。什么？您说您不信像您这样的"双11大赢家"还算不上高手？告诉您，还真不算，如今真正的白菜高手都在"海淘"。

海淘者，海外淘宝也，即人在国内而到国外网站购物。与淘宝不同，海淘淘的都是国外产品，就算是 made in China 也都是大牌代工，这些商品要么国内根本买不到，要么卖得死贵永不打折，而到了国外网站，本身定价就便宜，就算是平时不打折买原价，算上运费关税也比国内定价要便宜三分之一到一半，若赶上年底折扣，这白菜捡到手软。口说无凭，有媒体采访了个"白领韩先生"，人家在美国网站买了8件衣服裤子鞋，比国内整整便宜了7千元。

如果单单是便宜也就罢了，问题的另一层关键在于品质。在假货遍地、山寨横行的今天，就算您"不差钱"，可东西您吃着用着放心么？而货真价实的品质亦是相当一部分海淘族的出发点，最明显的，不少年轻父母因为信不过国内的奶粉——不管是国产的还是所谓进口的，而干脆到海外网站直接买。

海淘这事在一两年前还是"小众文化"，如今却大有井喷之势，比如支付宝提供的数据就显示，在刚刚过去的美国"黑色星期五"（每年11月的第四个星期四是感恩节，转头的星期五被称为"黑色星期五"，从这一天开始，各大商家开始打折季促销）后的数天里，中国网民的跨境消费额同比增长了140%，其中，北京网民跨境网购消费占全国交易量的21%，排名全国第一，其后依次为上海和广东，而京沪粤三地的消费额超过了全国海淘总量的一半。

年底了，时髦的姑娘小伙们，信用卡和鼠标都准备好了吗？

二〇一二年十一月

"末日"中的收获

此时此刻，当您看到这篇文章时，说明人类已经安然度过了"2012.12.21"的"世界末日"。身处"新世界"，回望"旧生活"，忽然发现在"世界末日"前的那段鸡飞狗跳的日子里，人们竟颇有收获。

首先是一些人收获了大量的蜡烛。12月初，关于"末日黑三天"的谣言在四川多地疯传，导致不少市民抢购蜡烛。对此，网民们给的一句话简评用在这里最好："亲，您上回抢购的盐都吃完了吗？"（日本福岛核泄漏时，因谣传今后的盐都为"辐射盐"，使得内地一度掀起抢盐潮。）

其次是大批商家收获了商机。从卖"船票"的（《2012》电影中提到的诺亚方舟船票）到卖救生衣的，从卖日用品的到搞旅游的，跟末日有关的当然把"末日"设为关键字，跟末日扯不上边的也要搞个"末日疯一把"、"末日大促销"，反正人人都得打张末日牌，家家都得搞个"末日概念"才叫in，那盛况跟之前吃莫言差不多。

而除了用末日概念赚钱的，还有用末日概念赚名的，比如广东就有好几家公司借末日之名给员工放假发奖金，最多的一下放三天奖两万，被网友封为"史上最强末日福利"。对于这种赚名气，小狸挺赞成，钱发到员工手里比捐给电视台强，有人情味，宣传效果还好，三赢。

最后是许多普通人收获了感悟。进入12月，网上开始流行"玛雅体",其标准句式为"请问玛雅人靠谱吗?要是靠谱我就……",这个"……"就是对"余生"的规划,其中包括一些不靠谱的答案,诸如"不期末复习了!""这个月不还信用卡了!""不做月报表了!",以及更多靠谱的答案:"我不上班了,然后去西藏,去流浪,去结婚,去裸泳,去跳海……"还有不少网民发微博表示,要"趁着最后的日子""找暗恋 N 年的女孩表白"、"回家和爸爸妈妈扯家常"、"不出差了赶紧坐飞机回去陪老婆"……人们忽然发现,在最重要的关头,自己心底最大的愿望其实都不奢侈,原来自己最终想要的,都是那些唾手可得的幸福,但若没有"末日"这个契机,这些最重要的东西却又往往被我们最轻易地出卖。有名叫"花蝴蝶"的网友说得好:"不管世界末日来不来,或许我们都应该好好反思,在努力学习、工作之余更要快乐地享受生活,把每一天都当成是世界末日,不要虚度。"

同场加映小狸的收获:"肥咗一圈的体重",以及"不用节食,大口吃饭的感觉真好"。

键盘上的中国
——2012 网络热词盘点（之一）

每年 12 月底都是交总结的时候，小狸的专栏也有应景的传统——盘点全年网络热词，带着您回顾一下这一年里键盘上的中国。

先说官方的评选结果，12 月 20 日，由国家语言资源监测与研究中心、商务印书馆、中国网络电视台联合主办的"汉语盘点 2012"在北京揭晓，当中评选出十大网络用语，还是老规矩，请您一一对照，看您是网络达人还是网络盲人。

第一个入选的热词是"'中国好声音'体"。对于《中国好声音》这档传奇选秀节目在今年暑假期间造成的轰动，基本上地球人都知道，试问哪个没有在周五晚上放弃夜蒲而蹲守电视机旁？试问哪个没有心念痒痒而直扑 KTV 开吼？而"中国好股票"、"中国好微博"、"中国好老师"等网络衍生版本更让"中国好声音"形成了自己的体例——中国好声音体。

同场加映：杨坤体。因《中国好声音》而爆红的歌手杨坤，其"32 场"、"小心脏"等经典语录被网民频频借用，从而形成"杨坤体"，据说杨坤体是不少淘宝店主的至爱。

第二个入选的热词是"元芳，你怎么看？"这句来自电视剧《神探狄仁杰》中狄仁杰的口头禅，终于也成了网民们的口头禅，而且专门用于网民表达诉求和提出质疑。其实元芳红得很莫名其妙，莫名得连专家也无话可讲，不过他就是红了，而且大红大紫，红得不仅网民用、媒体用，甚至连许多政府机构的官方微博都在用。

第三个入选的热词是"高富帅"和"白富美"。这两个词从字面意义上直接理解即可，双方互为官方指定男女友。而这两个看似是分指男人和女人的词其实是把男男女女从横切面又分成了两类人，因为这个系列里其实不仅有他俩，还有"矮矬穷"和"土肥圆"。

第四个入选的热词是"你幸福吗"。这句话出自央视在中秋国庆两节期间推出的《走基层·百姓心声》节目，该节目到处街访老百姓问人家幸福吗，其中一个经典回答是"我姓曾"，这个回答除了让"你幸福吗"爆红网络，也让大家纷纷开始讨论与思考幸福的含义。

第五个入选的热词是"江南 style"，这个词源自韩国的一个"怪蜀黍"（网络语言，怪叔叔）。这位名叫"鸟叔"的韩国歌手，凭借一支简单得不能再简单、傻气得不能再傻气的骑马舞蹿红全球，其网络点击率超过 4 亿，达到 youtube 点播之冠。红遍全球的结果自然是全民模仿，于是 XXstyle 就成了网络热词。

键盘上的中国
——2012网络热词盘点（之二）

上一期狸美美盘点了由国家语言资源监测与研究中心等权威机构联合评选出的"2012十大网络用语"的前五名，至于六到十名则分别是：

第六个入选的热词是"躺着也中枪"。这句最早出自电影《逃学威龙》中的台词，成了2012年明星们最爱用的一句话：不管发生什么绯闻丑闻，一张嘴一定是这句"哎呀我真是躺着也中枪"！发展到后来，"躺着也中枪"还出现了简化版本："躺枪"。而与之相对的说法是"跳起来也没中枪"，比喻那些炒而未红的人。

第七个入选的热词是"屌丝"和"逆袭"。屌丝者，矮穷挫和土肥圆是也（矮穷挫和土肥圆，上期有提，是相对于高富帅和白富美，指各方面条件都不出色的草根、平民、失败者这一类人）。"屌丝"这个词虽然排名第七，但它却可能是所有热词中最牛X的一个，盖因它传播的广度、深度和持久度都是其他词汇所不能比拟的，以至于有媒体评说"没有屌丝这个词，我们都要开始疑惑，以前究竟是用多么复杂的体系去描述生活中切实存在的这类人"。更有甚者，屌丝不仅以一个网络词汇之身，而且是一个本意不那么文雅的网络词汇之身，竟然登上了《人民日报》的版面，这对于各个层面来说都是一个重大突破，以至于许多外电都对这一事件进行了大肆解读。可以说，一个小屌丝,惊动了全世界。至于逆袭,本出自游戏用语,后跟在屌丝后面,形容以黑马之姿,"上位高富帅、抱得白富美",颇具励志色彩。

第八个入选的是"舌尖上的中国"。如果说 2012 年下半年的电视传奇是《中国好声音》,那么上半年的电视节目之王就是《舌尖上的中国》。这部由央视拍摄的美食纪录片在中国食品安全几近崩盘的大背景下,给全国人民打了一剂强心针,让人们重新找回对传统美食的热情和敬意——虽然现实依旧残酷,但心中总算有了点光明。而"舌尖上的 XX"则成为"舌尖体"被各种借用,红极一时。

同场加映:吃货。如果今天有人说您是吃货,别生气,他不是骂您,因为他也会这么形容自己,因为"吃货"正是一个最新的流行语。据说是因为《舌尖上的中国》的受欢迎程度让人们意识到"人人为吃货"这一事实,所以决定正视它,而"美食家"这个词实在太装,还是吃货真实可爱——您看您那口水都流出来了。

第九个入选的热词是"最炫民族风"。这个词来自凤凰传奇的热播歌曲名,歌虽然红,但说实话小狸却不太明白它为什么会入选十大网络词汇,该因专家们有更科学的测算方法吧。

最后一个词是"给跪了"。据称其意为"我给你跪下了"的缩写,一方面表达折服之意,一方面表达无奈之意。同民族风一样,这个词入选得有些无厘头,虽是潮语但影响并不太大,而且没有现实社会意义做支撑,基本可以判定是昙花一现。

网 络 史 记

2013

自强不"吸"

上一周,内地网络上的热点无疑是"自强不吸",对,小狸没写错,当您周围空气中的 pm2.5 含量超过 900 时——世界卫生组织界定的 PM2.5 安全值是"小于 10"——您必须要先"不吸"后才能"不息"。

上个星期的绝大多数时间里,整个中国中东部都泡在一坨浓雾里,当中以首都北京的"雾霾天气"最为严重,污染指数长时间达到 6 级"极重污染"。一时间,药店口罩脱销,当中尤以号称能抵抗 pm2.5 微尘的高价口罩被抢得最凶,甚至淘宝上的防毒面具都在数十倍地翻着销量。

而比口罩更能支撑老百姓意志的无疑还是中国网民一贯的乐观精神,于是,除了上下翻飞的口罩,还有层出不穷的段子。比如有"有才的"改编了著名诗词《沁园春·雪》为《沁园春·雾》:"北京风光,千里朦胧,万里尘飘,望三环内外,浓雾莽莽,鸟巢上下,阴霾滔滔!车舞长蛇,烟锁跑道,欲上六环把车飙,需晴日,将车身内外尽洗扫。空气如此糟糕,引无数美女戴口罩,惜白化妆了!唯露双眼,难判风骚。一代天骄,央视裤衩,只见后座不见腰。有不要命者,还做早操。"据统计,仅雾霾天气出现的前三天,新浪微博上的相关讨论已超过 760 万条。

有不少网友在网上呼吁公司仿效香港 8 号风球放重度污染假,哪怕不带薪的也行,但除了郊区几个学校允许将个别体育课挪到室内上之外,还没听说有公司响应号召的。

还有的网友发挥了总结归纳能力,提出"黄天北京、首'堵'北京以及首'毒'北京"形成了"黄堵毒"的北京新解,而在"黄、堵、毒"之上,还有之前被爆不能饮用的北京自来水以及多年追不上的北京高房价,让北京在"不适合人类居住"的城市中再次巩固了自己的地位。

不过话说回来,虽然越来越不适合人类居住,但涌向北京自愿受苦的人仍是越来越多。

网上热议的事有个特点,喜欢怪政府,但这一次,小狸很想说一句,污染成这样,每个人都有责任。有位专家说得好,谈治污应该先树立一个观念,不是"你们要治污",而是"我们要治污"。每个人都从我做起,能骑车的别开车,能拼车的别摆谱,自强不"吸"是玩笑话,停车熄火才是真格的,这些远比编造些段子发些牢骚更有意义。

而具体到北京,您既然来了就请爱护她,若嫌弃她可以走,不要又毁又骂又不舍得离开。要知道,在没接待您之前,我们北京也曾很适合人类居住。

当花钱只需轻轻一按（上）

作为一名经济独立的成年人，看账单从来都是一件痛苦的事，不过，如果看的是别人的账单，那就是另外一回事了。前不久，内地最大的第三方支付平台支付宝就给了大家一个看各种账单的机会——不仅看自己的，更能看全国人民的。

鉴于纸媒的读者们可能还真有一些涉网不深，所以在此先给没网购过的看官们普及一下第三方支付平台和支付宝，所谓"第三方支付平台"即相当于网购时的"保人"，它不从属于买家或卖家，而是独立存在的第三方。买家购物时先把钱打到"保人"处，收到货后若觉得满意，再"通知"保人把货款打给卖家，而一旦买卖双方出现纠纷，货款便会在保人处暂时冻结，谁也拿不走，直到双方协商解决完问题，从而大大提高了网络交易的安全系数。作为淘宝网的关联公司，支付宝是目前内地最大的第三方支付平台，注册用户高达7.5亿。而随着用户日益增多，支付宝也由最初单纯的淘宝网支付担保向更多元化的功能发展，如今已包括支付水电煤气费、缴还信用卡、电话费充值、现金转账甚至医院挂号、爱心捐赠等一系列功能。

从2011年开始，支付宝会在年底的时候给每位用户发送一份电子对账单，列明该用户全年经过支付宝实现的经济活动情况，说白点儿，您一年花了多少钱。而经过2011年的小试牛刀，支付宝2012年提供的年度对账单做得更加精细有趣，不仅每笔支出和收入都清清楚楚，甚至还会进一步分析您的购物习惯，比如在哪家店铺花钱最多、最喜欢买哪类商品、最喜欢几点钟支付、用户的购物态度是什么样的……俨然一份简易的消费心理报告。

犹记得2011年第一份年度账单发送时，不少网民都惊讶于自己"怎么不知不觉间花了这么多钱？"而纷纷立志"新的一年定要痛改前非！"如今，2012年的对账单转眼间也到了，不少网民已早早地在网上号召大家一起"晒账单"，看看"前非"改得怎么样。

据说，账单尚未出台时，已有人把年度网购花费划分了几档，包括：500元以下为"勤俭持家型"；500元至5000元为"普通青年型"；5000元至1万元为"铺张浪费型"；1万元以上为"应该剁手型"。而当拿到账单后，不少网友泄气地表示，发现自己已经属于"手不够剁型"……

于是，意料之中的，一年前的惊呼和哀号再次上演，而痛改的"前非"仍旧是"钱飞"。

谁让现在购物只需轻轻一按？！

二〇一三年一月

当花钱只需轻轻一按（下）

上个星期，小狸带领各位直面了自己的支付宝年度账单，今次，各位"千手观音"们——反复"剁手"后的结果——或许可以从别人的账单中找寻到一丝安慰，亦或者，还是把自己直接拉出去毙了吧。

个人认为，全国大账单比个人账单来得精彩，因为可以看到许多有趣的统计和意外的结果。比如，您能想到过去一年中，最疼女人、最舍得为女人花钱的不是传统概念中的上海男人而是新疆男人吗？而最疼男人、为男士购买商品最多的则是宝岛台湾的嘉义女子；过去一年，支付宝交易增长最火爆的地区是西藏贡觉县，金额增长高达718%，而远在中沙、西沙、南沙群岛都有上千人在用支付宝；过去一年，最热衷于帮人付款的"代付帝"是浙江杭州滨江区人，而帮人代付出手最阔绰的则是台湾高雄人；此外，水瓶男和天蝎女成为年度"大花筒"（粤语俗语，指花钱大手大脚的人），而金牛座果然被证明为勤俭持家的好孩子。

除了这些好玩的结论，更有一些统计在有趣中蕴含着重大意义。比如，去年一年，支付宝手机支付人数迅速增长223%，支付金额更猛增546%，有430余万人的手机支付金额已超过电脑支付，这意味着移动支付很可能将成为未来拉动消费的一个新增长点；而在手机支付中，最活跃的是小城市，专家指出这是因为小城市的手机普及率远远高于电脑普及率。受此影响，过去一年，支付宝用户及金额的最高增长点出现在四线城市，分别达到 64% 和 68%，支付宝也因此把三个"年度关键词"中的两个定为"无线"和"小城崛起"。除此之外，中老年用户在去年激增，其中青海省海南藏族自治州使用支付宝的大叔（五十五岁以上）以十二倍的增长量称冠全国。不仅如此，叔叔婶婶们还成为最具购买力的族群——根据统计，一个"六〇前"在网上花的钱相当于八个"九〇后"。而除了购物，不管是几零后都开始越来越频繁地使用支付宝还账单、交收电费、转账买票甚至挂号，正应了淘宝马老板（阿里巴巴集团 CEO 马云）那句话：电子商务不是商业模式和技术，而是生活方式。也因此，支付宝的第三个年度关键词正是"生活"。

最后奉献两张网上流传的神单，一张为年消费 941 万元，名列"无锡市第二十六名"，另一张则为随后出现的无锡市第一名账单——年消费 137990000 万。至此，各位"千手观音"是不是瞬间释然了？

二〇一三年一月

家和万事兴

掐指算来,这篇文章刊登之时应该已是节后初九,小狸在此先给大家拜个晚年。再掐指算算,这已是小狸在这里给大家拜的第四个年,第四个春节的网人网事,有什么新鲜的内容呢?

对于许多人来说,春节其实也可以诠释成另两个字:回家。然而,不知道为什么,这些年来,春节回家的阻碍似乎越来越多:民工买不到火车票、屌丝凑不够过节费、精英离不开办公桌……到了今年,旧困难一个没减少,更增加了"到谁家过年?"以及"舌战群姨"的新障碍。

所谓"到谁家过年"即是"到婆家过年?"还是"到娘家过年?"这个问题在中国传统思维中简直匪夷所思,嫁夫随夫,过年当然去婆家。然而,时代不同了,男女都一样,甚至,能"一样"已经算是男人之幸——君不见有多少男同志每天哀号着自己才是弱势群体。据年前的一项网络调查显示,有超过半数的受访者意愿去娘家过年,再次证明妇女已经顶了多半边天。最要命的,双方都是独生子女,两边的老人同样孤独,所以胶着的双方都异常坚决。据统计,超过半数的独生子女夫妻为这个问题争执过,22%的吵过架,有极端的小夫妻甚至为此离了婚。

至于"舌战群姨"说的是春节回家时来自七大姑八大姨的各种"关心式拷问",最常见的问题有"今年多大了?""怎么还不交女朋友啊?""怎么还不结婚啊?""怎么还不要小孩啊?""去年挣了多少钱啊？""期末考了多少分啊？""买房了吗？""吃什么长这么胖啊？"等等，由于条条涉及隐私直戳心窝，让绝大多数年轻人尤其是"剩男剩女"们不厌其烦，甚至造成了回家心理障碍。有网友年前总结了《亲戚聚会发言大纲》，以树状图详细列举了亲戚"拷问"的发展结构，并总结了各种应对方法，一时间在网上疯传。如今，年节已过，不知道那些事前熟背"金蝉脱壳：啊，我有个电话，回头再说！"、"反客为主：二姨您闺女结婚了没啊？买房了没啊？"、"全和稀泥：呵呵，呵呵呵……"等应对宝典的剩男剩女们是不是都已安然过关？

其实，不管是"到谁家过年"还是"舌战群姨"，都是新时代的新课题。随着独生子女的一代长大成人，空巢家庭不仅是节日的问题更已是日常的问题，在这种情况下，传统习俗要与时俱进，但沟通与理解永远是婚姻的必需品，"去谁家过？"的问号后其实有很多种答案，比如轮流坐庄，比如两家合一，或者干脆和婚前一样"各回各家各找各妈"。至于大舅妈和二姨夫，同样需要双方的体谅，做长辈的要明白这一代的年轻人已经不是"咱们村里的年轻人"，家家隐私都是透明的还有个大族长，这一代的年轻人独立意识更强、隐私观念更重、生活态度完全不一样；而年轻人也不用对拷问一味反感，不妨换位思考，就会明白组成这一句句唠叨的其实都是一颗颗暖暖的爱心。

一句话，家和万事兴。

奶粉的潜台词

最近这些天,躲不开的话题是奶粉,对于这场事件中两地网民的骂战,小狸无意在此重复,归结起来无外乎内地人说港人没良心没爱心歧视他们,香港人说内地人像"蝗虫",掠夺了他们的资源,让他们没奶吃没房住没工开。这些,已不是新闻,在最近不断升级的两地摩擦中早已屡屡出现,小狸想说的是奶粉背后的潜台词:

第一个,如今的舆论大多纠结在该不该让内地客带奶粉上,可其实比这个问题重要得多的是如何让内地人安心地在自家门口买奶粉。这个问题不仅是简单地涉及食品安全,更涉及整个社会的诚信,要知道,内地商店里其实也有进口的美赞臣在卖,但内地的爹妈们就是不太相信这些进口奶粉是真的或者他们的品质能和国外的一样。

第二个,香港政府因为所谓的"民意"而草草出台了限奶令,可其实到现在许多人都不明白所谓的"奶荒"为什么不能靠调整供货、划分特区等手段而更温和有效地解决?买白粉的没抓,买奶粉的抓了,限奶令的硬着陆,为本已激化的两地矛盾又添了一把干柴。

第三个,限奶令推出不到一周,已有药房老板接受媒体采访时表示囤货卖不出去了,希望限奶令是"暂时"的。与此同时,香港的一些学者及专业人士亦纷纷站出来指责限奶令不合理。这个意思不用多解释了,只想说这只是一罐奶粉,如果有一天内地客真的不来香港了,那海港城 sogo 怎么办？百老汇丰泽怎么办？海洋公园迪士尼又怎么办？而等这些都没法办了，香港也就差不多凉拌了。

所以，这罐奶粉其实远不是能带不能带这么简单，"诚信危机"、"民粹危害"、"两地依附共荣"是它背后的三个潜台词。内地不能没有香港，香港更不能没有内地。互留余地，见好就收，是两地共赢的智慧与胜算。

最后，希望有一天，内地的老百姓可以安安心心地在自家门口的超市买奶粉——国产奶粉，甚至亲爱的香港同胞们也会到内地倒卖下国产奶粉。如果小狸的这个臆想真有实现的一天，那以上所有的两地矛盾都将迎刃而解——因为那时，已能真正做到人心回归。

风继续吹

懂的人一看题目都知道，这期要写哥哥（张国荣的昵称）了。十年前的四月一日，他用自己的方式和人们开了一个巨大的玩笑，让愚人节从此变成了另一个纪念日。自那之后，他得到了他想要的平静——除了每一年的这一天。今年是十年祭，格外热闹一些。

先是各大娱乐八卦周刊疯狂偷拍哥哥的生前男友唐唐，一会儿说他"坚贞不渝，旧情难忘"，一会儿说他"走出阴霾，另觅新欢"，铜版彩印封面上，一向低调的唐先生被拍了个无所遁形，长如炮筒般的相机镜头频频伸到唐家客厅里；紧随而来的是各种煽情故事，最惯常的是把每年的人物传记式文章重新编排改写，而对于一些关键却不肯开口的人物，媒体干脆开始编剧，想当然设计出一个个催人泪下的戏码。还有一些网络媒体，开始在网上做大规模调查，询问一些诸如"张国荣如果没有死会怎样？"的问题。

然后又有哥哥生前经纪人为其筹办数个隆重祭奠活动，但从活动前的"惊天秘密"爆料到活动后的"敛财嫌疑"都被一通抨击与热炒。

再然后，又有个叫郭松民的时评人忽然跳出来，在微博上说张国荣是"文化毒奶粉"，提出对张国荣的5点疑问，引来逾万条回复，被"哥迷"一通臭骂。与此同时，据报亦有部分网民对多家内地报纸在3月31日以纪念张国荣作头版而感到不满，认为是"强奸民意"，质问为什么不刊登"国计民生"？例如为什么不解读"国五条"？……

如果张国荣在天有灵，他会微笑着叹口气的吧？而小狸只是觉得，能利用人们最真挚的感情，这得豁出去多少良心？而敢于对自己不了解的事大放厥词，这又得需要多少勇气？

所有纷乱中，小狸最欣赏一个网民的观点："真正深爱张国荣的人也许不会发微博，甚至在每年此时都不会说有关他的任何一句话，更甚至会讨厌别人提起他，深爱一个永不再见的人是疼，想起来会疼，说出去会痛，听别人讲起他心会有要死的感觉……"并非不可表达，是你明白，有些铮铮情话说出来就碎了，而有些爱一旦表述成文，即成残忍。

小狸不是"哥迷"，但对张国荣是喜欢的，无它，只因他纯粹，而这种纯粹，随着时代变迁而变得愈发可贵和动人。为了写这篇文章，小狸也看了一些资料，看到了各式各样爱哥哥的原因，也难怪，十年了，张国荣早已不是原本的那个张国荣，他早已变成每个人心中所需要的那个最理想的样子。千人千面，但都完美，因那是每个人自己。

而这种深沉复杂的喜爱，着实只需要一个人安静的品味，不止在四月一日这一天，更不需要其他的杂质。让风，继续吹。

流星一跳

上周日，狸妹在微信中说了句"我看明星跳水呢"，当时并没在意，但不成想，这句话仿佛一个阀门，在随后的几天里，让"跳水"这个词突然以井喷之势充斥在小狸周围。网上网下，触目所及，人人都在说"跳水"，而讲到底，全源于内地两家卫视同时隆重推出了两档关于"明星跳水"的娱乐节目。

小狸承认最初乍见这个跳水节目时，确实震惊了一下，因为没想到如韩庚、沙宝亮般也不算小咖的明星"真的"、"真的"要去跳正规的水——不是搞笑扎池子里就完的，而是正经如奥运会般的那种跳。而四名教练兼领队，不仅请到顶尖跳水国宝熊倪、高敏等，更把人人皆知的熊倪"死对头"萨乌丁请了来，单是熊萨同台就已经吸引了不少眼球，更别说看明星翻着跟头把身体拧成花儿了。

如果说，节目里的每一位明星都能像"既生瑜（鱼）何生亮"的金小鱼和沙宝亮般完成近乎专业的一跳，那这个节目确实应该是很赏心悦目的。但事实上，在最初的兴奋过后，这个明显花了大心思、砸了大银子，明显是冲着争当拳头产品而去的大制作却让观众看得越来越糟心——或者换用一个更流行更准确的词：虐心。

能不虐么？人家熊倪五岁就开始练跳水，练了五年才进省队，而这些从 24 岁到 64 岁不等的明星却训了一个月就敢直接开跳甚至上了十米台，其中更有连游泳都不会的。看着韩庚被水拍成"三瓣嘴"血溅当场，包小柏传说被拍成"耳穿孔"，牛群大爷更以64岁高龄平拍入水昏厥12秒……让观众连连惊呼情何以堪，何苦拿命博收视？

当然何苦一定有原因，不管这个原因是冠冕堂皇的还是讳莫如深的，不管这个原因是为了慈善筹款还是疯传的一跳200万，抑或是弘扬体育精神或者看中了最近屡试不爽的人气节目造星潜力，总之，明星们个个"怕得要命"却个个都"义无反顾地跳了下去"，剩下的，就是观众被迫虐心以及无休止地揣测。

确实，这个节目所引发的揣测挺多，除了前面所说的"动机"外，由于整容整形的不能跳水，所以那些拒绝跳水邀请的明星们都被群众围观"揣测"着到底哪一块是假的……

这让小狸想起最近这一波"人气节目"的鼻祖《中国好声音》，正是因为它的惊艳，带动了《歌声传奇》、《我是歌手》等一系列赛歌大制作的比拼。但即便是人气高涨的《我是歌手》，虽说不错，但总觉得还是没有《中国好声音》好，想来，是因前者更多了矫揉造作的炒作，而少了后者质朴平实、能打动人心的正能量。是了，打动人心的正能量，这其实才是保证节目收视的八字箴言。而虐心加揣测，吸睛虽然一流，但怎么看怎么正能不起来，而没有正能量做根基的节目，如何能够长久？明星一跳，更可能是流星一跳。

跨界"抢劫"（上）

本月1日，中国电信以"半价"的幅度降低了包括美国和台湾等部分国家及地区在内的国际话费标准，这已是这个著名垄断企业在不到半年里的第二次割肉促销——三个月前，它刚刚降低了香港地区的收费价码。如今，在香港漫游加长途一分钟只要七毛九，相比于十年前的一分钟八块四，这简直就是天堂的价格，然而……对不住，小狸还是不会用，原因很简单，姐有微信。

前几日，看到一个微信帖子，开篇一句话："移动说，搞了这么多年，今年才发现，原来腾讯才是我们的竞争对手。"可不是么？半价也是钱，而且只能打电话，人家微信不仅能免费通话、更能免费视频通话，还能发短信、群聊、贴图、找朋友、当微博……电信移动加联通，以上哪条您三位能比一下？

这篇文章讲的就是跨界竞争，主旨认为未来十年将是一个"外行"集中抢劫"内行"固有粮库的"海盗嘉年华"，不少"转帖反馈"都深表赞同且感到震惊。

再震惊它也是事实，早在两年前，小狸就写过《那些被网络谋杀的生活》，里面提到的很多"生活"转为业界角度其实就是跨界竞争的结果。而如果说两年前的跨界竞争还算"斯文"——比如欺负欺负唱片店、冲印店什么的，那两年后的今天，跨界竞争已经大有图穷匕见之势,直指那些传统垄断行业,或者说,彻底颠覆了人们的生活方式。

您可以想想您现在的每一天:早上起来,坐在巴士上看的是手机新闻,又快又全免费还环保,谁要花钱买报纸?看完新闻刷的是微博,所有第一手资讯都在微博上,最先身在现场的永远是网友而不是电视记者;刷完微博玩微信,和散落在地球村各处的损友臭贫三百回合,这要是换成国际短信一块钱一条谁受得了?贫完想起今天要交水电费、要还信用卡、要充值电话费、要缴罚单,还要把出差的机票酒店订了,要帮亲戚挂个专家号,要提前买好晚上约会的电影票,最后还要买张彩票,于是登录支付宝,三下五除二把这一堆事全搞定,至于银行,路远排队不说,那能买彩票么?……

移动们没料到会被一只企鹅打劫了核心业务,银行们也没料到卖东西的会威胁他们的饭碗,报纸电视倒是一开始就在提防网络媒体,但没想到的是,短短几年,网络媒体也忽一下子被自媒体——那些传播学中的"受众"抢了风头。

半路杀出的程咬金们都不是专业的,但却是能致命的。

跨界"抢劫"(下)

微信紧逼电信,支付宝直取银行,上回书说到各个传统行业的垄断大佬们一个没留神就被"玩票的外行"打劫了核心业务,有读者阅后对小狸表示:"真的是这样,仔细一想好震惊!"然而,更让人们震惊的还远不止此,比如今期要说的支撑跨界抢劫的核心、亦是未来网络发展的大趋势——移动互联网。

当慢热型的古董们甚至是一般大众还在感慨互联网对传统生活带来的巨大冲击时,其实普通互联网亦已经过时了。而仿如昨日还在念叨的互联网时代新贵代表新浪、搜狐、网易三巨头,其实也正在被腾讯、阿里巴巴和百度所取代,而后者正是移动互联网的积极实践者。

还是可以先想一下一个现代人今天的生活:去哪里不会走,打开手机中的 Google 地图,GPS 卫星定位后,手机会自动导航给你指路,细致到每个路口的距离、每种交通方式的耗时都清清楚楚;想吃饭不知道去哪家,手机掏出来"开饭啦"(著名的食肆评估软件,内地译为"大众点评")一下,风评好的、环境优的、有特价的……只要您想得出的要求都能满足。不仅如此,看到合适的,随手来个"在线订位",踏踏实实吃饭去;再比如,一两岁的小宝贝放在家由保姆看着,各种不放心,没关系,装上监控摄像头,手机随时查;而利用各种时间空隙上网看个新闻、淘宝一下、发个快递、缴个账单、甚至检查一下身体，都已是太稀松平常的事，就像之前有人说的那样：有了移动互联网，你就是世界的中心，可以随心所欲地享用各种服务。

根据工业和信息化部的最新统计，截至今年三月底，中国内地的移动互联网用户总数已达到 8.17 亿，其中仅去年从 1 月到 11 月间，移动互联网用户的净增长就达到 1.11 亿。难怪在 5 月 7 日召开的今年全球移动互联网大会上，马化腾掷地有声地表示："移动互联网不仅仅是来了，而且是压倒性地来了。"

马化腾同时说的还有一句："创业的最大机遇将来自跨界融合。"事实上，本次大会上的一个重要议题就是讨论涉及九大行业的移动互联网整合，包括：金融、慈善、汽车、医疗、教育、媒体、体育、法律、旅游。而这些指日可待的跨界融合，不仅将重新定义移动互联网——业界就说，移动互联网已经不仅仅是互联网的一种形态，未来移动互联网就是互联网——更将重新定义人类的生活。

其实，有被打劫的，就有当海盗的，危机的另一面就是机遇，全看你够不够机灵。

还能吃什么？

"早晨，买根地沟油炸油条，切个苏丹红咸蛋，冲杯三聚氰胺牛奶，啃个硫磺熏白的馒头或者纸皮做馅的包子；中午，去著名快餐店点份苏丹红炸鸡，再来杯苯超标可乐；晚上，买条避孕药催大的鳝鱼，再开瓶富含甲醇的白酒，然后钻进黑心棉被睡觉。"近些日子，这条名为《一个普通中国人幸福的一天》的旧帖再次被翻炒出来，然而，在小狸看来，这条旧帖已明显不够与时俱进——最明显的，仅近一个月来，"一个普通中国人的幸福生活"中就又增添了包括以水貂、银狐等名贵动物为原材料的假羊肉卷（当然是未经检疫的，同批原材料中的屑丝还有老鼠）、不惜血本浇了四遍敌敌畏的生姜，以及能在人体内积存30年的镉超标大米……"幸福"一个接着一个，直让人应接不暇，嗯，如此看来，帖子的更新速度确实赶不上屁民在"康庄大道"上的大步流星。

关于食品安全，小狸其实不是第一次写了。一年前，小狸的那篇《掷出窗外》讲的正是"让人忍无可忍的食品安全问题"，然而，一年过去了，不安全的依然不安全，安全的也都在飞速地变成不安全。再看一眼那张食品安全地图（"掷出窗外"网站的创办者会搜集所有食安事件，归纳成"中国食品安全问题形势图"，每年一张，可以清楚地看到发展变化），最新的2012年那一张，顶级血红（问题严重程度从轻到重依次体现为由蓝到红）地区大幅增加。

据报道,有专家在广东爆出毒大米事件后,"天然呆"地建议不要老吃一个地方的大米,要轮着吃,以"降低风险",问题是,祖国山河都一片红了,怎么轮也蓝不了啊。而这,正是之前早就说烂了的"易粪相食"的道理。

最近台媒纷纷在报,说大陆人如今见面时的"吃了么?"已经被"还能吃什么?"所取代;而不久前刚刚历经内地客抢购奶粉风潮的香港,已在第一时间发出通告,明确指出大米属于战略物资,出关时携带超过15公斤便要坐牢。两条消息是同一个白眼,身为大陆或内地人,脸上着实无光。

最新的消息说,强总放了狠话,说"要让犯罪分子付出付不起的代价"。药监局负责人也紧随其后表达了更狠的意思:"要让那些谋财不惜害命的人倾家荡产、人头落地。"有"砖家"照例逆天地评论说什么不要迷信重刑之类的,但小狸想说,重刑不仅正确,而且还不够,需要上重型的,不仅是那些制假者,还应该包括这条害人生产链上的每一个环节,包括监督、执法,甚至是"天然呆"和"砖家"。

当代脸谱：到此一游

从埃及壁画上的稚嫩笔迹到敦煌石刻上的老练书法，上个星期的网络热点无疑是"到此一游"。而本以为在浩瀚的网络新闻中，"到此一游"也就是到此一游，却没想到被越炒越热，大有奔向深度游之势。

首当其冲的舆论，自然是对长久以来一直为外界所诟病的中国游客素质低下的鞭挞。也怪不得人抨击，随便就捡最近三个月来说，除了"到此一游"，中国游客的壮举尚包括在马尔代夫偷珊瑚且骄傲地上网炫耀、在故宫太和殿铜缸上刻字、在帕劳潜水区乱扔"中华"烟盒……而这还只是曝光出的典型个案，至于普遍存在的大声喧哗、缺少公德、只重物质等中国游客的通病则是日日都在上演，以至于有外国导游总结了十条"中国游客特色"，其中最后一条最让人汗颜："中国历史悠久没错，但中国人的文明礼貌却太年轻了。"看看三个月里奇特个案的频率、再看看从孙子辈的丁同学到爷爷辈的宋记者的年龄跨度，国人确实没有回嘴的余地。

再一类舆论是发生在于埃及刻字的丁同学被人肉搜索之后——到此一游的照片曝光后，有网民快速人肉出小丁的姓名、年龄、出生年月、就读学校等信息并一一公之于众，更有好事黑客黑了小丁学校的网站，使访问主页时会先弹出"丁XX到此一游"的字样。有报道转述小丁父母的话，说丁同学"压力很大，哭了一夜"。然后，不少媒体赶紧报道，除了绘声绘色把丁同学的详细人肉信息又重复一遍以让它传播得更广些外，还堵到丁家门口等着采访，或者找来所谓专家大谈"如果公开的行为导致被搜索人自杀，相关人员或要承担刑责"。乍看是句好话，但放在此情此景中，怎么看怎么觉得有种唯恐天下不乱的意思。而这一切，正如《北京青年报》评论员张天蔚说的那样："面对不良现象时，过度亢奋的道德义愤总是比较可疑。即使从最善良的角度解读，用'到此一游'的方式表达对'到此一游'的不满，也是同样幼稚的行为。若从更严格的角度分析，这种极端表达宣泄的不是正义，而是暴戾。……如果舆论总是不能走出以暴制暴、以丑批丑、以骂对骂的模式，则只能证明批评者与被批评者仍然处于同一个道德水平。"

　　旅行喜欢到此一游，到此一游时还喜欢写出来到此一游，而批判到此一游的方式仍然是到此一游。五千年的积淀，曾经的礼仪之邦，为什么到了今天，却让"到此一游"成了自己的脸谱？

科学是第一生命力(上)

上一周的头等大事毋庸置疑是雅安地震,这个多灾多难的地区在历经汶川大震后,再一次山崩地裂。同样的场景,同样的牵挂,同样的热情,不同的,是在这场景、牵挂和热情下,人们情不自禁比5年前多出了更多反思。

最重要的反思之一就是"科学",这层意思早在灾情乍现时就被新上任的强总一语点明——地震发生不足5小时,总理李克强就在赶往灾区的路上一再强调:"要科学救援,一定要科学救援!"小狸承认,在通过手机推送第一时间看到强总说出的这句话时,眼前真的一亮,"科学救援"这种概念能在大型突发事件中第一个被中央高层率民众之先提出,无疑是一种时代的进步,是一种比喊话更能让人安心的力量。

强总的话让人欣慰,但强总的话也有另一层意思,那就是我们之前的救援不够科学。也许真的是在强总讲话的带领下,过去数日,民众及媒体的焦点无一例外都集中在此次救援中的一些"不科学"的地方,而聚焦得越多,越让人触目惊心,如何最大程度地避免天灾前后的"人祸",成为科学救援所面临的最大课题。

焦点之一在于志愿者。汶川地震时,大量自发前往灾区救援的社会力量曾经成为一道亮丽的风景线。许是受其影响,此次雅安地震后,亦有大批社会人士自行涌向灾区准备参与救援。然而,在没有管理更没有科学管理的情况下，这些志愿者并没有帮上想象中的"大忙"，反而添了"大乱"——把通向灾区的交通要道堵了个结结实实，有报道称，大量专业救援车辆卡在车流中几小时才能挪动十米。几个小时，这对于最长不超过 72 小时的黄金救援时间来说，是多么高昂的代价？

不止如此，有比较尖刻的媒体和博主更毫不客气地指出，这些"志愿者"当中，有厂家在装了物资的卡车上扯满漫天横幅"打广告"；有主持人浓妆艳抹在灾区号啕作秀；有中学生赤手空拳仅带两瓶矿泉水就驾车冲向灾区；甚至还有周边地区闲人"挤过去看热闹"……而正是这些或"愚昧无知"或"居心叵测"的所谓"志愿者"，堵死了生命通道，草菅了他们不认识的人命。

在这种大是大非、人命关天的事情上，小狸不愿妄评别人的爱心，但专业救援力量被私家车堵路却是不争的事实，"好心办坏事"永远比"坏心办坏事"更让人郁闷，而不管是好心还是坏心，都只有在科学管理下才能做到不让人伤心。

科学是第一生命力（下）

上次说到此次雅安地震中"爱心堵路"的"不科学救援"，那么，真正的科学救援应该是什么样的呢？继震后首几日的吐槽期过后，网上网下的舆论都开始渐渐把焦点转移到国外救灾的先进经验上。而拥有全世界25%地震次数的日本，更成为最主要的抗震经验来源，先后有包括在日华人和著名经济学家等在内的不少博主纷纷撰文推广日本的科学救援经验。

在看完数篇"科学经验谈"后，小狸深深感受到了三句话：科学在于法规，科学在于细节，科学在于未雨绸缪。

在许多文章中，作者都率先提出日本针对抗震救灾而专门设立的法律《灾害对策基本法》。这部从1961年开始实施的法规，内容涉及防灾抗灾的各个领域，全面、系统地协调了震前震后所有相关环节。而正是在这部法规的指导下，日本民众无论震前、震中还是震后，都能做到临危不乱、井井有条，而不乱、有条的结果就是救援效率高，伤亡人数低。

在在日华人桥本隆则的文章中，作者特意讲述了一些日本志愿者奔赴灾区的细节，比如交通手段不能影响正常救灾，所以许多志愿者都是先到达灾区附近，再徒步进入灾区，或者相关部门统一组织志愿者乘车进入灾区；比如志愿者不能与灾民争夺包括食品和避难场所在内的资源，所以他们通常都会自带一到两天的食物和睡袋，或在远离灾民的地点群宿，或在当日晚间就离开。而所有志愿者，早在平日就接受过相关训练，知道什么工作自己能胜任，什么工作要留给专业救援队。在出发前，他们也大多会事先联络当地机构确认情况，便于统一调配。

而日本有效抗震的最大特点是"功夫在震外"，这个功夫，包括全国性地运行地震预警系统，使死亡人数降低80%；这个功夫，包括全国无差别的房屋6至7级抗震建设标准，以及业主买楼前会要求开发商出示建筑抗震评估的生活训练；这个功夫，还包括平日常常组织邻里演习的抗灾自治会，正是这些演习，让许多老百姓在灾难到来时不仅能够自保，还能帮助别人——1995年坂神大地震时，大多数生还者都是被灾民而非专业救援组织第一时间从废墟中挖出。

科学是第一生命力，但科学不是简单的一句口号，它对生命的保障来自于整个社会一点一滴的改进。

足球与中国足球

上个星期,有一个关于中国的段子再次漂洋过海红翻欧美世界,即:"佛说他能实现人们一个愿望。于是有人问,您能让房价低到人们能买得起吗?佛祖沉默。另一人问,您能让中国队冲进世界杯吗?佛祖大笑,说:'我们还是聊聊房价吧'。"这个段子两年前被英国《经济学家》杂志写进了一篇剖析中国足球症结的文章里,而两年后的今天,这篇文章再次被外媒大肆引用,只不过起源比两年前更不堪——那时讨论的还是世界杯,而这一次则是因为中国队 1:5 输给泰国队,还是二线的。

如果要选一个词来形容中国足球,那应该是"匪夷所思"。一年又一年,一次又一次,中国足球一边创造着人傻钱多速来的天价投入,一边制造着耻辱无下限的负数产出。有网友报称,中国足球从 2000 年到 2013 年间约花掉人民币 1200 亿,聘请了 5 个外教,而中国足球队员的年薪加起来,可以养活泰国足球队 351 年。美国《福布斯》杂志忍不住质问:"中国东北部城市哈尔滨一座城市的人口就比中美洲国家洪都拉斯全国人口还多,为什么洪都拉斯都能进入 2010 年世界杯,中国却进不了?""中国是世界第二大经济体,能办好北京奥运会并拿到 51 枚金牌,这样的国家就挑不出 11 个腿脚利索的人?"《经济学家》杂志也写道:"青岛海利丰与四川俱乐部间的比赛曾出现队员狂射自家球门的惊人一幕，人们这才发现，中国球员竟然无能到连假球都踢不好。"

在此，小狸不想再去探讨中国足球的症结所在，这个谜底大家探讨了几十年，答案其实并不深奥。车轱辘话来回说，腻了，累了，也太给脸了。小狸今日想说另一层意思：话说有网友发帖说，某日返家，看到其母正在看中国足球，遂问："中国足球你也看？"妈答："中国足球也是足球。"遂感叹这才是真球迷。而该网友的这番话，让小狸亦忽有顿悟之感——足球的真谛是娱乐，中国足球虽然带不来普世娱乐，但在另一条路上以另类的方式让大家同样达到了娱乐的目的。

君不见 1:5 之后网民才思泉涌，什么"若 2003 年起持续买国足大比分输，现在已经可以在北京一环买房了。"什么各民间校队纷纷向国足发邀一战；什么面对国足微博道歉淡定回复"没事，你们发挥一向很稳定"；最神的段子是北京植物园近日为以散发独特腐臭气味为特点的"巨魔芋三兄弟"争名，收到不少群众来信提名叫"国足"……

这世界上有一种运动叫足球，还有一种运动叫中国足球，其实都很欢乐。想开点，莫伤自己身。

雁过都是痕

作为网人网事的栏目,如果不写写斯诺登,似乎有些失职,但这位泄密王所引发的轰动事件的政治意义,小狸却不想多说——那么多超级大国自己还没整明白呢——在这里,小狸只想说说由于斯诺登而在近期热爆的"网络隐私"话题。

似乎"棱镜"一出,人人都觉得事情严重了,啊,美国竟然在监控我的一举一动,太危险了太危险了!当然事实也是如此,不是有那么句话么:如今的互联网,只要你一插上电脑插头,就再也无所遁形了。根据近期暴增的"技术帖",小狸总结出各方窃取网络隐私的三大手段:黑客入侵、大数据云分析、主动爆料。其中,黑客入侵是传统项目,相对来说属于小概率,而大数据云分析及主动爆料,则是 web2.0 时代泄密的最主要途径。

所谓大数据和云分析,有兴趣的看官可以自行搜索其专业艰深的标准解释,按小狸的理解就是通过现在最先进的云端存储和分析技术分析较之以往传统数据仓库要庞大得多的海量数据,从而对人类发展的各个方向提供指引。说得还是有点悬,举个不那么贴切的小例子,喜欢逛 X 宝的人应该都有过类似经历:想挑一件真丝连衣裙,看了一圈之后,累了想歇歇,关了 X 宝打开某网络视频终端想看看电影,却诡异地发现终端内嵌的广告栏里不断在推送各种真丝连衣裙……这个精准的广告投放，正是得益于对您上网习惯、喜好的存储分析及跨站跟踪。您当然会觉得这"挺方便的啊"，但进而一琢磨，您也许就毛骨悚然了——光是一个 X 宝就能知道您正想挑裙子而追到天涯海角而给您打广告，那比 X 宝水更深的其他互联网软件商硬件商运营商，甚至是这所有商背后的大老板——国家机器，得知道您多少事啊？是，您干的所有事他们都知道，甚至比您自己还门儿清，而通过分析您习惯于几点上网、看什么网站、facebook 上说了什么，微博上又发了什么照片，他们可以轻而易举地勾勒出您整个的生活面貌。"被脱光"，是网民对这种状态和心情的描述。

至于主动爆料，这个理解应该没难度，就是那些微博控、facebook 控们每天在干的事。如果说在未知的状态下被记录各种上网痕迹属于被脱光，那吃个饭出个行会个友都忍不住要到微博到 facebook 到微信朋友圈分享一下的，就属于主动脱光。这就是传说中的等死不如作死。

最后引用网上的一段话作为结尾："天空没有留下翅膀的痕迹，但我已经飞过"，泰戈尔的这句名诗错了——在网络时代，雁过无痕只是个神话。

微信还是危信？（上）

前两天，狸哥在微信上建了个硕大的"微群"，加进了狸族一大堆七姑八姨，看着一群老当益壮的老干部们热火朝天地摆弄着微信的各种功能——是的，在玩微信这一点上，他们虽不精熟，但比年轻一辈更热情——小狸既感慨微信改变了生活方式，亦同时觉得加强微信安全培训已经是迫在眉睫。

就和汽车一样，现在的微信已经成为一种生活方式。每天早上，还没起身，便会传来各种亲朋好友互道早安的信息，随意得就好像他们是住在同一屋檐下；上班路上，必看经过一夜积累的"朋友圈"，谁又发了照片，谁又分享了美文，他离你千山万水，但你却知道他的每一道生活轨迹，品得出他每一次心情起伏；吃饭，上菜后习惯先咔嚓一下，然后顺手散到"群"里，不消片刻，其他人也传来他们的伙食，欣赏一番，调侃两句，胃口真好，远方的朋友，干杯；任何时候，遇到问题，微一下或群一下或圈一下，答案马上反馈回来，以至于很多次小狸在等待急事回复时，惊觉"怎么就知道等微信，竟然忘了还有电话这个工具"；成为某品牌 VIP，销售小姐早已不打电话，更不寄宣传单，而是直接加你微信，来了什么新货，直接微，不仅微，还能当场在店里照了实物照片发过来，不是广告上的完美摄影，但就胜在真实感性；还有那些嗅觉敏锐的商家明星，一早抢注公众账号，利用推送使宣传达到100%的送抵率；而据最新报道，微信5.0将开通支付功能，试图打破线上线下的阻碍……最后还不得不提一下微信区别于whatsapp等外国聊天软件的一组特色功能："摇一摇"和"附近的人"，对于相当一部分人尤其是喜欢刺激的小年轻来说，"摇一摇"也是一种生活方式，而且是相当重要的生活方式。打开自动定位，晃一下手机，侦测一下身边的帅哥美女，因怀着"共同的理想"，陌生人转眼变朋友。

据称，微信的国内用户已逼近4亿，而腾讯上周在北京召开年度合作伙伴大会上称，微信已成功打入多个海外市场，其海外用户两个月间亦暴增3000万至目前的7000万。

形势似乎一片大好，但万事守恒，方便刺激的微信背面，一定是险象环生的危信。

微信还是危信？（下）

上期说了微信的千般好，这期不废话，直接开聊"海德医生"的另一面：危信。

首当其冲的危险当然来自"摇一摇"、"附近的人"以及"漂流瓶"，这些本来就以结识陌生人为目的的社交功能，刺激与风险一定是并存而且是对等的。"摇一摇"能摇来艳遇，肯定也能摇来色狼，"漂流瓶"能让高富帅捡到，自然也能让变态狂拾得。至于"附近的人"，风险系数更高——最近网络疯传，依靠"附近的人"的定位功能，对方只需连续变换3次位置，利用画圆重叠的简单几何原理，就能精确定位您的位置。刚刚还在和神秘人物搭讪？他现在已经在敲您的门了……

好了，您说您不是小年轻，不喜欢那些乱七八糟的功能，只是本分地和亲友聊天，这应该很安全了吧？未必。微信在娱乐性上虽然首屈一指，但在安全性上却存在许多漏洞，比如其允许邮箱注册、允许多地点登陆、用户名可随意更改、没有明显辨识身份等，都导致盗号、冒充的风险巨大。举个例子，注册邮箱一旦被盗，一是不易找回，二是容易同时泄露邮箱中的其他帐户。而不法分子取得帐号后，可轻易在另一部手机上同时登陆，冒充您的身份。更有甚者，最近，强大的用户们又发现一种连盗号都不用、人人都可轻松实现的冒充别人的办法：即把您的用户名更改为您要冒充的人，然后再截取那个人的头像当自己的头像，便可乱真为那个人了，因为无论是您对话的时候、发评论的时候，都显示不出异样。有人因此把名字改为"微信助手"，同时用微信的官方图标做头像，因此成功捉弄了很多友人，问题是，犯罪分子也可以这样玩啊。相较之下，如 whatsapp 等国外同类产品，只允许手机号码登录，密码也是通过发送手机的形式找寻，亲友都是通过电话本加入，不开放陌生人寻友，同时不允许两部手机同时登录，娱乐性虽然下降，但安全多了。

最后说一下危信的预防：首先，面对五花八门的名字，您可以自行加上每个人的备注名，这个名字是不会变的，如果哪天出了个备注名不对的张三，那定是贼人；其次，不管是不是用微信，只要涉网，都养成不关联敏感物件的习惯，这个敏感物件包括银行账号、证件信息、机密、裸照等。第三，不想艳遇的，没事都关了定位吧，至于那些主动作死的摇一摇们，既然选择了要刺激，就必须做好被骗财骗色的准备。

最后说句题外话，勾搭也是要圈子的，要想偶遇高富帅，您得去国泰头等舱，而不是扎在屌丝微信上。成功人士仨特点：忙、低调、美女往上扑，您觉得以此标准，能天天花费大把时间蹲守在摇一摇里的，能是什么人？

丢人高峰期

就在埃及神庙墙上的"到此一游"淡出人们视线还不到两个月时,"中国(大陆)游客"这个群体再次接连成为媒体及网民议论的焦点,原因很简单,暑期到了,出游高峰来了,各种"丢人"事件也随之进入井喷期。这个逻辑在提取完主干后即为:国人出游多丢人,看似恶毒,却是实情。

随便历数下近期被热议的出游雷人事件:比如有网民爆料,在法国普罗旺斯一望无际的薰衣草田上,两拨中国游客为了照相"霸位"而大打出手,小伙子们脱光上衣扭打成一团,姑娘们提着婚纱玉腿乱踹,只打得紫色的花田一片片倒下,一旁的老外惊得目瞪口呆;再比如还是网民爆料,一对自称是"公务员"的大陆游客在台湾桃园机场大肆撒泼闹场,让不少内地同胞都看不过眼纷纷号召网民"人肉",而同样的情景亦发生在几日前的香港机场;更有甚者,武汉和杭州的动物园近期都出现游客拿石头砸动物的事件,一边砸伤了老虎,一边砸死了四头鳄鱼,而投石头的初衷都是"他们老不动,砸个石头看看是死是活"……

除了这些登峰造极的个案,更多的"丢人"则隐藏在中国游客甲乙丙的日常行为中,日常得很多国人至今没有意识:比如卢浮宫内突然响彻的一句"蒙娜丽莎就在那边!"比如华尔街铜牛脖子上骑着的同胞以及围绕在四周的"领导,您快骑上去啊,骑上去您就比牛更牛了!"比如在飞机车船上脱鞋,比如商店里当众赤膊试衣,比如热天里当街掀起 T 恤露出肚皮,比如等车时紧贴前人,比如成群结队出行,在狭窄的街道上说停就停聚众讨论把路瞬间堵个瓷实……德国《明镜》周刊近日刊登该报旅游编辑的亲历文章,称在德国某酒店入住时,收到一张"中国人警告",上面提醒所有住店旅客"第二天早上 6 点半至 7 点半有一个大型中国旅游团用餐,可能会夹杂'有别于欧洲传统餐桌礼仪的高噪音'。"该"警告"上写道:"其他客人请不要受到中国人吧嗒吧嗒地吃饭声和打嗝声影响,因为这是中国吃文化的一部分。""如果想静悄悄地吃早餐,请在 8 点以后来。"是有种族歧视之嫌没错,但人家旅馆说了,如果不这么做,就会被其他客人投诉。而最重要的,我们的同胞在这种歧视中很争气地"不负众望",该文作者称,他第二天早上 6 点半来到餐厅时,"看到中国游客用勺子拍打小面包,拿了椒盐脆饼后又放回去,蹩脚的英语很难理解,也没有对服务员说'请'和'谢谢'。"

与薰衣草田互殴相比,小狸认为露出一截肚皮对中国游客形象的杀伤力更大。因为前者大家都知道是错的,而抨击前者的人中,很多都会边骂边习惯性地撩起 T 恤。

被偷走的生活

上周一，因为电缆故障，微信突然间大面积瘫痪，信息发不出、朋友圈也刷不出，同时大面积瘫痪的，还有近5亿用户的一上午生活——突然间没了微信，有人难受到手抽筋，有人茫茫然不知所措，有人疯打腾讯客服电话，还有人不断开机关机重置WIFI……人们或多或少都普遍出现了焦虑和不安全感，有网友泣曰："没有微信的日子，无助、空虚、寂寞、冷！"然而，我们的生活里，难道真的只有微信吗？

前几日，美国新闻聚合网站BuzzFeed发布的一组照片引起了全球范围内的网民关注，在这组共23张的照片群中，摄影师捕捉了23个生活中最普通的场景，比如好友聚会、第一次约会、放学路上、球赛看台上、感恩节晚餐桌上、旅行途中、美术馆里、电影院里、亲子秋千旁等等，场景各不相同，内里的主人公也相貌迥异，但他们却都在干着同一件事——摆弄手机，且绝大多数低着头。组图的主题是：现代人社交注定灭亡，移动互联网毁了这一切。照片热播，原因很简单：每个看客都中枪。而照片内外的人们，虽然身处不同的事件，但收获的感受其实只有一个——玩手机。然而，我们的生活里，难道真的只有手机吗？

答案当然是NO。

最近一段时间，城市里弥漫着一股"怀旧热"，从那些年我们一起追的女孩到致青春,从老男孩到中国好声音,已成为社会中流砥柱的 70 后和 80 后们,肆无忌惮地追忆和追捧着自己奔放而尽情的青葱岁月。网络上,随处可见大白兔奶糖、黑猫警长、北冰洋和葫芦娃的"儿时回忆怀旧贴";酒桌上,三十多岁的大叔们最爱谈论的就是当年校园里的那点事,英语角的美丽邂逅,食堂里的哥们群殴,还有一起坐三天三夜绿铁皮闷罐子车去看的山高水长。太多的人感叹今不如昔,当然,这其中也许有成长的原因,有时代的原因,有这个那个的原因,但一定有一条"没法专心"的原因。

在所有的进程中嵌入手机,把所有的事情隔断成碎片,让所有的情感没法延伸,是移动互联网硬币的另一面。没法专心就不能投入,不能投入就很难纯粹,很难纯粹就体会不到一气呵成、淋漓尽致、深入其境的快感,而如果没有这些感受,最终失去的将是一个个有特点有故事有高潮的美好回忆。

把手机调成静音,扔进包的最深层。抬头看看对面人的脸,呷一口酒,安静听他讲述那冗长却优美的故事。窗外星光灿烂,直接用眼睛而不是透过镜头看它会更美。耳边音乐轻柔,脑中天马行空。这一切,你不必向谁发帖汇报,只留在心中待多年后摇椅上回忆就好。

坏消息综合症

不知有多少人正和小狸有一样的感觉：现如今每天早上刷新微博和微信"朋友圈"都越来越需要勇气——除了帖子越来越海量之外，帖子的内容也正在越来越令人不安。各种没底线的社会案件、各种"教科书不会告诉你的真相"、各种贪污腐败社会不公、各种分析唱衰预言崩盘，按网友的话说："刷一次微博，需要看一个月的《新闻联播》才能疗伤。"我们身边的"坏消息"，似乎从来没有像现在这么多过。

其实，喜欢"坏消息"是人类的天性，这一点早已有心理学家论证过，但问题是，中国人对"坏消息"的热衷程度，远远高于人类的平均水平。据美国市场研究公司2010年的一份数据显示，有62%的中国网民表示更愿意分享负面评论，而全球网民的这一数字为41%。

心理学家指出，喜欢打探并传播"坏消息"，反映出群体焦灼疑虑的社会心态。按照这个角度，高出的这一截，也许可以理解成中国人的社会焦虑感更严重。而如果只是喜欢打听个小道消息也就罢了，可心理学上又说了，"在坏消息舆论场中，由于部分较为偏激的观点在交流互动中不断得到强化，最易以某个突发性事件为由头，演变为负面观点的集体宣泄，从而形成排斥理性的'偏激共振'现象。"这就好比现在的帖子中，只要一提及"公务员"、"富二代"、"央企"等关键词，不论事件本身如何，一定会有相当数量的咒骂煽动跟帖，有时候甚至出现一边倒的情况,而这时谁要是敢表达个不同意见,没的说,一定是"五毛",拍丫的!至此,"长舌妇"正式变身为"网络暴民",甚至是"网下暴民"。

而当时代前进到今天,伴随着微信朋友圈这种以亲友为传播基础的自媒体的诞生,"坏消息"的负面影响力更加以核裂变的速度在倍增——有心理学家就解释过,"在恐慌心理状态下,人们更容易相信来自手机短信、经由自己信任的亲友传递的一些说法,即便这种说法可能没有什么科学性。"换句话说,来自亲友的洗脑更快速。

坏消息、恐慌、盲信、憎世、更多坏消息、更恐慌、更盲信、更憎世……国人的社会焦虑感就在这个无限恶性死循环的怪圈中不断累积升级着。与之相对的,是永远慢半拍、不专业以及旧思维的政府信息公开,而这又恰恰几乎是唯一可以对抗谣言的武器。

最后小狸想着重表达一个观点:体制的完善非一日之功,在这方面也许路途尚远,但以个人为单位的清醒却要容易得多。凡事问个"真的吗?",不管它出自谁人之口。也许我们识别不了处心积虑的阴谋,但完全可以辨别出常识性的错误。

追究之前,永远不要深信不疑,来不及思考,就不要给出意见。而敌人的敌人,并不见得是朋友。

一杯咖啡的境界

前一阵,微信朋友圈中流传着一则很有名的心灵鸡汤:《墙上的咖啡》。大意是说作者游览美国时,在洛杉矶的一家咖啡店中,看到总有顾客多买一杯咖啡,然后让服务生把这杯多出来的咖啡"贴到墙上"。服务生每次接到要求后,都会在墙上贴张纸,上面写着"一杯咖啡"。就在作者不明其意之时,有位穷人走进咖啡店,在看到墙上有"存货"之后,穷人对服务生说"墙上的一杯咖啡",然后,服务生会"以惯有的恭敬姿态"为这位穷人端上一杯咖啡,穷人享用完咖啡后没付账就走了,而服务生则从墙上揭下一张"咖啡纸条"扔进字纸篓。谜底揭开了,无数人感动了,很多地方效仿了,但效仿当中,却仿出了不同的境界。

还是先来普及一下这杯咖啡的背景,其实,这杯咖啡有个悠久的历史,起源于一百多年前的意大利那不勒斯,学名 Suspended Coffee,中文译成"待用咖啡",近年来借助网络再次流行普及,是"随手公益"的代表。最近,包括台湾、香港、上海等地都出现了"待用咖啡"或衍生的"待用快餐",微博上也经常有带 V 的名人对其进行推广。

不过,这杯咖啡到了华人地区却出现了一些"水土不服",比如很多人都在纠结所谓的"监督机制",一方面担心有人会"冒充穷人白吃白喝",一方面又担心"店家怎么说怎么算",言外之意"你眯了多少我不知道";比如有些人怀疑那些搞活动的店家"慈善是辅广告是主";还比如有人认为咖啡不是必需品,与其"捐咖啡"不如"捐包子"……此外,还有店家精心设计了一整套方案,比如打制精致小木牌,多买咖啡的人要"买牌子再走到左边区域挂牌子",享用咖啡的人要"取下牌子交给店员",而牌子种类还分很多种,认捐认领的规则也有若干……

咖啡还是咖啡,但确实有点变味了。

在这篇文章的首段,小狸其实大可以用更简洁的语言来概括整个故事,但小狸刻意保留了很多细节,就是因为这些细节其实才是整杯咖啡真正的精髓、亦是整个故事最感人的地方——待用咖啡,讲的从来不是施舍,而是尊重。这个尊重,包括对店家和认领者的无限信任,以及对受惠者尊严的绝对保护。没有那么多"聪明人",亦没有那么繁复的作秀规则,一切简单、安静而自然,墙上的咖啡,甚至不是赠予,而是分享。

但最后小狸还是要说,虽然有点变味了,但咖啡毕竟还是咖啡。境界虽然稍逊,但方向却无疑是正确而美好的。起步的阶段,总会艰难,但坚持下去,社会总会变暖。

你好,两杯咖啡,一杯墙上。

跟聪明人一起 high 起来

小狸最近公务繁忙,压力稍大之余便以逛淘宝的方式解压,逛着逛着果然就逛出了乐子:原来中秋赏月可以投保的!

这件全名叫做"赏月不便险"的宝贝,是由安联财险与阿里小微金融服务公司旗下的淘宝保险共同推出的产品,一共分为两类,第一类投 20 赔 50,第二类投 99 赔 188,获赔条件都是保险人于中秋节当天(9 月 19 日)晚上 20:00 至 24:00 时在赏月城市因天气问题看不到月亮——当然,看不看得到不是由您说了算,而是要根据中国天气网的播报进行判断,而且淘宝对理赔标准进行了详细说明,比如阴天下雨就赔,晴转多云就不赔。此外,淘宝还规定投保时间要在中秋节之前 19 天以上——那是,再晚就可以直接看着天气预报投了。有安联高层不断对外解释:赏月险的赔付只和天气有关,并不是以个人是否实际看到月亮为主。例如因为楼层低,被其他建筑物遮住视线看不到月亮的情况就不属于理赔范围……这些实在有些滑稽的情节,看得小狸欢乐无比。

有媒体报称,赏月险目前已在 41 个城市开设,小狸特意去参观了一下,看到此险最热销的地区集中在北上广及江浙沿海较发达城市一带,其中上海购买 20 元和 99 元两档保险的成交加在一起已经直奔 600 单;而内陆一些欠发达地区则明显没什么闲情逸致赔玩,包括吉林、银川、西宁等地的销售都是以零星数字包尾。

各媒体纷纷就赏月险做了报道，不少精明者调查了十好几年的中秋天气数据，得出看不到月亮的年份屈指可数，因此这个险就是个噱头，广告效应大于实际意义的结论；还有公知抨击为什么不推出更救苦救难的洪涝灾害险而通过了风花雪月的赏月险……精明者和公知的意见，小狸不太感兴趣，毕竟保险就是个"鸡贼"的行业，靠的就是小概率赚钱，要是十年有九年看不到月亮，它死也不会推出这个险，而多灾多难的祖国，年年非旱即涝，对灾民的救助绝非私人保险噱头的问题，而是整个国家的政策问题。

此外，而还有人认为淘宝此举是阿里巴巴意在再次利用大数据优势抢夺保险市场尤其是网上保险需求，这倒是说到了点子上，纵观近年阿里动作频频，一会儿阿里保险、一会儿微博淘宝、一会儿阿里小贷、一会儿余额宝、一会儿淘宝同学、一会儿菜鸟网……触手伸到银行业、保险业、教育界、物流界等等，而说到底都是因为手中握有大数据的王牌。

得数据者得天下，得平台者得数据，马云们之所以聪明，就是因为提前抢占并善于制造平台。垄断已然形成，凡人们倒也不必哀叹，跟聪明人一起 high 起来，在赏月险们的奇思妙想中感受生活的趣味，也挺好。

幼稚 V 与脑残粉（上）

最近网上最热闹的一件事莫过于以敲打大 V（指微博粉丝众多的"已认证身份"的博主，但粉丝量无明确标准，有人认为 10 万粉以上即可，有人认为当是 50 万粉以上，薛蛮子目前的粉丝量超过 1,200 万）为主要手段的网络肃谣行动，其中热闹中的热闹来自新浪微博知名大 V 薛蛮子嫖娼被抓。一时间，舆论双方打得不亦乐乎：蛮子的拥趸们愤懑不已，说古今中外嫖娼的名人多了，能占用新闻联播三分钟，明显是打击报复、是有意整人、是杀鸡儆猴……主流媒体及严肃评论员们则猛烈回击，从各种角度抨击报复论无事实根据立不住脚，讽刺薛蛮子等其身不正，没有立场谈道德，更不能起到示范公众的作用……

为了写这篇文章，小狸又重新把注意力暂时转回微博——事实上，小狸已经弃博很久了。而说到逃离微博，也许可以先放下薛蛮子，讲讲这一段。

小狸至今仍记得 2010 年写"微博元年"稿件时的激动，然而，仅仅一年之后，小狸却已经不怎么上微博了，原因很简单：太耽误工夫。或者可以用同样已经淡出微博的网络名人和菜头的一段话来说得更明白："微博让人易怒、易挑衅、易轻信，无法专注。……微博是无需做思考的地方，如何在最短的时间内做出最恰当的反应才是最重要的，反应胜过一切，表态高过一切。"

事实上，默默逃离微博的人有很多，而且说句往脸上贴金的话，越靠谱的人逃离得越多。今年 6 月，社科院发布《中国新媒体发展报告（2013）》，当中提及：中国微博用户整体呈现学历低、年纪轻、收入低的特征，其中高中学历以下占 74.88%，低收入和无收入群体是绝对主流用户。而今年年初，市场研究机构 GlobalWebIndex 的调查同时指出：新浪微博的用户活跃度下降了近 40%。

逃离的这 40% 先不研究了，这些人大抵是深知时间成本的宝贵而抽身微博去做更"正经"的事了。那么，剩下的这依旧活跃的 60% 是些什么样的人呢？小狸琢磨了一下，觉得很可能是以下三类：到处挖料或习惯于保持敏锐嗅觉的新闻业者、大 V 和想成为大 V 的人，以及前文调查中提及的社会经济阶层不高的屌丝族群。

传播学中一早已经证明，社会经济等级高的阶层更容易形成自己对事物的判断并不容易受别人影响，反之，低阶层的民众从众心理更强，更容易受到包括舆论领袖在内的人际传播的影响。所以，有理由相信，这剩下的一群中的第三类微博用户更容易成为鲜有思考、人云亦云、无条件追捧大 V 们的"脑残粉"。

幼稚 V 与脑残粉（下）

上一期，小狸分析了如今依然能活跃在微博上的三类人群构成：新闻从业人员、大 V 及类大 V 族、广大草根网民。这三类人中，第一类是职业病患者，在本文中基本可以忽略，第二类的行径则通常构成了传播学中所说的"舆论领袖"，而第三类则便是那传说中著名的"乌合之众"。

乌合之众的力量是巨大的，但这种力量因为缺乏理智而又极度危险，从某种角度上说，舆论领袖的正确引导是保证这股巨大力量能发挥积极作用的关键。但不幸的是，微博上的舆论领袖，很多都离成熟尚远，这种成熟，不是年龄、阅历的达标，而是对话语权这种公权力的认知和把握。

说回薛蛮子，这个拥有 1200 万粉丝的大 V，到底是不是一个合格的舆论领袖？小狸说不是。但这个结论，并不仅仅因为他嫖娼——小狸百分百赞成那是个人的事——而是因为他在被保安拦住不让进门时，不停说自己有千万粉丝。

一边靠以不断言语挑战公权力而拉拢讨好那些对社会普遍存在不满的草根粉丝，一边在现实生活中期望拥有特权而且是希望依靠粉丝众多而衍生出特权，这样的大 V 不是舆论领袖，而是投机分子，而这种投机对一个公知的杀伤力远远大于嫖娼。

而大V中的投机者又远远不止一个薛蛮子。几个月前一度闹得沸沸扬扬的央视3.15事件，让多少大V陷入尴尬。就在乌合之众，尤其是社会经济等级不高、相对更没有主见的乌合之众们，疯狂唾弃传统媒体而迷恋大V们的段子、大V们语不惊人死不休的热闹痛快时，他们完全忘了某公关业者不无得意的话语："公关一个人可比公关一个机构要容易得多。"而这种情形，用某位网友的话说："这是一个比传统媒体更加险恶的地方：处处是陷阱，唯有再三擦亮自己的眼睛，才能在一个混乱的空间里辨识出那些或光鲜亮丽、或发嗲卖萌、或慷慨激昂、或心灵鸡汤的140个字背后到底流淌着怎样的利益。"

小狸当然不会一竿子打翻一船V，对于那些真正言出于心、为民请命、内敛自律的舆论领袖们，小狸比任何人都怀有一份敬意。但是，不可否认的，也有相当一部分大V，并没有意识到当他们如今的话语权也成了一种公权力，他们的责任和义务随着粉丝数量的增长也随之降临。当然，还有另一些V，目的本就不纯，一切都是故意。

也所以，小狸期望，幼稚的V们快快成熟起来，明白"痛快痛快嘴儿"的同时也有一份担当；脑残的粉们快快清醒起来，用一双慧眼辨别出谁是负责任的真V，谁是可以期待的成长V，而谁是奔着致富而来的投机V。

支付宝娱乐场

支付宝真是越来越欢乐了。昨夜月黑风高，小狸正在淘宝奋战，突然屏幕弹出提示，说新一期对账单到了，怀着无比怨念纠结点开，数字当然不喜人，但随之出现的小广告马上分散了小狸的注意力——"小伙伴们喊你看校园账单了！"纳尼（网络流行语，来自日文，指"嗯？"）？这个热闹必须凑，第一时间走起参观。

点进校园账单主页才发现这真是个大阵仗，全国各地数千所大专院校全都华丽丽地出现在校园大全一览表上，要想找到目标校，甚至要动用快捷键搜索——肉眼逐个识别俨然要识到地老天荒。而一旦确定目标校，点击进入又是一番别有洞天。

在大学的具体对账主页上，首先会显示已"报到"的在校生及校友人数；然后按支付宝版"德智体美劳"五方面，即"五好"，一一列明该校在全国高校中的消费金额排名。其中，德指品德方面的支出，包括宠物用品、婴童用品、公益捐赠等；智指智能生活方面的支出，包括书籍、理财、数码、保险、彩票、团购等；体指文体方面的支出，包括户外、健身、医疗、娱乐等；美指美丽生活方面的支出，包括服饰、化妆品、装修、家居等；劳指网络上的收入，包括转账、淘宝开店、佣金、一淘返利等。此外，还有该校男生及女生的分别人均支出、收入；该校"五好少年"情况；以及该校的"校园传奇"——谁帮人代付最多、谁被代付最多、谁上课时间网购最多、谁用网络赚钱最多、谁最爱半夜购物……不仅有"八卦",甚至还可以"吐槽"(指发帖讨论),俨然要开辟全新的校友录战场。

除了具体学校内部的八卦,支付宝还提供纵向比较,于是,人们发现,原来男生比女生更爱网购——男生每月网上平均支出803元,远高于女生的680元;学历越高买得越多——硕士及以上学历、本科、专科生的每月网上支出分别为1222元、567元、484元;重点学校学生花得也多——"211工程"高校人均支出838元,非211高校则为546元。此外,义乌的学生创业最密集;广东的学生创业比例最高;而哈工大的一个"商业鬼才"创造了月入186万的业绩……

可看可欢乐的八卦还有很多,这让小狸再一次慨叹得数据者得天下,得平台者得数据。无论是淘宝还是支付宝,亦或是微信微博,能玩得如此之High的唯一资本,就是拥有庞大的用户群以及因其所衍生出的包括消费行为、上网习惯等在内的传说中的大数据。

娱乐场只是大数据随便派发的糖果,而它真正的作用必将引导人类的走向。

微信生活之一:逃离"朋友圈"

自从小狸在两个月前的某个饭局上被热情邀请互加了一位半公众人物的微信后,小狸就再也不看朋友圈了。不是不想看,也不是不好看,而是实在无力看——半名人肩负着于公于私的宣传重任,对微信又抱有异乎寻常的热情,且最关键的是似乎还非常得闲,于是"朋友圈"就总呈现出一种被"刷屏"的状态,且刷屏材料均为转发的洋洋洒洒长文章。相信好料不少,但小狸我真心投降。

其实,即便没有这位半名人,逃离朋友圈也是早晚的事。回想最初之时,朋友圈中帖量并不多,有人发发随手拍,有人晒晒小心情,有人转转荤段子,有人贴贴心灵鸡汤,当然亦有有识之士分享有见解有水平的各类长文章。那个时候,贴量不多但精巧,有时间把好文慢品细想。仍记得不太久远前的某个午后,伴着一杯咖啡,跟随杨绛走过她一生也是一个世纪的心路历程,那个下午,温暖、聪慧,而隽永。实在想不出来是从什么时候开始,朋友圈中的长文转帖越来越多,每一篇题目看上去都不错,但乌泱泱的不错带来的就是乌泱泱的紧张和压力,看,实在没时间而且阅后发现是庸文的概率过高;不看,又不甘心,总怕漏掉好东西。于是,不停地到此一游,不停地囫囵吞枣,结果就是除了头晕脑胀,什么都没看进去。当阅读不能配合思考,它也就失去了价值。

半名人的出现终于让小狸下定决心不再被"发现"旁的那个小红点牵着鼻子走——有空才去点开溜一眼，没空就让它红着吧，时间长了也就习惯了，强迫症只要想得开，都能治好。

而除了信息压迫之外，让小狸逃离朋友圈的原因还有一个：瞎琢磨。

微信能描绘一个人，这点小狸绝对承认。发帖看帖都是待人接物的一种，从一个人喜欢发什么贴，可以看出这个人的水平；从一个人怎么看帖，可以看出一个人的修养，帖如其人，对此，小狸都觉得正常而且有趣。

不正常的在于进一步的琢磨。就好像朋友圈的信息压迫一样是个度的问题，过犹不及。比如就有热传文章自作聪明地归纳了"透过微信看人际关系"，分析诸如"他开了微信，也知道你有微信，但没主动加你，说明你们关系很一般……"、"如果对方从未对你有过痕迹式的赞美与评论，说明他对你重视不够……"等情况。这让小狸觉得很有些无聊了——亲眼所见尚有不真，当你根本看不到对方，亦不了解对方当时的具体情况时，这种带有强烈主观意识的揣测和被害妄想，是不是有点太幼稚了？

但帖子的热传说明不乏认同者，应付海量信息的同时又要提防有人正莫名心生芥蒂，小狸惹不起，还是拜拜了您呐。

微信生活之二：弃私转公

上次说到小狸或主动或被迫地逃离了"朋友圈"，但放弃朋友圈并不等于放弃微信阅读。毕竟，微信的阅读资源丰富又快速，放弃不仅可惜而且不符合时代发展。小狸选择的解决之道是"弃私转公"，弃私即放弃朋友圈，转公即量身订阅公众帐号。

所谓公众帐号是微信的一个功能，即提供一个平台给组织和个人，让其可以对订阅了自己帐号的用户群发消息、图片等信息，不少公众帐号都有自己主打的专业领域，还有一些是走综合内容路线，搜罗精华文章进行推送。

公号对其所有者来说，自然是很好的营销工具，而对于订阅者来说，在小狸看来，最大的意义就是可以从信息海洋中逃离出来，只关注自己感兴趣的东西，只接收高质量的信息。比如小狸是科学控，就关注了科学松鼠会、科学公园、奥秘科普连环画杂志等公众帐号，这些帐号会定期发送跟科学有关的文章，不海量但有质量，篇篇都是兴趣所在。除此之外，小狸还订阅了一些口碑好人气旺的综合帐号，时刻了解把握网事动向和时代脉搏。

其实，公众帐号并不是新鲜玩意，其推送的内容和性质，说白了就是微博中的"官方微博"及"大V"，但是，自从微信5.0发布后，微信公共账号又完全与其他平台上的官微区别开来，其原因就是限制了"量",而这,正是许多如小狸般的使用者弃私转公的最主要原因。

微信 5.0 的重大改革之一就是调整了公众帐号,只分为服务号和订阅号两种,其中,服务号一个月只能发布一次信息,订阅号发的多些,但也只能一天发一条,而且要折叠在二级菜单中。这就决定了微信公号不可能像微博的很多公号一样整日狂发垃圾短信,也狠狠打击了那些以东抄西抄为手段的公众帐号。调整之下,公号内容必须少而精,剽窃者无立足之地,原创者用户黏性增强,加上微信的运作方式让公号不能如微博般主动寻找粉丝,而只能"被动"地等粉丝订阅,这就最大限度地避免了骚扰,真正做到"招之即来,挥之即去"。

说白了,微信公众帐号是又一个分众传播的典型,而且它的典型不仅在于分众,更在于以退为进的营销策略——表面看压制了公号,但事实上却是培养了人心。

"更轻的体验"往往会有更好的效果。

消失的重生

自从小狸开写这个专栏,几年来已写过不少次"即将消失的行业",唯每次中招者都不同,而且更新速度越来越快。就在人们还在缅怀唱片行和照相馆的时候,一些在今天看来仍属家常甚至热门的行业,其实也已经大步流星奔向夕阳了,而促成这一现象的背后力量——科技的进步——发展之快,直让人慨叹不已,甚至有点恍如置身科幻电影之中。

在小狸通过手机微信刚刚看到的一篇帖子中,罗列了最新的"即将消失的行业",其中首当其冲是记者。文章称,未来超过9成的记者会消失,因为"结合大数据和人工智能,利用软件开发的模板、框架和算法,(计算机能够)瞬间写出上百万篇报道"。听来像是天方夜谭,但事实上,这已经是美国一家公司正式提供的业务,而《福布斯》杂志已经成为了他们的客户。

第二个可能消失的是目前人人羡慕的银行职员,理由是商业周刊中文网称,"未来十年,中国大陆80%的现金使用会消失",取而代之的是"网银或移动支付",这也就意味着"绝大多数中小银行如果不把前台业务外包,将难以生存。"

第三个即将消失的行业更科幻,竟然是司机,原因是"无人驾驶汽车"将在不远的将来成为主流——这依旧不是拍脑门的设想,而是真刀实枪的事实：Google 的无人驾驶汽车如今已在矽谷 101 高速公路上穿梭，而包括奥迪、丰田、奔驰等在内的诸多汽车厂商也都在着手研制无人驾驶汽车。

接下来消失的还有广大的流水线工人，因为机器人势必越来越灵巧先进，势必将成为车间的主力。目前，全球最大的代工企业富士康已经公布了"百万机器人大军"计划，而其机器人手臂已经可以进行简单的操作。

而目前已逐渐显露头角的 3D 打印技术，在未来会颠覆整个制造业。通过这个神奇的技术，未来人们不管是买杯子还是买房子，都可以直接打印出来，省却了中间的制造和物流环节，便宜又快速，当然，结果就是制造商和物流公司消失了。

最后再说一个最有趣的面临消失的职业：模特。目前，带有高科技含量的增高手术医学项目已在进行中，而利用电脑勘测丈量脸部细节，随后量身定制出完美五官的"超微科技"也已有人在研发，这意味着未来人人都可以变得高挑美丽，时装秀看街上就行了。

这一通看下来，有点惊，有点爽，然后突然觉得有点无聊，更有一大点的担心。未来的世界，完美却乏味，从文章到产品到姑娘，全是电脑作品，漂亮没瑕疵，但也因此没有了激情、温度、个性和一颗能改变一切的心。也所以，小狸坚信一切消失的东西会有一天再重生，因为好和美都是相对的。就像老话说的，分久必合，合久必分。

渔翁偷着乐

很长时间以来，马云都是小狸认为中国互联网界最聪明的人之一，当然，这个评价领域不包括他的个人生活——事实上，所有人的私生活都与别人无关，小狸无权也不想在这一块给出什么评论。这话有点扯远了，只是说业界，阿里的成功归根结底得益于马云的眼光，在别人都忙着"做生意"的时候，他的"做平台"理念让淘宝一举变成了一个传奇，并且在电商界一家独大垄断到今天。然而，马老大最近的大动作让小狸有些担心，实在看不清这到底是又一场漂亮仗还是聪明人最终出了个昏招？

马老大的大动作就是挑战另一个马老大——马化腾的微信。微信是个什么信，应该已经不用做任何介绍，至于微信有多牛，哎您看小狸文章的时候就不要刷朋友圈了好不好？就是这么一个几乎要把中国电信移动联通集体搞垮的微信，如今又有人来踢馆了，踢馆者，马云的"来往"。

可能您已经注意到小狸刚才用了个"又"，因为在"来往"踢馆之前，已经有中国电信联手网易推出了意在叫板微信的"易信"。在易信中，中国电信凭借其独一无二的优势，推出王牌功能：免费发短信及免费打长途。但即便是这样，易信目前的状况依然凄惨：试用下载者不少，但大多试试就卸了。一扭头还是扎回微信，强迫症般不停消灭"小红点"……

中国电信再一次"大窝脖儿"的原因其实一点也不难想：虽然有独家功能可以免费打电话发短信，但即时讯息和即时语音在微信上也早已实现，只是前者可以走"官方渠道"，可以将讯息传递给没有安装软件的"一般人"。但问题是，现在还没用微信的"一般人"有多少？换句话说，现在通过微信还吼不到的朋友还有多少？而在几乎所有亲友都在微信上欢快玩耍的时候，您突然默默来到清冷萧瑟的易信，然后准备把几十几百甚至上千的亲友团一个一个重新"邀请"到易信……您，这是要闹哪样？

而这，还是有中国电信撑腰拥有独门武器的易信呢，换做毫无新奇卖点的"来往"，除了马云口里的"阿里精神"，到底还有什么踢馆的资本？

说白了，微信的成功在于它无人可以复制的强大亲友关系链，而这个链追根溯源是多年来腾讯 QQ 的积累，以及市场先机的抢占。这一切，其实和马云抢占淘宝平台是一个道理。各有各的山头，各有所长，各有所短。

报道说马云最近几乎是以"土豪"和"打鸡血"的方式在疯狂推销"来往"，甚至要求阿里员工包产到户每人拉 100 个用户，否则甭想拿年终奖，淘宝甚至还出现了"拉用户用'来往'店铺"……

大手笔还是昏招？小狸想不清也不想想，唯一知道的是不管来往还是易信，最大的受益者都是老百姓，鹬蚌争吧争吧，渔翁前排看戏偷着笑。

两个故事

细心的读者可能会发现，小狸已经很久没有写与时事有关的文章了，不是小狸不再关心时事，而是太多的时事越来越不容关心——当所有人都深不可测，当所有事都面目不清，当所有的一切都可能、而且是很可能有它的 B 面，要以以往的热情紧跟时事，那绝对是一件力气活。

有点云里雾里，那就讲两个故事。

第一个故事：10 月 23 日，广州《新快报》在头版刊出三个斗大的字："请放人"，配字的还有檄文一篇，痛诉该报记者陈永洲因报道中联重科而被长沙警方"跨省"刑拘，要求长沙警方立即放人。全版文字时髦而激昂，尤其副题"敝报虽小，穷骨头，还是有那么两根的"相当煽情，让人忍不住就想拍手叫好。事实上，那天《新快报》的卫星放了之后，确实有不少人尤其是媒体人马上把版面发上朋友圈和微博，并呼吁同行转发点赞声援。说实话，看到报纸的那一刻，小狸是激动的，看到同行的呼吁也一度有热血的瞬间，但是……

是啊，但是。但是就是：这是真的吗？

小狸很快就发现不只自己有这想法，"鸡贼的沉默者"大有人在，因为眼看着无数圈里人在同步发出风花雪月的帖子，但就是没有人在集结号贴下表态。

然而事实真的再一次证明鸡贼的正确——在《新快报》又发射了一次"请再放人"的二号星之后，中央电视台突然间扔出了"陈永洲承认报道造假"的原子弹，而《新快报》也在蘑菇云之后配合180度转弯，在原来刊登"请放人"的地方刊登了道歉信。

比马戏团还热闹，比宫廷剧还虐心，比孙子兵法还兵不厌诈，不鸡贼行吗？而且，没人敢说这就是真相。真相，人们永远不知道，或者知道了也没人相信。

第二个故事来自于微信鸡汤，讲的是美国一个小镇某日发生银行劫案。劫匪在与警察对峙中抓了个5岁男孩当人质。谈判破裂，千钧一发之际劫匪被狙击手击毙，被溅一身血的男孩吓得号啕大哭。之后的事情是另一个世界才能发生的事情：为了保护孩子的心灵，谈判员急中生智喊了一句"演习结束！"而就是为了保护这个男孩能不在阴影下成长，所有人都选择了保密，而且一保就是30年。这其中，最让人感动的是媒体，现场有无数媒体，但第二天集体失声。

两个故事，两个世界，都有新闻从业者，他们都没有或者疑似没有按新闻规律办事，在雾里看花的世界里，小狸无力针对具体人和事下任何判断，唯一可以确定的，是两个世界的境界完全不同。

双11，开抢！

"读小狸，得便宜。"熬了多年，本栏读者今日终于可以把小狸文章化成即时效益——如果您是出报当日看到的本文，那您赶紧飞身上网去抢购吧，一年就一天，今天"双11"。

看完第一段还没走的读者看来需要小狸普及一下"双11"的知识：双11，即11月11日，原本被网民戏称为"光棍节"，但在2009年时，淘宝忽发奇想，推出"光棍节在家网购"的意念，在这一天举办大促销，并因此引发电商大战，光棍节也摇身一变成为一年一度的"网络购物狂欢节"。

四年来，双11的狂欢越来越热闹，除了参与的店家、商品、品牌越来越多，折扣力度越来越大外，更加入了不同的电商平台。如今，参与双11购物节的早已不止淘宝一家，还包括京东、当当、苏宁、国美等各大购物网站，甚至还有一些线下实体店也在这天推出促销。

双11的成长是惊人的：据资料显示，2009年淘宝首次推出双11促销时，当天的支付宝交易额约为1亿元；到2010年时，这一天的支付宝交易额是9.36亿元；2011年时是52亿；而到2012年也就是去年时，双11这一天的支付宝交易额则暴增到191亿元，其中仅凌晨第一分钟时，就有1000万人上线抢购。而这，还仅仅是淘宝一家的数字。

双 11 无疑是个传奇，传奇到李克强总理在今年双 11 前夕都忍不住指示"须重新认识、高度重视新经济"。而据淘宝估算，今年淘宝这一天的交易额料突破 300 亿。

事实上，为了让销售额再上一个新台阶，各方早已紧锣密鼓地进行备战。以淘宝为例，除了早早 360 度无死角地打出广告，更发布号称"看一眼，省半年工资"的双 11 攻略、推出手机上淘宝免流量的福利，更投入 6000 万鼓励用户提前充值以避免到时网络塞车，甚至连淘宝软件都换成了"便于抢购"的"双 11 特别版"。而除了这些宣传攻势，在吸引买家的关键——真金白银上，淘宝今年推出天猫全场 7 万品牌下 5 折、发放 100 亿元优惠券、3 亿元红包、外加 100 万台网络机顶盒。此外，当当推出 5 折再加折上折，京东包运费，国美退差价，苏宁推视频购物，谁都没闲着。

同样闲不了的还有快递，国家邮政局已经提前开了动员会，说 11 月 11 日至 16 日期间，邮件总量将超过 3.23 亿件，日均处理量将超过 5300 万件，其中日处理量可能突破 7000 万件，是平日的 3 倍，是去年高峰日的 2 倍。在此背景下，据说有快递员已经紧张得辞职了，当然这是个别现象，大情况是各快递公司都在急着买飞机买地建仓，紧急备战。在这当中，还有更牛的，比如顺丰，逆势降价，打出 6 折超低价，势抢四通一达盘子里的蛋糕。

小狸不知这时还剩几个读者在看，但仍要叮嘱一句：激动莫冲动。

淘宝帝国（上）

作为中国第一批网民，加上半个专业人士，再加上长期有此栏傍身，在网海内扑腾多年的资深网鸟狸美美同学本以为已阅遍大风大浪，不会再有什么网人网事能让自己心潮起伏……然而，小狸还是低估了淘宝。

尽管上一期已做足功课充分复习了淘宝的"威水"史，尽管知道事前连强总都曾专门助阵，尽管一开电脑就习惯先挂上淘宝以至于对它熟悉得就像家人，尽管早知道它今年的双 11 也错不了，但仍没想到是 350.19 亿，更没想到这数字背后还蕴藏着如此多的新意。能让熟悉的人惊喜，能让本已高企的期望震撼，这个难度绝非黑马的激动能比，这个功力已近神级。知道淘宝牛 X，但没想到这么牛 X。

350,1850,6867 元人民币，这是今年双 11 淘宝的单日销售额，同时也是去年美国"网络星期一"和"黑色星期五"两天销售额的一倍不止，是北京王府井百货三个季度销售总额的两倍，是沃尔玛中国半年的销量，甚至是淘宝去年同期的近两倍——以百亿身躯翻跟头，不是人人都翻得了的。

如果只是 350 亿的数字，小狸会惊喜，但不会震撼，真正让小狸发自内心激动和慨叹的，是 350 亿背后显现出的种种新事物，那是淘宝帝国的轮廓，那是人类生活发展的方向。

比如，在今年的 350 亿里，有 7.6 亿是属于理财产品的。双 11 前，17 家基金公司正式进驻淘宝，开创业界先河。双 11 时，淘宝首次推出"以赚钱为主打"的理财分会场，"上架宝贝"包括银行、基金及保险三大主流理财产品。基金公司们打出统一口号："亲，如果你还认为网购仅仅是消费花钱，那你就 out 了。现在没事到淘宝逛一逛，也顺手把财理了吧！"这是马云的又一次"捞过界"，此举让淘宝更加万能：先是能消费，后来能储蓄，现在还能投资了。

事实证明，第一次近距离接触互联网金融的网民们还是挺给力的，双 11 理财专场在开促第一分钟时，销售额已过千万，人均购买额 1.92 万。有专家分析，淘宝开启了全新的营销模式，帮助基金突破了目前银行渠道销售困难的瓶颈。淘宝的王牌大数据库，将更有利于计算客户特性，使金融"卖家"可以更贴合地满足客户需求，而形象、直接、近距离的接触也更容易沟通。

当然，目前淘宝上的理财产品都只是初试啼音，仍算不上成熟，淘宝所引领的 "互联网金融时代"也只是雏形，但将消费、投资与互联网彻底打通却几乎是未来之必然，而淘宝作为金融门外汉的搅局很可能在不久的将来彻底颠覆传统格局——毕竟，这是一个流行跨界"抢劫"的时代。

淘宝帝国（中）

上期说到淘宝今年"双11"350.19亿的背后频现新亮点，其中包括再次捞过界加入"投资"功能，开启互联网金融的新时代。而说到亮点，还必须要提一下阿里力推的移动淘宝。

数据显示，今年双11当日，用户通过手机淘宝完成的支付宝成交额达到53.5亿元人民币，是去年同日的5.6倍；手机淘宝单日活跃用户达1.27亿，成交笔数3,590万笔，占总交易笔数的21%，而去年这个数字是5%左右。同日，整个支付宝实现手机支付笔数4,518万笔，占支付宝整体交易笔数的24.03%，去年则为8%，而支付宝手机支付额在今年双11突破113亿，成为全球移动支付的最高纪录。

事实上，占领移动终端一直是淘宝近几年发展的重中之重，从2009年最初上线到现在，手机淘宝的双11成交额每年都能保持5倍以上的增长，而当基数越来越庞大，这5倍里的含金量自然也越来越高。如果您在今年双11前夕曾打开过手机淘宝客户端，那您十有八九要为淘宝所做得一切而感叹：为了能把消费者绑定到小屏幕前，淘宝先是携手联通和移动推出手机逛淘宝免流量计划；然后又通过玩扫脸、刮刮卡、贪吃蛇、新用户红包等方式，在手机淘宝和往来客户端上发放总额超过1.3亿元的红包；然后还有手机淘宝特有的"抢拍神器"、领双份金币等独门优惠……360度无死角地轰炸，给人的感觉竟是有点感动，用心至此，专业至此，强大至此，在今日业界，确实尚无人能及。

10个中国人里就有一个在双11这天用手机进行了交易，不管这是不是淘宝催谷的结果，这个数据已明确显示着中国网购者正开始大规模地把消费行为从电脑转移到手机上。根据中国电子商务研究中心检测数据显示，去年中国移动电子商务市场的交易规模是965亿，同比增长135%，而今年这一数字有望达到1,300亿。"未来的消费主场在手机上"已几乎成了业界共识，而淘宝正在做的，就是不仅跟上时代，更要推动新时代到来。

事实证明，淘宝的努力卓有成效，就目前看来，与其说是"移动消费时代"不如直接说是"手机淘宝时代"。一份来自网上的统计显示，包括淘宝、京东、美团等在内的15家主流购物类应用手机客户端，其双11前两周时的下载量比例，淘宝一家豪占44.75%，几近半壁江山，其他14家不管是老牌电商还是新秀则都在伯仲之间。

最新消息说，阿里将斥巨资大举收购友盟及协助卖家进驻移动终端，这显示淘宝的目标远远不止移动购物，而是要抢占尽可能多的移动资源，用更多类型的应用协助手上的大数据变现。

未来的淘宝帝国必会更加丰富而宏大。

淘宝帝国（下）

今年双 11 时，小狸为了体验手机淘宝上的"抢拍神器"，特意于零点时加入抢购大军，并用神器成功抢到限量旅行箱一枚。在满意神器的表现之余，没想到傍晚时分又接获了第二个惊喜——零点拍到的箱子，19 个小时后已经端坐在家里了。19 个小时内完成下单到签收，这个速度在平时都要点赞，更何况是双 11 当天？而事实证明，今年双 11 期间的物流确实比较给力，至少小狸几单货品的配送时间都与平日无异甚至更快，而这，也正是今日要说的淘宝帝国的最后一块拼图——菜鸟网，也就是阿里建立的大数据快递平台。

今年 5 月底，刚刚退休 18 天的马云，宣布联合国内最大的资本集团复星系和银泰系，以及目前国内传统物流界的几位大佬顺丰、圆通、中通、申通、韵达联合组建定位为"中国智能物流骨干网"的菜鸟网。其中天猫出资 21.5 亿占股 43% 成为第一大股东，银泰投 16 亿占股 32%，富春集团和复星集团各投 5 亿分别占股 10%，而顺丰及三通一达各出 5000 万分占 1%。菜鸟网注册资本 50 亿元，首期投资 1000 亿，整体投资 3000 亿，有人用"触目惊心"来形容这只鸟的资本。

在马云的时间表中，未来五到十年间，菜鸟网要成为一张能保障全国 24 小时配送（即任何地方的点对点快递不超过 24 小时）；日配送量达 2 亿包裹（意味着支撑 300 亿销售额）的超级物流网。而实现这一目标的手段，一个是广布物流节点，整合现有各快递公司资源，实现仓储平台共享；另一个就是通过阿里擅长的大数据、云计算实现信息共享，提升仓库利用率及运作效率。

也所以，如果把菜鸟网简单地看成是阿里要分羹快递业务就太小瞧马云了，如同当年的淘宝一样，马云瞄准的从来不是桌上的蛋糕，而是桌子本身。正如马云自己在菜鸟网成立仪式上的致辞中所说的：阿里巴巴永远不会做快递，但是菜鸟网可能会影响所有快递公司未来的商业模式。

看着菜鸟网轻松网罗进包括顺丰在内的当今物流界最大的几巨头，就让人无限感慨，这些大佬们应该相当地不爽，5000万投资只占1%股份，说话自然没分量，但如果不加入，那势必被边缘，未来会更不爽，就如同当年的淘宝一模一样。

今年双11，菜鸟网第一次亮相——与全国快递公司协同配合，承担双11期间所有的物流保障。在19个小时下单签收的佳绩背后，除了各个快递公司大规模硬件投入的功劳，更是菜鸟网30人专业数据挖掘团队的成果，是全新数据雷达服务的成果。

未来的淘宝帝国，以菜鸟网代表的物流平台将是最让人兴奋的一块，因为它不仅能让整个物流业重新洗牌，甚至还可能撬动几十万亿的国家交通基建资源，它的未来，很可能比淘宝更辉煌。

疯狂比特币

今天要讲的内容有一点科幻，即便是自诩紧跟网络时代发展的小狸在初闻此物时也颇有些觉得新鲜，而这如电影情节般的事物却真真实实地存在了，不仅存在，更创造着传奇。

先讲个故事：一个名叫 James Howells 的英国 IT 男青年，2009 年时"挖"到 7,500 个比特币，当时这些比特币几乎一文不值——当时 1 美元可以购买 1,300 个比特币。Howell 在获得"不值钱"的比特币后，完全没放在心上，随随便便就存在了电脑里。2012 年，他不慎把柠檬汁泼在电脑上，随即拆下硬盘放在抽屉里，更在之后的大扫除中把整个抽屉丢弃。然而，这些比特币在今年 11 月 27 日时，身价一度飞涨到 1,242 美元一个，这意味着 Howells 把 7,265.7 万港币扔进了垃圾堆。匪夷所思夹杂着一连串问号是吧？这就是今天要讲的比特币。

简单地说，比特币是一种虚拟货币，它通过开源的 P2P 软件产生，由日本经济学家中本聪于 2009 年正式发行。所谓开源的 P2P 形式，就是用户下载安装比特币软件，然后在众多计算机包括个人电脑上运行，随着机器完成计算，每小时会随机产生比特币给运行软件的人——即"比特币矿工"。早期"挖矿"相对简单，普通电脑就行，任谁也都行，而随着比特币随机发放量递减以及价格暴增，如今能挖矿的人都是带着高端机器上阵的，非土豪不能入场，所以矿工越来越少，炒家越来越多。

按照软件设计，随机发放的比特币数量每四年减少一半，至2140年生产完第2100万枚时将彻底停产，这意味着比特币是稳步增加且"限量"的，加上人人都能当矿工的P2P"去中心化"性，彻底杜绝了通过大量发币来人为操控币值的可能性。

比特币的神奇离不开它的国际性，随着美国、德国等国家对它的承认，如今的比特币已经可以在很多领域和实体金融对接了，比如加拿大就出现了比特币提款机，可以随时把比特币兑现或购买比特币。而韩国也出现了可以拿比特币支付的蛋糕店。甚至，基于它完美的匿名性，比特币还成为了黑道毒品交易和洗钱的好帮手。

至于中国，人们在以另一种方式参与着比特币的疯狂——最新统计，12月1日时，以人民币结算的比特币交易量占全球总交易量的6成，换句话说，中国人成为了炒比特币的主力军。

四年翻1万多倍，任谁都难以抵抗诱惑，尤其是以精明著称的国人，但支撑高利润的是高风险和比房地产更巨大的泡沫，就像比特币圈子里流传的那句话"比特币绝对是骗局，但是很奇怪，它专门骗这个世界上最聪明的人，傻子目前还进不来"。

所以，各位聪明人好自为之，至少先把密码写在纸上——这是Howells的吐血忠告。

装　熟

12月5日以及之后的几天里，相信很多人的微博和微信朋友圈都被同一个人刷屏了——纳尔逊·曼德拉。这位上世纪最伟大人物之一的溘然长逝，掀起了网上的悼念"狂欢"——请原谅小狸恶毒评价了许多人的行为，但事实却让小狸很难不这样想，因为实在有太多人太像来凑热闹的了。

蜡烛、照片、名言、纪念长文，是填充悼念狂欢的四大戏码，大家认真扮演着自己的演员角色，热烈转发着这位伟大战士的生平事迹，连带着激动在那首《光辉岁月》之中，很High很热血，唯独有一个问题：曼德拉是谁？

这问题一点也不杜撰，否则就不会有人把摩根·费里曼（Morgan Freeman，好莱坞著名黑人男影星）的照片贴到蜡烛下面了，而且还得到疯狂转发，甚至一度"反客为主"，最后还要摩根本人站出来以正视听表明自己"尚且健在"……至于那些转发文字的人，又有多少是扫到"曼德拉"三个字之后就随手一点赶个时髦的？而那些大发感慨的人，有多少是人云亦云的？有谁真正看过他写的或者写他的书吗？有谁真正了解过他所做的事吗？更有谁真正思考过他的人生吗？

小狸绝不是要一竿子打翻一船人，小狸坚信有相当数量的蜡烛背后是一份认真而成熟的悼念，但事实却也让人不得不承认，还有相当一部分蜡烛只是为了点燃而点燃。有网友评价得好："曼德拉跟你又不熟，你又没去过南非，你英语又不好，你又没体验过黑人与白人种族主义生活，你只看过几篇翻译报道，人没死的时候你知道吗，现在跟着那首歌来一起呼喊跟风崇拜伟大，就跟现在还穿着印有格瓦拉头像 T 恤的少年一样。"

是的，如果说漫天的蜡烛是悼念家驹，小狸反倒觉得真实些，至少对于大多数国人来说更熟悉，而曼德拉，真的跟您很熟吗？

装熟，其实不局限在曼德拉，或者可以说，对于所有爆红的事件，很多网民都会第一时间跟它"混很熟"，不加思考地转发、点赞，条件反射地就要掺一脚才舒服，演变到最后，往往是以各种个人发泄、搞笑段子、借机营销甚至是势力角逐收场，娱乐至死，消费至死，混沌至死，而且快如旋风，再红的人事，各领风骚仅几天。

曼德拉与摩根事件的最新进展是，有人设计了"脸盲症患者辨认测试游戏"：排出曼德拉、摩根费里曼、NBA 传奇篮球巨星比尔·拉塞尔、联合国第七任秘书长科菲·安南、《破产姐妹》收银员加勒特·莫里斯等人的照片并打乱顺序，然后看谁能正确对号入座……

这个时代，走心最珍贵，不管熟或不熟，说或不说。

太容易的相见

最近这一个月，小狸有点"走火入魔"，几乎把所有的业余时间都贡献给了一群打篮球的二次元少年——说是少年，其实他们已着实有把子年纪了，二十年前就已十六七八岁，只不过，就算再过二十年，他们在如小狸这般的粉丝们心中也永远是青春的代名词。想来一些人已经知道，小狸说的，是经典动漫《灌篮高手》（港译《男儿当入樽》），而重燃这份热情的原因很简单：今年是《灌篮高手》出版20周年，日本电视台特意推出了该动画的"高清重制版"。

再小或再老的人们是无法理解《灌篮高手》对70和80后这一代人的影响的，也所以，当重制版推出后，仅新浪微博3天内的相关讨论已超过9万条，仅乐视网一周内的点播就超过200万次，而以网媒及新派纸媒为代表的大众传播媒介也纷纷作出重磅报道——换句话说，对《灌篮高手》的热情体现在所有二三十岁人扎堆的地方。

本着"好东西要与人分享"的精神，小狸在重温灌篮激情的同时，强力把当年鲜有的漏网之鱼——未曾看过这部动漫的狸友拉来同赏，突击几日一气呵成看下来后，小狸不时泪流满面，狸友虽也给予高度评价，但明显不如小狸激动，甚至也没有小狸当年的感动，想想，也难怪，他没有时间的加持，而且他有太容易的相见。

二十年前的人们第一次看《灌篮高手》时，无一例外是在电视上，每天一集，一集二十分钟，太多人每天痴痴念念就是在等这二十分钟，二十分钟前是兴奋异常，二十分钟后是心痒难耐，二十分钟之外都是期盼、折磨、幸福和等待，在每天的轮回之中，那个《灌篮高手》附加了太多的情感。而二十年后的今天，人们再看《灌篮高手》时，无一例外是在网上，直接点播，想看多少集看多少集，想听什么语听什么语，甚至日本电视台首播的重制版，中国的网民虽无日本的频道，但也可以借助软件轻松通过网络同步收看，而仅仅一日之后，网上各大字幕组就已推出配好字幕的完美版。再没有等待，再没有期盼，只剩一个爽。

二十年前，多少学生一放学就会直扑自行车棚，二话不说飞车回家，为的就是"连片头曲都不想错过"，也正因为此，才会在日后一听到那首《好想大声说爱你》就会忍不住泪流满面。而二十年后的今天，上网一天看几十集，为图快，鼠标一点切掉片头曲和"上集回顾"是太正常的事，但结果就是片中激情处音乐切入时无感，加上情感累积不够，白白糟蹋了制作者的心思。是的，小狸相信二十年前的制作者是会考虑到"重复对心里情感的影响"的，因为那时的慢节奏允许如此细腻的设置。

太容易的相见，让心情没有发酵的时间。

快递污染

网购爱好者狸美美同学最近一直在感慨"行行出状元"——哪怕是细小到快递的包装。事情的起由是某一天,小狸恰好同时接到三宗快递:来自淘宝某商家的杂货,走的是内地很有些名气的 X 通快递;来自 ebay 某荷兰卖家的公仔,走的是荷兰邮政;来自台湾某网店的书籍,走的是顺丰国际。

三盒快递摆在一起,立马变成了有故事的人:只见来自荷兰和台湾的包裹,分别都用标准且合身的专业纸箱装盛,干干净净、清清爽爽,盒身包括八个尖角都硬朗完好甚至簇新,封边皆是一层透明胶带即止,公仔盒大些,加了一条打包带,无比简洁却感觉无比可靠。打开盒子,物品外身都裹有一层发泡塑料作为保护,公仔则再多加了一些气囊缓冲,保护不多但到位,货品全部完好无损。再看 X 通送过来的快递,只能用"虐心"二字形容,盒子软、烂、脏,不要说盒角,就是盒边都已经挤压揉烂得模糊不清。盒上横七竖八缠了无数道胶带,各种颜色都有,整个盒子立在那像喝醉了酒,站不成一个立方体……花五分多钟拆开盒子,里面脏兮兮塞满了破报纸、塑料袋甚至空牙膏盒做防护,一数,更少了一袋货,据后来联系卖家又各种拍照断案后裁定,该盒在运输过程中被弄破过……不忍再述,怎一个囧字了得。

有报道说,2012 年中国快递总件数为 57 亿件,如果按照每件快递使用 1 米胶带计算，中国快递业每年用掉的透明胶带足以沿赤道绕地球 140 圈。而这种胶带所用的材料多为 PVC，即聚氯乙烯，埋在土壤里 100 年都不能降解。而除了胶带，尚有大量塑料填充物，其中很多都难以回收和循环再用。虽然胶带和填充物全球都在用，但中国的问题出在量上，就如小狸眼前的这三盒快递，喝醉酒的那盒所产生出的"快递垃圾"远远多于其余两盒的总和。至于它产生出的"心情垃圾"，那更是小狸收过的所有海淘快递的总和。

事实上，几乎所有的欧美发达国家都在遵循简单打包的理念，其包裹都是直接放在纸箱里的，胶带只封边而已，不会大量缠绕，如遇大型包裹需要加固时会使用打包带，很多国家都会要求正规的快递公司使用统一的标准打包方式。而英国在当中做得最为突出，过去 20 年里，其商品包装减少了 40% 的重量。

反观目前国内，一方面，多数商家的理念仍停留在"包得越厚实越显示诚意及越保险"的小农思想阶段；另一方面，即便在包了个结结实实、每每拆开都要 5 分钟以上的情况下，内里物品仍时常受损……于是，我们终于知道，人家的简单包装原来并没有那么简单，其背后作保的，是专业科学的包裹技术，以及小心轻放的物流全程。

如今，淘宝已经兴旺过 ebay，但兴旺不等于先进，"安全、简单、环保、舒心"，简单八字，四个境界，X 通们尚未入流呢。

网 络 史 记

2014

马儿很忙

新年第一期，先为所有给小狸捧场的新老亲们送上句吉利话儿，而依照近期形势，非"马上有钱"莫属。事实上，在小狸之前，您一定已经收到了无数个"马上有……"的祝福，因为这个新年，网上最大的红星，就是"马上体"了。

如今这个时候，已经很难考证出"马上体"此轮火爆的最初根源在哪里，人们只知道突然有一天，网上开始疯传一张大同小异的照片：主角必是一匹马，布的瓷的木头的、长得俊的长得Q的，高矮胖瘦扬蹄啃草，形态各异颜色不拘……马儿不同，干的事却差不多，都是背驮人民的币，区别只是从1元到数万元不等，寓意"马上有钱"。

"马上有钱"一出，立刻风靡网络，而中国网民一贯的kuso（意近"无厘头"）本性及强大智慧必定会在第一时间把事件发扬壮大，于是，没过多久，网上就陆续出现了各种"马上有钱"的升级版，比如有人将马卧倒后再放上钱，取意"我马上有钱"，而更多的人开始依据自己的需求把钱替换成其他东西，比如光棍们在马背上放两只大象，意为"马上有对象"；无房族放个小房子，意"马上有房"；无车族在马背上放一枚象棋"车"棋子，意"马上有车"；而等待摇号的人们则在马背上放了只耗子，取意"马上有号"；还有苦逼上班族在马上放个十字架，意为"马上放假"；最牛的是一位网友在马背上放了一只茄子,称其为"马上有一切",至此,"马上有……"正式成为"马上体",人们在嘻哈笑闹中用调侃的方式表达着对新一年的愿望。

据说,"马上体"的走红乐坏了淘宝店主,因为不管马上有什么都缺不了马,来自淘宝的数据显示,截至上月 28 日,"毛绒马"最近七天的搜索指数与去年同期相比大涨 3473.8%,成交量同比增加 60 倍。这当中固然有马年的因素,但相信"马上体"也一定是个重要推手。

有人乐自然也有人愁,比如有"砖家"就一如既往地跳出来一通解读说"马上体"走红的背后体现了社会焦虑,这让很多网友气不打一处来,认为"马上有钱"和"恭喜发财"都是过年的吉利话,只不过时髦一些,没必要上纲上线。小狸也觉得"砖家"们有些小题大做,"马上有钱"和之前无数个网络热点一样,仅是一场热闹而已,而古时即流行"马上封侯"的吉祥图案,并非本朝创新,实无紧张之必要。

不过另一方面,小狸倒是赞成有些网友认为如今的"马上体"太物质之说,如果在晒人民币之外,还能有人能晒晒"马上有平安"、"马上有健康"、"马上有喜乐"的图片应该会更好些吧?

有　脑

科学控狸美美这几天很 High（兴奋之意），因为江苏卫视趁开年推出的综艺强档《最强大脑》实在太给力了。事实上，跟小狸同 High 的还有很多人，因为节目播出次日，相关讨论已雄占新浪微博首位。这是一个多么好的开始，娱乐至死的空虚国人们终于开始看向有脑的方向了。

《最强大脑》这档节目的原创版权来自平均智商居欧洲之首的德国，随后在欧美国家掀起收视狂潮，节目中的挑战者们个个都是现实版的 X-MEN，天赋异禀，身怀绝技，虽然没有夸张到长出合金爪子，但瞬间心算幂次方、听音辨位、用肉眼在两万多个魔方马赛克色块中找不同、快速辨识陌生人合成脸……都是"可能完成的不可能完成之任务"。

如果只是单纯的超人秀，小狸和广大粉丝们远不会如此激动，因为从小到大，"特异功能"都是一棵娱乐常青树，且总是跟神秘、诡异挂钩，满足的是人们猎奇的心里，而《最强大脑》的杰出之处，是它把具有江湖气质的"超能力"引上光明大道，用科学来解释它、用它来普及科学，满足的是人们求知的心里，一个猎奇，一个求知，境界大不同。

而在普及科学的手段和过程中，不能不提到一位重要人物——因

《最强大脑》而爆红于网络的铁面判官、人称最帅教授的魏坤琳（Dr. 魏）。节目中，Dr. 魏屡屡"逆天"，面对打动全场、众望所归的美少女和励志姐，坚定地把她们拉下马，原因只有一个："科学是我评判的唯一标准。"于是，在主持人的惊呼和情感派嘉宾的暴怒中，他成了"人民公敌"，网上也随即爆发大规模的辩论战。

小狸发自内心地感慨，这个节目最好看也是最打动人的地方之一，其实不是神奇四侠的超能力表演，而是 Dr. 魏亲身对科学的诠释：严格、理智、有理有据、坚持，以及勇敢。科学容不得半点弄虚作假，"文科生的温度"并不能推动科技社会的发展。大多数普通人，尤其是习惯讲人情的中国人格外不能理解 Dr. 魏的评判，而这恰恰体现了科学的所在和科学家的价值。就像另一位嘉宾陶子所言：他在教导大家认识什么是科学。

最好的证明就是网上的调查——虽然第一时间"很想揍他"的观众有很多，但调查显示最终支持 Dr. 魏的受访者竟高达 70%，原因想来很简单——因为静下心来想，这家伙讲出的评判依据确实都对。也于是，尽管有些人情感上还过不去，但终于知道，这就是科学。从愤怒到接受，从咒骂到支持，从陌生到学到，这是小狸觉得这个节目另一个感人的地方：人们的成长。

据说魏先生现在已经成了新一代"男神"，而随着最近包括诸多"学霸"型新男神女神的诞生，"高富帅"和"白富美"已经瞬间落伍——如今，最牛叉的形容是"有脑"。

春运抢票史

常常有人把时代比作洪流,而我们则常常随波逐流。随波逐流时,并不能感觉到水流的快慢,只有当河中有石头突起,我们才惊觉水流得湍急。春运抢票,就是众多石头中的一块。

就在并不久远的三年前以及再之前的所有日子,每逢春运临近,固定在人们脑海中的景象就是火车站售票窗口前密密麻麻的罗圈儿队,排队的人清一色棉大衣小马扎,相当一部分还随身携带铺盖卷。这是所有摄影记者尤其是外媒最喜欢的场面,找个高点一俯拍,震撼度无与伦比。那个时代,是拼体力抢票的时代。

2012年,也就是两年前,铁路部门大力推出网上购票,官方的、也是唯一的购票网站12306正式上线。那一年,2.2亿农民工集体"傻眼",网民率仅有3.5%的他们在这种时髦抢票方式前成为了十足的弱者,加上作为触网新手的官方也并不成熟,在票量配比、网站接待能力上都存在严重失误与不足,导致"互联网抢票元年"的景象惨不忍睹——农民工高呼"给拼体力一次机会",白领痛骂手再快也架不住网站瘫痪,偷笑的只有黄牛党,漏洞百出的网站给了抢票软件大显神威的舞台,网络时代的黄牛连队都不用排了。

虽然磕磕绊绊,但"触网"是大势所趋,无论是有文化的还是没文化的国人们都飞快地明白了这个道理。2013年,也就是去年,

12306依然是主角,但焦点则多集中在打击黄牛抢票软件上,与此同时,网站技术力量加强主抗瘫痪,而众多志愿者及代购也纷纷出现,多多少少开始缓解农民工们的尴尬。

然而,短短一年后,也就是今年,支付宝和手机购票的介入,让2014年的春运抢票结构再次发生巨大变化。数据显示,春运火车票开售二十天时,通过支付宝成功抢票的乘客达到一千四百万人次,日均交易额超过一亿元;而通过12306手机客户端售出的车票超过六百万张。目前,中国内地的智能手机普及率已经达到66%,这意味着超过六成的人具备更快捷更不受限的抢票能力,这当中自然也包括农民工。

然而,支付宝和移动终端的介入,其影响远远不止方便群众这么简单,很快的,用户在享受服务的同时,也反哺了支付宝的数据库。1月6日,在今年车票开售仅十日时,支付宝便基于其数亿实名用户的雄厚基础,利用大数据技术交叉分析,火速勾勒出国人"迁徙"的几大新趋势,比如发现购票者购买的车程多在200到800公里间,证明选择离家较近的短距离务工是当今主流等等。而这种发现和这种效率在大数据概念出现以前是不可想象的。

目前,支付宝及移动终端购票的量虽然还没有在所有购票方式中称霸,但它无疑是未来发展的方向,也许就在明年,它就会以核裂变的速度一统天下,也可能,它会被一个更新的方式替代。在这条飞速发展的科技洪流中,谁知道呢?

晒出的新意

其实小狸很不想用"又到一年剁手时"来做文章的开头,但无奈这个内容实在和这句话脱不了干系,是了,又到晒年度账单的时候了。

从2011年开始,支付宝会在年底的时候给每位注册用户发送一份个人以及全员的年度对账单,即这一年您一共花了多少钱、怎么花的、地区排名多少,以及由此分析出您的若干消费习惯等等。

对于个人的那张对账单,基本就像前文说的,年年都想剁手,结果就是变成千手观音。请允许小狸此刻暂时变成小鸵,把头扎入沙堆假装看不见……而放眼望去,乌泱泱都是鸵鸟群——在支付宝官方微博举办的一项名为"用四个字形容看完账单后的心情"活动中,"惨不忍睹"和"不忍直视"成了最热门的两个词。

所以,还是来说说别人的账单吧!正是因为有此,才能让每年一度的晒账单活动不仅有"痛",还能"并快乐着"。

例牌定是一些各种各样的趣怪消费统计,比如年度最败家男生星座是水瓶座,女生星座是天蝎座,平均支付宝年消费额为18558元人民币和16713元人民币;最抠门男女星座都为处女座,金额分别为7577元和7635元,足足比冠军们少了一半有多,看来找个处女座伴侣是有望走向勤俭持家的节奏。此外,晒高额账单也是每年的规定动作之一,在今年豆瓣举办的相关活动中,"消费之王"来自一张901

万人民币的账单,但这个成绩比去年那张一亿三千七百九十九万的天价账单还差得远。

而除了这些惯有统计,今年的账单也晒出了不少新意,其中最重要的一项就是余额宝。按照支付宝的形容,"余额宝的诞生,让2013年的支付宝变得与众不同,从支付业务起步的支付宝不再局限于只能花钱,开始变得会赚钱。"事实上,余额宝以及基金公司入驻淘宝,确实开启了互联网金融的新纪元。据支付宝提供的资料显示,从6月上线到年底,半年时间内,余额宝的客户量达到4303万,户均持有额4307元人民币,累积为用户发放收益人民币17.9亿元。

另一项重要的新意来自支付宝钱包,这也是阿里巴巴过去一年力推的移动终端业务。数字显示阿里的努力没有白费,去年一年,支付宝钱包的用户量按年大增547%,用户全年通过支付宝钱包进行转账、缴费、还款、充值等业务总量超过5亿笔。而最有趣的统计来自由此的衍生——按每次到营业厅办理相关业务的出行成本是人民币4元计算,5亿笔业务为全体用户省了20亿元。

挣钱的节奏,原来这是今次支付宝账单最大的新意。在全民理财的互联网金融新时代,能花也能挣才是理想的模式。剁手族,走起来。

新的一年，请藏好自己

新春大吉，给大家说个吉祥话，祝各位平安、喜乐、藏好自己。最后一句，估计有人不屑、不解，但事实却是，在飞速发展的网络时代，要想藏好自己是一个课题。

一切源于小狸近期无意中看到的两个帖子，主题惊人的相似，都是"人肉搜索"，内容均堪称神级。其中一帖，是有高人对某张"美女出游照"中的"萌妹子"甚感兴趣，遂决定找寻照中人，而唯一线索就是一张照片。

据说，高人先是用 Google 的图片搜索功能，然后用百度的人脸搜索功能，找到照片最初张贴的地方，然后从起始地找到张贴者的 id，再利用搜索引擎搜索 id，遂在一个游戏网站找到该 id 的网名，又在另一个论坛中发现其真名和 QQ 号码。通过 QQ 号码，高人联系到该 QQ 的主人，知道其原来是相中萌妹子的老师。高人遂扮作另一家学校的职员，与老师 Q 聊，不一会便获得了女生的就读学校和联络办法，随后顺藤摸瓜找到了女生的住址，并亲赴该地，利用路由器截取了该女生无线网络的通讯……后面的故事，高人没有在网上更新了，但人人心中都早已出了一层白毛汗。

第二个案例中的女主角更悲催，她根本没有露脸，只是在论坛上晒了一组新买的鞋架的照片，就被人一步步推理最后公布了姓字名谁芳龄职业和住址。具体过程变态得很：鞋架照片贴出后，引来一批无聊的柯南控（少年侦探，日本著名动画片），先是从地板的新旧、冰箱的样式、鞋架的简陋程度，推出楼主是在北京央视附近租房住；然后从鞋架上的鞋都是平底运动鞋等细节，推出楼主是体育专业毕业、现任非文职工作；从楼主的用词推出是央视的外编记者、未婚；从楼主签名推出星座；从楼主ID推出名字中的字音；又利用搜索引擎搜索ID，找到个该楼主的微博和求租贴，进而完全描绘出楼主的全部真实资料……

其实，在此之前还有更著名的案例，就是有网友凭借明星王珞丹贴出的2张照片4句话，用40分钟就推理出她的具体住址，着实吓煞了一大批微博控明星。而这，在今天的网络技术下更是易如反掌。

说白了，在这个网络的时代，没有人能踏雪无痕，但有意识地注意脚印和全然盲目的乱踩还是会有巨大的差别，这个差别就是安全系数。各种暴露狂在爽歪歪发自拍的同时，一定要知道这张照片里除了自己还有什么；各种试用狂在欣欣然把玩新软件新功能的同时，一定要知道这当中可能隐藏的风险。

要藏好自己，实在是一件越来越有挑战的事情。

淘宝统战

地球人已经无法阻止淘宝了。拥有超过 5 亿注册用户——即两个半国人里就有一人用淘宝，它做到了；以百亿身躯按年翻跟头——最近一个双 11 的单日销售额创出 350 亿，是上年的两倍，它做到了；如今，甚至是像两岸统一这种旷日持久的历史遗留问题也快被它解决了，小狸没乱说，不信您看看近期网上热议的焦点——"淘宝是不是会比马小九先完成'化独渐统'来统一台湾？"

上文中的那句话是出自台湾一名网友在论坛中的慨叹。该名网友有感于淘宝猛烈"袭台"下，台湾男女老少都越来越热衷在淘宝上买东西，而持同样目标市场的台湾本土购物网站则被挤压得惨不忍睹。不仅如此，在淘宝设置的系统中，如果买家在收货地址栏选择"台湾省"，则可以享受较便宜的邮费和较快的送货速度，而如果选择"海外"，则要支付超过三倍的运费以及忍受较慢的物流。更有甚者，有卖家明确表示如果在地址栏选择"海外"后却填上台湾地址则根本不予发货，还有卖家表明"全国包邮"包括台湾，想享受包邮就要选择"台湾省"。

真金白银和心水宝物的召唤下，太多同胞或心甘情愿或含泪屈从地务了"实"，而由此引发的"气节之争"也在台湾著名的"批踢踢论坛"引发热议。气节者说："有骨气就不该进大陆网站交易"，务实者说"选台湾省又如何，难道整天抱着'台独'、'本土化'的'神主牌',却任由'肚子扁扁'?"

气节之争其实说到底都是虚,小狸更看重的是能产生争论的基石——淘宝够好,好到可以让对岸的同胞舍弃所谓的气节。而这种好,具体说来,一个是物美价廉——同样甚至品质更好的商品,淘宝售价常常是台拍网站的二分之一,加上淘宝力推的集运服务,让台湾买家一样可以享受包邮或者非常廉价的运费;二一个是服务,台湾买家普遍反映淘宝上的店家服务态度个个一流,随问随答,一口一个"亲"让人有说不出的上帝感,而这是台湾当地网购卖家所做不到的;三一个是安全,淘宝发达而完善的支付宝系统,比目前其他国际上通用的支付方法都要安全方便,而淘宝的仲裁、赔偿等配套服务都是以偏向买家为出发点,这种愉悦的购物体验目前恐怕是全球第一的。

写到这,其实一切都很明了,台独分子们担心的,并不是在蝇头小利下的丧失气节,而是台湾同胞真正地被对岸偷心。软实力其实并不限于名作和金牌,让人们舒舒服服享受血拼也是一种力量,而每一个细节都做到了、做妥了、做好了,自然会赢得好感,对立就是在这种好感中慢慢变成的认同,而这,就是传说中人心的回归。

我们亲爱的香港,是不是也可以有所借鉴呢?

聪明鸟

人类越来越解释不了自己的行为了——比如被一些和"鸟"有关的东西莫名洗脑。两年前,一个名叫鸟叔的韩国男人凭借一支骑马舞,创下 52 天 YouTube 点击过亿的纪录;如今,一款名为《Flappy Bird》(有译"像素鸟"、"下坠的小鸟"、"扇翅膀的小鸟"等)的简陋手机游戏又莫名其妙风靡全球,累积下载量超过 1 亿次。

在形容《Flappy Bird》的时候,小狸很努力地要求自己不要用"变态"这个词,但事实上,这只鸟以及这只鸟造成的事件所给人的第一观感正是这两个字。"风靡全球"、"1 亿下载量",如果这些成就对应的是诸如《GTA5》这种耗资数亿美元的精良大制作游戏的话,那一点也不奇怪,但问题是,《Flappy Bird》出自越南某独立程序员的一己之力、制作时间仅两三晚、画面像素只有 8 比特,唯一的出场人物就是那只神情呆滞的小鸟,唯二的出场道具就是超级玛丽牌绿色管道和天上的几朵云,除此之外再无其他。玩法也简单到接近脑残:玩家靠戳屏幕保持鸟的飞行高度,让鸟顺利通过画面右侧的管道,只要鸟一碰到管子,游戏就结束了。不仅如此,Flappy Bird 更变态的地方在于跟简陋制作相配合的超高难度——这个游戏并不是由简入难,而是一上来就很难,玩家一条命能坚持 15 秒已经算了不起,能闯过 20 关的人全球也并不多见。但就是这样一个被外媒评为"疯狂恼人、困难和令人沮丧"且"结合了超陡峭的难度曲线、差劣无聊的画质和生硬的动作"的变态游戏,却风靡了全世界,没有因为所以。

不过,小狸今天写这只鸟并不是要吐槽它,恰恰相反,是忍不住地想褒奖它,因为这只表面木呆呆的鸟所承载和折射的却恰恰是闪闪发光的智慧和令人激动的发现。就像目前最流行的索契冬奥会上的那句禅语:你需要用瑕疵来证明完美。

Flappy Bird 首先证明的是网络时代舆论领袖与社交网络传播的能量:该游戏最开始上架的前五个月一直默默无闻,直到被某著名游戏评论宅男发掘后力荐,在各大社交网站的推动发酵下迅速席卷全球;Flappy Bird 其次证明的是该游戏作者高杆的二次营销智慧:就在这只鸟达到巅峰时候,也就是该作者每天能有 5 万美金广告费落袋的时候,这名 29 岁的小伙子竟然"因为要回归平静生活"而将 Flappy Bird 永远下架。知道激流勇退的人多,但真正能做到的少,大智慧的行动换来的是市场的剧烈渴望和宣传效应,从长远角度看,对作者利远大于弊。而 Flappy Bird 证明的第三个东西就是"寂寞的作用",甚至有人因此提出"寂寞经济"的概念,对社会学研究提供了新丝路。

据说,如今装有 Flappy Bird 软件的手机在 ebay 上已经拍出 99900 美金天价,这只木呆呆的小鸟,当真是在扮猪吃老虎呢。

越来越少的纯

最近几日，互联网界的一件大事就是 facebook 重金收购了 whatsapp，对于内地人民来说，这两个主角都不太熟悉，简单点解释，facebook 就是老外们的开心网和朋友圈，而 whatsapp 则是国际化的微信单聊部分。这单生意有很多爆点，190 亿美元的成交天价是其一，纯纯的 whatsapp 在可说商业气息最浓厚也不过分的 facebook 领导下未来的走向是其二。

其实平心而论，小狸确实更喜欢 whatsapp 多一点，就是因为它的纯粹——没有朋友圈，没有斗地主，没有摇一摇，没有漂流瓶，没有二维码，更没有手机支付和抢红包……什么都没有，只有最简单的通讯。但 less is more（少即多），很多时候，尤其是当你被微信的强势野蛮逼迫到角落的时候，你会由衷地发现：有 whatsapp 这样的纯妹纸真好。

是的，微信越来越像这个时代移动生活界的胡一菲（人气情景剧《爱情公寓》中的角色，以"超强势女汉子"为特点），可爱是它的一面，彪悍是它的另一面，在它的强势面前，太多人或主动或被动地含泪屈从，比如有多少人罹患"红点强迫症"，面对朋友圈的更新必须要全看过才安心？比如有多少人罹患"点赞转发回复强迫症"，点赞不是因为这贴好，而是因为发帖的是领导、是女神、是朋友、是曾经点过自己赞的人……？又比如有多少人有过被野蛮拉入"群"的经历，就像人民日报微博转发的一篇精彩网文中描述的那样："微信群的野蛮之处在于，只要你还在人间，只要你和当中的任何一个人还有通讯联系，你就一定会被'组织'找到，没人问你愿不愿意。你爱过的人，你恨过的人，都在群里。最大的危机不是和初恋情人邂逅在群里，而是当你在一个群里呼朋唤友、蹂躏青春，你的领导，还在另一个群里苦苦惦记着你，无论上班、下班。"至于那些逢吃逢穿一定先拍照上传朋友圈的自曝型强迫症，那是痼疾，很久了。

熟人圈子+移动特性，是微信能成为女汉子的两大根基。当年的开心网也是靠熟人社会维系，但它当年不移动，所以不互动可以是因为"我没上网"；而微博虽也红到了移动时代，但里面多为陌生人，所以不互动可以是因为"我不认识你"，但当微信驾到，它伴随手机而生而长而妖孽，您还敢说您没看到？……微信的移动性，让人们再不能离开电脑，从此没有了耳根清净的环境；而熟人圈子，让人们的行为被各种人情世故的顾虑绑架，从此再没有了装傻充愣的借口。

在微信女汉子淫威下的现代人，偷偷思慕 whatsapp 的单纯该是很好理解的吧，只是，在现实的人情社会与理想主义的梦中情人间，有几人是敢于反抗的呢？更何况，如今的情人也已傍了大款。

时代的暗语，你懂了吗？

每年都习惯写写两会，今年更是不应该不写，因为……你懂的。

在一贯被认为最庄严肃穆的场合之一——全国两会上，面对一个堪称两会史上最棘手而微妙的提问，全国政协十二届二次会议新闻发言人吕新华用一句出人意表的"你懂的"，既巧又妙还萌地化解了压力、绕过了雷区、传递了信息。

中新社的记者妙笔生花，在形容这件事时，把"你懂的"比作"一个刚出道的演员，因为一名大导演的青睐而突然爆红"。事实也差不多就是如此，吕导话音甫落，各大新闻推送、微博微信就已经把"你懂的"三个字传遍了海内外，让这个原本已流行于网络的热词更加滚烫。在接下来的数日内，"你懂的"远比"你懂的那件事"要红得多，各路人马360度评析，从中文的含蓄微妙到中国的特色国情，各种网段层出不穷，就连之后的两会记者采访，也大都要加上一句"对于吕新华的'你懂的'，您懂了吗？"

面对"你懂的"，绝大多数网民都赞誉有加，但亦有极个别的负面言论，比如就有所谓公知认为"'你懂的'看着憨厚听着也萌，一些不明就里的人反倒觉得蛮受用，这就有点门外汉看戏只会叫好了。""但这样的卖萌语言，在人际传播中尚可，回答记者采访就显得调皮有余、严肃不足。"……

机智、幽默、很萌，是网民授予"你懂的"三个最常见的评价，在小狸看来，这三个特点中，恰以最后一个最为宝贵，因为机智幽默不乏前人，但卖萌而且能萌出彩，其背后实际的意义是"接地气"。不管是网络潮语的表达方式、还是实际所传达出的"心照不宣"的含义，都让老百姓第一次有了"台上坐的是自己人"的亲近感，这是官方历史上一贯缺乏的情绪，是这个时代珍贵的进步。

事实上，在这次"你懂的"故事里，最让小狸欣喜的，除了看到官方的接地气外，更看到民众在趋于理性：事实表明，虽然部分所谓公知仍在习惯性地唱衰和抹黑，但换来的却是自讨没趣——除了极个别的附庸者，绝大多数民众都在热烈地为"你懂的"叫好。而这，也实在可以给执政者们足够的信心，人民的眼睛确实是雪亮的，只要你们付出真心、努力和诚意，人民都会看得到，也能辨得清。

你懂的，是这个时代的暗语，除了心照不宣，它其实还有一种同盟的归属和信任。支撑卖萌的基石，是真心地一切为民，只要怀着这样一颗真心，无论是吃包子还是打老虎，大家都能懂。

你所看到的

至小狸落笔的这一刻，马航MH370仍然没有找到，100多个小时，239条生命，154名同胞，焦急，毋庸置疑，所有的情绪在这一刻都可以理解。但越是这个时候，越要请您冷静，不要光用眼睛去看，更要用头脑去想，因为在这个自媒体时代，您的一举一动已足以对事件产生影响。

在这次事件中，以几大新闻网站和微博微信为代表的新媒体成为了报道和传递信息的主要力量及途径。有多少人是靠手机上的新闻推送来掌握最新动态的？有多少人是靠转发朋友圈的各种祈福文章来表达关切情绪的？又有多少人是靠微博跟帖来发表各种意见的？在央视被抨击"重两会轻马航"的时候，腾讯、网易、搜狐等各大新闻网站都早已变身CNN，连续24小时实时播出事件最新动态，同时提供成千上万条的网民评论。新媒体、包括自媒体，以它强大的快速和互动特点弥补了传统媒体信息滞后和单一的不足，成为至关重要的传播渠道。

然而，新媒体的这种播报无疑也是把双刃剑，快速、大量以及自发的特点让它很难对消息源进行审慎考证，没有版面和时间的限制，只有同行间杀红眼的竞争，新闻网站就像个怪兽，只要是消息都一口吞进来，不管良莠，无论真假。

于是，这次事件发生后，我们先是看到了层出不穷的传谣和辟谣，然后又看到了各种各样的吐槽，而有关吐槽的消息中，很多人都发现自己成为了消息中的主角，比如"网名为ｘｘｘ的网友痛批：救援太缓慢了！"……在新媒体的时代，每个人都是主角，每个人都有发言的权力和可能，但在爽过之后，到底有多少人能意识到同时多出的责任？

这次事件中，谣言异常地多，这当中无疑有马航方面信息公布过慢的责任，但另一方面，您可曾记得您在朋友圈上"随手"转发的那一堆小道消息？而您又是否知道，这些谣言会对救援人员造成怎样的判断干扰？对那些失踪人员的亲友造成怎样的再次伤害？失联头几日，有关"救援太慢"的吐槽声不绝于耳，有人套用地震经验喊着"错过了黄金救援期"而大骂政府军队，有人一看觉得"好像是那么回事"就也跟着一起骂开来，但是，您真的了解这背后的种种原因吗？您真的有足够的时政、军事、科技、地理等知识来判断所谓的快慢吗？您真的知道您都说了些什么吗？

亲眼所见不一定为真，分辨的唯一方法是理性地思考、积极地学习和秉持一个负责的态度，而这，是您生活在这个时代的"职业道德"。

未来穿上身

在小狸日复一日"我要开始减肥了!"的洗脑式碎念下,肥狸的某位闺蜜日前终于忍不住丢过来一枚 Nike+fuelband 运动手环,希望可以让小狸尽快"闭上嘴迈开腿"。而借由这只貌不惊人的黑胶小圈圈,小狸第一次近距离微触了那个传说中的"可穿戴设备"世界。

顾名思义,可穿戴设备就是能穿戴在身上的设备,泛指那些可以穿在身上或贴近身体并能发送和传递信息的计算设备,目前比较有名的可穿戴设备包括 Google Glass(谷歌眼镜)、Galaxy Gear(三星出的智能手表)、Nike+ 系列(Nike 出品的以运动健康为主要功能的可穿戴设备)等,而除了眼镜、手表和手环外,可穿戴设备还可以表现为挂件、衣服、鞋子、背包甚至头箍等。普遍认为,可穿戴设备轻巧贴身的最大特点,让它成为了比智能手机、平板电脑等手持移动端更容易沟通身体与世界的载体。在业界乃至喜欢追赶高新科技的时髦族群中,可穿戴设备甚至是比大数据还热门的话题,虽然质疑之声从来没有断过,但总是有更多的从业者认为"这就是未来"。

平心而论,目前的可穿戴设备确实还处在概念远大于实效的阶段。以小狸的运动手环为例,无论是 Nike 自主发明的运动单位"FUEL"、还是全新的客户端系统,都需要使用者花费时间和耐心去重新学习适应，而这非科技爱好者不能投入，一般老百姓十有八九会因怕麻烦而将其束之高阁。至于怎么看怎么觉得有漏洞的测量方式，也让那些记录结果"看看就好"，至少小狸目前带着它的动机是出于"炫"而非真正的记录运动。不过，据说 Nike+ 已经是目前的可穿戴设备中最成熟最"靠谱"的了，其他包括 Google Glass 等在内的用家心得都频频在吐槽那仍需大幅提高的用户体验。

也所以,有人因此对可穿戴设备大泼冷水,觉得这个不好那个不好,没有市场前景云云，但小狸却着实认为，技术上的问题都不是问题，担心市场前景的是因为太急功近利。可穿戴设备无疑将是一个令人激动的领域，这除了它在未来的某一天可以把柯南的眼镜变成现实外，更重要的意义在于它很可能可以解放现在被手机奴役的人民——可穿戴的设备，为减少干扰而设计。创造它的目的就是让你以一种完全自然的方式去捕捉和交流。它是反智能手机的。它让你在拍摄孩子踢球的画面时没有错过用眼睛欣赏——这是谷歌眼镜的创造动机，也是小狸支持可穿戴设备的最主要原因。

一个全新类型的计算设备：可穿戴，为减少干扰而设计。创造它的目的就是让你以一种完全自然的方式去捕捉和交流。它是反智能手机的，明显是要打破我们在科技交互方面的旧想法。

一枚"茶叶蛋"的滋味

小狸不爱吃茶叶蛋,但最近也不得不在网络上"被品尝"各种各样的个中滋味。

事情缘起2011年台湾某电视台的一档综艺节目,作为嘉宾的台北美食学院教授高志斌在聊到茶叶蛋时言称,大陆百姓收入非常低,根本消费不起茶叶蛋。由此,小狸从不爱吃的那个茶叶蛋,就变成了在网络上不得不一再品尝的"网络神蛋"。

最初的时候,是有大陆网友迅即把该期节目截图上传,自然火速在网络上引发大陆网民对"岛民之蛙"的强烈嘲讽。而最近借由"反服贸"的这波"冷饭热炒",蛋势更加凶猛。据新浪微博的热词调查显示,迄今已有20万大陆网民参加了"你吃得起茶叶蛋吗"的投票。其中,逾八成网友调侃"根本吃不起,那是高富帅的专属消费品,购买要分期付款的";而剩下的网友则大多表示"毫无压力,一口气吃十个,身体倍儿棒"!一时间,关于茶叶蛋的恶搞段子如雨后春笋,还有不少网友纷纷晒出自己吃茶叶蛋的各种照片以炫其"富"。

尚不尽此。还有标题党"链接"以推销其产品的,还有剖析大陆人"茶叶蛋"世界观的,还有介绍茶叶蛋做法并号召每天早餐吃一个的,还有话里有话"吃不起茶叶蛋?来尝尝机关饭"的,还有"一名男子在广州CBD免费派发10万个茶叶蛋,以回击……"的——却原来这名"男子"是某房地产公司高管……

如此一桌"由一枚茶叶蛋引发的饕餮盛宴"真是让小狸有些扛不太住，当然这或许是与小狸从来也不喜吃茶叶蛋有关，但更重要的，小狸虽不爱茶蛋却并不代表吃不出那"蛋蛋的忧桑"——一种倾向往往掩盖着另一种倾向，当我们尽情地或嘲讽或调侃台湾的那枚"茶叶蛋"时，是不是也陷入了用"以偏概全"否定"以偏概全"的泥沼之中呢？

又据高志斌先生最新接受大陆记者专访时所言："我没有主观恶意。当时有学生提出想去大陆卖茶叶蛋，我就提醒说，那些穷的地方不可能天天都有人买你的茶叶蛋。自己确实没有任何想贬低、歧视大陆经济成就和百姓生活的主观恶意。"小狸愿意相信高先生此言未虚，但此前他毕竟惹着大陆的广大网民了，所以小狸更愿意相信台湾资深电视人、东森电视台副总经理张玉玲所言："为博收视率找嘉宾说些比较出格的话，是台湾娱乐节目的惯用手法。虽然这不值得鼓励，不过也无须较真，因为台湾综艺节目'阵亡率'高，转台率也高。节目脑残不代表看的观众白痴。"

是的，节目脑残不代表看的观众白痴，两岸间的种种哪有一枚茶叶蛋那么简单？而这枚"茶叶蛋"的滋味其实也真就是张玉玲所言："认真你就输了。"

中国式网购（上）

来自普华永道的一份最新调查显示，在1.5万名全球消费者中，有5%的人每天都会网购，21%的人每周会网购，而具体到中国内地的情况，这两个数字则惊人地飙升到14%和62%，远远高于全球平均水平。更有意思的是，在另一份调查中，则显示香港的网购发达程度在全球属于落后水平，2012年时的网购使用率只有24.4%，而同期内地的这一比率为42.9%。

以上数字再一次印证了具体到每个人的购物体验，就像小狸无数次抱怨的那样：香港的网购实在是太不发达了。都不用网购icon淘宝大佬出手，单单派出"团购"分舵就已能赢出香港同业几百条街，比如内地的"美团"、"大众点评"等主流团购网站，不仅参与店家众多，而且不用预约、支持随时退款、过期退款、可凭二维码或者密码消费……这就造成内地的小盆友们普遍的消费习惯是：逛街逛累后看看周围有什么餐厅想吃，找到目标后手机搜索一下看有没有团购，如果有套餐式的团购当场用手机买下，如果是打折券式的团购就先坐下点餐，点完餐算好账后再根据实际金额买券，然后直接让服务员抄下交易密码或扫描二维码，再然后可以以上帝姿态上网给这家店打分写评语，总之一切都可以5分钟内搞定，方便、灵活又安全。

反观香港团购，有名的网站也就是国际连锁的GROUPON以及

yahoo 团购，里面的参与店家无论是数量还是名气都比内地逊色许多，而且在操作模式上，一没有消费者评语，不能参考前人经验；二必须预约，从提前一天到提前三天，总之不能"念及即吃"，而一些热门店家则时常出现屡屡预约不上的囧况；三不设退款，如果买完后悔或者过期了，一切损失自负；第四也是最让小狸抓狂的，香港的团购不支持密码或二维码支付，而是一律要求影印出 A4 的纸张优惠券……每当小狸看到高耸入云的摩天大楼群下一队白领人人手持一张白纸排队领汉堡的时候，就有一种"他们是 PS 到这个背景上"的感觉。怎一个"囧"字了得。

而如果跳出团购，在更大的范围对比网购发达水平，那两地的差距无疑更大——调查显示，香港人不仅网购使用率低，而且网购内容也主要集中在"订票"、"购买衣服鞋袜"、"安排旅游事宜"等最普通的网购行为上；而与此同时，内地网民已经习惯利用余额宝赚取高额利息，或者在淘宝上买一份保险了。至于网购的满意度，香港人买得少生气多，满意度只有 38%，而亚洲的平均水平是 50%，美国更高达 83%，内地虽然拥有全球最多的网民，但"众口能调"，满意度也高达 60%。

探讨内地网购为何发达是一个有意思的话题，在后面的文章中小狸会试着分析一下，但具体到今天的内容，香港的网购水平是实打实地落后了，也许值得追一下吧？至少别列印 A4 纸了。

二〇一四年四月

中国式网购（下）

上期小狸说到香港和内地的网购发展水平差异巨大，一向"先进"的香港在网购使用程度上竟然落后于全球步伐，而相对"落后"的内地在这方面不仅超越香港更领先国际，而究其背后的原因，以香港的角度，其实无外乎两个："不用做"和"没法做"；而以内地的角度，其实也是两个："缩小差距"以及"中国制造"。

其实只需假设自己是一枚生活在香港的人，设身处地捋一下自己的日常生活，就会发现貌似确实"没什么可在网上买的"，因为无论身在香港的哪一个角落，出门转一圈，十分钟内必见百佳万宁屈臣氏，即便是半夜三更，全港超过一千家的"7仔"和"OK"（便利店），也必让您在百步之内满足所有简单的生活欲望。此外，香港商店虽然遍地开花，但大多是连锁经营，品牌固定、价格统一，网上网下售价差不多，而没牌子的加上运费比有牌子的贵，杂牌质量还很是没底，远不如SOGO周年庆排队来得实在……工资高、方便买、零关税，三剑合一，港人不用网购。

而客观讲，港人就算想投身网购也没什么条件，做卖家得有地方放存货，以香港的楼价和居住环境，租个仓库太贵，放家里没地儿，而高人工高运费都让开个网店难度很大。

反观内地，香港现实生活中的一切优势似乎都变成了内地的劣势，但西方有句名谚："上帝为你关上一扇门，必定会为你打开另一扇窗。"这些劣势到了虚拟世界就都变成了一扇扇落地窗。同样仔细捋一下一枚内地人的生活，就会发现"原来什么都应该在网上买"：想买名牌，上网，"美代港代韩代"（各地代购）专业快速，到手价比商场便宜一半；想买 iphone，上网，轻轻松松省下三分之一还送六件套；至于桌椅板凳柴米油盐，更可以上网买，物美价廉不说，最重要的是有人帮您扛到家门口……有调查说，与美国和日本网民偏爱网购书籍不同，中国人网购侧重日用品，又有调查说，中国网购增速最快的省份中有 70% 是欠发达地区，所以可以说，中国人民是自行在用网购缩小两个差距——因高昂税费而造成的相对不合理的物价，以及不发达地区的物质匮乏。

而能支撑国人这种明显低于实体店物价水平的基础则在于内地庞大的制造业，甚至强大的"中国制造"已经助推中国的网购走向了世界——您不知道有多少外国美眉喜滋滋地用商店里十分之一的价格从网上的中国卖家手中买回了同样美丽的婚纱。以至于有媒体评论说："网购中国"有可能修正当前不公正、不平衡的全球贸易利益分配格局。

看来，上帝为中国的这扇窗开得还真是蛮大的，至于香港，虽自有好好的门可以使用，但若是连个小窗也没有的房间难免憋闷，所以适当考虑"透气工程"吧。

和手机谈恋爱

大龄怀旧非文艺女青年狸美美最近正在重看十几年前的旧美剧《Sex and the City》，虽然很多男人至今也理解不了里面的剧情以及里面女人的容貌，但小狸仍然看得无限嗨皮(Happy，快乐)，只不过，与当年相比，小狸这一次总是不自觉地嗨皮于每集奇妙而细腻的话题，嗨皮于四个闺蜜聚在一起时的叽叽喳喳，嗨皮于Carrie纠结一路回家听电话录音时的表情，以及嗨皮于晨光满泄的早上Carrie和Mr. Big睁开睡眼后互道的那一声"HI~"……忽然之间，小狸意识到，自己嗨皮的根本是那个曾经没有移动网络甚至手机的生活。

小狸知道这实在有些得便宜卖乖，科技的发展让我们的生活变得无限便利，但它也确实在扼杀着很多美丽的细腻。剧集中的女人们，能够在家里、在餐馆里、在PARTY上不停地讨论争执、争执讨论，成立的基础是她们不用每隔三分钟就低头滑一下屏幕查看信息；没有手机更没有iphone的Carrie，在每一次扭头之后，唯一能指望的只有家里的电话留言机，在它没有响起或者她没有勇气主动拨出去之前，她所面对的只有内心的各种胡思乱想而没有facebook或whatsapp上轻易、轻浮的信息。然而，正是那种需要花费时间的纠结以及痛苦却美丽的折磨，才能让人们产生出奇妙的思想、细腻的感情，也能让情绪积累，最终成就答录机响起时那无限的喜悦。至于朝早的那声HI，就是那个在今天已经俗气的话题——您每天睡前和醒来后,手里的最后和第一件物品是什么?想来答案十有八九会是手机……好吧,还有 Mr. Ipad,总之不是 Mr. Big。

和手机谈恋爱,这已经是太多现代人的生活状态,来自 Android 以及诺基亚等多个国外业界的调查显示,每人每天查看手机的平均次数高达 110 到 150 次之多,其中有个安卓用户一天解锁手机将近 900 次,这意味着他每小时要解锁 37 次半,而且不能睡觉。

每两分钟关注一次,每天凝视超过 6 小时,早晚第一件事先看它好不好……这根本是情侣也享受不到的待遇,难怪有人创出了新词汇"手机小三"。而事实上,除了"手机依赖症"这种带有普遍性的隐形恋爱外,现在还有一些奇葩的 APP 是让人真的"和手机谈恋爱"。比如,有一款软件叫做 BroApp,可以帮你把甜言蜜语自动发送给女朋友,且其人工智能更可以聪明地分辨"你是不是正在女友家"、"你女友是不是正在翻看你手机"、甚至"你是不是刚给女友打完电话";而另一款名叫"我只在乎你"的软件则可以模拟心中的女神跟你对话,满足一众屌丝男的妄想……

有贴心常发情话的"男友",有温柔可人随时可聊的"女神",今天的人类真心应了那句"我的爱情与你无关",只是,晨光中那声伴着今天第一个对视的"HI"里的幸福、期待和希望,唯有 Mr. Big 能给。

有什么理由是个胖纸？

香港雷暴持续了快半个月，但真正把小狸雷得外焦里嫩的是淘宝最新的奇葩商品：吸脂蚊。传说该蚊子老家南非，靠吸食动物皮脂为生，其原理是会分泌一种可溶解脂肪的酸性物质，从而在不伤及皮肤的情况下把脂肪吸走。据说被这种蚊子咬过后，皮肤不会红肿，反而会凹陷。有科学家因此认为，这种蚊子在未来或许可以应用在减肥医疗上。怪蚊子已经有够奇葩，更雷人的是地球那边的科学家刚刚勾画了一下蓝图，这边万能的淘宝就已经上架了，盛惠15元一只。

笑过之后，小狸真正想说的其实是，在今天这个时代，资讯的传播方式和速度都已经和过去截然不同，这导致生活方式从根本上有了改变。仅以瘦身美体来说，以前的人们说减肥，第一反应是"跑步！"或者"饿！"或者"跑步+饿！"，而落实到具体执行上，饮食方面一时兴起不是这顿不吃就是下顿不吃，运动方面一时兴起不是操场跑圈就是跑步机跑圈，这是传统的减肥理念和方式，成功者寥寥，寥寥者多屡屡弱菜色且一年后反弹。不过这也不能怪大家，鬼知道到底要怎样减肥！

然而现在，当我们谈瘦身时我们谈些什么？答案是："史无前例的科学和便捷。"而潜台词更是"您有什么理由是个胖子？"

比如，我们可以在一味地傻饿傻跑前先关注一下那些拥有众多粉丝的健身爱好者或者明星教练们的微博或博客，他们的热情和专业会让你在最短的时间内普及瘦身美体的正确知识，然后一部分人很可能"当时我就震惊了"，因为真实的科学原来和我们"以为的"那么不一样——最简单的，不吃反而会胖哦！关注完健身达人后，我们还可以再关注几个以减肥为主题的微信公众帐号，比如小狸关注的两个，一个以资讯为主，每天发几条减肥小窍门，另一个以经验为主，每天推送一个成功减肥案例，积少成多，每天都扫一眼，知识不断，励志不断。再然后，我们还可以上网去逛逛薄荷论坛、豆瓣小组、天涯版块等等，这些网站的高人气首先让你觉得你不是一个人在战斗，融合在那么多有共同奋斗目标的"志同道合"的战友中，每天相约"打卡"，看看置顶的成功经验贴，顿时动力无限。

软件知识准备完，您当然可以交钱买张健身卡开始您的梦想之旅，但也有另一种可能就是您不需要花那么多钱，只要在网络上下载一些教练课程、在手机上安装一些记录软件，高大上一点的还可以花千把元买个运动手环，然后，您就可以科学、专业、方便、经济地练开来了。便宜很多，但梦想的达成一点不逊色。小狸真不是瞎说，新闻已经多次报道"协助瘦身的新行动应用程式（App）和穿戴装置崛起，对传统减重公司造成威胁。"

至于吸脂蚊子，也许未来真的可以成为减肥神器，但是光"减脂"是不够的，还要"增肌"才有线条。说深了吗？网络时代的美体达人们都知道。

iPhone 使用说明

　　无数事实证明要在现在这个时代养好一个娃是件越来越难的事了，除了要让他躲过三聚氰胺黑心棉，还要帮他赢在起跑线，更要助他拼赢爹妈，而除了这些"明枪"之外，还有可能遭遇连意识都没有意识到的"暗箭"，比如——您给您的宝贝们买手机了吗？而在把这个看着不大影响却深远的东西交到您宝贝手里时，您可曾教过他（她）们怎么使用？

　　小狸在这里说的使用当然不是指怎么解锁滑屏，而是指一种能正确处理真实人生和虚拟世界间关系的技能。然而，中国虽然拥有 1.44 亿青少年手机网民，但他们的爹妈在把这么重要的东西交付出去的时候却大都稀里糊涂、不闻不问，或者顶多关心一下手机的价格。

　　也所以，当一位美国妈妈第一次送给自己 13 岁儿子一部 iphone 时随机附带的"iphone 使用说明书"在网上曝光后，马上被许多家长疯传，而即便没有孩子，看过之后也大都能有所触动，因为针对这个新兴的移动互联网时代，成熟理智的成年人根本也没有太多。

　　这份"说明书"其实是这位妈妈给儿子写的圣诞信，因为那部 iphone 正是她送给他的圣诞礼物。在信中，当妈的列出了 15 条家规，涉及感恩、敬畏、礼貌、尊重、责任、诚实、自律、教养、修养、自我保护以及保持自我等方面，其中让人印象最深刻的几句包括"手机不能带到学校,你要学会与那些你用短信联系的人面对面地聊聊天,因为这是一种生活技能。""在公共场合要把手机设成静音,并收起来放好,尤其是在餐厅、电影院或者与另一个人交谈的时候。你不是一个无礼的人,不要让 iphone 改变这一点。""不要无休止地拍照和录像,没有必要把一切都记录下来。要用心体验生活,这些生活经历将会在你的记忆中永存。""有的时候可以不带手机出门……不要总是生怕自己错过了什么,要让自己的内心更强大。""不要总盯着手机,抬起头来,留意你周围发生的事情,看看窗外,听听鸟鸣,散散步,和陌生人说说话。保持一颗好奇之心,不要总用谷歌寻找答案。"……

不停地戳屏,不停地拍照,不停地查谷歌,这就是现代青少年甚至是相当一部分成年人的生活写照,在他们看来,他们有成百上千的好友——在 facebook 上;他们有每一刻的美好记忆——在手机照片库里;他们还上知天文下知地理——大事问维基小事问"狗狗"(谷歌昵称),他们觉得自己充实极了,可事实上他们只是一个个坐拥"大数据"的孤独低头族,一旦离开手机,他们社交无能,欣赏无能,知识无能。

不经事的人不成熟,不走心的人生如白过。为了不让你的宝贝们老去时,在摇椅上脑中一片空白,不记得花的香味,不记得朋友的笑脸,不记得生活中每一个重要的时刻,只记得大拇指的"赞",请慎重地把 iphone 交出去,至少先谷歌一个美国妈妈的家规给他们。

时间都去哪了?

春晚上的那曲《时间都去哪了》一度让全国人民集体唏嘘了好一阵,甚至连习大大在俄罗斯聊天时都忍不住检视了下自己的时间都去哪了?不过跟习大大明显不同的是,领导的答案清楚明了——"都被工作占去了",而普通群众的时间流向却成谜的居多——好像啥也没干啊……然而,今天群众的答案也终于水落石出:您的时间,都被微信偷走了。

口说无凭,科学控的小狸一向喜欢用数据说话,之所以得出这个结论,是因为北师大的一位博士主任最新公布了一项调查,样本对象是472位中高层管理者,调查内容涉及微信的各种使用状况,其中,让小狸印象深刻的几项结果包括:除了打电话,有高达95.1%的被调查者使用智能手机时最常用到的功能是微信,这个数字比第二热门的功能"短信"高出了44个百分点,可谓遥遥领先;另一个结果是,针对微信的使用频率,有50%的人每小时使用2-5次,14%的人每小时使用5-10次,12.7%的人每小时使用10次以上,只有23.3%的人每小时使用微信不到一次;第三个结果是有超过30%的人在针对微信的信息焦虑问题上认为自己"比较"或"非常"焦虑,66.6%的人认为自己对微信"有点上瘾"或"相当上瘾",而超过半数的人认为微信"在某种程度上干扰了自己的正常工作,令自己无法集中精力于工作"，而最后，面对微信的干扰，只有 4.4% 的人认为自己的时间管理能力"相当好"，换句话说，超过 95% 人觉得自己或多或少会被微信牵着鼻子走，从而不知不觉丢掉时间。

这组调查结果其实一点也不意外，只要对比一下自己或者身边人的状态，就会知道真实情况只多不少。每小时使用 5 到 10 次微信即意味着每隔 6 到 10 分钟左右即会点开软件收发信息或刷朋友圈，而这数字背后的意思更是每隔 6 到 10 分钟，人们的思维就会被打断，就会停止原本的工作而转移到微信上，即便是再短暂的使用，在思维和心理上也会有一个"停止—启动—停止—再启动"的过程，如果是赛跑，这种不停刹车又启动的选手一定跑不过一气呵成跑下来的对手。而超过 95% 的微信高使用率证明着微信的高普及和用户的高活跃，也即——刹车选手俯拾皆是。

跑跑停停加上信息海洋，导致的结果就是人们无法专心无法深入无法体会，甚至，在这个时代，要在手机上读完一篇长文章都是一件奢侈的事——你总会不停地被震动打扰，然后就会忍不住退回到聊天界面，几句哈拉完，刚才读的也忘了，或者说，还来不及想起，就被新的标题吸引了。

而时间，就在这碎片状的阅读、工作、生活中溜走，因为没读完，因为没感受，因为没体会，所以没能在心中留下，甚至没能在记忆中留下。

二〇一四年六月

伪球迷的盛筵

当 Google 的主页动画连续一个礼拜每天变着花样却换汤不换药地诠释着世界杯主题的时候，谁都不能否认近期全球的头等大事绝对就是它了。而就当下来说，在这时髦大事中最时髦的角色无疑是当一名伪球迷，注意不能是真的，真的就 out 了。

四年一度的世界杯，对于网络时代的速度来说，每一次出现都势必会面对一个跨越式的全新环境。四年前，微博刚刚出现，微信根本没有，自媒体远不如现在发达，资讯也远没有今天海量。那时候的世界杯，相对更传统，男人们钉在电视前，把一张背对住或叹气或号啕或胡乱捶打的足球寡妇们毫不心软；那时候的观众，相对更"正常"，资深球迷们有着足够的骄傲，球盲半球盲们则体现着充分的心虚。然而，四年过去，当小世再次光临地球时，却发现今天的世界杯完全是一场伪球迷的盛筵。

在香港，TVB 阔别十六年后，终于从有线电视手中重新拿回了世界杯的转播权，这意味着没有安装收费电视的球迷们终于可以踏踏实实坐在自家的沙发上观球，而不必扑到酒吧、KTV、茶餐厅甚至商场里了。而也正是因为这样，"宅"不"宅"忽然成了甄别是不是真球迷的一个关键性指标——通常，那些真正热爱足球的人们会更愿意选择待在家里，以"方便尽量多看几场"。而剩下的以足球的名义嗨在蒲点的人们，"爬梯"（聚会）才是重点。

不过，伪球迷届届有，并不能算新鲜，但今年的特别之处在于今次的伪球迷格外多，而且高调。他们不再"心虚"，不仅不虚，更积极主动给自己定调，你看身边的帅哥美女还有明星们，动不动都来一句"我是伪球迷"，谁说他真他跟谁急，而您的朋友圈里如果没有以"作为一名伪球迷……"句式来开头的帖子，那说明您朋友实在不算多。

不仅如此，各媒介纷纷把伪球迷定为目标群体，以微信公众账号为例，不管这账号本身是说什么的，世界杯期间都争先恐后地推出"如何快速假装看懂世界杯"、"世界杯装 X 指南"、"各队帅哥盘点"、"32 强当家球星性感媳妇"等各种欢乐嗨皮又毁三观的信息。而在这种氛围下，足球寡妇成为了历史，女汉子们一个个扒拉开老公的背，豪占沙发最中间的黄金位置，尽情欣赏各个男模队中的"美好肉体"，口中"我内""我奥"地念念有词……甚至，在北京，凤凰网在三里屯酒吧街还搞了个"伪球迷装 X 圣地"的活动现场，让各个散兵游勇的伪球迷们瞬间找到组织，高调享受着世界杯中与足球无太大关碍的那部分欢乐。

虽然看着很像吐槽，但小狸必须要说，伪球迷们是很可爱的，正是因为有了伪球迷，世界杯才变得更完整，也才体现出了它真正的伟大——能让每一个人都找到快乐的部分。

至于小狸，嗯，作为一名伪球迷，给"我皮"的西装照点 12 个赞！

二〇一四年六月

舌尖上的世界杯

最近,位于北京东北五环外马泉营西路的一家"民族美食老九拉面"火了,原因是国际足联在其 lnstagram 的世界杯官方帐号上发布了一张北京球迷在其烧烤摊位前看球的照片,并配文"这才是真正的世界杯"!这帧照片很快引发了世界上众多网友的热议,其中包括几百条中文回复和 3 万多个点赞。有一位署名"俺没踢进世界杯"的网友留言说:"可是俺有舌尖上的世界杯!吃嘛嘛香,看嘛嘛乐!"

这不禁令人想起前此世界杯上的"苏亚雷斯咬人事件"来,网络上立刻出现的一种"舌尖体"解说令人忍俊不禁:"小组赛还没结束,苏亚雷斯已然开始了一天的劳作。他决定碰碰运气,到意大利后场,寻找一种珍贵的食材。亚平宁半岛的精壮男人,是上天的恩赐;中后卫出身的肩膀肉,则是食材中的极品。运动 75 分钟之后,肩膀肉得到了充分的活动,肉质鲜嫩多汁,显得这份食物更加的珍贵。"

这段"解说"又不禁让人想起就在这届巴西世界杯之前曾在央视热播的美食纪录片《舌尖上的中国2》来。片中那些独具一格的"解说"金句可谓比比皆是,例如"晒鱼干"是这么说的:"阳光以最明亮最透彻的方式,与鲜嫩的鱼肉交流,这是人与上天和大海的约定";而"雨后春笋"在片中则被描述为"春雷唤起土壤中的声明,这是大自然发出的信号"。这些与众不同的"解说"金句,当时曾立刻引发网友们的一阵"造句"狂潮。再之后,"造句党"们更是在"舌尖上"攻城略地,一时间,舌尖上的四川、舌尖上的母校、舌尖上的高考、舌尖上的股市、舌尖上的航班,等等,不一而足,纷至沓来,既可称热闹无比,又可谓欢乐是金。

一直到这届巴西世界杯开赛以来——还有最新的"巴西舌尖体"出炉:"那一刻,数万双眼球紧盯着绿茵场上那个小小的物体,仿佛宇宙万物都没有这五彩斑斓的东西揪动人心。场上有22个人为之拼搏,你追我赶,你抢我夺。每个人脚下的力量、速度、路线和思想都不可预知,你能想象的精彩随时都可能发生。忽然,几万人欢声雷动,球进啦!"

欢乐在继续。感谢《舌尖上的中国》,感谢巴西世界杯。没有你们,就没有"舌尖上的世界杯"!

二〇一四年七月

天台很挤

在网上看到一句很精彩的话："球盲的世界杯比球迷更精彩。"原因皆由那"脑洞大开"的段子手们在本届世界杯期间揪住各种素材，火速创作大量令人拍案叫绝的段子，让不管看不看得懂技战术的真伪球迷们都能开怀 N 笑，感受世界杯带给人们的欢愉。"天台很挤"，是众多段子中能随着赛程持续生长的段子之一，这个词也因此变成了最新流行语。

天台很挤，想跳楼也不是那么容易，因为从天台到通往天台的路上都挤满了从小组赛以来被频频爆发的冷门坑得倾家荡产的赌民。有段子云：下重注买意大利，输了，上天台往下跳，没摔死，原来底下躺满了买英格兰的朋友，他们也没死，因为底下密密麻麻都是买西班牙的人。

段子背后，一层意思是本届世界杯冷门太多，另一层意思则是本届世界杯赌球的人太多。是了，今次世界杯，"豪门盛宴"已然变成"豪赌盛宴"，一夜之间，身边的人仿佛人人都押了一宝，朋友圈不停刷出"买了XXX"的信息，让小狸总是晃神在想到底还剩谁和足球是"纯纯的爱"？

口说无凭，数字更给力——根据国家体彩中心公布的销量资料显示，自 6 月 12 日本届世界杯首赛日开始，竞彩游戏单日销量超过 1.5

亿元，此后该项数据不断冲上新高。至 7 月 5 日时，本届世界杯的足彩销售累计已达到 95.36 亿元，在剩下的几场比赛中总销量突破 100 亿元基本已成定局。其中，7 月 5 日当日竞彩总销量高达 6.44 亿元，再次创下单日销量纪录。

100 亿，是上届世界杯足彩销售额的四倍，而造成这种井喷的终极原因是移动互联网在这四年间的飞速发展。在今天，买球早已不用亲临投注站，甚至也不用打电话或坐下来打开电脑，今天买球，只需手指轻轻划几下手机，就可通过微信、微博、支付宝等各种 APP 软件和平台在每一个零碎时空中瞬间完成。也所以，有人说，这届世界杯成就了移动博彩业，更有人把今年定为移动互联网的世界杯元年。

然而，硬币总有两面，世界杯成就了移动博彩业，也同时成就了地下博彩业以及诈骗博彩业。和正规足彩销售同时井喷的，还有流出海外的巨额地下赌资以及各种钓鱼网站和诈骗程式——来自金山毒霸的监测数据显示，今年世界杯开赛以来，博彩钓鱼网站大规模爆发，每天的访问量超过 800 万次，访问人数超过 45 万，受骗资金超过 500 万；而北京大学的调查则显示，中国内地每年由于赌球而流到境外的赌资相当于全国彩票一年发行总额的 15 倍，超过 6000 亿元。

不过，有一点可以肯定，不管是地上的还是地下的，移动的还是固定的，真的还是假的，买的总没有卖的精，赢家肯定永远是庄家。小赌怡情自无所谓，但若真押房子押地了，那还是赶紧清醒的好。写这篇文章时，刚逢巴西国耻日，1∶7 败北，天台下面的肉垫又多一层。庄家精明，骗子狡诈，冷门层爆，世道如此艰辛，天台很挤，且赌且珍惜。

二〇一四年七月

中国球迷（上）

连续写了一个月，小狸本不想再写世界杯的内容了，但无奈新看的一篇文章实在引人思考，遂决定再追加一题，也算是给足球月一个收官。

文章的题目叫做《德媒：中国球迷，德国队赢球跟你们有什么关系？》，内中记录了中国庞大的德国球迷群体形象以及德国媒体和民众对此现象的看法。盖因内容太不利于中德友好，该文目前在内地的正规网站上基本都下架了，只有翻墙或通过微信才可一观。文中涉嫌带有侮辱性的细节在此不多说，但文中所表达的中心思想却值得国人深思——为什么中国球迷"对自己国家的球队表现出极大的'蔑视'和'抵制'，却对外国球队表现出'迷恋'"？

在德国人看来，中国德粉的这种"崇洋媚外"并没有让他们开心反而让他们鄙视，他们用"狭隘"和"偏激"来形容他们这群热情的跨洲粉丝。甚至，中国球迷觉得理直气壮的理由"因为国足踢得太差"也成为德国人抨击的论点——"难道足球水平不高就应该受到本国球迷的侮辱吗？我们德国人绝对不会，德国人尊敬每一个为国家荣誉而战的德国运动员，不管是金牌还是最后一名，不管是从事足球运动，还是打乒乓球。"

这让小狸想起了本届世界杯尾段时的巴西球迷，在德国7比1大败巴西之后，他们不仅没有想象中的暴动闹事围殴德国队痛骂自己队，反而边哭边把珍藏了 24 年的大力神杯道具以及最真诚的掌声送给了他们的对手，同时在后面的两场比赛中依然到场倾力支持自己的国家队以及赢得了他们尊重的"仇人"。当新闻说到忐忑的德国队一回到驻地，发现迎接他们的竟然不是仇视而是巴西人的掌声的时候，小狸颇有些动容，一下子明白了什么是真正的球迷。

同样是跨洲支持德国队，巴西球迷获得了尊敬，中国球迷却热脸贴了冷屁股，个中原因值得深思。也许德国人确实有点"站着说话不腰疼"，不知道中国足球这些年来有多憋气多不给力，亲吻着大力神的他们也体会不到中国足球给中国球迷带来的伤痛，但是，不腰疼们的指责却让我们反思：中国球迷，在指责中国足球的时候，自己做得又如何呢？再或者，中国足球踢得烂，作为球迷就真的一点责任都没有吗？末流的中国足球真的有一流的球迷吗？

二〇一四年七月

中国球迷（下）

上期说到热情的中国德粉热脸贴了冷屁股，德国人非但没有感激开怀反而撰文抨击，由此引出中国球迷对自身的反思——中国球迷，自己到底有没有问题？

最近在很多场合，有不少人和小狸聊起世界杯，说到荷兰对阿根廷的那场半决赛时都吐槽不已，说无聊到爆说睡着了好几次，甚至连央视的早间新闻都评论那场比赛"全场都是尿点"……这让小狸很是尴尬，因为小狸其实很想说那一场踢得远比 7:1 好看，后者只是一方被踢傻了的射门集锦，没有技战术没有传切配合甚至连进球后的激情都没有更遑论进球前，只看得一个惊悚；而前者则是一场真正充满较力的牵制经典战，虽然连抬脚射门的次数都有限，但双方全程展示了高超的技战术和攻防水平，像高手下棋，且零失误少干扰，是一场难得的高水准比赛。只可惜，每当小狸企图为那场比赛辩白两句时，都被迅速地淹没在周围"对，没错，太无聊了！"的众人附和声中。

小狸从不敢标榜自己看球水平高，因为伪球迷从来都是凑热闹的，但进赛场凑了二十年热闹后，也着实发现了中国球迷和电视里的外国球迷在行为方式上的一些不同。比如，国内赛事时，场上队员一拿球冲过来，全场球迷就开始鼓噪雷动，虽然这球最后多以传给对方、瞬间被断或者大脚开射偏离球门五米以上而结束，但不管，只要有人带球冲，先吼爽了再说。而反观各种国际性杯赛和欧洲五大联赛，那些外国球迷欢呼叫好的节点却"莫名其妙"得多，老是给那些传球的、卡位的、牵制的，甚至无球跑动的人鼓掌算怎么回事？在国内，进球的是百分百焦点，而在国外，人们会牢牢地记住那个助攻的人——就好比本次世界杯，意大利虽然早早回了家，但睡皮①对英国人那销魂地一漏至今让人感慨万千，他甚至连球都没碰就可以让人记一辈子啊。

足球界有个术语叫"阅读比赛"，说白了就是真正地看懂足球，但目前看来不少中国球迷在此一项上的能力确实令人"捉急"。看不出门道，只是凑个热闹，谁赢就支持谁，谁输就嘲笑谁，凑热闹的球迷很难有真爱，加上国人一向没信仰，于是对自己支持的队伍也不怎么忠心，踢好了牛X一下，没进球就傻X了。混混沌沌，简单粗暴。

据说，20万踢球的小孩里，能产生出一名杰出的球星。照此，中国目前顶多能产生出1/4个，因为坚持踢球的小孩只有7000-50000人。而英国的这一数据是400万。所以人家能出小贝，不仅能出，还能出个帅的，因为基数大，有的挑。而我们空有13亿人口，无奈真正懂球爱球又肯定投身其中尤其是支持子女投身其中的实在是少之又少。

一个国家的足球水平绝不仅仅是场上那11个人表现得如何，能让场上11人开出美丽花朵的，一定是地下广袤的根茎和肥沃的土壤，球迷便是这土壤，踢球人口便是这根茎。一群伪球迷，顶多能长出一朵塑料花。

二〇一四年七月

注：

① 睡皮：皮尔洛，意大利著名球星，被称"中场大师"。因总是一副睡眼惺忪的表情，而被球迷贯以绰号"睡皮"。

请披上你的"斗篷"

这个标题来自莎士比亚的一句名言:"当乌云出现时,聪明人就会披上斗篷。"那么,这里的"乌云"意谓何指呢?

话说小狸最近看到一篇网文——美国《赫芬顿邮报》网站7月25日所载的《科技使人变傻的八种方式》,小狸深以为这篇文章实在是上帝赐予广大"科盲"的一种恩惠,让大家或救大厦于将倾或好歹能傻个明白。

且看人们正在"变傻"的第一种方式:"智慧手机或平板电脑等所发出的蓝色光线在晚间会抑制褪黑素的分泌。褪黑素是一种关键激素,与人体生物钟密切相关。蓝光会打乱这一程式,从而扰乱你的睡眠规律。""睡眠规律"都被"扰乱"了而浑然不觉,这是变傻的第一步。此后还有层层逼近式,例如:"无论是在做重要工作时开小差看手机,还是在多个视窗间随意切换而并不专注于任何一个,都会让你的工作效率下降。"——变傻!再如:"上网时间过长真的能导致大脑结构发生改变。有网瘾者大脑中的灰白质(即处理感情、调节注意力和做决定的部分)会出现异常,这种异常与酒瘾者和毒瘾者大脑的异常惊人地相似。"——变傻!还有:"当你知道谷歌或是手机能帮你存储资讯,你就不太会有动力去记住它。"——只能"变傻"!

但真是"只能"吗?

在人类的进化史上，还从来没有过"只能变傻"之一说！最起码："当乌云出现时，聪明人就会披上斗篷。"

"乌云"当然就是那些个"方式"。"斗篷"何谓呢？小狸想，人们将要披上的这件斗篷首先应该缀满知识，它应该是一件知识的斗篷。什么叫知识呢？《瓦尔登湖》的作者梭罗曾经说过："知道自己知道什么，也知道自己不知道什么，这就是真正的知识。"

其次，人们将要披上的这件斗篷应该是金色的。它不但能够驱散乌云，抗争风雨，还能够给自己的心灵带来胜利的喜悦。俄罗斯著名作家陀思妥耶夫斯基曾经说过："倘若你想征服全世界，你就得征服自己。"

还有，人们将要披上的这件斗篷应该是莎士比亚式的，因为他早在《仲夏夜之梦》里就曾对我们的现状深表忧虑，并曾这样地棒喝过我们："上帝呀，这些凡人怎么都是十足的傻瓜！"

乌云已然出现，不愿做"傻瓜"的人们，赶快穿上你们的"斗篷"吧！

二〇一四年七月

欢迎故宫"赶时髦"

小狸的老家北京,有着举世闻名的故宫,彼时抬头不见低头见的,总觉得它多少有些老气横秋,但离家久了,对这位"老人家"却也甚是想念,不过想念中的故宫总是一副顶级高大上的端庄范儿,从无让人有过"非分之想"。然而,几日前,奇葩辈出的朋友圈中忽然出现了一条趣帖,彻底让故宫形象焕然一新。

帖题名叫《雍正:感觉自己萌萌哒》,内中陈列了九幅"雍正行乐图",但原本的古画却在新科技的改造下变成了动画版,让画中的雍正"活"了起来,不仅活,而且萌。

比如有图中,皇上在抚琴;有图中,皇上在摇扇;还有图中,皇上在搓脚;更有图中,皇上在不停地"招猫递狗"——不是拿桃给猴子看又不给人家吃,就是拿着柄钢叉不断挑逗老虎底线,其意境正如解说词所道:"有种你进来!""有种你出来啊!"而难能可贵的是,动画做得恰到好处,不低俗、不浮夸、不无聊,有点小闷骚,却仍能保持一种意境,让人忍俊不禁却又觉得十分舒服。

另一方面,雍正帝给人的印象一直是个多疑君,其为人狠辣也相当出名;但实际上,在他留下的众多行乐图中,雍正君尚有坦然自信且幽默可爱的另一面。出自故宫团队的这则萌贴通过对"雍正行乐图"的创意改造,将四爷的另一面活灵活现地展现给了世人,让人忍不住要点个赞。

而观此，自然会顺藤摸瓜去看看发布此帖的公众号，原来是故宫博物院的一个微信公众账号"故宫淘宝"。而再看其他文章，瞬间发现这里原来不止四爷萌萌哒，比如最新一贴的措辞是："严肃点儿，本公有几件事要说：……之前的图文我们并没有加水印，以至于有些爱亲可能比较疏忽，在转载引用故宫淘宝微信图文内容时并没有标明出处，这样可不乖哦，应该怎么做你懂的，本公生气可是会拿小皮鞭的呢！……"哦？这是那个来自"老气横秋"的声音么？小狸瞬间有点穿越。

事实上，此次"把雍正搞萌"并非故宫萌化的"开山之作"。在此之前，故宫曾推出过"宫廷宝贝"系列人物形象，个个萌得可爱、萌得可亲，却又个个是道地"宫里人"的衣着、动作、"谈吐"和气质。现在，这一"宫廷宝贝"大家族成员如格格、贝勒等已经分别拥有了自己的"粉丝群"，受到很多人追捧。

而早在去年 5 月，故宫即推出了首个 ipad 应用《胤禛美人图》，目前仍保持着全五星的评价和编辑推荐。第二款 ipad 应用《紫金城祥瑞》自今年 6 月份上线即获得了单日下载量超 1.5 万、单周下载量超 10 万的好成绩。目前，北京故宫博物院正在计划将《皇帝的一天》和《韩熙载夜宴图》等题材丰富、风格各异的一系列应用 APP 陆续推出，争取用更具时代特色的手段更好地传播故宫文化。

真心欢迎故宫"赶时髦"，你再不年轻些，我们就老了。

二〇一四年八月

你好，报刊亭

一般人们说"你好"的时候，大多是表达"问候"的意思，例如"你好，北京"；但今天小狸在这里写下的"你好，报刊亭"，表达的却是对北京部分报刊亭最近遭到强拆的强烈"慰问"之意。你好，报刊亭！

在改革开放前，内地搞的是"邮发合一"，报刊都是在邮局门市部卖。随着市场经济的兴起，内地各城市的报刊亭才越来越多。在举办奥运会期间，狸老家北京的报刊亭数量曾经达到了顶峰，总共约有2500个。但据香港《南华早报》网站8月12日报道，在亚太经合组织（APEC）峰会前夕，北京市朝阳区有关部门以"涉嫌超范围经营并影响市容市貌"为由，已于7月31日夜至8月1日清晨"强拆"了72座报刊亭！

据被"强拆"事主之一的王先生讲述，当天中午，城管队员来口头告知，说夜里12点将拆除报刊亭，但是没有出示任何文件，也没有说明任何缘由。当天晚上，有人在报刊亭外拉起警戒线，有人将报刊等物品清理到亭外，接着就用吊车把报刊亭吊到运输车上拉走了。王先生说，他的"经营许可证"的有效期要到2024年底，一直挂在报刊亭里，也被拖走不见了。而他已经在这里工作了14年，现在就这样失业了。也没人说要给些补偿什么的……

"强拆"若此，焉能不令舆情哗然？就连8月8日的《北京日报》都发出了不平之声："强拆报刊亭合适吗？显然欠妥。对一座城市而言，报刊亭是文化地标，也是文明接口，甚至成为城市记忆的组成部分。"

紧接着，朝阳区人民政府也回应汹汹舆情说，"此次报刊亭整治工作原则不是拆，是按照报刊亭设置规范进行移、改。对于报刊亭主中提出申请的困难人员，属地办事处正在进行审核，符合政策的人员将给予救助。"

事已至此，尽管这个"事件"本身还可以从多种角度进行"终极拷问"，但小狸在这里却只想"终极"探讨一下报刊亭的存在对一个城市究竟意味着什么？这也就是问：我们为什么要保护并建设好城市报刊亭？

前言《北京日报》"城市地标"说、"文明接口"说、"城市记忆"说等等，都可视为北京的回答；

——还有巴黎的回答："巴黎没有报刊亭，就像巴黎没有埃菲尔铁塔。也就像伦敦没有红色电话亭、纽约没有黄色计程车一样。"这是 81% 的巴黎大区人于 2013 年 3 月对一个相应调查的众口一词。

小狸喜欢北京的回答，更喜欢巴黎的回答。唯愿这个回答的提问永远存在。你好，报刊亭。

心中无桶

在这个夏末初秋,全世界最热门的一件事莫过于把一桶冰水照头淋下。这场首先流行于美国科技界大佬的为"渐冻人"募捐的"冰桶挑战"活动,在短短一个月内,不仅风靡了美国,更延烧到了大洋彼岸。只是,南橘北枳,同样一桶冰水,在美国淋得人热血沸腾,到了华语地区却淋出了一身身鸡皮疙瘩。

冰桶挑战项目是一个接力慈善活动,在美国,包括比尔盖茨、扎克伯格等科技界大佬以及一大票文体明星纷纷应战,又浇又捐舍生取义,看着那些世界级的明星大腕世界首富们为着慈善事业甘心把自己弄得狼狈不堪,确实在娱乐之余也让人感动。而在他们的带动下,美国 ALS 协会[①]至 8 月 22 日时已收到 5330 万美元捐款,是去年同期的 25 倍,其中新增捐款者 110 万名。

当接力棒传到奥巴马手上时,小奥默默地"怂"了,他表示会捐款但不会淋冰,犹记得当时多少人嘲笑他,但仅仅两周过后,小狸却实在觉得小奥英明神武。一切原因无他:两周之中,冰桶挑战传到了中国,然后被飞速地疯狂篡改,如今这桶水早已忘了它姓字名谁。

其实客观地讲,冰桶刚进华语地区时还是挺正常的,无论是李彦宏等 IT 精英还是小 S 等文体明星,淋得都算朴实,捐得也都豪迈,这一切跟美国版无甚差异。但是,渐渐地,明星们淋冰的手段越来越花俏，直至出现个中翘楚——改淋冰水为"胸口碎大冰"的中国首善陈光标，以及把淋冰过程演成三级片的华裔影星白灵；作秀的越来越多，捐钱的越来越少——直至冰桶挑战沦为了全民泼水节；借机炒作的个案越来越没节操——前有河南人民借口干旱反冰桶宣传自家景点、后有商家推出变种版"比基尼少女泥桶挑战"以及"省水脱衣替冰桶"等；此外，还有中国特色的争议越来越雷人——ALS因为没有"公募权"而被"瓷娃娃"顶替，如今两拨团体正为了捐款归属而争执，至于忙着作秀的各位，分不清渐冻人和瓷娃娃的大有人在；最后还有广大观众们的要求越来越刁钻，以至于有人总结为"桶小，骂你不认真；桶大，骂你冰太少。只浇不捐，骂你作秀；只捐不浇，骂你没诚意；从国外传入，骂你山寨；从国内发起，骂你山寨；捐给ALS，骂你卖国贼；捐给瓷娃娃，骂你以前怎么不捐；捐少了，骂你抠门；捐多了，骂你炒作。最后你会发现骂的那些人，基本都没捐。"

同样一桶冰水，无论老外怎么浇都让人觉得他们确实是在为慈善，而国人无论怎么浇都让人觉得有作秀之嫌，这当然也许是小狸"崇洋媚外"，但也可能是二者透出的"感觉"不同。就像传说中的"手中无剑，心中亦无剑"，老外们的这桶水是化在心里的，手上有没有并不重要，而国人这桶水更多的是挂在别人嘴上的，所以手上怎么秀很重要。而这一切的原因包括社会制度、价值观、世界观等许多方面而非一两句话能概括，只能说，中国人离真正懂得慈善事业还很遥远。

二〇一四年八月

注：

① ALS：肌萎缩侧索硬化症。

网 络 史 记

2016

智慧出游（一）

千里莺啼绿映红，为了不辜负大好春光，小狸日前带着狸妈到江南溜达了一圈。不知是不是由于目的地定在了杭州——这个如今有着"互联网之都"绰号的城市，所以整个行程下来，给小狸和狸妈印象最深的感触之一就是"智慧出游"。

撑起"智慧出游"这四个字的是一串APP，它们分别主掌着食、住、行、游等领域。先给各位列列这一路频繁使用的工具。

行：行要分长途和短途，或者说城市间移动和城市内移动。论本次出行的话，城市间移动基本都是高铁，买高铁票常用的APP是如雷贯耳的"12306"或"携程"。其中12306秉持一向的国营高冷范儿不能选座，而携程在选择"送票服务"后可以随便挑座，还能送票上门免去排队换票之苦。当然，天下没有白享的VIP，送票服务是收费的，同时还有小部分代购费，不过小狸个人认为收费幅度是在合理范围内的。

至于短途移动，有两个法宝APP，一个是"高德地图"，一个就是"滴滴打车"。其中高德导航适用于自驾、搭乘公共交通、步行三种情景。狸游团此次没有自驾，所以后两种情境用得最多，无数次的精准暴走和像当地人一样的自如搭乘、转乘公交靠的都是它。在此，必须要表扬高德的"智慧"，每当交付公交任务给它，它都能快速算出若干种搭乘方案,同时标出"用时最短"、"步行最短"等特点标签且按推荐顺序排列,像极了一个尽职的好秘书;而如若是步行导航则可以精确到室内;至于自驾导航,那避拥堵、抄近道都是基本功。第二个 APP 滴滴打车就更不用说了,最近正值滴滴和优步较劲,狸游团刚到杭州,系统里就送了一堆 65 折打车券,待到绍兴时,普遍折扣更降到了 6 折。

除了最常用的这几个"行"软件,小狸还格外要提一下微信公众号"杭州公共出行"。小狸是在某篇攻略上看到的这个公众号,关注之后发现果然很"智慧"。比如在该公众号上可以随时随意查阅任何公交线路、您周边的公交站,还会实时告知您等的车还有多久到。此外,它还可以查公共自行车的网点、租赁情况,哦,还可以查停车位——都是刚需啊。

智慧出游（二）

上期写了小狸最近"江南踏青行"智慧出游之"行"篇，今天继续跟大家聊聊其他领域。

住：当在线订房网站出现后，之前"走哪住哪、到地方再找地住"的流浪式背包法已经从传统印象中的"洒脱"变成"盲目"，因为现在您完全可以用最短的时间、最少的体力、最节省的资金找到最合适的旅馆，不用撞大运，出击必精准。所倚赖的，仍然是各种订房APP。小狸此次图省事，买票住宿用的全是携程，通过APP把所需条件进行各种筛选，看到心仪的就点进去看看用户评论，热心驴友多如繁星，你想问的他评论里有，你想不到问的，他评论里也有，同时各种配图，只需看几则，你人虽未去，酒店八字已了然于胸。相中后就更简单了，直接在线支付订房，即时确认，有问题随时找客服。订完房后，贴心服务短信就会在合适时跳出，比如提醒您"根据订单，您明天要去XX了，当地明日天气情况吧啦吧啦，记得带伞/防晒/加衣服……"总之，又送个秘书。而除了携程，类似的订房软件还有很多，而之前很火的Airbnb就是自家空房出租给旅行者的软件，在国外尤其好用。总之，订房软件避免了盲目性，是外游住宿能精准打击的必备利器。

食：同样需要精准打击的领域还有"吃"，外出旅行，品尝美食是重头戏，好吃的那么多，每一顿的胃都很珍贵。此时出场的APP非

"大众点评"莫属。

每每打开大众点评，都会慨叹吃货真多啊。而人民的眼睛总是雪亮的，比你鸡贼的人多得是，跟着点评吃，吃到平庸菜的概率大大降低，即便不是以美味取胜，也一定在其他方面有其特殊之处，值得开眼。正是在大众点评的指引下，狸游团在月黑风高的晚上，配合着高德地图导航，精准打击到老牌的绍兴饭店中餐厅，品尝到了被评为"绍兴最好的梅干菜扣肉"，周围环境高端大气上档次，而重点是"百元包场"——整整一晚就狸团一桌，结账盛惠一百多块。同样，也是在大众点评的带领下，狸游团亲身感受了一下杭州著名的"外婆家"和"新白鹿"，味道虽不敢恭维，但那叹为观止的百余号排队、因此而催生的专职黄牛、三块钱麻婆豆腐五块钱糖醋排骨的营销，以及全程自助的经营方式等，确实也是开眼一得。

智慧出游（三）

狸游团"江南踏青行"的"智慧出游"写到第三篇就该进入"玩"的环节了。

玩：自助出游，最麻烦的事情之一应该就是做攻略。这个活儿除了辛苦外，最让人沮丧的是剧透——当你在浩如烟海的帖子中奋力挖资讯的时候，那些"反正也没有版面限制"的照片你又不能假装看不见。

这篇要讲的，就是如何高效又优质地做攻略。

此次狸游团出行，小狸每次都是上了高铁才开始"攻略"，而且也是在火车上结束攻略，换句话说，用时不多，但效果不错，至少狸妈对每一个安排都很满意。具体方法非常简单，下载两个 APP 软件：马蜂窝和穷游。小狸图简洁，同时下了穷游出品的穷游锦囊，但其实该锦囊功能已经包含在穷游 APP 里。马蜂窝和穷游，都是内地著名驴友论坛，现在已成长为综合性旅行网站，同时有配套的旅游产品。穷游主攻境外，口味偏深度，马蜂窝主攻境内，口味近主流。两个 APP 做得都不错，结合着使用更好。

以小狸为例，每次奔赴一个新城市时，高铁一过境，两个软件（其实不止这两个，前面提到的携程、高德、大众点评、滴滴等都会同步定位）就会自动切换到该城市，然后轻轻两按下载攻略——马蜂窝攻略和穷游锦囊。两份攻略侧重不同，但无一例外都很周全，从出门开始能碰到的各种问题、需求、规划、技巧，该有的都会有。重点是没有多余的水分浪费时间，更没有大量的图片剧透。其中小狸格外喜欢"路线"一节，当中会按不同天数进行不同深度的安排，看一遍，景点的重要序列、耗时等就已了然于胸。同时，攻略还会列出最重要的技巧，比如游客优惠、特殊气温等等。而这种数字攻略比旅游书优越的地方在于更新及时，就在刚才小狸因写这篇文章而再次打开穷游锦囊杭州篇时，已提示又有新版本可更新了。此外，它比旅游书可轻得不是一点半点。

通常看完两份攻略后，小狸还习惯在马蜂窝APP里点一下"景点"，里面会根据"点评最多"、"距离最近"，以及特色主题等对当地景点进行一个论坛文章的简单大数据归类，这个功能可以从侧面再一次矫正攻略中的资讯，让您可以完全定制出一个适合自己的规划。

除了旅行APP的行前攻略（当然，在游览中和游览后它们同样适用），小狸在此次的江南游中还邂逅了另一个利器——微信导览。比如在绍兴，所有景点内需要导览的地方都标有不同的三位数字，游客只需关注"绍兴旅游"的微信公众号，然后回复想了解景观的数字，就会收到该景观的语音导览。不仅当时可以听，回家还能复习，且这个方便程度，实在是让人由衷赞叹。

"人民战争"

整个八月,小狸写了整整一个月的奥运会,其中一个原因是奥运网红的现象和走势确实引发了小狸浓厚的兴趣;另一个原因,就是故意想避开王宝强事件,因为对那场蹩脚闹剧实在提不起兴趣。然而,现在看来,却有点避不开了。

九月刚到,网上又爆出了一枚重型炸弹:著名相声演员郭德纲和曹云金师徒正面对撕。其中,曹云金在忍受了郭德纲批其"欺师灭祖"了 N 年后,终于选择在沉默中爆发,一下子抛出一篇 6000 多字的反击檄文,成功地又一次吹响了人民战争的号角。

对,"人民战争",这就是小狸所说的避不开王宝强的地方。

八月的王宝强事件,可能是新中国互联网史上的人民战争第一战。不管王宝强本人是不是有意为之,但客观事实正是:根据新浪微博统计,王宝强的《离婚声明》发布不到 17 小时,转发次数超过 52 万,评论 124 万,点赞 324 万,覆盖人群 13 亿——相当于全国人民一个没跑了。而最重要的是,舆论一边倒地支持王宝强,尤其以疯狂反智者称的"乌合之众"们,终于有机会可以正大光明地集体捉奸、集体唾骂、集体砸石头了。人们犹如置身狂欢节,王宝强妻子马蓉的微博下,仅头两条,就有近 1000 万人在骂她。还有网民自发组成"捉奸小分队",满世界逮这对"奸夫淫妇"还直播。名人们纷纷被迫站队,邓超就因为沉默了一下被骂得狗血淋头。至于王宝强宁肯被全世界知道戴绿帽也要把事情公开的行为,被各种解读,有人说是单纯逞一时之勇,有人说是心机重博同情想利用舆论影响司法判决。于此,小狸不表态不站队,只想说,不管是大愚还是大智,"傻根"的这场人民战争是赢了,就算他最终输了家产还绿了,但马蓉已被钉死在耻辱柱上和潘金莲齐名了。

九月的"金纲之战"和王宝强事件异曲同工,但更高级。小狸之所以当初不想谈后者,是因为觉得无聊——那封休妻书槽点百出,如果不是因为事件本身下三路"讨喜"以及王宝强本身强大的粉丝团,恐怕也形成不了如此规模。但这回曹云金的反击书却充满"技术含量",完美诠释了以弱胜强。洋洋洒洒6000字处处玄机,把观众心里摸了个透,有理有据,步步为营,绵里藏针,最后反戈一击以守为攻。这篇文章甚至被网民们奉为"撕X届的教科书"。教科书抛出前,郭德纲微博粉丝6600万且占据舆论高地多年,曹云金粉丝100多万且传统形象就是"欺师灭祖背叛师门";教科书抛出后,曹云金24小时内增粉75万,所有民调支持率超过60%。也许若干年后,这场金纲大战可以成为以少胜多的经典战役,而取胜的基础仍然是人民战争。

得人民者得天下,这话一点也不假。

抢月饼：兹事体大

深夜，正准备收看阿仙奴比赛的狸同学收到一闺蜜小窗信息："今天科技界的大新闻知道吗？""啥？""阿里开除了四个抢月饼的程序员。"一边回复"哈哈，知道，看新闻了，活该。"一边瞄向电视准备继续看球——因为并不觉得它有什么问题。但是，闺蜜续道："重点不在这，你去看看知乎和微博，当事人在叫屈，舆论都快一边倒地同情了。真心让人怀疑自己的三观……"

抢月饼的这则新闻，讲的是阿里日前举办了一次内部抢购福利月饼的活动，其中有四名安保部的程序员，发挥自己"特长"，利用系统漏洞，编写了一个能秒杀月饼的小脚本，最后一共抢到124盒。阿里知道后迅速将其开除，前后历时仅几个小时。

破坏公平，破坏规则，一盒月饼看似"小事"，暴露出的却是职业道德和社会诚信缺失的大事。更何况，事主身在安保部，维护安全原是本职，现在却利用程序漏洞为自己谋了福利，与监守自盗何异？阿里旗下有支付宝等大量金融产品，这样的职业道德和诚信水平无法让人放心，事主的行为更可能连累到企业形象。单从道理上讲，解聘并不过分。唯一可以争论的是技术层面，即阿里这个动作是不是有法可依，如有相关规定，那更是合理合法；如果没有，那被开除员工可以从法律角度维护自己的权益。

但当小狸打开知乎和微博后，真的有点震惊了。知乎上，自称当事人的用户匿名发了一条长长的喊冤贴，核心思想就一句"如果这都上升到价值观、诚信、不当获利，我赚了一分钱了？我就是想给自己抢一个月饼啊。我拒绝承认我人品有问题。"

围观群众的评论更让人震惊，基本分四类：第一类人最多，他们认为事主真冤啊，在"不就是一块月饼嘛"的道德观和价值观上和事主高度一致。第二类在大骂阿里，主要论据集中在"阿里为富不仁"、"阿里本来就假货横行"、"阿里人事部之前就不是什么好鸟"上……简直让人无言以对，说好的逻辑思维呢？第三类，则是大抛橄榄枝的，感觉事主这种错误加上这种申诉不仅没有让其被业界封杀，反而更有可能因祸得福。至于第四类，也是事件发酵一天之后，各个 IT 公众号的流行论点"怪不得中国出不了黑客"。

小狸不会写代码，但多少知道一点黑客精神：所谓黑客，恰恰是在追求公平公正而不是破坏它，所谓黑客，是决不谋私的侠盗罗宾汉，而不是忙着给自己秒月饼省钱且技术还不到位的贪小便宜者。讲真，别抹黑黑客了。

看到这时，阿仙奴开场 41 秒就被灌了一个球，创下欧冠记录。唉，这个世界怎么了？

二〇一六年九月

神逻辑

自从本届奥运会的画风突变成网红体后，小狸曾一度养成过一个新毛病——没事就去刷刷微博的热搜榜。这个十分钟一刷新的榜单，实时呈现着广大网民们当下最感兴趣的热点话题。刷得多了，除了体育热点外也难免会看看别的话题，但这样看过几天后，小狸毅然决定不再纵容这个新毛病了，因为实在怕被神逻辑洗脑。

比如前一阵一度登顶的热搜话题之一：国外一名体重过重的女主播在收到一封劝其减肥以肩负好自己主播的"社会责任"、同时也让自己更健康的观众来信后，愤怒地作出回应，先是在 Facebook 上公开了来信，接着又在自己的节目中把全信拍下来、念出来，同时对着镜头义正词严地进行了一大番演说：抨击这名观众歧视她，继而上升到舆论凌霸的社会问题高度，最后号召那些"不管是因为体重、肤色、性向或生理缺陷"而被歧视的人都学她一样坚强抗争，"不让凌霸者决定你的价值"。

这条帖子下面收获的是点赞无数以及一边倒的激情支持，观众们显然很吃这种"反压迫"加灌鸡汤的模式，纷纷表示女主播干得好、是楷模。然而，女主播宣扬的反歧视主思想虽然没错，但如果冷静下来想一想，却会发现这件事的逻辑有很大问题。最明显的一个：女主播在痛斥社会歧视博取大众同情的时候，把自己的肥胖特性与"肤色、性向、生理缺陷"等敏感群体划在了一起，但这二者真的是一样性质的么？肥胖，除了病理上的，大多起因于自身松懈，通常可靠后天努力改变，且医学已经认定对身体有害，应当予以改善；而肤色、性向、生理缺陷则多是先天或不可逆的，通常很难改变更无需改变，因为他们只是选择不同，并无害处。如果女主播并无别的特殊情况，只是一个普通的胖子，那她的这个行为翻译过来就是在用种族歧视、同志歧视、残障歧视等大旗来掩盖自己的贪吃和懒惰而已。这在逻辑学上叫什么？偷换概念和道德绑架。而且，事情的起源只是一名观众建议她减肥，而她却自行扯出了肤色、性向和生理缺陷，到底是谁戴着有色眼镜？谁在骨子里存在着歧视？

而除了讲演中的逻辑陷阱外，女主播的做法其实也有待商榷。比如观众的意见是以私人信件的形式提出的，她却选择了公开信件、公开回击、把事件单方面上升为公共事件，是不是合适？又比如她是在自己的节目中回击的，这又算不算是公器私用？

其实越细想就会发现问题越多，但可惜，相当相当多的人们并不会去独立思考哪怕一点点，人们沉浸在各种热点的娱乐元素里，任由各种神逻辑俘虏，也任由自己用神逻辑去看世界，比如"贵的鞋就等同于结实，所以某女士几千块的高跟鞋三次穿烂一定是店家问题"，比如"某人生前有抑郁症，那他自杀一定是因为抑郁症"，比如"某宝成天卖假货，它有什么权力开除作弊员工？"……

少看热点，少接触神逻辑，以免自己怀疑人生。

二〇一六年九月

朋友圈的国庆假期

透过朋友圈看每年的两个法定长假是件挺有意思的事情。尽管今年国庆放假前数天朋友圈便开始被"旅游摄影比赛倒计时"图片刷屏，尽管新闻不断刷新今年十一旅游同比增长超一成的数据，但至少从小狸的朋友圈望出去，还是发现了今年国庆长假与以往不同的几个特点。

特点之一便是"宅家过节"的人多了。虽然新闻说今年国庆头四天全国接待游客同比增长 13.8%，但至少小狸的朋友圈却比预想的安静许多。一些平日"好动"的朋友这次都奇怪地老老实实宅在家里，问他们原因，第一种回答："自从上次长假被困在高速上 48 小时后，就觉得人还是要老实些。"第二种回答言简意赅："穷。"第三种回答最有意思："身为北上广深的市民，我算了一笔账：自家的房子值一千万，如果按 8% 的理财收益，机会成本每年也有 80 万，约合每天 2272 元，超五星级酒店标准，不住太可惜。而出门一小时就相当于亏了 95 块，出门一分钟相当于亏 1.5 元……因此呼吁大家长假千万不要外出溜达，老老实实宅在家里最好。"

三个答案乍看都像在搞笑，但其实严肃得很，当然，这份严肃是用更搞笑来呈现。比如在吸取了前几次被困高速公路的血泪教训后，这回敢再次踏上"高速停车场"的勇士们显然做了更充足的准备。于是，人们看到，路虽然依旧堵了个结实，但被堵的人们却泰然自若了许多，他们从容不迫地走下车，开始练习广场舞、交谊舞、摔跤，或是拿出哑铃、毽子、羽毛球拍、高尔夫球棍等开始健身，再或者拿出扑克牌、麻将、围棋以及配套之桌椅板凳开始健脑，饿了棋牌一收换上一桌啤酒凉菜，最牛的是一位大哥因为对饮食的追求而架起锅灶炒起了热菜，其视频火爆网络，人称炒菜哥。人们喝着酒，吃着炒菜，跳着广场舞，搓着麻将，气定神闲地堵在绵绵延延的高速公路上，仿佛目的地已不再重要，最美的风景在公路上。

又比如这次长假，小狸发现了一个很有趣的现象，不知是巧合还是什么，凡是外出的朋友，带着娃的家庭无一例外都选择了国内自驾游，而丁克家庭和小情侣们则无一例外地都选择了境外游，而且目的地都是日本。思来想去也没很明白这其中的玄妙，但总觉得应该是和价格因素挂钩。毕竟，有朋友今个国庆从南京到大阪的机票每张盛惠11000元人民币，除了土豪们不表，这个价格对于带着孩子的家庭确实性价比不高，毕竟小孩们有大把寒暑假可以外游，那时的价格应该更公道。

至于第三个回答的房价，这早已是近期的热点，比如小狸上一篇就写的它，有兴趣的可以调看。

小狸十一长假窝在了北京，其中有两日鼓起勇气去了所谓"景点"，之一恭王府就是传说中的"看人"，另一孔庙和国子监却意外地相对人少，算得上舒服。所以长期中其实也还是有美妙处可去，只不过，对权力财富感兴趣的人远远多于对读书求学感兴趣的人啊。

二〇一六年十月

广阔微博欢乐多

2013年时,有人说微博要死了,因为那时的微信势头正猛,大有一举挤死微博的架势。那时的人们都在称颂微信的封闭性,都在讨论熟人社交。然而时间一晃,还不到三年,微博不仅没死,反而稳步地迎来了第二春。至少小狸现在刷微博的时间已经超过了刷朋友圈。

其实很久以前小狸就曾预言微博会回归,原因很简单,成也封闭败也封闭。当过了微信蜜月期,当朋友圈发言的人越来越固定、接收的价值观越来越单一,当公众号越来越饱和,当红点一刷都是各种晒炫和微商,当点赞成为一种负担时,人们,有什么理由不回归更广阔更多元也更自由的微博呢?

事实上,人们也真的是这样。根据第一财经周刊提供的数据,至今年第一季度,微博月活跃用户数已经连续9个季度保持30%以上的增长。而2014年微博在纳斯达克上市,其后两年间股价最高只达到23.8美元,但从今年2月份开始,微博股价突然上扬,至10月时已经达到56美金左右。

微博的第二春,除了仰仗微信自身的弊病成就外,它自己也是做了一番努力的,比如抓住了"网红"的大机遇。2016年初,"Papi酱"爆红成为现象级事件,而围绕这个符号所预示的发展趋势:网红、短视频,以及后来的直播,恰好都在微博的布局范围之内,于是人们看到了一组数字：2016 年第二季，微博视频播放量比上季度增长 235%，直播场次超过 1000 万，比上季度提升 116 倍。微博可以说是网红们的大本营，由美颜相机 + 网红 + 直播 + 淘宝网店 + 分众广告组成的网红经济模式，背靠的都是开放的庞大粉丝资源，而这是微信望尘莫及的。

又比如，在网红的梗还没玩腻之前，微博又未雨绸缪地布好了娱乐的局，各路狗仔加上大小 V，在微博平台上不停"爆"不停"炒"，协同合作，配合无间。也加上今年娱乐圈确实给力，从王宝强离婚到王石田朴珺，从陈冠希开骂林志玲到吴亦凡约炮，再到最新的张靓颖事件。就连体育界也没能幸免，洪荒少女傅园慧、国民老公宁泽涛、以张继科马龙刘国梁孔令辉为首的整个新老乒乓球队都要被玩坏了，刚刚又爆出孙杨"私生子"……微信就像老人院，微博才是花花世界。

说到这，必须要提一下微博如今最流行也是最深度的乐趣：断案。开放又有时间积淀的微博记录实在是个很妙的宝库，不是不查，时候未到，时候一到，都是呈堂证供。从王宝强离婚事件开始，网友们便开始展现出非凡的掘地三尺式的找寻证据以推断出奸情的能力。到了最新的张靓颖事件，从张靓颖本人到她妈、到冯轲、再到疑似小三的微博翻了一个遍，从时间照片比对到叹号使用，欢愉程度百分百。

小狸写这篇文章时，最新的微博热点是以多次反转为特点的张靓颖事件再次大反转，撕咬双方突然和好，女神反讽民众居心不良，好心当成驴肝肺的吃瓜群众突觉被戏耍，大骂"盛世白莲花"是为了新专辑博宣传……广阔微博，水深欢乐多。

二〇一六年十月

学以致用好同志

上周小狸看了一篇很欢乐的公众号文章,来自科学先锋果壳网,题目叫《"然后就免单了"系列:我读书多,老板你不要骗我呦》,内中记录了各种网友用自己所学专业怒怼奸商的故事,很科学很果壳,直叫人忍俊不禁。

事件的缘起来自一名网友的微博,这位自称是一名考古学生的网友称,日前在郑州参加考古国际会议时曾与多位专家去郑州某饭店晚餐。席间众人点了一道烤羊排,吃完肉后却惊现猪骨,大家遂找饭店经理投诉却遭商家否认。有郑州大学动物考古资深专家怒而联系河南电视台,出于职业习惯,众人还进一步"依据暴露猪骨的形态和尺寸,就这一个体是家养还是野生的问题进行深入讨论",同时"建议动物考古应积极参与餐饮质检行动,将考古与公众紧密结合,为杜绝挂羊头卖猪狗肉、猫肉串等现象提供科学依据,捍卫公众舌尖上的安全。"据说,媒体对此已表示浓厚兴趣。

青年考古学生没想到的是,自己的一条微博却引发了大家"晒专业"的兴致,纷纷跟帖讲述自己"学以致用"的段子,后来竟形成了一个"然后就免单了"系列。当中不乏精品,比如有动物学老师吃烤鱼,点的青鱼上的草鱼,老师不紧不慢甩出一句:"你知道我是干什么的吗?"然后挑出一块骨头给老板科普:"这个叫咽齿,草鱼是吃草的,咽齿像梳子；青鱼吃螺蛳，咽齿像个磨子。"……然后就免单了。再比如还是动物学老师——确实对怼黑餐馆这件事，学动物的有先天优势——吃烤全羊发现少了一条腿，老板不认账说要出示证据，老师们霸气回复："我们把全副骨头拼好。"还比如有学法律的妹子，本来只是陪闺蜜租房，不料越看合约发现陷阱越多，后来直接报案了……

不过，众多故事接力中，小狸也发现了一丝不和谐。比如有网友不无得意地说："本人从事食品检测10余年，so，买个什么猫粮都先拿到实验室做蛋白质、脂肪、盐、重金属的测试。别说其他人吃的东西，蒙我，有难度。"乍看和其他的故事有点像，但总觉得哪里不对劲儿，仔细一想，这个"怼奸商"用的不是自己的知识，而是借职务之便公器私用啊。好想问一句，这10余年来，您的猫粮占用了多少公众资源？而更令人失望的是，当事人丝毫没有意识到自己的区别与行为的不妥，反而当成一件可以炫耀的事情，而持同样观点的，至少还有258个人，因为有258个赞。此外同性质的接力故事也还不止这一个。细思极恐。

作为一个学文科的，除了找找菜单上的错别字，小狸在饭馆里的光辉表现也只能像文章末尾另一个悲情的文科生那样说一句："然而我只能说，这菜……咸了。"一度再次以为百无一用是书生，然而想到猫粮的故事，文科生小狸忽然有了一种动物学老师火眼金睛辨草鱼的快感。

二〇一六年十月

你被山寨你活该

小狸说个笑话你可别哭：日前一位名叫谢尔曼的以色列创业者设计研发了一款带有自拍杆的手机壳，为了能够获得量产资金支持，他把他的设计放到了美国著名的众筹平台 Kickstarter 上。但让谢尔曼始料未及的是，他的手机壳刚在 Kickstarter 上亮相了一个星期，远在万里之外的一批中国山寨小厂就已经做出了这款手机壳的仿品，并通过阿里巴巴的海外批发平台 AliExpress 销往了全世界。盛惠 7 美元到 17 美元不等，远低于谢尔曼在 Kickstarter 上设定的 39 欧元。

很滑稽，也很讽刺，但更加让人哭笑不得的地方在于之后：谢尔曼被抄袭后，完全没有弥补损失及惩处抄袭者的办法——因为从希尔曼的角度，以他一己之力单从网上线索找到散布在大中国的一个个山寨小厂几乎是不可能完成之任务，而即便是找到了，个中花费及起诉费也一定得不偿失。而另一方面，期望能从中国的角度给山寨厂商以治理而还一个公道，也基本等同于痴人说梦。谢尔曼乃至广大的国外创新者都深明眼前这个形势，以至于有报道说，事情发生之后，不仅没有业界同情，甚至"连谢尔曼自己都不同情自己"，要怪只怪自己大意了，要怪只怪自己"没有及时完成订单并发货，那些迫不及待的支持者们才会想到去买一个山寨货先行体验"，看来谢同学已经深谙应对中国山寨之道：保持一个好心态，损失了金钱不能再气坏了身子。

说起中国的山寨，这个问题不仅古老，而且强大，强大到已经可以把黑洗成白，把耻辱说成光彩，把歪理演变成真理，撼动三观，最后让人开始怀疑人生。

比如谢尔曼的新闻，微博下面，评论的人并不多，大家见怪不怪到懒得议论。而有限的评论中，超过一半人的观点是"世间事唯快不破"、"要是没山寨，你就敢卖 40 欧元"，大有一副打土豪分田地的正义感。

也难怪吃瓜群众思想混沌，事实上，这个社会上的业界大佬、甚至领头羊的思想更让人无言以对——就在四个月前，阿里巴巴集团董事局主席马云同志在公司年度股东大会上就山寨产品问题公开表示："问题是如今的山寨品要比正品拥有更好的质量、更好的价格。……并不是山寨产品，而是新业务模式毁掉了正品。这些山寨品由同样的工厂使用同样的原材料生产，只不过确实使用了正品的品牌。"真是喷出一口老血，这段话的真实逻辑其实是："我省下研发的大笔银子等着直接抄你的，你有本事别把大笔设计费摊在价格里呀。"

在中国，山寨不可耻，"抄他们是为了更快地超过他们"、"抄袭是创新之母"、"美国日本当年都抄过"，从没有如此多的神逻辑集中在这个领域；在中国，互联网的巨头们都是山寨起家，到后来都成了"创新产业的骄傲"；在中国，连主管政府官员都没有意识到问题的根本是法律监管的缺失，动不动发表意见就说山寨是源于"传统文化"……

说白了就是一句话：你被山寨你活该，咋地不服啊？

二〇一六年十一月

对　决

小狸写这篇文章的时候，至少大半个中国的朋友圈都已经为同一件事溜溜刷屏一整天了：川普赢了，是"竟然真的赢了"。

有别于以往的热点事件，这一回，吃瓜群众的鸡血明显打得比较足，先是早上八点开始 po 直播截图，以示自己紧跟时事；随着川普"意外"领先，网上的鸡血指数陡然上升，各种惊呼声一片；在之后漫长且川普一直小幅领先的点票期，人们一边紧张地刷着直播页面，一边不亦说乎地交换着各种段子，事后有人说今天是提前上演的"段子界春晚"；下午三点，希拉里大势已去，虽然还有好几个州没出结果，但以 CNN 为首的传统媒体及自媒体都"抢闸"发布了川普当选的消息；再之后拼的就是勤奋程度了——看你有没有备好两份稿。那些快速推出长篇川普当选文章的公号都是劳模，而更多的公号和传统媒体则只能含泪把精心准备的希拉里当选文章丢进垃圾桶；到了晚间，各式媒体就算事先没准备好文章的也应该临时写好了，否则也就别干这一行了，于是，大量的、全方位的剖析文章开始浮出水面。至此，喧嚣了一整天的美国大选大电影告一段落。

这一场大电影，有无数可以谈论的角度，小狸感兴趣的是投票这一天的鸡血为什么这么足？究其原因，有一点很重要，就是"意外"——因为这个结果太意外了，因为谁都没想到他"竟然真的赢了"，而这一切的"意外"和"竟然"又其实只源于一个原因："主流媒体一直说希拉里会赢。"

从今年年初开始，包括《纽约时报》、CNN、《华盛顿邮报》、《纽约客》等在内的几乎美国所有主流媒体，无一例外都像是希拉里亲生的——当然后来被爆料确实是她操控的——一直笃定她一定会当选。这种笃定甚至一直延续到了投票当日，也因此造就了人称"史上主流媒体最打脸事件"——11月9日投票刚开始时，《纽约时报》上的实时选情预测显示希拉里的胜面高达85%，而伴随着一个州一个州开始宣布投票结果，这个百分比也一次一次地下降，直至最后归结为0。这个过程的截图被人们放到互联网上，成了一个重要笑料。传统媒体，更准确地说应该是精英媒体，从没像这次一样被打脸打得这么肿。

而与之相对的，是以twitter为代表的社交媒体上从年初到现在从未改变过的川普高人气。就如同传统媒体没意识到川普会赢一样，活跃在社交媒体上的、川普口中所代表的"普通民众"也从未觉得他们的代言人会输。只不过，隔山隔海的吃瓜群众看到的只是美国的精英媒体以及本国的精英媒体，于twitter上美利坚草根的心思又能了解多少呢？

这一天也许会被记入传播学的史册，但它的注解很可能不只是"传统媒体打脸"这么简单，这一天真正的意义在于传统媒体和社交媒体的割裂，以及精英主义和民粹主义在新媒体规则下的对决。

二〇一六年十一月

丢书还是丢人

作为一个喜欢读书的人，上周，小狸很有一种想掀桌子的冲动。对，说的就是它，丢人，不，"丢书大作战"。

事情要追溯到上上个星期，一篇文章被广泛流传，讲的是饰演《哈利波特》里赫敏一角的著名英国女演员、现实生活中同样的学霸、重度读书爱好者 Emma Watson 在成立一个妇女权益读书会之际，联手 Books on The Underground（地铁上的书）一起在伦敦地铁上"丢"下 100 本书，以鼓励人们阅读和分享。也因为此事，让 Books on The Underground 这个在伦敦已经很有名气的公益活动展现在了国人眼前。

Books on The Underground，有人把它称之为地铁漂书计划，其创始人 Hollie Belton 因为经常在地铁上看书，时间长了，她很好奇别的乘客在看什么书，也很希望能把自己看到的好书推荐出去。于是，Books on The Underground 应运而生，目的就是分享、传递以及激发读书的兴趣。四年来，Hollie Belton 默默地在地铁上"丢"下了近 2000 本书，同时越来越多的人参与其中，而每一本被丢下的书，都贴有一张贴纸，上面简简单单一句话"Take this book, read it, then leave it for someone else to enjoy.（拿走这本书，阅读它，再把它留下给其他人）"，贴纸底部一行小字，是 Books on The Underground 这个活动的 twitter 账号，它鼓励找到书的人来社交网络上分享。

就是这样一个美妙、温暖、拥有着杰出创意并散发着浓浓人文关怀的活动，在曝光给中国人民仅仅 10 天后，就被山寨到了北上广，只不过，全都变了味。

上周二，号称中国版的该活动——"丢书大作战"在一篇题为《我准备了 10000 本书，丢在北上广地铁和你路过的地方》的营销文章的推波助澜下轰轰烈烈地上演，小狸只看了一眼题目就尴尬症发作，10000 本？搞什么鬼？您这批发呢？

事实证明，活动的详细内容以及结果比题目尴尬一万倍。比如原本最让人感动的贴纸内容在中国版上出现了硕大的主办方名称和 logo，下附微博号和微信公号，您这是做公益还是做广告呢？又比如活动大力宣传说找了若干明星加持，那阵仗可比赫敏声势壮大多了，但尴尬的是 Emma Watson 连被狗仔偷拍都是在读书，而站台的这些明星除了个别的还算尚有"文艺特色"外，其余绝大多数平时有和读书联系在一起过么？还比如，当文章刷屏之后，许多网红博主反应迅速，纷纷到地铁上"丢书"，全程跟拍，还有直播的，您这是想读书还是想蹭热度？至于另一类尴尬就不多说了，比如丢的书没人捡，最后都搓堆儿到了垃圾桶边上；比如地铁上的乘客把书拱到一边儿、垫在臀下、踩在脚边，总之内心都是嫌它占地儿；还比如有人吐槽"早高峰脚都得腾空哪还有放书的地儿"，还有人调侃书的内容不对，应该放"三年模拟五年高考试题"……

广告、营销、搏版面、蹭热度、低成本装 X，多快好省、简单粗暴、拿来主义缺乏创意，娱乐至死、缺乏阅读环境、缺少阅读习惯，顺便还暴露了城市运力不足……好好的地铁上的书，到了中国，变成了照妖镜里的书。

能不掀桌么？

二〇一六年十一月

回 归

这个世界的每一丁点变化其实都能在生活中嗅出它的味道来，就像特朗普希拉里在主流媒体的世界中溜溜"胶着"了一年，直到最后一天还悬念迭出，但其实早在大半年前，中国义乌的小商品贩子们就一早知道了川普会当选，原因很简单：他旗子的订单量更大。同样的信号最近出现在了电商帝国淘宝身上，无数的迹象都在指向一种可能：未来，实体店很可能回归。

信号之一来自于朋友间茶余饭后的闲谈，已经不止一次了，当讨论起淘宝、网购的话题时，越来越多的女人会从鼻子里哼出一句情绪复杂的"嗯……"，这个"嗯"基本等同于"but"，在它之后会跟出一种"复杂的情绪"："好像没有前些年有激情了。"这句话背后的含义只有三个字："不满足"。而更透彻一点的意思来自于小狸的闺蜜，她说："当淘宝兴起时那种'每天收快递'的兴奋渐渐冷却后，网购会呈现出其他满足感上的重大缺失。比如逛商场的时候即便不买，只是去试衣间试一试也是一种很大的乐趣；而试穿得好看，忍不住在店里显摆的时候，那是一种满足；反之，看美女显摆，则是一道风景。"

信号二比信号一靠谱，它来自今年双11的各种数据。就在刚刚过去的双11，今年淘宝的战绩是1,207亿元交易额，乍看依然是令人振奋的破纪录，但此纪录和彼纪录的含金量却有着悄然的变化。要知道，

1,207亿的另一个表达方式是同比增幅32.35%,但是这个数字在去年的双11时是60%,在2010年时,这个数字是1800%。有媒体分析说,"虽然有巨额交易量的积累下增长空间变小的客观原因,但事实上,这背后的深层原因是,阿里巴巴曾经引以为豪的成功三要素——电子商务、物流和金融业务,也无法构成稳定的'铁三角'了。"

更具体的旁证包括,今年双11,虽然阿里自己砸了大钱弄得热热闹闹,不仅有花样繁多的加班自助餐,还有科比、小贝夫妇、陈奕迅、TFBOY等绝对大牌站台的"电商春晚",但热度就是上不去。有人统计过,直到11月10日下午,微博热搜上,"双11"的话题不仅拼不过"刘恺威出轨"和"美国大选",就连一些普通的社会话题也没比过。到了晚上10点,那边"春晚"如火如荼,这边的微博热搜仅排在第10位,排在它前面的是"老鼠中毒装死咬伤大妈"。

第三组证据来自资本市场,截至11月11日早上美股收盘,阿里巴巴下跌2.43%,伴随着交易额破纪录的是股票市值蒸发100亿美元,且这个情况是在它所在的纽交所整体上涨的情况下发生的。而股价的涨跌,正是投资人对公司未来的预判。

也之所以,何等聪明的马老板早在今年双11之前、于10月召开的阿里云栖大会上,就不停地开始洗脑一个新词汇——"新零售"。他说:"纯电商的时代很快就会结束,未来的10年、20年将没有电子商务,取而代之的是'新零售'。线上线下和物流结合在一起,才会产生新零售。"

总之一句话,实体店很可能会回归,而马老板亲口说的话,应该是最靠谱的信号吧。

二〇一六年十一月

不明真相的吃瓜群众

最近正在研究香港保险准备投保的小狸，上周无意中看到朋友圈的一篇文章，题目叫做《内地赴港保险违规交易"退烧" 交易额骤降99%》，乍一看，吓一跳，以为都不买了，点开仔细一瞧才知道，原来写的是自银联卡10月底封锁缴纳保费通道后，11月的刷卡交易额减了99%。作为媒体人，小狸真是怒从心头起，这不是废话么，封死了当然不会再有交易额，但问题是，缴费通道有很多，不刷银联还会用别的方式，如果不用11月总保费说话而只凭借银联数字就起了这么个危言耸听的标题，误导性太强。事实上，香港媒体近期都在报道，内地居民来港买保险不畏险阻反而更热，但小狸写这篇文章时，前文阅读量已超过10万+，从评论区就能看出大量"吃瓜群众"确实是不明真相的。

"不明真相的吃瓜群众"，这个段子手创造出来的自嘲式网络流行语，却真真实实地道出了今天互联网生态中一个很重要的现实问题：网络传播者们普遍缺乏传统新闻工作者的职业操守和意识，在对待内容尤其是标题的处理上格外随意，甚至是唯功利至上。于是，"断章取义"、"夸大事实"、"无中生有"、"偷换概念"的情况频频出现，尤其是标题，即俗称的"标题党"。

12月5日，北京网信办通报了多起网络媒体涉及"标题党"违规行为的案例，个中不乏奇葩。比如网易在转载新华网《多地整治网约车探索"规范路径"》的报道时，将标题改为《官方：网约车属高端服务不应每人打得起》。这个标题与文章原意完全相反，报道发出后，一度引发"不明真相的吃瓜群众"声讨，激化了社会矛盾。又比如凤凰科技在转载新华网《我国公布建设网络强国的时间表和路线图》报道时，将标题改为《中国将成为网络强国：2050年世界无敌》，但其实内文并没有类似意思，标题属于为吸眼球语不惊人死不休型。还比如新浪娱乐自行编发的文章题为《baby 胸部丰满 金钟国盛赞：中国最好女演员》，real 尴尬，但 real 套路，这就是数不清的网媒在惯用的一个招数：语言血腥色情暴力，用逻辑错觉制造低俗笑点吸引读者……值得提出的是，这次点名批评的很多案例都出自网易、搜狐、新浪、凤凰网等大咖级网媒，在慨叹影响广泛且恶劣的同时，更令人不禁担忧：连大媒体都这样，那些朋友圈上的自媒体得乱成什么样？除了标题，那些内文就真的是真实的吗？

　　对于生活在信息爆炸时代的吃瓜群众来说，有多少是只看标题的？又有多少人这匆匆的一瞥成了他印象中的永恒？

　　雾里看花水中望月，谁又能借吃瓜群众一双慧眼？

二〇一六年十二月

阿里社交梦

阿里一直羡慕嫉妒恨的是社交功能。为了弥补这项短板,阿里长期以来艰苦卓绝地做了各种努力,除了在看家王牌的淘宝天猫上一通尝试,更于早先高调推出专门的社交软件"来往",但可惜成效都不大,大家上淘宝天猫依然是专注地奔着剁手去,老司机妥妥的,废话决不多说一句;"来往"当年虽贵为战略级产品,但雷声大雨点小,没多久便默默消失。

失败看得多了,也有点同情阿里,战略不战略的先抛在一边,勇于追求梦想总是好的,追梦赤子心么。一个比以前看上去都靠谱的新梦正逐渐崭露头角,这就是阿里亲生的二手闲置交易平台"闲鱼"。

小狸听说闲鱼是去年的事,身边有自带持家小能手气质的朋友第一时间就玩起了闲鱼,先是把家里杂七杂八的闲置衣物这件 30 那件 40 的给"甩"了,紧接着又开发了自己养多肉植物然后掰下来分装再"倒卖"出去的营生,一时间不亦乐乎,快递日日上门取件。问其感想,答曰:主要是乐呵,尤其跟买多肉的兴趣相同,且聊呢。

待自己真正开始用闲鱼,是到今年了。一个偶然的机会拿到一双著名球鞋,周围没有好此道的朋友,想想最好的办法是放到网上出给那些真正喜欢的人才算实现它的价值,于是挂到 eBay 和闲鱼在内的各大二手网站上。虽然之前没用过闲鱼,但由于闲鱼和淘宝账号直接通用，而且省去淘宝的申请卖家程序，所以相当方便，直接就可以开卖了，从淘宝买的想再卖出去，甚至可以直接"一键转卖"。再加上和淘宝信用互通，支付宝第三方支付，所以也更加安全和熟悉。

鞋子最后真的是从闲鱼卖出去的，而且直到今天小狸和这个买家依然会没事聊两句。由于小狸自己不是职业卖家，也没有其他货品要客服，所以心态和淘宝上的专职卖家完全不同，不追求高效、没有事先设好的答疑快捷键、也不会用"亲"来开头结尾；买家的状态也基本是遛弯儿闲逛式，要么看看能不能捡漏，要么抱着小期望淘淘自己已经断货的 wishlist（愿望清单），看到了，上去讨价还价，二手货品，价格没有一定之规，全靠缘分，货品独此一件，都有自己的故事，曾经的选择变成现在的选择，说明有相通点，来来往往中，竟能巴拉巴拉聊好久。

忽然间意识到，闲鱼应该是阿里系中最有潜力成就社交功能的产品了，它用以连接人们的看似是交易，其实是共同的兴趣。返回闲鱼主页，活跃着各种靠地域、内容而划分的"鱼塘"，这几乎就是 BBS 的现代版，而这种鱼塘，在闲鱼上已经超过 30 万个。据报道，闲鱼目前的用户量超过 1 亿，而中国闲置市场今年的规模，保守估计也已经达到了 4000 亿，未来破万亿并不遥远。

闲鱼的社交前途很光明，至少靠谱。

二〇一六年十二月

网络史记

2017

Master or Monster？

新年伊始，一个漫画情节在真实世界中活生生地上演了：一个注册名为"Master"的神秘ID连续在网络围棋对战平台"踢馆"，用短短几天时间，横扫当世几乎所有顶尖围棋高手，创下60场连胜战绩。由于整个事件太过科幻，导致围棋界、科技界、漫画界三界齐"燃"，一时间刷爆社交网络。

Master的踢馆行动起于去年12月29日，这个神秘的ID以一只狐狸为头像，先是登录弈城网，仅仅用两天时间就手起刀落快速掀翻了包括连续37个月排名韩国第一的朴廷桓九段、中国名人战冠军连笑七段、2016年三冠王芈昱廷九段、新科应氏杯世界冠军唐韦星九段在内的多名中韩高手。连胜30场后，Master给自己放了两天新年假，于1月2日转战腾讯野狐围棋，继续旋风式踢馆，这一次，他挑落了日本名将井山裕太、天才少年杨鼎新等人，第50战时终于对决当今世界围棋第一人柯洁，结果柯洁中盘投子认输；第54战时迎战棋圣聂卫平，赢7目半；第60战二次战胜8冠王古力，完成60连胜传奇。

在第60战之前，Master到底是何方神圣无人知晓，但根据"他"的行棋风格、惊人战绩以及特别的"举止"——比如他只下30秒内落子的快棋、很少说话、站内信用词非常简单等——很多人猜测"他"不是人，而是AI，是AlphaGo或者"另一只狗"。而神秘ID借用网络战平台横扫当世围棋高手的戏码又和知名日本围棋漫画《棋魂》如出一辙，所以在网上有关"你觉得 Master 是谁"的投票中，排名第一的为"AlphaGo 升级版"，第二即为"《棋魂》的佐为回来了"。这个选项虽明知不可能，但由于太像太燃，让很多藏着一份回忆的人们还是甘愿投了它一票，内心有莫名的温暖和幸福。除此之外，还有人觉得 Master 是隐士的扫地僧，更希望能看到扫地僧为人类去找阿尔法狗"雪耻"。

然而，现实终归是现实，虽然这件事情本身是如此的奇幻。第 60 战前，出品 AlphaGo 的团队 DeepMind 确认 Master 即是狗狗的升级版，这也意味着，从去年三月李世石与 AlphaGo 人机大战仍有一局胜绩，到现在不到 10 个月时间，人工智能在围棋界已经对人类呈现出了没半点商量余地的碾压。

此时，网上又一次充满了"拔电源"、"拔网线"、"AI 是人造的，说明人类更聪明啊"的意图显示自己机智的论调，但小狸已顾不上这些科技盲。围棋是人类智慧的最后高地，人工智能的核心要义是自我学习。在 AlphaGo 挑战人类的历程中，最让人震惊的不是它能赢，而是它进步得如此之快。2015 年 10 月，AlphaGo 第一次战胜职业棋手，对手是欧洲冠军樊麾，彼时狗狗的棋力被判定为只有职业二段而已。然而仅仅 6 个月后，惊世人机大战上演，李世石九段 1：4 不敌 AlphaGo，彼时李世石尚有一局胜绩，且他自己评论"这是我的失败，不是人类的失败"。而这一次，60 场连胜，人类完败，但时间仅仅过了 10 个月。

人工智能带来的兴奋和恐惧永远是紧紧相连的，下一次狗狗出现在人们视野中时，可能是它又赢了谁，但也可能是它"故意"输给了谁。细思极恐。Master？ or Monster？

二〇一七年一月

向往的生活

上上周工作繁忙，小狸特意在过去的一星期里给自己放了个小假，啥也不干，每天嗑嗑瓜子看看电视，闲散中发现了一档内地真人秀节目，却无意中窥见了一瞥禅意。

真人秀的名字叫《向往的生活》，由三名人气艺人担任主角。节目组在北京郊区一个山清水秀的地方找了一户农家院，配备上现代化的设施，让三个人自给自足，不仅自给自足，每日还要接待前来探望的好友并接受点菜。三个人不准带钱，所有的食材要么地里收，要么用玉米换。在这个游戏规则下，三个主人公每天沉浸在掰玉米、碾小米、剥向日葵（葵瓜子可以换啤酒）、养狗养鸡养鸭养羊养鱼养花、垒灶垒烤箱垒羊肉串槽、装水管、安炉子、架凉棚、糊窗户，最重要的是做饭的一系列农家活中，慢慢把整个小院子置办得越来越舒适，每天接待各路好友，成功做出了乱炖、韭菜盒子、羊肉串、火锅、汉堡、意大利面、蛋糕甚至佛跳墙……

本是漫不经心，却没想越看越入戏，几天下来竟从头到尾连网络未播出片段都看了一个遍——现如今综艺节目套路都是正片电视台播，"边角料"也都不浪费，做成各种片花、日记、隐藏版放到网络上。一圈看下来，愉悦度满满，片中的世外桃源让人无限向往，这真的就是向往的生活呀：有个干净舒服还挺大的院子，有三五好友，一起下地干活流真实的汗水收真实的果实，养一大群小动物，在月亮升起后大家围坐在桌旁就着夜色吃自己做出的饭喝劳动换回的酒，聊天、唱歌、分享人生。没有电视，没有电脑，尤其没有手机，每一天都特别踏实。

跟朋友各种安利后满心欢喜跑到豆瓣想得个认同，不成想却发现豆瓣早已闹得鸡飞狗跳，一二三四五星比例罕见的接近，一星和五星更都各占百分之二十，换句话说，分歧相当对立。仔细一看，热门评论都是一星的，槽点主要都集中在一个：抄袭。

一星者们不辞劳苦地长篇累牍、有的还插入了各种视频对比截图，中心思想就是说《向往的生活》抄袭了韩国的一档综艺节目，一边对比一边骂：看这个分镜头一样，看这个人设很像，看这个桌子也是学韩国的，哎呀看看多虚伪，人家敢直接说做的饭不好吃想回城，他们就非说这是向往的生活……

五星者的评论和篇幅都远远少于一星的，基本都是归结于两句话："只是形式类似都是下农村，但力图表达的东西完全不同，一个是体验真实的农村生活，一个是描绘向往的乌托邦。""不管怎样，这就是我所向往的生活。"

"借鉴"的边际到底在哪里，这是专业问题，小狸无从判断，只希望如果越轨了，制作方应该去和韩国方面有个解决方案。但单从内容立意来看，小狸认同二者的本质区别。不过，这些都不重要，小狸更感兴趣一个问题：那些如斗鸡一般的一星者们，即便把他们放到那个完美的乌托邦里，他们又能感受到多少向往的生活呢？

向往的生活，其实无关农不农村，只关系到内心是否宽容安定。

二〇一七年三月

另一场春晚

小狸写这篇文章的时候,正值今年的3月15日,即国际消费者权益日。不知从何时开始,央视的"3.15"晚会成了许多国人除春晚之外每年都会期待和捧场的另一个群体性参与活动,这在业余生活越来越个人化的今天实在是一件不容易的事情。究其原因,一是它与老百姓的生活太息息相关,二是在今时今日,由这场晚会所传递出的各种信息及其内涵和外延,都可让人咀嚼三分,说白了就是,有看头。

央视的3.15晚会从1991年开始,至今已坚持举办了26届,其宗旨是"维护消费者合法权益、维护市场经济秩序"。每年这一天,央视都会在晚会上曝光各种假冒伪劣、行业潜规则、违法侵权的商品、事件和行为等。它真正火起来是在几年前,因为直接曝光了苹果、百度、网易、尼康等国内外巨头,引来一片掌声,也因此吸粉无数,奠定了观众基础。

在这样的大背景下,3.15晚会的看头其实并不止于曝光了谁,更在于各种戏外,比如——

看头一:公关劫。

被央视3.15曝光,对于企业来说无疑是灾难性的,所以每年3.15前夕,各大公司公关人员都会加班加点赶制危机公关预案,只等万一上榜,赶紧把损失减到最小。甚至今年网上还出现了活雷锋,有网友提前几日放出了回应模板，行文滴水不漏，只需把关键词替换成自家信息即可。从晚会结束那一刻起，一部分"点背儿中招"的公关已经开始连夜奋战了；绝大多数"幸免"的公关则弹冠相庆、呼朋唤友出去撸串喝酒。另外还有一批"公号狗"最苦逼，不仅事前要搞活动"预测"吸粉炒气氛，事后无论如何还都要加班赶稿，赶在12点前推送出去。

而围观中招企业的危机公关及没中招企业的借机公关则是晚会后绵延的乐趣。比如去年3.15第一枪射中订餐平台"饿了么"后，名为"@饿了么—大先生的饿了么网上订餐高级市场经理"的微博ID以迅雷不及掩耳之势发帖回应说："对不起，今天忘记给央X续费了"，虽然该微博很快被删除，同时也并不确定这是段子手还是饿了么真实的心声，但观众们却都因为这个事件笑足了一整年，以至于今年3.15前很多网友都很关心饿了么今年"续费"了没有？会不会"二进宫"？另外还有阿里，这个被网友戏称"天下第一"的公关团队，去年3.15时成功转移淘宝假货焦点，呼吁司法部门加大监管，被媒体评为"实力甩锅奖"；而今年晚会还没结束，并没登榜的他们也已经就晚会上曝光的日本核污染区食品发出了回应文章，名为"安全再提醒"，彰显社会责任的同时，更不忘说一句"虽已被阿里巴巴平台全部清查，但目前仍在其他平台有销售"，实在让人笑而不语。从某种程度上说，3.15晚会甚至更像是给各品牌一个抖机灵的舞台，不过抖得好不好，每个观众都有自己的标准。

除了看公关，去年中招的"饿了么"给"央X续费"的段子，也引出了第二个看点：晚会的广告名单。

3.15晚会的广告比其他晚会多出了一丝暧昧和遐想。据报道，每年的央视3.15晚会都会提前招标，而有媒体统计过，至今为止，确实尚未有一家在 3.15 晚会上投放广告的企业遭曝光。"上个广告保平安"成了坊间流传最广的避险首选方式。今年央视 3.15 晚会前的贴片广告有近十分钟，加上晚会中的软硬植入，一场晚会下来林林总总几十个品牌企业上了广告。有好事者在网上总结了"成功续费企业名录"，还有阴谋论者质疑被曝光的企业是上广告企业的竞争对手……小狸无凭无据，不能妄下结论，但瓜田李下之事确实容易让人联想。其实，贵为国家媒体，损失一台晚会的广告钱并不会伤筋动骨，但换来的却是公信力，实在应该让自己有些坚持和追求。

一边是让众网友笑而不语的广告名单，另一边"中招企业"的名单也同样很有看头，这第三个看头与其说是关注谁上了榜，倒不如说是看看"谁没上榜"。今年 3.15 前，有微信公众大号提前做了民调，问观众预测哪个企业会被曝光，甚至开出"赌盘"，猜对的留言下面，每个赞都给一块钱。但到了开盘当日，却让人大跌眼镜，六百多名参与竞猜的读者，竟无一人"答对"，赌资一毛钱都没给出去，惹得活动举办方直呼"大概看了一场假的 3.15 晚会"。而纵观网友给出的答案，民间榜单上的商家明显比晚会上的大咖多了，但即便是因电池爆炸而一次次全球刷屏的韩国 X 星手机、3.15 前刚被曝光拥有扫把洗锅黑厨房的 X 江南，竟也都未有登榜。以至于有不少网友失望评论：今年 3.15，只打苍蝇不打虎。

3.15 的第四个看点，就是看看那些之前被打过的，如今可还安好？答案是基本都还吃嘛嘛香。这个吃嘛嘛香其实成就于两个不同的成因：一个是那些超级品牌，比如前两年被怼的苹果，今天看来任性依旧，依旧在中国的售后与世界不接轨，但没有人 care 了，该抢 iPhone 7 的还是抢，果粉还是果粉，黄牛还是黄牛。这一切，都是因为人家产品好，产品好便有了话事权，也必然会更容易得到原谅。另一个成因则完全来自今天社会的速食特点，再大的丑闻，红不过一周。去年的3.15，点名谁来着？

网上流传的段子说，春晚和3.15的异同在于：一个是给钱就能上，一个是给钱就能不上。依旧是不能妄自揣测，但各种看点如果结合在一起也难免令人浮想联翩。究其原因，打假不能像春晚，一年仅一次，而要像查酒驾，时不常就来一发。而老虎苍蝇不仅适用于反腐，也同样适用于打假，这里的老虎更不止于是个大品牌，更应该深入到行业深处，比如学术造假、票房造假、医美产业链式骗贷等等，如果哪一天，3.15晚会怼出的都是这些干货，那才真正让人欢欣鼓舞。

二〇一七年三月

焦虑、疯狂与炮灰

最近一个礼拜，很多中产阶级的朋友圈都被一篇文章刷了屏：文中的夫妇已经在北京打拼了 10 年，丈夫已位居跨国外企中国区的管理层，能带女儿欣赏票价 1000 元的音乐会，却被最新出台的"3.17 系列楼市新政"一连串地精准打击，瞬间变为"手握 500 万元却无家可归更被迫离异"的状态，绝望之下怒而移民，特此撰文向剩下的阶级弟兄们 say goodbye。短短几天时间，文章点破 10 万＋，很多中产阶级评论转发，唏嘘不已。

故事并不长，却几乎折射出了今日内地中产阶级的所有特质。文中的案例典型得不能再典型：经过打拼好容易跻身大城市中产阶级的父母，各方面容不得一丝懈怠，不仅要琢磨如何再爬进更高的阶层，更要防着稍有不慎就跌回草根。而后一种担忧远比第一种纠结更让人焦虑，因为现实生活中，中产距离底层比距离上流社会要近得多。在这种焦虑之下，子女教育是防范的重中之重。必须要让孩子受最好的教育，必须要让他们武装到牙齿，只有这样，才能不从中产队伍中掉队。于是，中产阶级的孩子成了全中国负担最重的孩子，每天都要应付不重样的兴趣班；中产阶级的父母同样成了负担最重的父母，穷尽所有精力财力去奔一套"学区房"。

"学区房"这件事，无疑是中产阶级焦虑、疯狂并最终沦为炮灰的最典型写照。在学区房面前，富人无压力，穷人不用想，只有不上不下的中产阶级，在押上全部家底的情况下勉强可以入局。于是，在学区房的游戏中，中产阶级总是穷尽全力——他们也必须穷尽全力。

在焦虑爆发策动下的疯狂是让人难以想象的。北京的学区房被前赴后继的中产接盘侠热炒，不仅越来越贵，更越来越奇葩，比如有一房拆分成几房的，有年久失修长蘑菇的，还有过道、门洞改造出来的，甚至还出现了很多1平方米的"房间"。中产阶级不惜变卖有落地窗的大房子，用所有身家砸向这些每平米叫价20万甚至超过40万人民币的奇葩学区房。

若是只有金钱上的疯狂也就罢了，让小狸最不能理解的是，很多家庭由于学区房狭小难以住下全家，而选择了同城两地分居的模式：通常都是母亲辞职专事伴读，带着孩子住在小学区房里，父亲则在另一套非学区房里主攻赚钱养家。而这种模式，从孩子小学一年级开始，会一直延续到高三。为了所谓的好学校，牺牲掉全家十几年的家庭生活、亲情陪伴以及生活品质，真的值吗？

网上流行的段子里，有一个有趣的诘问："如果清华北大的毕业生都买不起房子，那干嘛还要非买学区房？"

在教育资源严重分配不均的社会现实下，即便人人都知道段子讲的并不是笑话，但作为中产，在必须挣扎的无奈下，他们还能怎么样呢？

而最新的情况证明，能买到学区房已经很幸运了。文首文章中的家庭，不仅没买到，还被突然出台的新政打乱所有规划并逼到绝境。

焦虑、疯狂、炮灰，正是一个中产的日常。

二〇一七年三月

单车江湖

小狸最近回京,因缘际会于北边大学区盘桓了两日,某一天暖洋洋的春光下,满街莘莘学子骑着五颜六色单车的场景忽然吸引了小狸的注意。早前已听说了共享单车正火,看着那一幅幅如青春文艺电影般的画面,小狸半刻也没犹豫,当场下了APP,注册、交定金、扫码开锁,搞定。

亲身体验之后,小狸瞬间就爱上了这些彩虹车——实在是太方便、太聪明了。随取随停,扫码开锁,网上支付,GPS定位,不用修车不用打气,把一辆单车的价值发挥到最大,完美解决"最后一公里"难题,充分诠释了互联网共享经济。在北京的几日,那些酒足饭饱之后的微风沉醉的夜晚,小狸一改往日"招手停"或"滴一个"的风格,而是取出手机冲着小黄、小橙或小蓝扫一扫,随着"嘎啦"一声开锁,扬鞭上马,伴着清爽夜风徜徉在北京的夜色里。有劲儿就骑回家,累了就停下打个车,或骑到公交站转乘巴士,无缝对接,随心所欲。伴随着低碳到家的,仅仅是"块儿八毛"甚至"免费"的开销,同时"赚取"了APP上对环保贡献和卡路里消耗的统计,一连串的正能量。

然而,用过几次之后,小狸也碰到了一些让人忧心之事。比如有时正要扫码,却赫然发现车上的二维码已经被刮花;有时会在高速公路、小区甚至楼道里赫然看到被囚禁的共享单车;还有的时候好容易找到一辆共享单车，却又赫然发现车上加挂了一把弹簧锁，公车变成了私车，有的甚至更堂而皇之地加装了儿童座椅……小狸顺手在网上一搜，更是触目惊心，原来围绕着共享单车目前的漏洞，已经有成批的人在组团"薅社会主义羊毛"，滋生了多条非法产业链。比如南都记者以"单车解锁"为关键词，检索出了 17 个 QQ 群，范围遍布全国，每个群的人数都达到上限，总成员合计达到 4500 人。群里经营的主要业务包括"3 毛钱开锁、5 块钱绑定学生证（车资可享半价）"等，伴随着这些表面业务的是倒卖学生信息、黑客入侵系统或发布破解软件、疑似内鬼配合等地下不法活动。此外，网上还积极交流着利用共享单车漏洞而"获益"的方法，比如用"报修"免费、藏车赚红包、固定密码配合划花二维码公车变私车等，甚至还出现了专门针对密码锁单车开锁的行为指南——"一按、二碰、三手机"。而最让人担心的，是由于牟利过于容易，导致很多"羊毛党"都是孩子，比如一个高三的学生就告诉记者，他"'薅羊毛'仅仅 3 天，就有了 154 元收入"。

目前，共享单车骑行 1 小时普遍只收费 1 元，贵的 2 元，便宜的一分不要。这种定价下，还要为了区区几块钱不惜搭上人性，还要为了区区几块钱搞坏这么美好的事物，实在让人无奈和气愤。但好在，小狸刚刚又看到消息，说北京城中现在活跃着一批志愿者在自发纠正着这些不文明现象，他们自称"猎人"和"侠士"，不停在城市中巡视和狩猎，遇到违规车辆就举报和纠偏，默默守护着这片单车江湖的正义。而且更让人欣慰的是，这些猎手和侠客中，也有很多孩子。

一块钱的共享单车，不经意间造就了人性的江湖。

二〇一七年五月

要拼祖坟冒青烟儿

上个周末不平静，不知多少人的朋友圈被上海"幼升小"试题刷屏。大家惊恐地发现，刚刚才适应孩子上学要拼钱这个事实没多久，boss等级就又提升了，如今娃上学，一拼钱袋鼓，二拼基因优，三拼祖坟冒青烟儿。

幼升小，即幼儿园毕业进入小学。这个在小狸童年时几乎忽略不计的教育节点，如今却是无数家长严阵以待的重大关头。网上流传着一名"牛蛙麻麻"（牛娃妈妈）为孩子临升小学前的那个幼儿园大班寒假制定的"考前计划"，包括做完一年级的各种语数试题、新概念1前50课视频看三遍、小学生字表认读完成、拍球跳绳折纸拼七巧板、画画唱歌组字、系鞋带打包礼物、最后还要掌握流利的中英文自我介绍……语数外体美劳，每天刷题，每天打分，感觉可以直接无缝对接二年级。然而，就是这样本以为已经武装到牙齿的父母们，在真正的面试当日却发现被考的不光是孩子，更有他们自己——据报道，上海有民办小学招生面试时把家长集中到几个大教室里一起考，题目包括各种智商测验以及"800字教学理念和公民合办学校阐述"，有博士家长坦言那些题目自己不会做。更让家长们崩溃的是，除了考察父母智商，学校还调查了孩子祖父母的"第一学历"，以及孩子爹妈们的身材——胖子不要，因为"自我管理能力不强"……不少父母仰天长叹：

儿啊，为娘／你爹拖你后腿了。

上文的民办幼升小考试只是整个幼升小战争中的一类战役，事实上，从整体来看，一个孩子从幼儿园毕业进入小学，一共有五条出路：第一个也是最佳出路，本身户口所在地正好对应划区内的优质公立学校，这样就可以踏踏实实等开学，钱也不用多花，这个选择需要祖坟冒青烟儿；第二个稍次选择，购置学区房，把户口迁到对应片区，目前北京的学区房平均尺价都在1万以上，更有110尺卖出530万人民币的，这个选择需要有钱；第三个选择基本和第二个同级，就是上国际学校，每年学费10万到40万不等，同时孩子要有外国国籍，这个决定不可逆，一旦选择就再也不能参加国内高考，所以意味着要一路国际地念下去。也因此，这个选择除了需要提前布局外，更要有持续的财力做保；第四个选择也就是上文的选择，民办小学，由于民办小学教学质量好相对又不那么贵，所以几乎成了兜里没钱、祖坟没冒烟儿但又不想把孩子送到渣校家庭的唯一选择，也因此会出现前文如战争般的血腥场面。而此次家长们崩溃的原因，正是由于原本他们以为可以单靠拼娃就有希望的这唯一的一条出路，突然间冒出了要再拼基因这个又需要投好胎才能解决的局面。至于最后一条路，就是前四条都不通的时候，只好随分片儿进入劣质小学，所有家长拼了老命和小命在做的，就是避免堕入这最后一条路。

总之，在现今这个教育资源严重不平衡的现实情况下，要想让娃上个称心的好小学，运气大于实力，祖坟上那缕青烟儿，比什么都重要。

二〇一七年五月

跑偏的育儿鄙视链

上周各社交媒体又现爆款文章，讲的是内地中产家庭在女子教育上攀比成风，"绝不让娃和没有英文名、看喜羊羊的孩子同读没外教的幼儿园"，文章中称，为了让孩子"赢在起跑线"，那些中产爸妈们倾尽财力、削尖脑袋让孩子扎进更"高端"一点的、所谓"门当户对"的群体，从而形成了一个多方位的教育鄙视链：包括有外教的看不起没外教的；全外教的看不起部分外教的；有持牌外教的看不起业余外教的；有欧美发达国家外教的看不起只有东南亚英语国家外教的；兴趣班学马术、高尔夫、冰球等贵族爱好的妥妥地看不起学画画、舞蹈、围棋、跆拳道等传统项目的；假期出游则呈现"欧美－日韩东南亚－港澳台－国内各地－本市景点"的鄙视链；甚至动画片都分了三六九等，看原版英文动画片的看不起看翻译过的进口动画片的，看翻译的又看不起看国产动画片的……以至于才出现了文章里的案例：5岁女孩交朋友的准入门槛是"要有英文名字"，而众多父母在看着放学后孩子们自然地分成"聊喜羊羊的"和"聊米奇妙妙屋的"之时都老怀欣慰。

最近关于中国中产的文章非常多，赏樱指南、学区房、幼升小面试家长，以及这次的鄙视链，每个议题都带有十足的娱乐性，用某知乎网友不太客气的总结就是："中国中产就是个笑话"。

笑话的成因众多，离不开这个时代和社会。微博的热搜每五分钟一变，但不论怎么变都逃不出明星八卦、金钱和猎奇，而即便是为数不多的一些时政或社会热点，下面点赞最多的首条评论也十有八九和钱或抖机灵儿有关。在一切向钱看的全民娱乐大背景下，中产秉持着"物质至上"的心理也是再正常不过。而中国目前的这一代所谓"中产"，有相当一部分的资产是成就于楼市，早年间恰巧买了几套房，如今糊里糊涂身家几千万。这类人本身的"中产"是时代造就，与个人能力并无太大关联，换句话说，其本身并没有那么优秀。对于女子教育，他们本身并没有足够的学识和技能来鉴别方法的好坏，只能追求"更贵的"来"保证"更好的。另一方面，在中国，从年收入5万到100万都被算作中产，既然都是"中产"，面子不能丢，而且不从众恐怕就要"掉阶级"，5万以下的族群在中国几乎是隐形的，细思极恐，唯有奋力追赶。

有意思的是，在这组育儿鄙视链上，金字塔的顶端都是指向纯粹的欧美，换句话说，中产们都觉得越西化越好。但真正的西化教育是什么样的呢？这让小狸想起一位朋友，嫁了德国人，两口子都是外企高管，生了俩漂亮混血，目前全家生活在香港。她没有英文名，微信名是中文和汉语拼音的真名，她朋友圈里孩子和自己的出镜率是二八开，从没晒过给孩子买了啥、报了什么班，最爱晒的是她日复一日从不间断的越野跑、全球各地参与的马拉松，以及一家四口参加的家庭越野赛、风帆赛或者国外房车自驾游。再看她的两个孩子，全都开朗活泼、朋友众多、肌肉紧实、长手长脚、拥有漂亮的小麦色，运动能力一流。在朋友圈形形色色的中产堆里，他们远算不上最有钱的家庭，但却真是小狸最喜欢的一个。

西化教育，或者说一个更好的教育方式的精髓，更多的应该体现在精神上，重点是父母的榜样和陪伴，这和起不起英文名、看不看"生肉"（没翻译过来的）动画片、上不上5万一年的婴儿游泳班没有太大关系。

二〇一七年五月

隐 孕

上周有条蛮热闹的新闻,讲一位孕妇李女士在求职面试时隐瞒怀孕事实,入职一周后告知主管"有了",公司遂把其调离岗位,又在12个月内以工作失误为由将其辞退。李女士不服,申请了仲裁,仲裁委判决公司要继续履行合同。法律挺了李女士,但网友却一边倒地吐槽,认为李女士隐孕入职实属诈骗,更把女性求职带入了恶性循环。

隐孕,是悄悄流行在女性职场的一个微妙词汇,但同样的行为却有着两种截然不同的出发点。第一种隐孕,往往出现在要强且焦虑的女人身上,她们或处在事业升迁期、或为职场新人战战兢兢刚入职,生怕怀孕影响公司对她原本的培养计划。她们不愿意失去这些机会,所以选择在孕期保持沉默,能瞒多久瞒多久,出差加班两不误,能少请假就少请假,直到肚子大得再也藏不住,也以事实告诉老板:"你看,即便怀孕,我也一样能干活。"以此来保护自己的事业前景。

而第二种隐孕则出现在李女士们身上。她们从求职时便"动机不纯",熟知劳动法对孕期解雇的条条款款,善用各种道德绑架,终极目的是找个冤大头、最好还福利好的公司帮自己生娃养崽。这些女士面试时乖乖巧巧,一过试用期便原形毕露,伴随着那句"我有了"之后的,便是永无休止的迟到早退、三天两头的孕检病假、不能出差不能加班、临产前俩月要求"在家工作"。办公室里各种母仪天下,指标分摊到其他同事身上还不许人家抱怨，否则就是冷血没爱心、欺负孕妇。产假之后还有哺乳期，哺乳期过后还有育儿期，总算一年多熬完，李女士们施施然一句"我怀了二胎"，所有噩梦再重演一遍。在这漫长的过程中，李女士们各种工资福利照发，一毛钱不能少，否则告死你。更有甚者，所有福利都享受完后，直接一条微信辞了职，甚至连人都不会出现。公司气死也没用，有法律保护，有仲裁委支持，老板们唯一能做的，就是长个"教训"，今后女应聘者必须体检，孕妇不要、没孩的不要、孩子小的也不要，工作过程中，女员工一旦怀孕，培养资源撤走，及时止损。

客观地说，第一种被迫隐孕的女性们正是被第二种李女士们连累的。很多所谓歧视恰恰是女性自己的一部分造成的。其实，这些无关性别或其他，说到底还是人性的恶。

这个社会问题确实不好解决，法律不保护不行，但一刀切的"法律保护"又恰恰是加剧分歧的温床。生育成本到底应该由谁来承担？这恐怕不仅仅关系生育，更和养老制度挂钩。毕竟，法律规定的孕妇福利，埋单者其实是公司和同事，但国家的养老制度却没规定娃长大了要反哺当年的老板和邻桌帮你做方案的小王。

最后说一下第三种女性，小狸有好几个非常能干的女性朋友，均在各大公司任中高层，她们当年得知怀孕后都是第一时间告知了老板和公司，然后双方都该干嘛干嘛。她们会正常孕检请假，也会如之前一般尽力工作，老板也从不怀疑，而产后她们的事业也都继续稳步上升。小狸还认识一个朋友，因为更换居住城市而在怀孕时辞了职，到了新城市她马上求职面试，面试时没有告诉公司怀孕——小智慧，让公司不会先入为主，但是被录取后还没签约前，她给老板打了电话告知一切实情，让公司仔细权衡是否和她签约。结果是，这家著名的外企在斟酌了一天之后，通知她正常入职。

这些女性是第三类人，她们不用隐孕，是因为她们足够优秀，优秀到让公司完全可以心甘情愿承受她们的成本，这种优秀也决定了她们会诚恳地对待公司。在不能左右制度的时候，姑娘们努力成为第三种人也许才是解决之道。

二〇一七年六月

有关隐私

今天讲讲隐私。

小狸前一阵到珠海长隆海洋王国主题乐园玩了一圈，举着门票入园时，工作人员礼貌地要求小狸采指模，说未来两天再入园的凭证就是按指纹。态度虽然礼貌，但完全平复不了小狸内心的震惊，一个游乐园，有权力收集游客的指纹信息吗？收集以后有能力保护吗？如若泄露，谁、又该怎样负责和处理呢？一连串问题在小狸心中蓬勃而出，向工作人员提出质疑后，对方的回答礼貌而套路："这是我们的规定，所有数据我们之后都会销毁的，如果您实在不同意，那您就不能进去了。"同时用眼神示意小狸靠边站，别挡道。与此同时，队伍后面的人群已经发出了不耐烦的啧啧声。电光石火间，小狸回想了一下刚才又是车船劳顿又是过境澳门的途中艰辛，再加上预付的房费和门票钱，最后选择认怂。默默伸出中指，企图在最后无畏地阿Q式抗争一把，不料工作人员依然礼貌而套路地犀利提醒："只接受右手拇指。"心中有一万匹"草泥马"奔过，右手拇指指纹，那是绝大多数人的手机开机、微信和支付宝支付以及出入境自助过关的指纹呀。而作为一个门票认证，难道不是只要游客自己记住使用的是哪根手指就行了吗？

愤懑归愤懑，小狸最后还是怂怂地伸出了右手拇指，身后的游客们仿佛松了一口气，一个个鱼贯而入，动作干净漂亮，没一句废话绝不拖泥带水。

回到香港，小狸对这件事念念不忘，因为在香港，采集指模已经属于对隐私的深度侵犯，报上曾经登过有公司想采用指纹打卡，但遭到员工严正反对和抗议，最后只得作罢。上网搜索"指纹门票＋隐私"的关键词，才发现国内现在采用这一招数的远不止长隆一家，包括张家界、崂山、婺源等许多风景区都是要求采集指纹的。而在崂山和婺源等景区，都已经出现了游客争议园区这一做法的事件。

根据《法学评论》2015 年第 1 期署名张红的律师文章明确显示，"现实中某些风景区管理处用指纹代做门票的行为，也属于非法搜集指纹信息的行为。这种非法搜集行为超出了个人在按捺指纹时对指纹使用的合理预期，不属于主体授权的合理使用行为，构成对指纹隐私的侵害。"

过度采集信息，是目前大数据时代下全球范围内都普遍存在的问题，但在中国加上其他问题——比如信息保护薄弱、倒卖行为猖獗、立法缺失等，使得隐私泄露得格外严重和容易。说得白一点，《Person of Interest》中，人虽然都已透明了，但其担忧程度远不如长隆要求采右手拇指指模。

值得一提的是，有一名崂山工作人员家属在讨论此事时特别说了一句："一开始老外游客是最抵制的，而大多数国内游客还是比较接受的"。这和小狸所看到的一致。国人对于隐私的重视普遍比较薄弱，这和文化差异有关，但在今天大数据的时代背景下，隐私泄露比过去容易千百倍，再不引起重视，必将被人看个底儿掉。

二〇一七年七月

心疼吃瓜群众

上周某个夜晚,微信朋友圈又现刷屏爆文,题曰《北京,有2000万人假装在生活》。之所以说"又",是因为如今的网络,爆文频现,而之所以单单把它拎出来写,是因为它确有一些特殊的地方。

第一个特殊,其"爆"势异常快速而迅猛。有媒体报称,该文一昼夜间的微信点击量竟然超过了500万+,而且最后是以被禁收尾,否则点击量还不知要创下什么恐怖数字。而且有意思的是,不光这篇本尊点击量惊人,由它还引出了多篇点击量上10万+的反驳文。在它横空出世的第二天,不管写得水平怎么样,只要题目里带"2000万"字眼的文章基本都成了爆款。第二个特殊,如此火爆的文章,想必是雄才大略妙笔生花吧?恰恰不是。该文被诸多网友吐槽逻辑混乱、文字拙劣、立意不是陈旧而是根本没有。

那天晚上,小狸也看了这篇奇文,感觉和潘采夫差不多,那一坨文字堆在那,彼此拧巴着、矛盾着,作者张先生自称是个青年作家,却每一段都表达着与自己前文截然不同的观点和情感,让人搞不清他到底是"哪一头儿"的,到底想要说什么。本想一笑了之,但不成想第二天却被这篇文章以及各种"认真的"的真、假、现在时、过去时、将来时的"北京人"大规模刷屏了。那些反驳文章中,有愤怒却不擅文字的老北京,有混得不错觉得"被屌丝"而异常不忿儿的新北京,有逃离了北上广表示理解却嘲笑张先生"骂而不走"的前北京,也有确实苦逼着却有着迫不得已不能离开苦衷的现北京,还有更多的是在哪里不重要、也没有什么真实感情、只为专心蹭个热点的伪北京……一时间,《北京有 2000 万人假装在生活》伴着《北京有 2000 万人勇敢在生活》、《北京有 2000 万人真正在生活》等等充满手机屏。

这个局面让小狸始料未及,爆款不可怕,烂文不可怕,但如果烂文大爆特爆了,那真的有点可怕。这个可怕,不仅是来自读者的鉴赏力又下降了,而且更多是来自太多人正被完全操控。

其实仔细梳理一下这个逻辑就会发现,这篇文章之所以点击量异常大、回应文异常多,正是因为它逻辑混乱,没有一个鲜明而完整的观点、挑逗每一派的结果就是招来每一派的反击,而光看文章题目就能发现,不管是有意还是无意,这篇文章在事实上汇集了各种爆款元素:地域炮、逃离北上广、房价、土豪屌丝对立、出身、阶级以及诗和远方,以往这些元素择一者便易成爆款,何况这一堆夹杂在一起。但问题是,怼了所有人的文章,其意义除了怼,还有什么呢?

不管是有意操控还是无意成形,事实结果都是 500 万 + 的读者为这篇烂文花了时间、耗了心思。在知乎关于这篇文章的感想讨论中,最喜欢署名马腾的网友一句言简意赅的短评:"心疼你们被浪费的一个个 15 分钟。"

窦文涛在谈及这事时曾说有些问题他本不屑谈,但后来发现如果人人都不细究,时间长了公众的认知智慧会降低。也许对抗反智是一个媒体人的天职,这句话给了小狸鼓励,写下了这篇本也不想理睬的题材,只因为心疼吃瓜群众的那一个个 15 分钟。

二〇一七年七月

"勤劳的"中国人

小狸很喜欢看各种统计数据，尤其是在大数据的当下，通过数据呈现出的世界越来越准确、细微，且角度经常独特得让人惊喜。就比如前不久，有媒体报道了美国国家统计局发布的一组关于世界主要国家劳动参与率的数据，细看之下，大有文章。

所谓劳动参与率，就是工作人口占全体人口的百分比。另外还有个概念叫劳动总量，就是所有参加工作的人的工作时间总和。在这组榜单上，中国这两项皆一骑绝尘，豪居第一。

比如劳动参与率，中国达到76%，也就是说全国上下连老人、学生都算上，也只有24%的人没工作。与此同时，美国的劳动参与率是65%、日本58%、印度55%，巴西最接近中国，为70%。而劳动总量上，英国《卫报》曾引用经合组织的数据称，2014年中国人的人均工作时长达到了2200小时，为世界第一。素以勤奋著称的日本，当年的这个数字为1729小时。

除了这些概貌，调查中还有一组数据颇值得关注，那就是中国女性的参与劳动情况。数据显示，中国男性的劳动参与率达到80%，与巴西、菲律宾、墨西哥、印度等国不相伯仲，一起名列世界前茅。而真正使中国的劳动参与率脱颖而出、一枝独秀的是中国女性，其劳动参与率接近70%，超过第二名加拿大接近5个百分点，而此前和中国男人同居第一梯队的巴西,女性劳动率只有60%、菲律宾50%、墨西哥42%左右,而印度只有28%。即便是世界银行最新公布的更全面的全球数据,也显示中国女性2016年的劳动参与率达到63%,虽然被不少发展中的小国超过,但与发达国家和大经济体比仍是名列前茅。总之,中国女人很勤奋。

也正是中国女人的勤奋,造成了中国人在劳动力资源上遥遥领先全世界。比如人口很可能已经超越中国的印度,劳动力资源却只有中国的60%。中国近年的高速发展,离不开人口红利的巨大贡献,而仔细一看数据才知道,原来妇女真顶了半边天。

然而,硬币总是有两面。在赞叹中国人民尤其是中国女性勤劳能干的同时,数据其实也在揭示着另一面。

比如,中国女性为什么有那么高的劳动参与率?女性本身带有生育职能,生儿育女是男人替代不了的角色和任务,尤其在中国,爸爸普遍缺位,太多女性不仅要生,还要担负其全套的养和育。在这种情况下,绝大多数女性仍选择要参加工作,一肩扛起家庭和单位,这当中不排除有为了理想而奋斗的事业女性,但也同样有大批因生活成本过于高昂、又没有足够社会保障、被生计所困而无可选择的人。就像网友的评论:家里只有一个人工作,怎么买房?只有一个人工作,怎么养娃?只有一个人工作,又怎么养老?

再比如,人的时间精力总是有限的,当男人和女人全都投入到长久的工作中去时,家庭教育是不是会缺失?对孩子的成长会有什么影响?暂且不说小我而从大处着眼,中国目前劳动资源虽然全球第一,但劳动生产率却仅为美国的7.4%。而人口红利并不能长久,中国正在进入老龄化社会,未来拼人口未必现实,拼人才质量才是根本。今天高企的劳动参与率的另一面，就像是伐林创收式的粗放型经济，用今天的人口红利换取了未来人才的培养。

最后一个比如没有那么忧国忧民却是人生真谛，人活着到底为了什么？国人勤劳得忘了看路边的风景。

这张光荣的劳动参与率榜单，倒映出的其实是勤劳俭朴的中国人民的一声叹息。

二〇一七年八月

反思让旅游更美好

最近的一个国际热点是西班牙正在上演大规模反旅游抗议,而且颇有蔓延到整个欧洲之势。报道说,去年西班牙的游客数量创下 7560 万人次的历史记录,不受控的游客数量增长以及 Airbnb 等短租网站的崛起,不仅打乱了当地房地产市场,更破坏了环境,让本地人"无法安居"。甚至"旅游恐惧症"已经成为这个夏天,欧洲人们最大的特色。

与此同时,遥远的东方日本,曾经一度是国民旅游心态成熟的代表——当年内地游客买空了日本堵死了银座时,日本人民非但没有表示不满,反而积极拓宽旅行巴士停车地,日本国民在接受访问时也表示感谢中国游客拉动了日本经济,与当年两地矛盾正盛的香港形成明显对比。而即便是这样以成熟心态著称的日本,最近也似乎有了小情绪——媒体报称,"日本政府为筹办 2020 年东京奥运会投入了大量资金,而在消除日本国民潜在的反旅游心理方面,政府投入了更多的金钱和精力"。因为"日本人虽然出于民族特性对外国人表现得彬彬有礼,但并不喜欢外国人,虽然这与种族主义或者排外主义无关。"

反对者们最大的愤恨点主要集中在几个:第一,安静的居民区逐渐被侵入地越来越多,正常生活的宁静被打破;第二,越来越多的区域成为"旅行者的 XX",比如香榭丽舍大道、尖沙咀弥敦道、王府井大街等等,原住民们的生活空间被严重挤压;第三,影响城市的审美慢慢趋向迎合讨好游客，建造出一堆不伦不类却适合拍照的爆点景点；第四，产业雷同，独立小店被扼杀，取而代之的是游客所需的连锁商家，比如香港满街的莎莎和药店。

说到这里，必须要反思一下这波反旅游浪潮的构成原因，有意思的是，它直指了 Airbnb 等短租网站的兴起。

Airbnb，住房界的"共享"体现。有了它，游客不仅可以"深入体验当地人生活"，费用更是比同质素酒店便宜三成到一半，且分分钟住上几十平米的整栋 House。Airbnb 对旅行者来说是非常美妙的神器，但剑却都有双刃，对"被旅行者"来说，却是不折不扣地入侵生活领地——比如你清早迷迷瞪瞪倒垃圾时，从旁边家门出来的不是早已熟悉的邻居老王，而是陌生的背着大包小包的奇怪家伙，更随时有可能突然举起相机对你咔嚓一阵。而便宜的房价，意味着旅游成本的减少，既然没有那么昂贵了，那欧洲走起啊。这也是游客人数无法受控的一个重要原因。

除此之外，Airbnb 还有更复杂的情况。随便在 google 搜索 Airbnb 最近的新闻，会看到各种奇葩事件，比如有假游客真贩毒，利用不知情的房东传送毒品；比如有变态房东给房间装了针孔摄像机；比如单身女住客被房东性侵；还比如有港人偷偷把公屋拿去放短租，从而一举违反了香港税法、大厦公约，导致了银行违约、保险失效等等。

虽然抗议声势浩大，但世界旅游组织仍在积极捍卫这项无无烟工业，并在积极反思中提出系列建议，包括游客避开热门景点、减少季节性出游等。而 Airbnb 的进一步科学管理无疑也是未来的重点工程。

虽然确有困扰，但行百里路是人类的爱好，亦是社会向前发展的动力。"全球宅家"不现实，积极的反思改善才能让旅游更美好。

二〇一七年八月

无力的透明人

看到一条并不怎么"起眼"的新闻,内容却触目惊心。说的是"近日,浙江省松阳县人民法院一审判决了一起特大侵犯公民信息案,超过 7 亿条公民信息遭泄露,8000 余万条公民信息被贩卖。"该案疑犯共 11 人,其中一人为"入侵某部委医疗服务信息系统"的外贼或内贼,其余则为各级倒卖人员。此外尚有一人"另案处理",罪名是"侵入某省扶贫网站"。而正是这两名"入侵者",提供了超过 7 亿条公民信息的数据源。

7 亿条,平均不到两个中国人就摊上一条。通过文中的情节以及翻查资料可以知道,今年 5 月两高新出台的关于内地提供和倒卖公民信息的司法解释中,将情节的严重性定为了三级,分别是"五百条以上"、"五千条以上"以及"五万条以上"。而当中最高等级、亦即"情节特别严重"的"五万条以上",与此次的"7 亿条以上"相比,实在是小巫见大巫,"情节特别严重"得令人咋舌。

按照报道,7 亿条公民信息,其实全部来自于两个政府机构类网站的被入侵。一个某部委的医疗系统,一个某省的扶贫网站,都不算小机构,但挡不住入侵者。在此不评论这两个机构的网络安保能力,因为并不掌握深度案情,也难保罪犯就不是能攻破美国五角大楼的高手。但是,此事确实给所有需要掌握大量公民信息的机构以警示,在要求人们提供个人资料的同时,保证信息的安全更是这些机构严肃的责任。

另一方面,小狸很自然地又想到了之前曾写过的那些"过于轻易"的隐私要求,比如很多景区、主题乐园的门票是要求采集指纹的,比如所有会员卡、积分卡、网站注册都恨不能让你交出所有详细资料,至于人人都离不开的微信、微博、淘宝、滴滴以及三大网上支付方式等,更是掌握了包括身份证、银行卡、信用卡、指纹在内的所有个人信息。但问题真的是,强迫人们交出隐私,你们有能力保护吗?

此次的案件,按照报道,泄露是源自黑客入侵。但如果只是黑客威胁,那国人今天的恐惧和担忧远不至此。今时今日,比黑客更让老百姓担心的,是大量日趋平凡的直接倒卖。该条新闻下,数不清的评论都集中在两个方面,一个是怀疑"这种规模的信息泄露,一定是内鬼";另一个是吐槽"刚去银行办完信用卡,高利贷公司就打来了"、"刚去医院产检完,母婴推销电话就来了"、"朋友是做销售的,天天和交警队买电话号码"……外贼可同仇敌忾,家贼却着实难防。比黑客盗取的7亿条更可怕的,是这7亿条之下的"日常盗取"的巨大冰山,冰山之下,人人几成透明人,却又无可奈何。

最后还想说一件事,两个政府机构的资料泄密让小狸想起前一阵收到的一封电邮,那是香港政府选举事务处发来的中英双语电邮,信中非常着急又诚恳地告知小狸,装载378万名地方选民资料的一部手提电脑怀疑被窃了,小狸是受波及者之一。细观该信,共可分出五部分内容,一、告知失窃资料所包含的具体内容以让小狸心中有底;二、告之资料"设有多重加密,极难攻破"以让小狸安心;三、告知他们目前的应对进展,包括已致函各政府部门及不同界别机构,包括金融、保险、电讯、零售、地产代理、资讯科技界别等，以确保保障资料当事人利益；四、提醒当事人提高警惕；五、衷心致歉。

这就是代表文明的五部曲。

二〇一七年九月

赢心神剧

这个秋天，注定是属于一部叫作《白夜追凶》的网络神剧的。有多神？小狸撰写此文时，该剧网络点击超过23亿，豆瓣评分9.1，并已超过11万人打分。这又是什么概念？这么说吧，豆瓣的国产剧评分，6分算不错，7分有诚意，8分是精品，9分为可遇不可求的神剧；测评人数，1至2万居多，3-4万不俗，5万以上已是话题剧，10万以上纯属凤毛麟角。而目前超过10万人评分，分值又在9分以上的国产电视剧，只有《琅琊榜》一部，即便是当年的神剧鼻祖《潜伏》，评分虽然9.2，但打分人数却也只有7万。

这个惊人的观众基础和口碑，证明着《白日追凶》已经成为一部现象级电视剧。其大结局播出时，不仅跻身微博热搜前十，更引发了网民的热烈大讨论。主演潘粤明，在此之前因婚变事件跌入人生和事业谷底，此剧一播，人气暴涨，人设骤变，成为当今最炙手可热的内地男演员。有意思的是，除了主演，该剧所有其他演职人员也都几乎成了网红，包括编剧、导演、其他演员、甚至摄像、灯光、道具、制片等等，究其原因，借网友一句话："因为所有岗位都智商在线。"

是的，"所有岗位都智商在线"正是《白夜追凶》等神剧们之所以成为神剧所必不可少的基础。而让人欣喜的是，今次的《白夜追凶》在"在线"的路上比之前辈更有了显著提高。比如，编剧指纹，出身律师，多年的犯罪剖绘爱好者，早在2004年就成立"指纹·犯罪研究工作室"，对刑侦和犯罪的了解，让其写出的脚本推理严谨而且"内行"；又比如剧中演员，演技个个在线，尤其潘粤明一人分饰两角，静若处子的微妙表情转换便足以让观众分辨出是哪一个，逆天演技让网民连用"炸裂"来形容；还有摄像拍出了完美的电影语言和质感、道具做出了比之前高出了一个等级的仿真效果……

小狸也是这部神剧的粉丝，琢磨了一下，之所以粉它，是缘于它的"尊重"。

之一，尊重专业。前面的各种"在线"，论其成因，其实是四个字："尊重专业"。其中最大的尊重，来自时间的宽容。只有29岁的年轻导演王伟在接受采访时透露，该剧平均每四天才拍一集，正常电视剧最多不过三天。一部32集的《白夜追凶》拍了整整四个月，但就是这充足的时间给了各专业更充分地发挥。许多观众都惊叹于剧中的细节，繁多而严谨，环环相扣无一闲章。这些细节正是导演用时间"抠"出来的。

之二，尊重现实。《白》剧让人眼前一亮，很重要的一个原因是真实，剧中没有"主角光环"，没有"伟光正"，只有一个个灰色而真实的人性和现实，甚至该剧的主题之一就是告诉人们"这个世界不是非黑即白的"。

之三，尊重观众。在看了太多手撕鬼子和以流量小鲜肉为主打的脑残剧后，网民们老泪纵横地评说："终于有一部剧能够尊重观众的智商了。"

良心制作的收获是丰厚的，不仅赢得大批内地观众的认可和支持，甚至还意外地促进了香港人心回归——在香港著名讨论区，一群港人观众也在热烈讨论这部神剧,除了大赞"好睇"、"系暂时睇过嘅最正电视剧"之外,更反思"以前都唔多钟意睇大陆时装剧,但今次白夜追凶令我刮目相看",进而开始正视内地发展并令以往偏见有所改观。

用你的真心换我的诚意,呼唤越来越多的赢心之作。

二〇一七年十月

有关贫富的想象力

自从有了互联网,穷人和富人间的距离史无前例地拉进——不要误会,二者中间的鸿沟依然存在而且更深,只是直线距离上缩短了,让穷人们能够一窥富人的生活。

最近有句话很流行,叫"贫穷限制了我的想象力"。一看,就知道是屌丝在自嘲。这句话早期是出现在范冰冰秀出重达 20 克拉的订婚戒指时,面对这枚名副其实的鸽子蛋,有网民很担心"那么大戒指不会不方便吗?",结果被一网友神回复:"你以为范爷要下地插秧吗?"再后人便纷纷跟帖:"贫穷限制了我的想象力"。到了近期,这句话再度蹿红,源自一则有关香奈儿衣服的帖子,帖子说:一个女生花 3 万 5 买了件香奈儿的上衣,没想到洗完之后掉色了。该女随后打电话质问店员,得到的答复是"我们这款衣服根本没有考虑过洗涤的情况"。言外之意,买得起这件衣服的人,都是穿几次就扔的。帖子一出,网民又炸了,纷纷跟帖类似"贫穷限制了我的想象力"的情况,诸如向店员抱怨"鞋那么贵却根本走不了路",被店员客气回复"穿这个鞋的人一般都是走走红毯,其他时候不用走";吐槽大牌包"都没有拉链,怎么防盗?",被店员温柔回怼"拎这种包的人一般不会走在人群里";还比如爱马仕的衣服洗标都是不能干洗也不能湿洗……

仔细想一想,这件事其实蛮有意思的。

第一个有意思，那些自嘲"贫穷限制了我的想象力"的屌丝们，当中的很多，与其说是是自嘲，倒不如说是讽刺和吐槽更多些。当中的语气，很明显地表达着"猎奇"和"幸灾乐祸"。在他们心中，3万5的衣服不能洗无异于天方夜谭，赶紧呼来穷朋友们"一起看热闹"。而3万5的衣服不要说不能洗，就是不能穿上个10年也就等同于假冒伪劣，是坑骗消费者。但殊不知，"奢侈品"和"耐用品"从来都是两码子事，大牌也并不完全等于"质量好"，高昂的价格买的是设计、地位、合适场合的配套功用以及生活方式。店员回怼的一点也不可笑而且非常正确，在这一点上，贫穷确实限制了某些人的想象力。

第二个有意思，那些有一点钱的所谓富人们，如果买了几千上万块的真皮底高跟鞋天天穿、随处穿，甚至恨不得去工地穿，磨破后又来找店家理论说"质量不好"的，其实属于有了硬件没软件。钱包鼓了，但真正有钱人的思想训练并没跟上。

第三个有意思，那些真的很有钱的大富们，他们买3万5的衣服、上万块的鞋、甚至几十上百万的手袋都不眨眼，也知道什么场合穿什么，什么东西在不该穿的场合穿坏了怨不得别人。在这方面，他们不在乎，也很有想象力，但他们中的一些人却有另一方面的局限，那就是除了晒富之外，再没其他。最好的证明是大热APP小红书，大量的用户热衷于在上面大晒特晒各种惊人的奢侈品。除了物欲横流，闻不到半点精神上的贵族气息。

说到这，难免想起旧时的那些有钱人，除了富有，他们还大都精于内在的修饰，琴棋书画，知书达理，大家闺秀、谦谦君子，一个个透出的气质是高雅清贵，哪怕之后败落了，没钱了，也依然是个扎扎实实的贵族。而且有趣的是，很多越是有钱人，越是羞于说钱这件事。

再反观今天，无论有钱的没钱的，"钱"都是唯一的焦点，所以在今天，其实无论是穷人还是富人，都被金钱限制了想象力。

二〇一七年十月

"举手之劳"

前两天,在微信朋友圈看到有个朋友发"要柿饼的联系 XXXXXX(电话号码),家的,一斤 13 元,看见的给我转发一下,转发一下赠送一袋,谢谢,是朋友帮个忙!柿饼一定会送的!关系抗硬的帮我转一次!衷心感谢了!不要装作看不见啊,我知道大多数都是长在线,举手之劳谢谢……"微信求转发,在今天完全不是新鲜事,但这则消息却激发了小狸无限的怼欲,因为它太理直气壮了。

"求赞、求票、求转发",是当今微信朋友圈的"三大求",每个人都多多少少会碰到过,有些人坚持冷面无视,有些人磨不开面子或怕得罪人只好含泪屈从,当然也有纯属关系铁和热心肠的,但目测应是少数。在这里,小狸先不说"三大求"应不应该,只说这求的方法也分高下,正所谓盗亦有道,求转发也是存在鄙视链的。

处在鄙视链最高端的,是"只求生人不求友",这也是小狸见过相对最舒心和专业的求法。比如小狸有个朋友是做推广的,她平时就致力于加入各种组群,地方群、专业群、创业群、爱好群等等是群就加,加进去后再一一加好友,能通过多少是多少,最后她会把这些陌生人分成一组。每当公司有微信推广任务时,她便在这些群里先和群主打好招呼,然后发送"求"的内容,再之后也是很重要的一步:她会在群里发个红包以示感谢。群里的人同样也懂江湖规矩,拿人钱财与人消灾，如果抢了人家的感谢红包就要帮人家转发、点赞或投票。而小狸这位朋友加了若干陌生人的目的，并不是要监督，而是当群里别人有需求时，她抢过红包之后会把广告内容发到"陌生人群组"。这一套"求"法最舒服和最高级的地方就是都在陌生人间进行，是纯粹的商业活动，是可以用钱计算清楚的，谁也不用计算感情的成本。而只有当不掺杂感情的时候，这一点点金钱上的谢意才不觉得是侮辱，这一键转发才叫真正的"举手之劳"。

处在鄙视链中游的，是不分亲疏的全体求人。这些人会在陌生人群里求转发，也会在亲友群和人人都能看见的朋友圈里公开求人帮忙。在被帮助的时候，他们付出了感情和友谊的成本。但之所以说仍处在中游，是因为他们的文案尚且谦逊，做法也未见极端。基本处于"等待帮助"的状况，旁人还有个假装看见不见的选择。

处在鄙视链最底端的，就是文章开头那一类强迫型的"三求"者。他们的特点是专门杀熟，而且姿态高傲，文案中往往带着理所应当的自信——你就是应该帮我，你必须要帮我，"举手之劳"你都不帮我，你还是不是人啊？这些求人者不仅不会把广告发到群里，还会发到一对一的私聊里，或者专门@你，直叫人无处躲藏。他们是处于"强求帮助"的状态。如果硬着头皮宁死不屈，那就要做好接受各种怪话的准备。

微信营销的鄙视链里，越往下的人们越不懂一个道理：钱是最便宜的，人情才是最贵的。"举手之劳"的背后，是对方卖你的一个面子，但这种刷脸是限次的，其透支额度远远低过信用卡。也所以，如果是为了省几块钱就刷脸求赞，或者觉得几个柿饼就可以买人效力，那真是很傻很天真。

二〇一七年十一月

附　录：

虚拟空间的真实记录
（《网人网事并不如烟》序）

朱铁志

狸美美的处女作《网人网事并不如烟》即将出版，老友嘱我写几句话。惶恐之余，认真翻看了美美的书稿。一看之下，大感意外。原以为一个出道不久的新人，所写无非孩子气的感性言说。不料，却是一本言之有物、言之成理的厚重著作。所记从现实世界，到虚拟空间，宇宙之大，苍蝇之微，无所不谈、无所不包，让我这个主管网络宣传的所谓"资深记者"很受启发，颇有一些话要说。

美美是我一位老友的爱女，供职于香港某媒体。三年前受人之邀，开始在香港文汇报上每周撰写一篇"网人网事"的专栏文章。一晃三年过去，150多篇题材各异、风格不同的短文从她笔下觅觅流出，引发读者一片热议。虚拟空间的各种人和事，悄然降落在传统媒体，成为纸媒的重要延伸，为网络时代如何实现报网互动，作了一次有益的尝试。

翻看全书，我感到美美有一种与年龄不甚相称的成熟与老到。她的文章既有"意义"，又有"意思"。所谓有意义，是说她所涉猎的题材不论大小，均有益于世道人心，都能从一个特定的角度启人心智、发人深省；所谓有意思，是说她的文字背后，能见出一番匠心独运，能看出精妙构思的内在努力。她的表述是简洁而单纯的，语言不无诙谐幽默。有些观点以斩钉截铁的口吻说出，有些看法以商量和设问的口气表达。行文舒缓有致、张弛从容，既有年轻人特有的朝气，也不无老记者的老辣和从容。这样的文章让人会心一笑之余，总能受到某种启迪。

网络号称虚拟空间，其实无非是现实世界的折射而已。"虚拟"不虚，正日益成为人们的共识。如今社会生活中很多事情由网络发端、被网络发现，然后通过传统媒体作用于现实生活，最终或促成问题的解决，或促进制度的完善，或揭出病苦引起疗救的注意，或揭露腐败促进社会进步。美美显然敏感地注意到网络媒体这种异乎传统媒体的力量，在她笔下，每一个对社会生活产生重要影响的事件都被记录，都有她自己的看法，小到一般的娱乐搞笑，大到"我爸是李刚"、"郭美美事件"等，她都有所涉猎，到位不缺位，到位不越位，在分寸和度的把握上，显示了不俗的功力。这对一个年轻记者而言，是不容易的。

如果说网络是现实世界的万花筒，那么美美的专栏不妨被视为当下生活的全记录，是一组别具风姿的民间史记。她品评时事、臧否人物、记录点滴变化、洞晓世事变迁、阐发观点、针砭时弊，可谓尽情挥洒，张扬着年轻人的气质和胆识。她的取材遵循社会通行的价值标准，又有一份年轻人特有的敏感和尖锐。她从不刻意掩盖自己的个性，从不小心隐藏自己的观点，这使她的文章有了一种明快、自然的色调和直抒胸臆的坦诚。尽管有些观点值得商榷，有些表达不免幼稚，但谁不是从年轻时走过，谁不是逐渐变得成熟呢？我有时甚至想，那些四平八稳、面面俱到、锋芒尽失的所谓"全面文章"，可能正是读者所厌烦的吧。

美美专注于网络,用情之深、用心之重,均能见出一份执着。她的可贵在于,并不像某些年轻人那样一味沉浸于网络不能自拔,也不像某些论者那样偏执一词看不到网络的弊端。她在充分肯定网络的同时,不时会对网络可能存在的负面效应多有反思,这在年轻一辈中是不多见的。

我基本认同美美对网络的看法。网络的发明和广泛使用,深刻地改变了现实生活。其重要性,足可与电灯、马桶和蒸汽机相媲美,是文明进步的重要标志。在咱们中国,以互联网和手机为主体所构成的网络新媒体,具有异于其他国家的特殊意义。其突出表现,是突破了传统媒体的高门槛,突破了传统信息传播方式的局限,使普通民众普遍获得了相对自由的话语权。网络时代,人人是记者,个个可出版,麦克风无处不在,摄像机无时不有,众声沸腾的局面悄然而至,群体狂欢的场景不时上演。互联网以其"海量信息、实时更新、双向互动"的鲜明特点,极大地满足了人们交流思想、传递信息、更新观念、学习创造等多方面需求。不觉之间,网络已经成为揭露腐败、弘扬正气的积极力量,在整个反腐败斗争中扮演着特殊的角色,成为纪检监察部门的有益补充,推动着反腐败斗争的日益深化。"表叔"、"房叔"等一批腐败分子正是最早为网民所发现,为微博所揭露,继而作用于传统媒体,引发纪检监察部门介入,最终被党纪国法所处理。从某种意义上说,网络媒体是传统媒体舆论监督的进一步拓展和延伸,是群众监督的有效载体和广阔平台,其积极意义和正面价值刚刚显露,对当代生活的深刻影响还远未被整个社会和公众所完全认识。如何通过法律、法规以及公众的道德自律很好地维护网络的健康运转,维护来之不易的舆论环境,使网络在整个社会生活中发挥更加积极的作用,是包括美美在内的每一位有责任感的网民需要深思的问题。

　　无需讳言，正是因为网络的"低门槛"，使其成为一把双刃剑：既可以充分满足人民群众的知情权、表达权、监督权和话语权；同时，也为那些不负责任的言说提供了便利、创造了条件，甚至为个别人恶意中伤、肆意诽谤他人搭建了平台。一个时期以来，有识之士对泛滥于网络的虚假新闻、欺诈广告、色情图文深恶痛绝；对流布于虚拟空间的低俗信息、庸俗文字、恶俗搞笑啧有烦言；对借助网络传播邪教理念、破坏民族团结、危害社会稳定的有害言论，更是要求坚决取缔。有效界定网络言论自由的边界，小心呵护言论自由的法律空间，是整个社会的共同责任。

　　作为蒸蒸日上的新生事物，网络的健康发展呼唤网民道德自律，更呼唤法律法规的保驾护航。没有任何约束的言论自由，只能沦为无视法律、无视道德、无视公民基本人权的语言暴力。以为言论自由是无需对社会、对他人、对可能产生的消极后果负责的胡言乱语，那不是对自由的误读，就是对自由的恶意使用。天下没有绝对自由的所在，网络当然不是法外之地。越是在相对自由的舆论空间中，对言说者的思想境界、道德要求就越高。越是在仿佛无需负责的舆论环境中，越需要发言者对自己的言论负责。这是一个文明网民的起码修养，也是一个文明社会应有的"游戏规则"。依法办网、依法上网、依法管网，是法制建设的题中应有之义，是每个网民拥有最大言论自由的先决条件。以为单靠道德自律可以维护网络清洁，是天真的幻想；以为法律可以彻底管住网络垃圾，同样是不切实际的幻想。良好的网络环境和舆论空间，有待每个介入其间的公民同心协力、共同维护，舍此别无他法。

这两天，全国人大正在开会研究通过我国首部保护公民信息安全的有关规定。美美所想，与法律法规的进步不谋而合，也促进了我们对网络两面性的深刻认识。

在持续不断的书写中，美美见证网络的变化和发展，和网络一同成长成熟。用她自己的话说，是"写得相对更好，看得相对更远，想得相对更深"了。我以为，这是一份坚持的胜利，也体现了坚持的意义。三年150多篇，这是一个沉甸甸的数字，数字的背后，是一份实实在在的努力。写过专栏的作者都知道，每周一篇的写作任务似乎不重，但持续的发力却考验一个人的功底、毅力和才华。在如今浮躁的世风中，一个人能够沉静地做好一件事已属不易，能把这件事坚持做好更不易，这件事由一个年轻人来完成，就显得尤其不易。我为美美的初战告捷而高兴，也为狸家有女初长成而高兴。耍了一辈子笔杆的老友，如今看到女儿的新著，想必比看到自己一生的著述还要欣慰吧。

衷心祝愿美美健康成长，纯美于心，大美于外，为网络的发展进步不断作出自己的努力。只要我们每个人不懈怠，社会就发展，中国就进步，人民就幸福，这并不是大话。

是为序。

二〇一三年四月于北京

（作者曾任《求是》杂志副总编辑、中国作家协会散文委员会副主任、北京市杂文学会常务副会长，当代著名作家、资深媒体人。）

成 长
（《网人网事并不如烟》自序）

三年前，受友人之邀，开始在《香港文汇报》上每周撰写一个固定的栏目《网人网事》。友人当时的想法是，互联网的地位越来越重要，因互联网而起的热点正越来越多，且越来越"有意思"；对于一份传统报纸，他们需要补充一些这样新兴的、时髦的、鲜活的、"有意思"的网络热点小文章。

于是，平日里相对"擅长上网"的我，接下了这个活儿；而友人口中再三出现的"有意思"，成为了我选材的一个主要标准。

不过令我没想到的是，中国互联网的这个"有意思"，在三年的时间里竟然发生了巨大而深刻的变化——先是"挺有意思"，然后是"有点意思"，到了现在，已经是"大有意思"了。

为了这本书的出版，我又重新整理了近三年来的文章。一路看下来，看到了两个成长：

一个是我个人的。每周紧跟时事、大量阅读、挑选素材、组织语言、提炼观点的结果，就是三年的时间里我收获了三件礼物：写得相对更好，看得相对更远，想得相对更深。这不关聪颖愚笨，这是日子有功。

另一个，则是这个社会的成长，更确切点说，应该是网络民意的成长。

150多篇小文，贯穿了2009年8月到2012年8月整整三年的时间。如果按时间顺序看，会很轻易地发现，网络民意正在呈现一个由表面到纵深、从偶发到频繁的特点。在"早些年间"，网络上的"热点"多为"搞笑的、单纯的个人行为"，比如"犀利哥"、"凤姐"这样的网络红人，比如"囧"啊"雷"啊"杯具"啊这样的网络潮语，比如"你妈喊你回家吃饭"、"春哥纯爷们"这样的恶搞事件，这些，基本可以算是"挺有意思"；随着时间推移，像"钓鱼执法"、"局长日记"、"我爸是李刚"、"微博开房门"这种稍带讽刺、暗含锋芒的社会事件开始成为网民关注议论的热点主流，且网民的意见成为会影响事态发展的因素，这时，"网人网事"已演变成"有点意思"；2011年7月前后的郭美美事件和温州动车事件可以算是一个重要标志，在这两起事件中，推动网络公民社会形成的重要平台——微博发挥了淋漓尽致的作用。在那之后，网络民意明显变得犀利许多，网络热点频繁地集中出现在重大的社会及政治事件上，网民的意志已经不仅可以影响单独事件的发展，甚至开始影响整个国家更深层面的东西。至此，网络涉及的人与事，已经"大有意思"。

而网络与现实的分别在这些年中亦越来越小——到了现在，已经没有什么事是跟网络没关系的。这让我很有一番感慨——关于"可写素材"的感慨。基本上，这三年里，我文章取材的"宽广度"是在呈现一个"抛物线"：最初和网络相关的人事相对少，所以可写的内容也少；后来有一天忽然发现，所有现实中的事情，在网络上都会有所反应，网民都会参与、都会讨论、都会行动，所以"任何人与事都变成了网人网事"，都变成了可写的内容，这正是抛物线的顶端；再后来，现实中越来越多的热点反过来变成是由网民制造的，而网络的特性又决定了这些网民制造的焦点越来越"敏感",于是,不是没的写,而是不能写,否则就有可能被"和谐",这就是抛物线的另一端了。

一路写过来,感慨非常多。比如,网民关注的焦点从一开始的流行恶搞发展到现在的反腐议政,这中间诚然有网络民意不断成熟壮大的因素,亦有因我自己的思想变化而导致选材不同的结果,但另一方面也不可否认,我们这个国家这几年来到底发生了什么?

一路写过来,我对网络民意的正能量感受得极其充分。从汶川地震到北京大雨,从三聚氰胺到地沟油,从小伊伊到小悦悦,每一场危机面前都是微博在挺身而出,而每一个事件又都在推动着网络公民社会不断成长。

但是,一路写过来,我也越来越忧虑,深感网络民意确实是一把双刃剑。在为公民社会向前推进而雀跃的同时,太多的人忽略了对这种群体意识的警惕与反省,包括自省。尤其是微博时代,从没有这么多的意见领袖,从没有这么方便而直接的民意表达,这使得制造网络群体性事件变得越来越容易,也越来越频繁。华东师范大学历史学系许纪霖教授曾经提出过一个非常值得深思的问题,通过微博所产生的民意压力和民粹之间到底是什么关系?而与传统的现实组织不同,这些聚集起来的网络力量并没有一个成熟的制度或一个足够强力的领袖来约束和控制,这就使得这股强大力量的走势变得不可测。网络公民的另一面也在产生着网络暴民。这其实是很危险的。

啰里八嗦写了这么多,但越写越觉得话还没说完,可又觉得越来越说不清了。概因互联网这门学问实在是博大而精深,同时又动态发展着,又前途莫测着,我们普通人能做的,也只能是跟着它一起边走边看。倒是一些"有关部门",应该尽快地、大力地、好好地研究它,因为说它关系到我们这个国家我们这个社会的命运一点也不夸张。只希望未来,"大有意思"不要变得"没意思了"才好。

狸美美

二〇一二年九月于香港